W0339291

btb
Aus Freude am Lesen

btb

Buch

Ein neuer Fall für Dascha Wassiljewa: Diesmal widerfährt ihr etwas besonders Schreckliches. Stürzt sich doch eine junge Frau, der Dascha gerade erst das Leben gerettet hat, aus dem Fenster. Die Frau fällt ihr förmlich vor die Füße. Dascha ist erschüttert. Aber sofort zweifelt sie an der Selbstmordtheorie der Miliz. War da nicht jemand am Fenster zu sehen? Ist das Mädchen nicht etwas unpassend gekleidet für einen Selbstmord? Die lebenskluge Dascha will herausfinden, was sich wirklich abgespielt hat. Sie zieht Erkundigungen ein, spricht mit Leuten, die die Tote gekannt haben. Bald hat sie herausgefunden, dass erst kürzlich vier Bekannte des Mädchens nacheinander auf die gleiche Weise ums Leben gekommen sind. Dascha ist sich absolut sicher, dass solche Zufälle nicht vorkommen. Sie ermittelt auf eigene Faust – und meidet offen stehende Fenster. Sie hat es mit einem gefährlichen Mörder zu tun, und der hat jede Menge mächtiger Freunde.

Autorin

Darja Donzowa wurde 1952 in Moskau geboren. Nach Abschluss des Journalistikstudiums an der Lomonosow-Universität 1974 arbeitete sie zunächst als Zeitschriftenkorrespondentin, danach unterrichtete sie Deutsch und Französisch. Während einer schweren Krankheit griff sie schließlich zur Feder, einige Krimis entstanden, zunächst nur für die Schublade, bis Freunde sie drängten, eines ihrer Manuskripte an den renommierten Eksmo-Verlag zu schicken. Eine Erfolgsstory sondergleichen begann, denn seit ihrer ersten Veröffentlichung im Jahre 1995 beherrscht sie die russischen Bestsellerlisten.

Darja Donzowa bei btb

Ein Hauch von Winter. Roman (73071)
Der unschuldige Mörder. Roman (btb-HC 75114)

Darja Donzowa

Der fünfte Mord

Kriminalroman

Aus dem Russischen
von Judith Elze

btb

Die Originalausgabe erschien 2002 unter dem Titel
»Spjat ustalye igruschki« im Eksmo Verlag, Moskau.

Umwelthinweis:
Alle bedruckten Materialien dieses Taschenbuches
sind chlorfrei und umweltschonend.

Der btb-Verlag ist ein Unternehmen der Verlagsgruppe
Random House.

1. Auflage
Genehmigte Taschenbuchausgabe Oktober 2004
Copyright © der Originalausgabe 2002 Darja Donzowa
Copyright © der deutschsprachigen Ausgabe by
Verlagsgruppe Random House GmbH, München
Umschlaggestaltung: Design Team, München
Umschlagfoto: CORBIS/Trinette Reed
Satz: IBV Satz- und Datentechnik GmbH, Berlin
SR · Herstellung: Augustin Wiesbeck
Made in Germany
ISBN 3-442-73019-8
www.btb-verlag.de

KAPITEL 1

Der März war ungewöhnlich warm in diesem Jahr. In den ersten zehn Tagen des Monats schmolz in der Stadt bereits aller Schnee, und am Fünfzehnten krochen schon, betrunken von der unerwarteten Sonne, die ersten Gräser aus der Erde. Die Moskauer warfen eilig ihre Pelzmäntel, Schafpelze und schweren Stiefel in die Ecke. Überall waren Mädchen in leichten Jäckchen und Burschen in offenen Mänteln zu sehen. Alle freuten sich über den lang erwarteten Frühling.

Eine ganze Menge Schnee lag hingegen noch in Loschkino, wo ich mit meiner Familie lebe, seit wir hier nach reiflicher Überlegung ein Haus gebaut haben. Unser Wunsch war es, die Vorteile von Stadt und Land gleichzeitig zu genießen, deshalb hatten wir uns für Loschkino entschieden, ein Dorf mitten im Wald, bloß fünf Kilometer von der Ringautobahn entfernt. Von hier bis zur Twerskaja-Straße im Zentrum Moskaus fährt man nur eine Viertelstunde; auf der hervorragend ausgebauten Chaussee gibt es – auch am Sonntagabend – keine Staus. Unser zweistöckiges Haus ist von Fichten umgeben. Auf einen Gemüsegarten verzichten wir, denn keiner von uns gräbt gern die Erde um. Unter den nächsten Nachbarn haben wir keine Freunde. Ein paar Jahre verkehrten wir mit dem Bankier Solomatin und seiner Familie, aber auch nur, weil ihr Kater, ein riesiger schwarzer Schönling, regelmäßig zu unseren Katzen, der dreifarbigen Kleopatra und der weißen Fifina, zu Besuch kam. Die aus diesen Aufwartungen hervorgegangenen Kätzchen nennt meine Tochter

Manja »Dominos«, denn sie sind schwarz mit weißen Flecken.

In der ersten Woche, die wir in Loschkino lebten, waren wir ziemlich euphorisch, aber wir merkten schnell, dass das Dorf einen großen Nachteil hat: In weniger als zwei Kilometer Entfernung verläuft die Eisenbahnlinie, und der Lärm der regelmäßig vorbeidonnernden Züge fiel uns allen furchtbar auf die Nerven. Mein Sohn Kescha ging so weit vorzuschlagen:

»Kommt, lasst uns das Haus verkaufen und ein neues bauen!«

Seine Frau Olga, die wir zu Hause Häschen nennen, bemerkte friedfertig:

»Warten wir ein bisschen ab. Wir werden uns schon noch dran gewöhnen.«

»Aber wenn Anka und Wanka größer sind, werden sie auf den Gleisen spielen«, argumentierte Kescha beharrlich.

Dabei waren die Zwillinge, also meine Enkel, gerade erst ein Jahr alt geworden. Sie befanden sich ständig in Begleitung der Kinderfrau Serafima Iwanowna, und die Aussicht, sie auf den Gleisen anzutreffen, schien daher mehr als unwahrscheinlich. Häschen blieb also sanft dabei:

»Noch mal bauen? Nie im Leben.«

Auch ich geriet in Panik bei der Vorstellung, mit den Bauarbeiten noch einmal von vorn anzufangen. Aber Kescha und Manja ließen nicht locker: Die Züge störten sie beim Schlafen, Essen, Lesen und überhaupt bei allem. Zwei Wochen lang stritten wir uns entsetzlich. Dann eröffnete am Bahnhof ein riesiges Kaufhaus mit einer Spiele- und Computerabteilung. Manja verstummte. Kescha – ganz allein gelassen – winkte schicksalsergeben ab. Einen Monat später stellten wir fest, dass wir das Tuten gar nicht mehr wahrnahmen, und beruhigten uns. Im Gegenteil, plötzlich fanden wir, dass es durchaus von Vorteil war, so nah am Bahnhof zu leben, und Kescha besorgt nun dort immer die Zeitung und Videokassetten, manchmal holt er sich auch Zigaretten. Manja kauft das Kaufhaus leer. Häschen durchstöbert mit Begeisterung das Sortiment der Boutique *Ihre Freizeit.* Und ich genieße die Möglichkeit, Spaziergänge zu machen, verbringe ich doch die meiste Zeit meines Lebens, so scheußlich das auch ist, im Sitzen; sogar zum Bäcker fahre ich in meinem Volvo. Aber zwei Kilometer hin, zwei Kilometer zurück mit schnellem Schritt: Das ist gut für die Figur und für die Laune.

An einem Dienstagnachmittag Mitte März spazierte ich den Bahndamm entlang. Der klare Himmel erfreute das Auge, es roch nach Frühling und nach etwas heimelig Vertrautem. Meine Beine liefen schneller, mein Rücken streckte sich, mir war, als hätte ich Flügel.

Weiter hinten hörte ich es tuten. Daran war im Grunde nichts Ungewöhnliches – die Schnellzüge gaben immer ein kurzes »Tut, tut!« von sich, wenn sie sich dem Bahnhof näherten –, doch dieses Geräusch hier klang anders: Es kam mir schlimmer als eine Alarmsirene vor. Ich schaute zu den Gleisen: Dort stand, mit dem Rücken zu der unwiderruflich näher kommenden Lokomotive, eine Frau. Der Zug raste direkt auf die Unglückliche zu. Der Lokführer, der den langen Güterzug offensichtlich nicht mehr bremsen konnte, tutete frenetisch immer weiter. Die Frau rührte sich nicht vom Fleck.

Ich rannte Hals über Kopf die verschneite Böschung hinunter, die mich von den Gleisen trennte. Die Frau musste entweder taub oder verrückt sein. Sie würde einen grässlichen Tod sterben. Der Schnee drang mir unter die Jacke und in die kurzen Stiefel. Die Mütze flog mir vom Kopf, Schal und Handschuhe verlor ich ebenfalls. Nur ein Gedanke hämmerte in meinem Schädel: »Ich muss es schaffen!« Die Diesellok wurde plötzlich erschreckend groß, am Rande meines Bewusstseins nahm ich wahr, dass der Lokführer etwas schrie, sein Gesicht vor Entsetzen verzerrt. Im letzten Moment packte ich mit übermenschlicher Kraft die Frau an ihrer willenlos herunterhängenden Hand und riss sie von den Schienen weg. Wie zwei Sack verfaulte Kartoffeln landeten wir im Schnee, als das dreckige eiserne Ungetüm mit ohrenbetäubendem Heulen, Stöhnen und Pfeifen an uns vorüberbrauste ...

Vom Bahnhof rannten Leute herbei. Allen voran lief die Weichenwärterin Ljusja, die mit ihrer Signalflagge wedelte. Wir kennen sie gut und geben ihr immer für ihre Tochter die Kleidungsstücke, aus denen Manja schon herausgewachsen ist.

»Darja Iwanowna Wassiljewa!«, schrie Ljusja. »Gott sei Dank, Sie sind am Leben!«

Benommen drehte ich meinen Kopf hin und her. Der Himmel war nach wie vor blau, ein angenehmes Lüftchen wehte mir ins Gesicht. Die Vögel, die den Winter überstanden hatten, sangen fröhlich in der Ferne. Die Natur schert sich nicht darum, ob gerade jemand fast gestorben ist. Als ich mir das in letzter Sekunde verhinderte Unglück in all seinen grässlichen Details ausmalte, schüttelte es mich, und ich schaute mir die Frau an, die ich gerettet hatte.

Sie lag mit dem Gesicht nach unten, die Arme waren weit ausgebreitet. Ihr Rock war verrutscht, man konnte ihre schönen, langen und schlanken Beine sehen, die in teuren Stiefeln aus Naturleder steckten. Ihr hübscher kurzer Nerzmantel und eine elegante Ledermütze, die nicht weit entfernt auf dem Boden lag, zeugten von ihrem Wohlstand. Außerdem roch sie nicht etwa nach irgendwas, sondern nach dem teuren *Dolce Vita* von Dior.

»Gleich«, murmelte Ljusja vor sich hin, während sie hastig die Kleider der am Boden liegenden Frau in Ordnung brachte, »gleich ist der Doktor da.«

Direkt hinter dem Kaufhaus befindet sich eine kleine Zweigstelle der Ersten Hilfe. Die Ärzte brauchten nicht einmal den Wagen zu nehmen, sie rannten gleich so mit einer Trage herbei, als sie hörten, was passiert war. Der Arzt und die beiden Arzthelfer sind Bekannte von mir, sie wohnen ganz in der Nähe in einem Backsteinhaus, das für die Arbeiter der hiesigen Hühnerfabrik gebaut wurde. Jurij Anatoljewitsch ist ein Arzt, der sich immer gern noch etwas dazuverdient, und die Bewohner von Loschkino bitten ihn manchmal um ganz banale Dienste: zum Beispiel aufgeschlagene Kinderknie mit Jod einzuschmieren. Für sonstige Fälle haben die Villenbewohner ihre anderen, teuren Ärzte, aber der freundliche Jurij hat gar nichts gegen diesen Nebenverdienst.

Sie drehten die Frau vorsichtig auf den Rücken. Neugierige standen um sie herum: ein paar Bahnarbeiter, eine alte Frau, die zu jeder Jahreszeit am Schlagbaum Blumensamen verkauft, und ein paar Jugendliche, die immer überall herumlungern. Wo der Fußweg zum Bahnhof verläuft, drängten sich die Leute, die zur S-Bahn unterwegs waren. Der Anblick des Todes zieht immer Schaulustige an, aber diesmal wurde die Menge enttäuscht. Jurij erklärte klipp und klar:

»Sie lebt und ist noch nicht mal verletzt. Sie steht nur unter Schock. Legt sie auf die Trage, Jungs, wir bringen sie ins Krankenhaus!«

Das lag gleich in der Nähe, nur hundert Meter vom Bahnhof entfernt.

»Darja Iwanowna!« Jurij berührte mich an der Schulter. »Sie bluten aus der Lippe. Kommen Sie mit uns!«

Ich strich mir mit der Hand über den Mund und die Wangen – tatsächlich: Es war wohl besser mitzugehen. Meine Beine wurden seltsam schwer, mein Körper schien plötzlich über hundert Kilo zu wiegen.

In der Aufnahme begann ich zu zittern. Eine junge Schwester hielt mir mitleidig ein Glas mit einer scharf riechenden, braunen Flüssigkeit hin.

»Trinken Sie! Das wird Sie beruhigen.«

»Ich bin einfach durchgefroren ... meine Stiefel sind völlig durchnässt«, erklärte ich. »Dürfte ich von hier nach Hause telefonieren?«

Ich durfte.

»In einer Viertelstunde bin ich da«, versprach mir Olga. »Ich föhne mir nur schnell die Haare – entschuldige, aber ich sitze gerade in der Badewanne.«

Ein Unfallchirurg kam, schaute sich meine Lippe an und beruhigte mich:

»Nichts Besonderes, nur eine kleine Wunde. Als Sie die Frau vom Gleis weggerissen haben, sind Sie bestimmt mit dem Gesicht an ihre Schulter gestoßen.«

»Wie geht es ihr?« Vorsichtig befühlte ich meine Zähne mit der Zunge.

Natürlich, einer der Eckzähne, ein Stiftzahn mit Metallkeramik, wackelte bedrohlich. Das bedeutete einen Besuch beim Zahnarzt – und wenn ich vor etwas Angst habe, dann sind es Zahnarztbohrer.

»Wir haben sie in ein Krankenzimmer gelegt.« Der Arzt ging zum Spülbecken.

Diese Doktoren haben doch wirklich eine komische Art. Sie waschen sich die Hände nicht etwa, bevor sie einen Kranken untersuchen, sondern, als ob sie sich ekeln würden, immer erst hinterher.

»Kennen Sie sie?«, fragte er.

Ich schüttelte den Kopf. »Ist sie bei Bewusstsein?«

»Ja«, sagte der Chirurg, »aber sie schweigt und antwortet nicht auf Fragen. Das ist der Schock. Ich habe unsere Neurologin rufen lassen.«

Da sprang die Tür auf, ein dreieckiges kleines Gesicht mit einer dicken runden Brille schaute herein.

»Sind Sie die Retterin?«, fragte die kleine Ärztin, die wie ein Eichhörnchen aussah. »Kommen Sie mit! Sie will aus irgendeinem Grund ihren Namen nicht sagen«, erklärte sie. »Ich hoffe, sie redet, wenn sie Sie sieht. Fragen Sie nach ihrem Namen, ihrer Adresse … und überhaupt nach den Personalien.«

»Ist ihr vielleicht schlecht?«, erkundigte ich mich vorsichtig.

»Aber nicht doch«, winkte die junge Fachärztin ab. »Wahrscheinlich hat sie Angst, dass wir die Miliz rufen und sie bestraft wird. Hat man so was schon mal gesehen?! Auf den Gleisen zu stehen und Maulaffen feilzuhalten …«

»Wie sieht es mit ihrem Gehör aus?«, fragte ich, während wir die Treppe in den vierten Stock hochstiegen. »Sie spricht nicht – womöglich ist sie taubstumm und hat den Zug nicht bemerkt …«

»Ha!« Die junge Ärztin, die wohl gerade erst ihre Ausbildung beendet hatte, schüttelte den Kopf. »Wir kennen solche Leute. Sie ist einfach eine unmögliche Person. Wir haben noch Glück, dass sie nicht betrunken ist.«

Schwungvoll öffnete sie die Tür. Sie schob mich ins Zimmer und ließ mich mit der von mir geretteten Frau allein, der einzigen Patientin in dem kleinen Raum. Sie lag in einem der drei Betten, und ich sah jetzt, dass sie ein schönes, beinahe rassiges Gesicht hatte: eine feine aristokratische Nase, ein hübsches Kinn, einen klar gezeichneten Mund und wie Halbmonde geschwungene Augenbrauen. Auch das schwarze Haar sah gut aus, sehr dicht und stark gewellt; falls ihre Locken nicht natürlich waren, musste sie ein ganzes Vermögen beim Friseur gelassen haben.

»Wie geht es Ihnen?«, fragte ich leise.

Die Frau rührte sich nicht, aber an den leicht zuckenden Augenlidern konnte ich sehen, dass sie mich gehört hatte. Sie wollte offenkundig bloß keinen Kontakt.

»Mit der Miliz habe ich nichts zu tun. Ich lief gerade vorbei und sah Sie auf den Gleisen stehen …«

Sie schwieg standhaft. Seltsam. Sie hätte sich immerhin bedanken können, aber danach stand ihr wohl nicht der Sinn.

»Sagen Sie, wie ist Ihr Name?«, fragte ich weiter.

Ihre Lippen bewegten sich nicht.

»Wahrscheinlich machen sich Ihre Verwandten Sorgen«, versuchte ich es nun anders.

Keinerlei Reaktion. Sie brauchte anscheinend einen Psychiater und nicht eine unerfahrene Neurologin. Da meine Bemühungen fruchtlos blieben, seufzte ich nur und ging zur Tür.

»Bleib stehen!«, sagte sie plötzlich grob.

Automatisch drehte ich mich zu ihr um. Riesige, beinahe schwarze Augen, die wie flüssiger Teer glänzten, starrten mir direkt ins Gesicht. In ihnen brannte ein fast schon fanatischer Hass.

»Wieso hast du mich gerettet?«, zischte sie langsam und bedächtig. »Wer hat dich darum gebeten?!«

Ich war sprachlos.

»Hau ab!«, bellte sie mir mit sich überschlagender Stimme entgegen. Ihre Augen wurden noch größer, eine Flamme schien darin zu lodern.

Unwillkürlich wich ich zurück.

»Raus!«, fuhr die Verunglückte fort. »Ich verfluche dich! Was mischst du dich ein mit deinem Mitgefühl?! Krepieren sollst du!«

Ich lief in den Korridor. Die Neurologin musste Bescheid wissen und nach der Frau sehen. Aber als ich die Ärztin fand, war sie mit einem anderen Patienten, einem weinenden Kind, beschäftigt.

»Schon gut«, winkte sie ab, »ich kümmere mich gleich um die Verrückte. Fahren Sie ruhig nach Hause. Es ist schon jemand gekommen, um Sie abzuholen.«

Ich ging in den Hof. Olga schaute aus dem heruntergelassenen Fenster ihres roten Volkswagens.

»Bloß eine Minute lässt man dich allein«, sagte sie ärgerlich, »und schon steckst du wieder in irgendwelchen Schwierigkeiten. Steig ein.«

Schweigend ging ich zum Auto. Mein Kopf dröhnte. Wieso hatte ich mich eingemischt? Wieso hatte ich Mitleid mit der dummen Gans gehabt? Jetzt tat mir die aufgeplatzte Lippe weh, meine erst vor kurzem aufgesetzte Stiftkrone wackelte, und meine Laune war im Keller. Die Frau war offenkundig verrückt und überhaupt nicht fähig, die Lage nüchtern einzuschätzen.

»Schau doch, schau«, stöhnte Häschen plötzlich auf und kletterte aus dem Wagen.

Meine Schwiegertochter zeigte nach oben. Ich warf den Kopf in den Nacken. In einer Fensteröffnung des vierten Stocks stand die von mir gerettete Frau. Der Frühlingswind ließ ihre schwarzen Haare wehen, das Krankenhaushemd blähte sich wie eine Glocke. Sie schaute nach unten und bekreuzigte sich hastig.

»Bleib stehen! Hilfe, nein!«, schrie ich wie von Sinnen.

Die Selbstmörderin lachte laut auf und sprang. Versteinert sah ich zu, wie sie seltsam gekrümmt nach unten fiel.

Die Zeit blieb stehen. Der Körper schien zu schweben – dabei dauerte es in Wirklichkeit nur ein paar Sekunden. Ihre Haare loderten um ihren Kopf wie schwarze Flammenzungen, ein gellender Schrei durchschnitt die Luft. Dann hörte man einen schmatzenden Aufprall. Die Lockenmähne breitete sich über der Selbstmörderin aus, glänzende Rinnsale sickerten unter ihrem Kopf hervor. Die Arme zuckten noch ein paar Mal … Die plötzliche Stille wurde von Häschen durchbrochen, die mit einem leisen Stöhnen in Ohnmacht fiel, dann drehte es mir den Magen um, und ich erbrach mich direkt neben den zerschmetterten Körper. Meine Beine knickten weg. »Bitte, lass mich nicht auf sie drauffallen!«, dachte ich noch, bevor ich das Bewusstsein verlor.

KAPITEL 2

Ein widerlich stinkender Wattebausch, den mir jemand unter die Nase hielt, brachte mich wieder zu mir.

»Sofort aufhören«, krächzte ich und hielt den Atem an. »Ich bin allergisch gegen Salmiak.«

Der Wattebausch verschwand. Ich drehte den Kopf zur Seite. Rechts am Fenster saß Häschen auf einer Couch. Ihr Gesicht war kalkweiß. Der Chirurg, die Krankenschwester und die Neurologin sahen auch nicht besser aus. Ich erhob mich von der harten Liege und verkündete vorwurfsvoll:

»Sie sind schuld. Sie haben die Kranke allein gelassen – dabei wussten Sie doch, dass sie verrückt war.«

Alle schwiegen. Die junge Neurologin bekam rote Flecken im Gesicht. »Gut so«, dachte ich böse, »vielleicht verlierst du so für eine Weile diese Gleichgültigkeit, die für dein Alter völlig unpassend ist. Hoffentlich gehen die Angehörigen der Verstorbenen vor Gericht.«

Aus dem Hof drangen Geräusche zu uns. Natürlich, jetzt luden die Krankenpfleger die Tote auf eine fahrbare Krankentrage – das Leichenschauhaus lag ja gleich nebenan. Man hörte Wasser spritzen: Der Hauswart spülte Blut und Erbrochenes weg.

Nachdem Häschen und ich den inzwischen eingetroffenen Milizionären versprochen hatten, am nächsten Tag ausführlich auszusagen, brachten sie uns im Streifenwagen nach Hause. Ein frisch gebackener, kleiner Wachtmeister fuhr unseren Volkswagen hinter uns her. Die Milizionäre wussten genau, dass Häschen und ich nirgendwohin verschwinden würden – schließlich ist Loschkino nicht Moskau, sondern nur ein kleines Dorf neben einer Hühnerfabrik, das aus höchstens vierzig, fünfzig Häusern besteht. Etwas abseits des Zentrums mit seinen eher niedrigen, fünfstöckigen Plattenbauten liegt unsere Villensiedlung. Die Bewohner der komfortablen, aus rotem, feuerfestem Backstein gebauten Häuser sind im ganzen Ort bekannt. Es sind nicht viele, insgesamt nur zehn Familien.

Zu Hause angekommen, ließen wir uns im Wohnzimmer auf die Sofas fallen. Dann griffen wir, ohne ein Wort zu sagen, zur Kognakflasche.

»Schrecklich«, murmelte Häschen, während sie sich eine ordentliche Ladung feinsten Martells auf einmal in den Rachen goss. »Dieses Lachen … und der Schrei. Grauenhaft. Warum hat sie das nur getan?«

Zweifelnd schaute ich mein bis zum Rand gefülltes Glas an. Für gewöhnlich reicht mir ein Schluck, und ich bin hinüber. Ich trank den Kognak in einem Zug aus. Was konnte ich auf Olgas Frage schon antworten? Wer sollte diese Verrückten verstehen? …

Am nächsten Tag saß ich gegen zwölf im Amtszimmer des Hauptmanns und antwortete ordnungsgemäß auf seine Fragen. Nein, die Frau kannte ich nicht. Nein, ich war rein instinktiv zu ihr gestürzt. Nein, sie schien verrückt zu sein. Nein, sie musste das Fenster selbst geöffnet haben.

»Ihren Namen hat sie nicht gesagt?«

Des Neinsagens müde, schüttelte ich nur den Kopf.

»Na gut«, seufzte der Hauptmann und hielt mir ein Blatt hin. »Bitte unterschreiben Sie auf jeder Seite dort, wo steht: ›Nach meinen Worten protokolliert‹.«

Ich folgte seiner Aufforderung.

»Und was passiert jetzt?«

»Was meinen Sie, was wir tun sollen?«, knurrte er missmutig. »Wir werden sie als unbekannt führen.«

»Und dann?«

»Nichts dann!«, fuhr mich der Milizionär erbost an. »Wir laden ihr Foto in den Computer. Wenn sie jemand vermisst, wird er schon herkommen.«

»Wie lange kann eine Leiche im Kühlhaus bleiben?«

»Laut Gesetz einen Monat«, antwortete der Hauptmann ruhig, »dann wird sie auf Staatskosten beigesetzt.«

»Und wenn die Frau aus einer anderen Stadt stammte oder ihre Verwandten schon sehr alt sind oder sie womöglich ein Kind hatte?«, fragte ich hartnäckig weiter.

»Was wollen Sie eigentlich? Ich fürchte, ich verstehe nicht …«

»Na ja, leiten Sie ein Verfahren ein, versuchen Sie, ihre Identität festzustellen! Machen Sie irgendw …«

»Jetzt hören Sie mir mal zu, meine Dame!«, schnitt er mir wütend das Wort ab. »Wissen Sie eigentlich, wie viele Verfahren hier abgearbeitet werden wollen? Es ist zwar nur ein kleines Dorf, aber die Leute sind richtiggehend verrückt geworden. Sie gehen mit Messern und Pfannen aufeinander los. Vorgestern wurde bei der Apotheke ein Auto in die Luft gejagt … Wir haben nicht genug Leute … Hier liegt doch alles klar auf der Hand: Es handelt sich um eine Verrückte, die zuerst versucht hat, sich von einem Zug rammen zu lassen, und dann aus dem Fenster gesprungen ist. Keiner hat sie dazu gezwungen, sie wollte es nicht anders.«

»Stellen Sie wenigstens ihren Namen fest …«

»Sie sind entlassen!«, sagte der Hauptmann scharf und fügte ein bisschen sanfter hinzu: »Man hat Ihr Handy gefunden – gehen Sie zum Krankenhaus.«

Das tat ich. Es war nicht weit, gerade nur über den Platz. Ich trat in den mir schon bekannten Hof. Nichts erinnerte an die Tragödie. Die Krankenschwester in der Aufnahme hielt mir mein Handy hin.

Nach Hause wollte ich noch nicht. Ein bisschen Ablenkung würde mir gut tun. Ich lief also in Richtung des Kaufhauses, um mir ein paar überflüssige Sachen zu kaufen …

»Darja Iwanowna!«, rief mir die Weichenstellerin Ljusja

über die Straße zu. »Warten Sie, ich gebe Ihnen Ihre Handtasche.«

»Welche Handtasche?«, fragte ich erstaunt.

Handtaschen kann ich nicht ausstehen. Meist stecke ich die Sachen, auf die ich partout nicht verzichten kann, in meine Hosen- oder Jackentaschen.

Ljusja hielt mir ein kleines Täschchen mit einem langen Schulterriemen hin.

»Ich habe einen Rundgang gemacht und sie am Ort des Geschehens gefunden«, erklärte sie. »Sofort habe ich begriffen, dass Sie sie verloren haben, als Sie zu dieser Verrückten gerannt sind. Es ist schließlich ein teures Stück und nicht so ein Allerweltsteil aus der Massenproduktion.«

Schweigend nahm ich das rechteckige Täschchen entgegen. Ich hatte so etwas nie besessen, das gute Stück musste der Verstorbenen gehört haben. Ich würde es dem Hauptmann bringen. Bestimmt lag ihr Ausweis darin.

»Wie grässlich«, begann die geschwätzige Ljusja zu tratschen, »was für ein Unglück. Letzten Sommer ist hier ein Mann, ein Besoffener, getötet worden. Er kam aus der S-Bahn und hatte sich bei dem Pfosten dort hingelegt. Im Schlaf muss er die Böschung hinuntergerollt sein. Er ist direkt unter einen Schnellzug geraten. Und vor drei Jahren ist Katja unter eine Draisine gekommen. Sie ist zwar am Leben geblieben, aber ich fürchte, besser wär's gewesen, wenn sie gestorben wäre. Die Beine hat es ihr abgeschnitten. Jetzt kann sie weder leben noch sterben …«

Sie zog ihre Nase hoch. Ich hörte höflich zu und wartete, bis der Redeschwall versiegte. Eigentlich hätte ich sofort weggehen wollen, aber dann wäre Ljusja beleidigt gewesen, und das wollte ich auch wieder nicht. Sie war ein feiner Kerl und ein Pechvogel, denn sie musste nicht nur zwei Schulkinder, sondern auch noch ihren Mann, der Alkoholiker war, durchbringen.

»Ich habe sie gesehen.« Die Weichenstellerin wechselte das Thema.

»Wen?«

»Die Verrückte, die sich das Leben genommen hat.«

»Wo?«

»Na hier, bei uns, auf dem Bahnhof. Anfang März ist sie aufgetaucht und hat im Lebensmittelgeschäft eingekauft. Ich glaube, sie kam aus dem ›Sanatorium‹.«

Ich schaute nach rechts. Dort oben auf der Anhöhe, etwa einen Kilometer vom Bahnhof entfernt, lag das Haus der Schriftsteller, das die Leute hier beharrlich »Sanatorium« nennen. Ich bin ein paar Mal dort gewesen, um Bekannte zu besuchen. Die Zimmer sind schön und geräumig, sie haben komfortable Bäder, sind mit Fernseher, Telefon und Kühlschrank ausgestattet. Nur das Essen ist widerlich, es gibt immer nur Hackbällchen und Restesuppen, so dass die Literaten häufig ins Dorf zum Einkaufen kommen. Man erkennt sie sofort: Die Damen tragen, egal, wie alt sie sind, weiße Hosen und sind mit dem unglaublichsten Schmuck behängt, mit Bernsteinketten, Ohrringen mit schweren Halbedelsteinen aus dem Ural, silbernen Armbändern und Kettchen. Die Männer tragen ohne Ausnahme Jeans und Westen. Von fern sehen sie wie gealterte Jugendliche aus. Aber wenn die Verstorbene tatsächlich aus diesem Stall gekommen wäre, müsste die Verwaltung ja ihre Personalien haben. Ganz zu schweigen davon, dass dort wahrscheinlich jede Menge Frauen wären, die bestens über sie Bescheid wüssten.

Erfreut lief ich zurück zum Hauptmann, bei dem gerade eine Frau saß, die heulte.

»Warten Sie!«, sagte er wenig erbaut zu mir.

Gehorsam setzte ich mich im Korridor auf eine Bank und öffnete die Tasche: kein Pass, keine Kosmetik, kein Portemonnaie, noch nicht mal ein Taschentuch. Ich fand nur ein zusammengefaltetes Blatt Papier. Meine Hände glätteten es wie von selbst.

Kolja, ich kann nicht mehr. Du sollst wissen, dass ich dir keine Schuld mehr gebe, denke einfach, ich hätte die Ketten abgeschüttelt. Ich verstehe, dass es dumm ist, um Mitgefühl zu bitten, aber versuche nicht, Verotschka zu finden. Ja, meine Tochter lebt, aber du sollst sie nie finden, niemals, hörst du! Lieber soll sie verhungern, was nach meinem Tod wahrscheinlich ohnehin passieren wird, denn die Kleine wird niemanden haben, der ihr zu essen gibt, sie ist allein. Bitte hab Erbarmen, lass sie ihren Tod sterben und mach sie nicht zu einer solchen Missgeburt wie mich. Und wenn du nicht auf mich hörst und sie doch suchst, dann sei dir gewiss: Ich werde aus jener Welt zurückkommen, um mich an dir zu rächen. Ich habe nichts zu verlieren, meine Hände sind auch so schon bis obenhin mit dem Blut unschuldiger Opfer besudelt.

Adieu! Lenja, Kostja, Schora, vergebt mir, ich wollte euch nicht töten.

Keine Unterschrift, kein Datum. Verwirrt schaute ich auf das Papier, das mit ordentlicher, beinahe kindlicher Schrift beschrieben war, der Schrift eines kleinen Mädchens, der Klassenbesten, des Stolzes der ganzen Schule, von Mamis Augenstern. Nur der Inhalt des Briefes war zum Schaudern.

Die Tür des Arbeitszimmers öffnete sich, die schluchzende Frau schlurfte mit ihren ausgetretenen Stiefeln zum Ausgang.

»Was gibt's denn nun noch?«, brummte der Hauptmann.

Schweigend stellte ich die Handtasche auf seinen Schreibtisch. Er studierte den Brief, seufzte und fragte schließlich:

»Ja und?«

»Ljusja, die Weichenstellerin, hat sie gefunden und mir gegeben.«

»Verrückter Unsinn.« Der Hauptmann zog eine Marlboro heraus – für ihn als einfachen Mitarbeiter des Innenministeriums ein teures Vergnügen.

»Ljusja erinnert sich außerdem, dass sie die Verstorbene mehr als einmal am Bahnhof gesehen hat«, fügte ich hinzu.

»Die eine redet was, die Nächste tratscht es weiter«, kommentierte der Milizionär missmutig. »Ich brauche Beweise!«

»Sagen Sie mal«, schrie ich jetzt, »schämen Sie sich eigentlich nicht?! Sie haben doch diesen entsetzlichen Todesbrief gelesen. Hinter dem Selbstmord muss etwas ganz Furchtbares stecken, weitere Tode, Verbrechen ... Und dazu noch ein kleines Mädchen namens Verotschka, das jetzt allein auf der Welt ist ...«

Der Hauptmann streckte die linke Hand aus und drückte auf den Knopf des Tefal-Wasserkochers:

»Erstens: Hören Sie auf zu schreien! Und zweitens: Wer hat gesagt, dass diesen Brief die Selbstmörderin geschrieben hat? Es gibt weder eine Unterschrift noch ein Datum. Hier wohnen Schriftsteller in der Nähe – irgendeiner von denen wird sich das hier zusammengereimt haben.«

Mit offenem Mund starrte ich dieses Ungeheuer aus den Reihen der Ordnungskräfte an. Der Hauptmann argumentierte weiter:

»Die Handtasche kann schon lange dort herumgelegen haben.«

Ich zeigte mit dem Finger auf das kaum beschädigte teure Leder.

»Aber sie ist ja völlig in Ordnung. Können Sie sich vorstellen, wie sie in einer Woche ausgesehen hätte?«

Der Hauptmann schlug mit der Hand auf den Tisch. Ein Stapel Akten hüpfte hoch und wirbelte, als er wieder herunterplumpste, eine kleine Staubwolke auf.

»Hier, schauen Sie mal, wie viele Akten hier herumliegen! Außerdem gibt es nur eine Ermittlung über einen Sprung aus dem Fenster – ein Verfahren bezüglich einer Person, die sich vor einen Zug werfen wollte, existiert nicht. In der laufenden Ermittlung ist alles klar, die Frau hat sich eindeutig selber umgebracht. Damit ist die Ermittlung abgeschlossen. Wenn ihre Verwandten sie vermissen, sollen sie nach ihr suchen. Es gibt keinen Grund, mich hier anzuschreien und zu beschuldigen!«

Schweigend hörte ich mir seine Ausflüchte an. Klar war hier nur eins: Den zusätzlichen Ärger wollte er sich so schnell wie möglich vom Hals schaffen. Eine Ermittlung würde nicht stattfinden. In einem Monat würde man die nicht identifizierte Leiche zur Beisetzung freigeben – und das war's.

Ungerührt steckte sich der Hauptmann eine weitere Zigarette an. Ich nahm die Tasche vom Tisch und ging zur Tür.

»He, Moment! Lassen Sie das Beweisstück hier!«, rief er mir hastig nach.

»Wozu?«, fragte ich herausfordernd.

»Die Ordnung muss gewahrt werden«, erklärte er.

Was für ein Gesetzeshüter! Wahrscheinlich hätte er die Tasche gern seiner Frau vermacht. Das ging zu weit!

»Die Tasche gehört mir«, erklärte ich frech. »Ich hab sie verloren, als ich die Unglückliche von den Gleisen riss. Wenn Sie sie mir wegnehmen wollen, kann ich Zeugen nennen!«

»Raus hier, hau ab!«, brüllte mich der Hauptmann an.

Schweigend trat ich in den Flur und schlug die Tür mit voller Wucht hinter mir zu, so dass die Fenster leise klirrten. Von diesem Subjekt hatte ich die Nase gestrichen voll.

Auf der Straße schien hell die Sonne. Der Platz war fröhlich belebt, die Leute freuten sich über den beginnenden Frühling. Zwei kleine Hofhunde waren leise winselnd dabei, für Nachwuchs zu sorgen. Keiner hatte Lust, sich um die so tragisch ums Leben gekommene Frau zu kümmern. Sie war bestimmt nicht verrückt gewesen. Einen solchen Brief konnte nur ein an den Rand der Verzweiflung getriebener Mensch geschrieben haben. Wer war Kolja? Wo konnte ich Verotschka finden? Warum befand sich dieser Abschiedsbrief in der Handtasche? Wollte sie ihn dem Adressaten persönlich übergeben? Es gab keine Anschrift, keinen Nachnamen. Ein Rätsel wie aus einem Kriminalroman …

Wir leben nun schon seit mehreren Jahren in Loschkino. »Neue Russen«, also Neureiche, sind wir völlig unverhofft geworden. Jetzt darf man sich nicht vorstellen, wir würden zu irgendeiner Gruppe von Kriminellen gehören oder hätten unser Glück mit dem illegalen Handel von Energieressourcen gemacht. Unsere Geschichte ist viel einfacher und interessanter.

Ich habe über viele Jahre hinweg mit meiner Freundin Natascha in einer winzigen Zweizimmerwohnung gewohnt. Beide unterrichteten wir Französisch in einem gottverlassenen Institut, gaben außerdem Privatstunden und zogen mit vereinten Kräften meine beiden Kinder Kescha und Manja groß. Das Geld reichte nicht immer, der Kühlschrank stand oft leer. Sowohl meine Verwandten als auch jene von Natascha hatten schon lange das Zeitliche gesegnet, von dort konnte also auch keine Hilfe kommen. Noch dazu hatte es Nataschas Exmann irgendwie geschafft, sie aus der gemeinsamen Wohnung abzumelden, so dass sie buchstäblich auf der Straße stand. Zu diesem Zeitpunkt war ich bereits viermal verheiratet gewesen, hatte meine Kinder und jede Menge Haustiere. Natürlich zog Natascha zu uns. Inzwischen fühlen wir uns schon lange wie Schwestern.

Ich weiß nicht, wie wir die Perestroika und die Zeit der schrecklichen russischen Reformen überstanden hätten, wenn Natascha nicht unvermutet einen Franzosen geheiratet hätte und nach Paris gezogen wäre. Danach überschlugen sich die Ereignisse. Wir waren kaum bei ihr als Gäste in Paris eingetroffen, als ihr Mann, der Baron Jean Makmaier, getötet wurde. Natascha war seine einzige Erbin. Und zu erben gab es weiß Gott genug: eine dreistöckige Villa in einem der besten Vororte von Paris, eine Sammlung einzigartiger Bilder, deren Grundstein der Urgroßvater Makmaier gelegt hatte, ein hervorragend laufendes Unternehmen und ein Bankkonto, bei dem es meiner Familie schwer fiel, die Nullen zu zählen.

Franzosen sind Fremden gegenüber sehr misstrauisch, aber Natascha war schon vor langer Zeit eingebürgert worden. Gegen ein kleines Schmiergeld bekam ich in einem der Moskauer Einwohnermeldeämter eine Geburtsurkunde, die unsere Blutsverwandtschaft belegte. Ein merkwürdiger Umstand erleichterte die Fälschung beträchtlich: Wir tragen beide den Vaternamen Iwanowna und hatten in unserer Kindheit denselben Familiennamen, nämlich Wassiljewa. Von Schwestern aus Freundschaft wurden wir nun also zu Blutsverwandten. Nur der Vatername meines Vaters und die Angaben zu meiner Mutter mussten noch angepasst werden. Die Mitarbeiterin des Amtes tat dies mit Blick auf das Kästchen vor ihr, in dem hübsche Brillantohrringe glitzerten, nur zu gern.

Jetzt besitzt jeder in unserer Familie zwei Pässe: den blauen französischen und den roten russischen. Das Kapital ist im Ausland untergebracht. Die Geschäfte werden von ordentlichen Geschäftsleuten geführt. Wir sind reich. Unser Leben besteht jetzt aus Reisen oder – besser gesagt – aus Hin- und Rückflügen: Moskau–Paris, Paris–Moskau.

Manja besucht zwei Collèges zugleich: eins in der Degtjarnyj-Gasse, das andere in der Avenue Foch. Hier wie dort sieht man ihr die Tatsache nach, dass sie immer ein halbes Jahr fehlt. Sie hat's nicht leicht: Die Lernprogramme sind in den beiden Schulen völlig unterschiedlich. Aber Manja murrt nie. Sie verfügt über einen wunderbaren, fröhlichen, offenen Charakter und eine beneidenswerte Leistungsfähigkeit. Ihr fester Vorsatz ist es, eine Doktorin Doolittle zu werden, weswegen sie bereits jetzt als außerordentliche Hörerin Lehrveranstaltungen der Veterinärakademien in Paris und Moskau besucht.

Kescha ist Rechtsanwalt. Häschen hat am Institut für Fremdsprachen ihr Examen gemacht und schreibt jetzt ihre Doktorarbeit. Ich dagegen habe meine Arbeit spontan hingeschmissen. Nach all den Jahren hatte ich die Nase voll davon, die Grundlagen der französischen Grammatik in die faulen Köpfe von Technikstudenten zu hämmern. Außerdem war ich es müde, jeden Morgen um sieben aufzustehen und mich, zitternd vor Müdigkeit, an einer Tasse Kaffee zu wärmen. In der ersten Zeit zersprang ich förmlich vor Glück und frühstückte erst gegen zwölf Uhr mittags. Die Tage, die ich mit glückseligem Nichtstun verbrachte, vergingen wie im Fluge. Ich schlief mich aus, aß, las eine unendliche Menge von Krimis und war ein halbes Jahr später … zutiefst erstaunt. Denn auch das Nichtstun ist anstrengend. Ich merkte, dass ich keine einzige Aufgabe hatte. Die Kinder sind inzwischen erwachsen und brauchen nur noch selten Hilfe. Die Zwillinge haben ihre diplomierte Kinderfrau, die selbst die Großmutter nicht länger als zehn Minuten pro Tag zu den geliebten Enkelkindern lässt.

Insgeheim glaube ich, dass Serafima Iwanowna Anka und Wanka, sobald ich das Kinderzimmer verlassen habe, sofort in die Badewanne steckt, um die von mir angeschleppten Bakterien zu beseitigen. Auch die Eltern hält sie nach Möglichkeit von den Kindern fern. Zur Begründung murmelt sie ihnen so was entgegen wie:

»Sie kommen doch gerade aus der Stadt. Da geht zurzeit die Schweineepidemie um. Das habe ich im Fernsehen gehört.«

Diese schrecklichen Infektionen schwirren massenhaft in Moskau herum, und die verantwortungsvolle Kinderfrau stellt sich ihnen als lebendiger Schutzwall entschieden entgegen.

Frauen, die keinen Job haben, kümmern sich normalerweise um die Hausarbeit. Aber auch hier habe ich keine Chance, mich nützlich zu machen. Unsere Haushälterin Irka griff einmal, nachdem ich den Teppich im Wohnzimmer gereinigt hatte, zornig zum Staubsauger mit Waschfunktion und fuhr etwa eine Stunde lang die hellen Fasern ab. Dabei murmelte sie vor sich hin:

»Wer ist nur auf die Idee gekommen, mit einer nassen Bürste den teuren Teppich zu scheuern?! Jetzt ist der ganze Schmutz überall verteilt. So eine Dummheit!«

Dann schielte Irka schlau zu mir her und erklärte:

»Darja Iwanowna, bitte verbieten Sie Ihrer Familie, die Teppiche zu verderben. Wer nicht weiß, wie man sauber macht, sollte lieber die Finger davon lassen.«

Von Lappen, Eimern und Bürsten muss ich mich also fern halten, in die Küche wage ich mich gar nicht erst hinein. Dort herrscht Katja, eine strenge Frau mit scharfer Zunge. Erstens würde sie mich wahrscheinlich ohnehin gleich wieder hinausjagen, und zweitens täten mir auch meine Lieben Leid. Sie waren so froh, als Katja auftauchte und ich aufhörte, Eierkuchen und Omeletts zu backen. Der liebe Herrgott hat mich nicht mit Talent fürs Kochen beschenkt, zwischen Pfannen verliere ich komplett die Übersicht. Eigentlich habe ich überhaupt keine speziellen Fähigkeiten, ich male keine Bilder, schreibe keine Gedichte, und wenn ich singe, nehmen unsere zahlreichen Haustiere Reißaus. Nur ein Talent habe ich, und das ist die seltene und unglaubliche Fähigkeit, in die unterschiedlichsten Unannehmlichkeiten zu geraten. Man kann sicher sein: Wenn aus einem Fenster ein Topf mit Suppe fällt, dann garantiert mir auf den Kopf. Wie oft hat mich das Schicksal schon in widerliche Abenteuer verwickelt!

So auch jetzt, denn meine Beine trugen mich wie von selbst zum Haus der Schriftsteller. Das Eisentor stand offen, eine Wache war weit und breit nicht in Sicht. Schriftsteller haben keine Angst vor Überfällen. Entweder gibt es hier nichts zu klauen, oder sie meinen, ihre ungeheure Berühmtheit schütze sie vor Dieben.

Der lange Weg, links und rechts von Schneehaufen umgeben, führte direkt zu dem zweistöckigen Gebäude mit den weißen Säulen, das aussah wie ein klassizistisches Herrenhaus aus dem neunzehnten Jahrhundert. Es bestand aus einem Zentralbau und zwei Flügeln von gleicher Form. Auf dem Giebel waren ein aufgeschlagenes Buch aus Gips und die eingemeißelte Zahl 1955 zu sehen. Die Eingangstür beeindruckte durch ihre Pracht: Sie war riesengroß, aus Eiche und hatte schwere, fast einen Meter lange Bronzegriffe.

Nachdem ich den einen Türflügel mit Müh und Not aufbekommen hatte, quetschte ich mich in die riesige Halle. Alles war still. Rechts eine Garderobe, links ein riesiges Büfett voller Geschirr und eine Theke für den Portier. Vor mir standen ein paar Sofas, weiche Sessel, eine Standuhr, den Boden bedeckten etwas abgetretene rote Läufer. Ein bisschen weiter hinten führte eine Treppe aus weißem Marmor mit einem breiten Geländer nach oben.

Plötzlich durchbrach ein merkwürdiges, blechernes Hüsteln die Grabesstille. Unwillkürlich zuckte ich zusammen und drehte mich um: Das Geräusch kam von einer alten Uhr, die versuchte, die Stunde zu schlagen. Hinter meinem Rücken hörte ich ein Schnauben. Ich drehte mich erneut um. Vom

Korridor her kam ein zottiger Hund angelaufen. Der große Kopf mit den Hängeohren und das dichte schwarze Fell ließen die Verwandtschaft zu einem Schwarzen Terrier vermuten. Die langen, schmalen Beine erinnerten eher an einen Dobermann. Ich beeilte mich, ihm schmeichelnd zuzureden:

»Gutes Hündchen, kluges Hündchen ...«

»Sie kann gar nicht beißen«, hörte ich eine Stimme von oben sagen, und wieder zuckte ich erschrocken zusammen. Im »Sanatorium« schienen alle Geräusche aus dem Nichts zu kommen.

Eine adrette Frau in einem Geschäftskostüm lief die Marmortreppe herunter, trat zu mir und stellte sich als Empfangschefin vor. Ihr Haar war ordentlich gekämmt, sie trug bescheidenes Make-up und roch angenehm nach dem etwas altmodischen Parfüm *Klima.*

»Möchten Sie ein Zimmer im ersten Stock?«, fragte sie mich freundlich lächelnd.

»Nein, nein«, beeilte ich mich mit meiner Antwort, »deswegen bin ich nicht hier ...«

»Dann verzeihen Sie bitte«, sagte sie jetzt etwas strenger, »aber in unserer Anlage dürfen sich nur Mitglieder des Literaturfonds, ihre Verwandten und ihre Freunde aufhalten.«

»Verstehen Sie, ich wohne hier in der Nähe, in der Villensiedlung ...«

Als sie das hörte, blühte die Empfangschefin wieder auf und wurde noch freundlicher als am Anfang.

»Die Bar ist ab fünf geöffnet.«

»Nein, nein«, widersprach ich erneut, »es ist nur so, dass ich in einem Geschäft Handschuhe und Handtasche auf den Tisch gestellt habe, und als ich sie wieder an mich nahm, waren es nicht meine. Die Verkäuferin sagt, eine andere Kundin habe sich wohl geirrt und versehentlich meine Sachen genommen. Es könnte jemand von Ihren Gästen gewesen sein. Eine schwarzhaarige Frau mit dunklen Augen, so um die dreißig.«

»Wahrscheinlich Nina Waganowna Sundukjan«, erklärte die Empfangsdame. »Sie hat ein Zimmer in der Datscha. Gehen Sie hinter das Gebäude, und nehmen Sie den schmalen Weg, der zum Zaun führt. Sie sehen dann ein kleines Holzhaus. Im Winter wohnt dort normalerweise keiner. Selbst im Sommer will kaum jemand dorthin – außer im Haupthaus ist alles voll. In der Datscha gibt es keinerlei Komfort, die Toilette ist im Flur ... Als Frau Sundukjan kam, habe ich ihr vorgeschlagen, hier im Hauptgebäude in den ersten Stock zu ziehen. Ein wunderbares Zimmer mit Balkon und Alkoven. Aber merkwürdigerweise meinte sie: ›Nein, ich gehe lieber dorthin, wo weniger Leute sind.‹ Ich hab ihr erklärt, dass wir zurzeit ohnehin nur zehn Gäste beherbergen würden, aber sie blieb dabei, sie wollte allein sein. Na gut, soll sie durch die Kälte laufen, wenn sie meint ... Die meisten anderen Autoren veranstalten ein unglaubliches Geschrei, wenn sie in den Schuppen sollen, sie dagegen hat selbst drum gebeten.«

»Kommt sie denn oft hierher?«

»Nein. Sie ist zum ersten und, wie ich hoffe, letzten Mal bei uns.«

Die Empfangschefin zog ein Päckchen Zigaretten heraus. Sie schien sich zu freuen, ein bisschen mit einer Fremden tratschen zu können.

»Die meisten Leute, die zu uns kommen, sind wohl erzogen und schon etwas älter. Den Jungen ist es hier langweilig ohne Schwimmbad, ohne Discothek, ohne Konzerte. Um ehrlich zu sein, schmeckt auch das Essen nicht besonders. Die Mitglieder des Schriftstellerverbandes und ihre Verwandten kommen zum halben Preis her, sie nutzen einfach die Ermäßigung. Außerdem schicken sie uns ihre Opas und Omas. Das Haus der Schriftsteller heißt auch bloß so, hier schreibt schon lange keiner mehr was. Und was machen sie hier? Sie gehen spazieren und schwatzen miteinander. Ihre Hauptbeschäftigung sind Frühstück, Mittagessen und Abendbrot. Da sind sie alle vollzählig, mit Pomade im Haar und Schmuck um den Hals. Sie sitzen stundenlang an den Tischen und schwelgen in Erinnerungen. Ist ja auch verständlich, sonst stirbt man schließlich vor Langeweile. Nina Waganowna dagegen kam immer als Letzte. Morgens und mittags tauchte sie überhaupt nicht auf, das Abendessen verschlang sie hastig, um so schnell wie möglich zur Datscha zurückzukehren. Sie hat sich dort tagelang verbarrikadiert. Einmal hab ich sie höflich gefragt, ob es ihr nicht langweilig sei so allein – sie könnte doch ins Haupthaus übersiedeln. Da hat sie mich angebellt: ›Was mischen Sie sich ein? Das Geld für die Unterkunft hab ich bezahlt, ich will meine Zeit allein verbringen, lassen Sie mich gefälligst in Ruhe!‹ Eine selten unangenehme Person. Wundern Sie sich also nicht, wenn sie Ihnen Ihre Handschuhe ins Gesicht schleudert.«

Die Datscha, ein niedriges Holzhäuschen, von dem die Farbe blätterte, stand wirklich ganz abseits. Auch hier lagen innen rote Läufer, ein paar Türen gingen vom Korridor ab. Bis auf die letzte waren alle verschlossen.

Das Zimmer erstaunte durch seine Ärmlichkeit. Ein altes Bett mit zerkratztem Kopfteil aus Holz, ein Sessel, dessen Bezug schon bessere Tage gesehen hatte, ein Kasernennachttisch und ein schmaler, völlig abgetretener Bettvorleger. Vor dem kleinen Fenster stand ein Schreibtisch mit Schubfächern rechts und links. Die polierte Tischoberfläche hatte runde helle Flecken, die Mieter mussten immer wieder heiße Teetassen abgestellt haben. Das Parkett konnte gut einen neuen Schliff gebrauchen, und die Vorhänge sahen aus wie alte Lappen. Ein winziger Kühlschrank vom Typ *Morosko* und ein vorsintflutlicher Schwarz-weiß-Fernseher rundeten das Bild ab. Dabei dachte ich immer, Schriftsteller würden komfortabel leben.

Ich ging zum Wandschrank, öffnete die schmale Tür und sah hinein: außer Bügeln gähnende Leere. Auf dem ordentlich gemachten Bett lag kein Nachthemd, auf dem Nachttisch befanden sich keine Bücher, Arzneien oder sonstigen Gegenstände. Nur auf dem Fensterbrett war verwaist ein Plastikkamm liegen geblieben. Zwischen den Zähnen hingen ein paar lange schwarze Haare. Womöglich handelte es sich bei der Verstorbenen ja wirklich um diese Sundukjan. Aber wo war ihr Gepäck abgeblieben?

KAPITEL 3

Die Empfangschefin hatte offenbar durch das Fenster bemerkt, dass ich zurückkam, denn sie öffnete mir die Tür und rief mir entgegen:

»Oje, ich habe Sie umsonst zur Datscha geschickt.«

Ich trat näher.

»Das ist Sofja Jemeljanowa. Sie hat gestern Dienst gehabt«, erklärte sie und ließ mich in die Halle. »Sie sagt, die Sundukjan sei nach dem Mittagessen abgereist.«

»Genau«, bekräftigte die andere, eine rundliche Frau, die in ein kariertes Tuch gehüllt war. »Ganz plötzlich hat sie verkündet: ›Hier sind die Schlüssel, ich reise ab.‹«

Die Empfangschefin schlug die Hände über dem Kopf zusammen: »Das ist doch zu merkwürdig – sie hat für den ganzen Monat bezahlt.«

»Wer soll diese Schriftsteller schon verstehen?!«, schnaubte Sofja Jemeljanowa. »Bei denen weiß man nie so genau. Sie hat sich einfach ins Auto gesetzt und weg war sie!«

»In was für ein Auto?«, fragte ich verwundert.

»Jemand hat sie abgeholt, wahrscheinlich ihr Mann. Sie war offensichtlich krank«, antwortete Sofja Jemeljanowa.

»Wie kommen Sie darauf?«

»Sie war blass wie der Tod. Der Mann hat sie sorgsam am Ellbogen genommen und wollte ihr in den Wagen helfen. Da reißt sie ihren Arm weg und sagt mit solcher Wut: ›Fass mich nicht an, Kolja!‹, dass der arme freundliche Mann glatt ihre lächerliche Reisetasche fallen gelassen hat.«

»Ihre lächerliche Reisetasche?«

»Na ja«, lachte Sofja Jemeljanowa, »sie ist schließlich eine erwachsene Frau, und da kommt sie mit einer hellroten Tasche an, die mit den Köpfen von Mäusen, Enten und Hunden und der Aufschrift *Disneyland* bedruckt ist. Wer kauft sich denn so was? Das kann ja nur eine Schriftstellerin sein!«

»Können Sie mir ihre Adresse und Telefonnummer geben?«

»Haben wir nicht«, antwortete die Empfangschefin. »Da müssen Sie sich an den Literaturfonds in der Ussijewitsch-Straße wenden.«

Ich steckte den Zettel mit der Adresse des Literaturfonds ein und ging nach Hause.

Schon als ich unser Gartentor öffnete, schwante mir Böses. Im Hof hatte in der Nähe der Haustür ein Lkw geparkt. Ein paar Träger waren dabei, Möbel aus dem Lastwagen zu hieven. Ich fröstelte, während ich mir langsam einen Weg in die Diele bahnte, und hoffte vage, dass Olga vorübergehend übergeschnappt war und nur ein paar weitere Sofas, Sessel und Stühle gekauft hatte. Aber diese Hoffnung verließ mich schlagartig, als ich das antike Büfett aus rotem Holz erkannte. Ich wusste, wem es gehörte.

Jede Medaille hat ihre Kehrseite. Wenn du plötzlich reich bist, kannst du dir sicher sein, dass sich alle deine Verwandten sofort an die Familienbande erinnern. Die entferntesten Bekannten kommen plötzlich zu Besuch, schicken ihre Kinder, ihre Großmütter oder ihre Exfrauen mit der ungenierten Bitte um Geld zu dir. Manche Leute nisten sich oft monatelang bei uns ein, wobei wirklich Fremde noch die angenehmsten Gäste sind. Denn die anderen scheuen sich nicht im Geringsten, einem auf die Pelle zu rücken, Liebe und Aufmerksamkeit einzufordern und ihre Ansprüche mit Blutsverwandtschaft oder langjähriger Freundschaft zu begründen. Wahrscheinlich kennen die meisten diese Situation: Da steht ganz unerwartet die Tante aus Kemerowo mit ein paar rotznasigen Kindern oder einem sibirischen Opa auf der Schwelle und will ein paar

Monate bei den Moskauer Verwandten bleiben. In den Koffern stecken dann lauter überflüssige Souvenirs, Kästchen mit ungenießbarem, nur entfernt an Schokolade erinnerndem Konfekt und Flaschen mit der geheimnisvollen Aufschrift *Magenbitter aus dem Altai* oder *Balsam aus Perm*.

Aber bei uns waren heute leider keine lieben Verwandten aus der Provinz eingetroffen, sondern Alissa, die achte Frau meines dritten Mannes Max Poljanskij. Unklar war nur, wieso sie auch ihre Möbel mitgebracht hatte. Aber das würde ich sicher gleich erfahren, denn Alissa kam mir schon mit weit ausgebreiteten Armen entgegen.

»Dascha«, schrie sie und klimperte mit ihren künstlichen Wimpern, »Dascha, hundert Jahre haben wir uns nicht gesehen!«

Alissa ist eine nicht besonders erfolgreiche Ballerina. Wenn man *Schwanensee* einmal gesehen hat, wird man sich ohne Zweifel an die Szene erinnern, in der um einen mit Folie ausgelegten Kreis, der einen Teich darstellt, eine Unmenge von Schwänen tanzt. Die Wasservögel bilden dabei sieben Reihen. Die Ballerinen, die ganz hinten tanzen, sieht im Publikum keiner. In Profikreisen wird ihre Position »der zwanzigste Schwan am Wasser« genannt. Hier tanzte also Alissa – und zwar nicht etwa am Bolschoi-Theater, sondern in einem Kollektiv mit dem bescheuerten Namen *Neues russisches klassisches Ballett*.

»Nimmst du mich für ein Weilchen auf?«, gurrte sie und schüttelte ihr leuchtend rotes Haar.

Im nächsten Moment schrie sie plötzlich mit scharfer Stimme:

»Was machst du da, du Vollidiot?! Siehst du nicht, dass du die Politur ruinierst, du blöder Hammel?!«

Die Träger, die der aristokratisch anmutenden Dame eine solche Ausdrucksweise nicht zugetraut hätten, ließen fast die Kommode fallen.

»Na los, los«, befahl Alissa und winkte sie mit ihren feingliedrigen Händen heran, »steht nicht rum und haltet Maulaffen feil! Los, setzt eure Hintern in Bewegung!«

Ich seufzte tief, während ich die schlanke, schmale, in schwarze Breeches gehüllte Gestalt zwischen den wie Schränke wirkenden Männern beobachtete.

Mein dritter Ehemann Max Poljanskij fühlt sich unwiderstehlich zu Frauen hingezogen. Er ist ein leidenschaftlicher Schürzenjäger, was auch zu unserer Scheidung geführt hat. Besonders mag er dünne Frauen mit roten Haaren im Farbspektrum von zyklam über knallorange bis zu zarter Möhre. Ich geriet wie zufällig dazwischen. Eines Tages hatte ich im Spiegel meine hellblonden Locken betrachtet und sie zu blass gefunden. Eine gute Tönung gab es damals noch nicht, daher überlegte ich nicht lange, kaufte Henna und rieb mir großzügig den ganzen Kopf ein. Die Wirkung übertraf alle meine Erwartungen. Als ich die grüne Masse nach einer Stunde ausspülte, ähnelte mein Haar dem Fell eines Rotfuchses: Es war ungeheuer rot und glänzte wie wild. Genau an jenem Tag begegnete ich Max ... Der freundliche, intelligente und immer lächelnde Poljanskij sucht sich seine Frauen nach Schema F aus: Es sind fast ausnahmslos Miststücke. Ich wiege mich allerdings in der Hoffnung, hier eine Ausnahme zu bilden; zumindest wandte sich mein Exmann an mich um Hilfe, als er einmal unter falscher Beschuldigung im Butyrka-Gefängnis gelandet war.

Poljanskij hält es meist nicht länger als zwei Jahre mit ein und derselben Frau aus. Die Trennung verläuft immer gleich: Die Ex erhält eine Wohnung, bekommt eine Abfindung und wird verabschiedet. Auch hier war ich eine Ausnahme. Ich ging von selbst, mit einem kleinen Köfferchen, in meine eigenen vier Wände. Kescha allerdings beging einen Diebstahl. Das Kind schleppte den riesigen, fast ein Pud schweren Kater Sebastian aus Max' Haus. Wir hatten das Tier so lieb gewonnen, dass wir es einfach nicht zurücklassen konnten. In der Zeit unseres gemeinsamen Lebens war mir der kastrierte Kater mehr ans Herz gewachsen als mein Ehemann.

Alissa dagegen passt genau ins Bild der Poljanskij'schen Ehefrauen: Ihr Haar ist feuerrot, sie ist mager, launisch und ungeheuer habgierig, dabei aber klug, ihren Freunden sehr zugeneigt, sehr aktiv. Liegt eine verheiratete Freundin im Krankenhaus, rennt Alissa sofort mit Taschen voller Lebensmittel in deren Wohnung. Sie kocht das Mittagessen, bügelt die Wäsche, führt den Hund Gassi, beruhigt das Kind ... In schweren Zeiten ist Verlass auf sie. Allerdings sollte es nicht verwundern, nach der Rückkehr den geliebten Ehemann in Alissas Bett vorzufinden.

Ich hatte eigentlich immer ein gutes Verhältnis zu ihr – es gab nichts, was ich mit ihr hätte teilen müssen.

»Was ist passiert?«, fragte ich interessiert.

Nachdem sie die Möbelträger noch ein letztes Mal angeschrien hatte, drehte sich Alissa hastig mir zu. Wie alle Ballerinen ist sie sehr heftig in ihren Bewegungen.

»Weißt du denn gar nichts?«

»Nein.«

»Max ist ein Schuft, ein Schurke ist er!«

Aha. Wie lange hatten sie zusammengelebt? Fast ein Jahr. Poljanskij spielte also mal wieder *Bäumchen, wechsle dich!*.

»Stell dir vor«, ereiferte sich Alissa, »dieser Sack hat beschlossen, mich rauszuschmeißen! Mich! Vorgestern ist er zu mir gekommen und hat erklärt: ›Verzeih mir, Alissalein, ich war glücklich mit dir, aber jetzt lass uns friedlich auseinander gehen.‹«

»Und du?«, fragte ich, obwohl ich die Antwort schon wusste.

Alissa zuckte mit ihren knochigen Schultern. »Ich hab ihn auch satt. Mich stört bloß, dass ich nicht als Erste von Scheidung gesprochen habe.«

»Das ist doch vollkommen egal.«

»Ist es überhaupt nicht. Jetzt steh ich als verlassene Ehefrau da. Eine widerliche Rolle! Und vor allem: Er ist ein Schweinehund!«

»Was ist denn passiert?«

»Ohne mir vorher was zu sagen, hat er mir eine Wohnung gekauft! Zwei Zimmer! In Krasnogorsk!«

»Was soll daran schlecht sein?«

»Nie im Leben«, sagte Alissa voller Abscheu, »nie im Leben ziehe ich in die Provinz, noch dazu in ein Zweizimmerloch!«

»In die Provinz? Krasnogorsk ist doch fast in Moskau ...«

»Na eben«, zischte Alissa, »fast ... Ich habe ihm meine Bedingungen genannt: Er muss mir eine Wohnung mit mindestens drei Zimmern im Krylatskij-Viertel bezahlen!«

»Wozu brauchst du allein so viel Platz?«

»Wie kommst du darauf, dass ich allein bin? Es gibt da jemanden ... Er kann mir auch den nötigen Lebensstandard finanzieren ...«

»Warum machst du dann Max so einen Ärger wegen der Wohnung?«

Empört ließ Alissa ihre antiquarischen Ohrringe klirren. Ganz bescheiden gerechnet, musste jeder mindestens ein Auto wert sein.

»Soll ich nackt und mittellos weggehen?! Mich so lange gequält haben für nichts und wieder nichts?! Kommt gar nicht infrage! Er kauft mir gefälligst eine Wohnung und schiebt die Kohle rüber! Sonst gehe ich zur Steuerinspektion und erzähle alles über seine versteckten Einnahmen. Dann hat er eben Pech gehabt.«

Der arme Max! Jedes Mal, wenn er zum Standesamt geht, denkt er ganz unschuldig, jetzt sei es das letzte Mal, und plaudert vor der x-ten Ehefrau seine Geschäftsgeheimnisse aus.

»So«, fuhr Alissa fort, »jetzt wohn ich erst mal bei dir. Die Möbel hab ich mitgenommen, damit es der neuen Madame nicht zu gemütlich vorkommt. Du hast doch zwei Gästezimmer? Da kann ich in dem einen wohnen, und in das andere stellen wir die Möbel.«

Das ging zu weit!

»Vielleicht könnte man sie in den Schuppen hinter der Garage stellen?«

»In den Schuppen?«, bäumte sich Alissa auf. »Bist du verrückt geworden? Antiquarische Möbel aus dem achtzehnten Jahrhundert in den Schuppen? Kommt nicht infrage, da kann dein Sperrholz rein, meine kostbaren Sachen werden so aufgestellt, wie es sich gehört.«

Nach einigem Hin und Her einigten wir uns schließlich auf einen Kompromiss: Ins Gästezimmer, das Alissa bewohnen würde, kämen auch ihre Möbel. Was dort keinen Platz mehr haben würde, sollte im Schuppen landen.

»Na los, rührt euch, ihr Faulpelze!«, befahl die Ballerina den Möbelpackern. »Macht schon! Oder habt ihr Ärsche aus Blei?«

»Alissalein«, fragte ich schüchtern, »meinst du, du könntest vielleicht deine Sprache etwas mäßigen?«

Sie starrte mich aus ihren riesigen grünen, nixenhaften Augen an.

»Hä? Was willst du damit sagen? Hast du sie noch alle? Ich drücke mich doch immer sehr gewählt aus. Ah! ... Kaum nagt man am Hungertuch, und schon wird man von oben herab behandelt und zurechtgewiesen ...«

Sie seufzte tief, ergriff eisern mit ihren brillantbewehrten Fingern einen großen, von einem Tuch bedeckten Käfig und lief den Korridor hinunter.

»Was hast du denn da?«, fragte ich schicksalsergeben.

»Fredi«, erklärte Alissa, »meinen Affen. Max hat ihn mir zu Weihnachten geschenkt.«

Ich ließ mich auf den nächsten Stuhl fallen. Ein Affe hatte uns hier gerade noch gefehlt.

KAPITEL 4

Tags darauf gegen zwölf saß ich im Büro des Literaturfonds in der Ussijewitsch-Straße. Die für Reiseanträge zuständige Mitarbeiterin widmete sich meiner Frage nach der Wohnadresse von Nina Waganowna Sundukjan mit höchster Aufmerksamkeit. Eine große Schachtel mit Pralinen lag ermunternd vor ihr auf dem Schreibtisch. Sie suchte eifrig in der Kartothek und verkündete dann freundlich lächelnd:

»Tschernjachowskij-Straße Nummer vier. Nur zwei Schritte von hier. Es ist eine unserer Schriftstellerkooperativen.«

Gespannt machte ich mich auf und fuhr in meinem Auto zur genannten Adresse um die Ecke. Der Hauseingang war verschlossen, also läutete ich beim Schildchen mit dem Namen Sundukjan. Die Gegensprechanlage blieb stumm. Ich drückte den Knopf noch ein paar Mal – nichts. Nachdenklich lehnte ich mich an meinen Volvo und begann zu rauchen. Da kam eine dünne Frau aus dem Haus, die auf dem Arm einen Mopswelpen hielt.

»Bitte lassen Sie die Tür nicht zufallen«, bat ich.

»Zu wem wollen Sie denn?«, fragte sie misstrauisch, während sie das winselnde Hündchen am Bürgersteig absetzte.

»Zu Frau Sundukjan.«

»Zu Nina? Aber die hat ihre Wohnung doch schon lange vermietet, die Arme.«

»Warum ›die Arme‹?«

»Woher kennen Sie sie?«, stellte mir mein Gegenüber die Gegenfrage.

Fieberhaft überlegte ich, für wen ich mich ausgeben könnte, um die Dame zum Reden zu bringen. Da kam mir eine glänzende Idee. Ich zog meinen französischen Pass ostentativ aus der Tasche und lächelte freundlich.

»Ich arbeite für einen Pariser Verlag, Les Éditions du Pingouin. Dort soll eine Reihe mit Büchern russischer Autoren herausgegeben werden. Vielleicht fangen wir mit Frau Sundukjan an. Ich bin beauftragt, Erkundigungen einzuholen.«

Sie hob den Welpen, der noch nicht dazu gekommen war, sein Geschäft zu verrichten, wieder hoch und schlug mir vor:

»Darf ich Sie auf einen Kaffee einladen? Woran sind Sie interessiert? Nur an Gedichten oder auch an Prosa?«

»Wir brauchen alles«, antwortete ich, während wir den dunklen Hausflur betraten.

Ein vorsintflutlicher Aufzug mit eisernen Klapptüren brachte uns in den vierten Stock. Der befremdete Mops bekundete seinem Frauchen laut und deutlich sein Missfallen. Die Dame klapperte mit den Schlüsseln und zeigte mit dem Finger auf die Nachbartür.

»Das ist Ninas Wohnung. Wir sind befreundet.«

»Das heißt, Sie können mir von ihr erzählen?«

»Wozu?«, fragte sie interessiert und fügte feierlich hinzu: »Darf ich mich vorstellen: Tatjana Kossolapowa, Schriftstellerin.«

»Sehen Sie, Tatjana, Monsieur Ravel, der Eigentümer des Verlags, ist ein Mann mit strengen Prinzipien. Bevor er ein Buch druckt, möchte er genau über den Autor Bescheid wissen. Monsieur Ravel steht Leuten mit nicht traditioneller sexueller Ausrichtung, Vorbestraften und Menschen, die viele Ehen hinter sich haben, sehr ablehnend gegenüber ... Die Werke solcher Autoren nimmt er nicht an, so gut sie auch sein mögen.«

»Das ist ja geradezu albern«, bemerkte Tatjana vernünftig, während sie den Wasserkessel auf den Herd stellte. »Ich habe immer gedacht, das wichtigste Kriterium für ein Buch sei die Verkäuflichkeit, der kommerzielle Erfolg.«

Ich merkte, dass ich den Verleger nicht sehr glücklich beschrieben hatte, und versuchte, die Lage, so gut es ging, zu retten:

»Monsieur Ravel ist irrsinnig reich. Sein Vermögen hat er anderswo gemacht – die verlegerische Tätigkeit ist für ihn nur ein Hobby, da lebt er seine Launen aus. Aber geizig ist er nicht, er zahlt gute Honorare. Was schreiben Sie denn? Krimis?«

Würdig antwortete die Kossolapowa:

»Bücher dieses Niveaus hab ich noch nicht einmal in der Hand gehabt. Mein Feld ist die wahre Literatur. Ich schreibe philosophische Erzählungen ... manchmal suche ich zwei Wochen lang nach einer Metapher ...«

Ich musterte die alten, schäbigen Küchenmöbel und das, was sie mir zur Bewirtung auf den Tisch gestellt hatte: ein angeschlagenes Glas mit löslichem Kaffee, Pfefferminzkuchen und Karamellbonbons. Tatjana konnte bestimmt Geld gebrauchen.

»Wo wohnt hier der Hausmeister?«

»Im Untergeschoss. Was wollen Sie denn von ihm?«

»Monsieur Ravel möchte, wie ich bereits erwähnt habe, Informationen über die Autoren, deren Bücher er verlegt – und er ist auch bereit, gutes Geld dafür zu bezahlen. Der Hausmeister kann mir sicher ...«

»Ich erzähle Ihnen alles, was ich weiß!«, rief die Kossolapowa.

Sie selber war die Tochter eines Schriftstellers und hatte ihr Leben lang in dem Haus an der Tschernjachowskij-Straße gewohnt. Nina dagegen war erst vor fünf Jahren eingezogen.

»Die Großmutter hat ihr die Wohnung überlassen«, erklärte Tatjana, »Susanna Aschotowna, eine berühmte Übersetzerin mit einem Haufen Geld. Nina bekam alles: drei Zimmer, die Einrichtung und dazu wahrscheinlich auch noch Geld, weil sie sich gleich ein Auto kaufte. Von ihren Honoraren kann sie nicht leben, Sie wissen selbst, was für Gedichte sie schreibt. Sie ist ja bei weitem keine Achmatowa oder Zwetajewa. Soviel ich weiß, sind vor drei Jahren zum letzten Mal Gedichte von ihr in der *Literaturka* erschienen – jedem im Haus hat sie das damals auf die Nase gebunden. Dabei hat sie nicht schlecht gelebt, die Kopeken nicht gezählt. Anscheinend hat sie das Gesparte ihrer Oma verbraucht.«

Aber alles Gute hat einmal ein Ende, und so war auch die Sparbüchse irgendwann leer. Zuerst ließ Nina den Kopf ein wenig hängen, aber dann fand sie schnell einen Ausweg, nämlich einen Liebhaber, der zwar jung, aber anscheinend wohlhabend war. Er fuhr einen neuen Mercedes und schleppte immer riesige Taschen nach oben, aus denen die Hälse von teuren Likören und Störfleischpackungen hervorschauten. Wenn er den Aufzug benutzt hatte, blieb ein dauerhafter Geruch nach Wohlstand, nach französischem Aftershave und amerikanischen Zigaretten zurück. Nina erschien mal in einem neuen Pelz, mal in einem schicken Mantel.

Als der Knabe nach einem Jahr wieder verschwand, trauerte ihm die Sundukjan eine Weile nach. Ein paar Mal lieh sie Geld von Tatjana, letztes Jahr vermietete sie dann ihre Gemächer für teures Geld und zog selbst in ihre alte Wohnung am Sirenjewyj-Boulevard zurück.

»Sie hat mir gesagt«, eröffnete mir Tatjana, »es sei natürlich schön in einer schicken Wohnung, aber jetzt brauche sie Geld. Früher hatte sie ihre Wohnung am Sirenjewyj vermietet, jetzt wollte sie es andersherum machen. Dort hat sie nur schäbige zwei Zimmer, sie bekam gerade ein bisschen Miete dafür, während man ihr hier das Zehnfache zahlt. Gewaltiger Unterschied, was?!«

Ich schnalzte mit der Zunge und fragte sie nach der Adresse. Die Kossolapowa schlug bereitwillig ihr Adressbuch auf. Jetzt hätte ich sie gern verlassen, aber daraus wurde nichts. Ich musste mir erst noch zwei Stunden lang interessiert philosophische Parabeln anhören. Schließlich zogen sich mir vor Anstrengung die Backenknochen zusammen, und die Augen fielen mir vor Langeweile zu. Ich kämpfte mit dem Schlaf und nickte dabei mit dem Kopf wie ein chinesischer Götze, aber Tatjana bemerkte nichts. Sie las und redete und las.

Mit solcher Literatur könnte man bestimmt ein Vermögen machen, wenn man sie in Apotheken als Schlafmittel anbieten würde. Der Erfolg wäre garantiert.

Gegen vier konnte ich mich endlich befreien. Ich fühlte mich, als hätte ich Holz gehackt: Die Beine zitterten, die Hände gehorchten mir nicht mehr, im Kopf herrschte vollständige Leere.

Der Sirenjewyj-Boulevard liegt am anderen Ende Moskaus. Jetzt, zur Stoßzeit, war es nicht gerade günstig, dorthin zu kommen. Nachdem ich endlos in verschiedenen Staus gestanden hatte, parkte ich um sechs endlich vor dem gesuchten Haus. Ich glaube fast, mit der Metro ist man manchmal schneller dran, es ist weniger gefährlich, und Benzin braucht man auch keines …

Was Tatjana Kossolapowa über den unterschiedlichen Lebensstandard gesagt hatte, stimmte. Das Haus, vor dem mein Volvo zum Stillstand gekommen war, ähnelte der Schriftstellerkooperative nicht im Geringsten. Es war ein vierstöckiger Plattenbau aus der allerersten, allerhässlichsten Bauserie. Die Fenster lagen dicht an dicht, so dass kaum Platz für die Wände blieb. Der Hausflur erfreute das Auge durch seine eingeschlagenen Scheiben, besudelten Treppen und erstaunlichen Graffiti. Von einem Aufzug natürlich keine Spur, aber das machte nichts, denn die Wohnung, zu der ich wollte, lag im Erdgeschoss.

Durch die einfache Holztür, die mit Kunstleder beschlagen war, pfiff unbarmherzig der Wind. Ich bückte mich. Der Spalt war so breit, dass ich meine Handfläche fast ganz hindurchschieben konnte. Im Winter liefen die Bewohner wahrscheinlich in Filzstiefeln durch die Wohnung.

Offenkundig war keiner zu Hause. Auf mein Klingeln antwortete niemand, als ich klopfte, schaute die Nachbarin aus der Wohnung rechts daneben und bellte unzufrieden:

»Was prügeln Sie auf die Tür ein?! Nina ist weggefahren.«

»Wohin?«

»Weiß der Teufel.« Die Nachbarin zuckte mit ihren fetten Schultern.

Das Gesicht der Dame war mit einer gleichmäßigen Cremeschicht bedeckt, ihre Haare waren auf vorsintflutliche Lockenwickler gewickelt, es stank aus ihrer halb geöffneten Tür. Wahrscheinlich wurde zum Abendessen gerade eine krepierte Katze gekocht.

»Irgendwo aufs Land«, fuhr die Nachbarin fort. »Sie sagte, sie wolle sich erholen. Ich weiß zwar nicht, wovon, da sie weder Kinder noch einen Mann noch eine Arbeit hat ... Wer sind Sie überhaupt?«

Seufzend zog ich meinen französischen Pass heraus.

»Hier, ich komme aus Paris, ich habe ein Päckchen für sie.«

»Nein, so was.« Meine Gesprächspartnerin schlug die Hände über dem Kopf zusammen. »Direkt aus Paris? Wie gut Sie Russisch sprechen! Sind Sie womöglich emigriert?«

Ich nickte.

»Wo ist das Päckchen?«

»Im Auto.«

»Fahren Sie bald wieder weg?«

»Morgen.«

»Ich heiße Soja«, sagte sie plötzlich zutraulich. »Bringen Sie mir Ihr Päckchen, ich werde es Nina übergeben.«

»Nein«, antwortete ich entschieden, »ich habe den Auftrag, es persönlich zu überreichen.«

»Sie trauen mir nicht?«, fragte Soja empört. »Sie brauchen nicht misstrauisch zu sein. Schauen Sie nur.«

Sie nahm einen kleinen Schlüsselbund vom Kleiderhaken.

»Nina lässt immer die Schlüssel bei uns, für alle Fälle.«

»Dann schließen Sie mir die Wohnung auf, und wir legen das Päckchen auf den Tisch«, schlug ich vor.

»Interessant«, wandte sie ein, »mir wollen Sie's nicht geben, obwohl ich Nina schon ein halbes Leben lang kenne, aber Sie soll ich in die Wohnung lassen!«

»Machen wir es doch so«, schlug ich friedlich vor, »wir schließen Ninas Wohnung auf, gehen zusammen rein, und Sie schauen zu, wie ich das Päckchen ablege.«

»Na schön, einverstanden.«

In meinem Kofferraum liegen immer ein paar Schachteln herum. Ich nahm eine heraus, suchte mir auf dem Weg einen Pflasterstein aus, wickelte ihn in ein paar schmutzige Lappen, steckte das Ganze in einen Schuhkarton und stopfte diesen in die Schachtel.

Soja stand immer noch in der Tür.

»Was ist denn da drin?«, fragte sie neugierig, während sie den Schlüssel ins Schloss steckte.

»Bücher.«

»Wozu haben Sie ihr so etwas Überflüssiges aus Frankreich mitgebracht?«, fragte Soja und öffnete den wackeligen Türflügel. »Für Bücher hat sie überhaupt keinen Platz.«

Ich ging in die kleine, modrig riechende Diele und stieß einen Pfiff aus. Wenn es etwas gab, das man hier nicht brauchte, dann waren es Bücher. An allen Wänden des winzigen Vorraums und des kleinen Korridors befanden sich Regale.

Im Zimmer sah es nicht anders aus. Wo man auch hinsah, standen Bücher aller Größen. Puschkin, Lermontow, Tjutschew, Goethe, Heine, Brecht. Daneben etwas weniger bekannte, dafür aber nicht weniger geniale Autoren wie Brjussow, Baratynskij, Odojewskij, Wjasemskij …

Die Möbel waren extrem einfach, um nicht zu sagen ärmlich. Ein altes, abgenutztes Sofa, ebensolche Stühle, durchgesessene Sessel. Nur der Computer mit dem großen, modernen Monitor passte nicht ins Bild.

Von Sojas wachsamem Blick begleitet, stellte ich die Schachtel mit meinem Geschenk auf den Schreibtisch, zeigte mit dem Finger zum Flur und sagte entsetzt:

»Sehen Sie nur, eine Maus!«

»Wo?«, kreischte sie auf und drehte sich jäh zur Tür um.

Das reichte, damit ich das kleine Notizbuch, das ich neben dem Computer entdeckt hatte, einstecken konnte.

»Mein Gott«, seufzte Soja händeringend, »schrecklich, im Erdgeschoss zu wohnen. Ratten, Mäuse und Kakerlaken sind bei uns zu Hause. Im Winter ist es kalt, im Sommer haben wir Mücken … Ein Loch ist das und keine Wohnung.«

Ich fuhr ein paar Häuserblocks weiter, dann zog ich meine Trophäe heraus und studierte die Seiten aufmerksam. Es gab nur wenige Telefonnummern, vorrangig von verschiedenen Ärzten: von einem Gynäkologen, einem Zahnarzt, einem Neurologen, einem Kardiologen, einem Gastroenterologen ... Die reinste Poliklinik! Ich machte es mir bequem und begann, jene Nummern durchzutelefonieren, bei denen nur Namen notiert waren. Aber Sergatschow war der Fliesenleger, Kowaljowa die Malerin und Koslowa die Stuckateurin.

Nachdenklich steckte ich mir eine Zigarette an und betrachtete das Büchlein von allen Seiten. In meinem Kopf entstand das Bild einer ewig kränkelnden Frau, die immerzu ihre Wohnung renovieren lässt. Ich warf die Kippe weg und machte weiter. Wieder nur irgendwelche Geschäftskontakte. Zehn Nummern gehörten zu verschiedenen Verlagen, dann kamen der Friseur, der Computerfritze, die Reinigung ...

Schon völlig hoffnungslos wählte ich eine der letzten Nummern und hörte ein leises:

»Hallo?«

»Spreche ich mit der Werkstatt?«

»Nein, privat.«

»Oh, verzeihen Sie bitte die merkwürdige Frage: Kennen Sie eine Nina Waganowna Sundukjan?«

»Das ist meine Cousine. Ist was passiert?«

Ich schwieg einen kurzen Moment. Dann hörte ich vom anderen Ende der Leitung:

»Hat sie sich das Leben genommen?«

»Ich komme zu Ihnen. Wo wohnen Sie?«

Mit ersterbender Stimme teilte mir die Frau die Adresse mit: Kolomajewskij-Gasse, am Rande Moskaus, direkt auf dem Weg nach Loschkino. Ich startete meinen Volvo und fuhr mit der für mich beachtlichen Geschwindigkeit von sechzig Stundenkilometern zu der Unbekannten.

Dass die Frau, die aus dem Fenster gesprungen war, und die junge Dame, die mir die Tür öffnete, nahe Verwandte waren, konnte ich auf den ersten Blick erkennen: dieselben schwarzen Locken, dunklen Augen und erstaunlich geraden Gesichtszüge.

»Sind Sie von der Miliz?«

Ich schüttelte den Kopf. Sie führte mich ins Zimmer und hörte sich schweigend meine Schilderung der Ereignisse an. Dann begann sie leise und verzweifelt zu weinen. Wie ein aufgescheuchtes Huhn lief ich los, holte ihr Wasser, Valocordin und ein Taschentuch.

»Nicht doch«, lehnte sie die Beruhigungstropfen ab, »bitte, darf ich mich vorstellen: Liana Sundukjan ist mein Name.«

Wir schüttelten einander die Hände, und Liana fragte:

»Möchten Sie etwas zu trinken?«

In der kleinen Küche bekam ich einen vorzüglichen Kaffee, kräftig, süß, mit einem wunderbaren, hellbeige gefärbten Milchschaum. Er war unbeschreiblich lecker. Als sie sah, mit welchem Genuss ich ihn trank, seufzte Liana:

»Ninel hat ihn noch besser zubereitet. Sie hat immer Witze gemacht: ›Wenn ich einmal nicht mehr bin, werdet ihr so einen Kaffee nie wieder kriegen.‹«

»Ninel?«

»Ja, das ist ihr eigentlicher Name. Aber sie mochte ihn nicht, daher hat sie sich immer Nina genannt.«

»War sie gemütskrank?«

Liana schüttelte den Kopf.

»Nur manchmal etwas seltsam. Oft sagt man über solche Leute, dass sie verrückt sind, aber die Ärzte finden keine Besonderheiten. Als unsere Oma Susanna noch lebte, schickte sie Ninel einmal zu einem Psychiater. Der schrieb ein ganzes Blatt voll, in dem im Wesentlichen nur stand, dass sie eine kreative Persönlichkeit mit einer unwahrscheinlich entwickelten Einbildungskraft sei. Man hatte es manchmal wirklich schwer mit ihr!«

»Warum?«

Liana zündete sich eine Vogue Menthol an. Diese Art von Zigaretten kann ich nicht ausstehen, sie schmecken, als würde man einen Kaugummi mit Pfefferminzgeschmack rauchen.

Aber sie zog mit offenkundigem Genuss daran und erzählte mir Ninas Geschichte.

Ihrer beider Väter, Susanna Aschotownas Söhne, waren Brüder, die wiederum zwei Schwestern heirateten. In der ersten Zeit lebten sie gemeinsam in der großen Wohnung der Großmutter, später zogen sie auseinander. Aber den engen Kontakt erhielten sie aufrecht und verbrachten die Wochenenden und Feiertage meist zusammen. Lärmend fuhren sie gemeinsam zum Picknicken und zum Fischen. Auch ihre Kinder wurden praktisch gleichzeitig geboren, zuerst Liana, drei Monate später Ninel. Von frühester Kindheit an war die Kleinere seltsam gewesen.

In der Familie verständigte man sich grundsätzlich nur schreiend.

»Lianalein«, schrie ihr Vater, »geh sofort weg vom Gas, sonst dreh ich dir den Hals um!«

»Ninel«, echote sein Bruder und fuhr noch lauter fort, »zieh dir warme Stiefel an, es regnet!«

Von außen konnte es so scheinen, als wollten sie sich gegenseitig umbringen. Die Konflikte in der Familie verliefen wie im Kino. Die Frauen verdrehten die Augen und ließen sich zu Boden sinken, die Männer brachen sich gegenseitig die Hand und riefen die Erste Hilfe. Dann umarmten sie sich und weinten einmütig und lauthals um die Wette. Auch ihre Hunde waren plemplem: Sie bellten tagaus, tagein ohne jeden Grund und machten die Nachbarn verrückt.

Nina hingegen war schon als Kind still wie ein Mäuschen. Ganze Tage saß das Mädchen mit Büchern da, das Lesen hatte es sich selbst beigebracht. Einmal kam Susanna in Ninels Kinderzimmer und schlug ihr vor:

»Jetzt gehst du zu Bett, und Oma liest dir was vor.«

»Das brauchst du nicht«, murmelte Nina, »das kann ich selbst.«

Die Oma erstarrte. Sie hatten dem Kind noch nicht einmal die Buchstaben gezeigt.

Von diesem Moment an verließ Nina praktisch nicht mehr ihr Zimmer. Ebenso unbemerkt von der Umgebung lernte sie schreiben. Während sie die Wange mit der einen kleinen Hand abstützte, ließ sie die andere selbstvergessen über ein Blatt Papier gleiten.

»Sie wird Akademikerin!«, schrie ihr Vater. »Den Nobelpreis wird sie bekommen, die Klassenbeste wird sie sein!«

»Ein Genie, ein Wunderkind!«, verkündete Susanna begeistert.

Aber als Nina in die Schule kam, verflüchtigten sich die ehrgeizigen Träume der Verwandten sehr rasch. Es stellte sich heraus, dass das Kind nicht sehr lernfähig war. Die Mathematik war für Nina eine unüberwindbare Hürde, die Geografie langweilte sie ... In der fünften Klasse war klar, dass sie keine Aufsätze schreiben konnte; die vom Lehrplan vorgeschriebenen Autoren Scholochow, Fadejew und Fedin wollte sie partout nicht lesen. Die Lehrbücher für Physik, Chemie und Geometrie schlug sie anscheinend noch nicht einmal auf. Kurz gesagt: In der achten Klasse flog Nina mit großem Geschrei von der Schule. Sie hätte das Polytechnikum vor sich gehabt. Die Eltern fassten sich an den Kopf. Eine Woche lang flogen zu Hause die Stühle durch die Gegend, und das Geschirr ging zu Bruch. Vater, Mutter, Onkel, Tante und Oma stritten sich über Ninas Zukunft. Der Gegenstand der Streitigkeiten saß derweil ungerührt in seinem Kinderzimmer und verfasste schlechte Reime.

Den Ausweg fand schließlich Oma Susanna. Als hervorragende Übersetzerin und Mitglied des Schriftstellerverbandes hatte sie die Möglichkeit, eine literarische Sekretärin anzustellen. Von der Idee her ist das eine Person, die einem Schriftsteller bei der Arbeit hilft. Sie beantwortet Leserbriefe, schreibt die Manuskripte mit der Schreibmaschine ab, bringt das Archiv mit den unsterblichen Werken des Autors in Ordnung ... Ihr steht ein Gehalt zu, dass der Schriftsteller selbst auszahlt, ebenso ein Arbeitsbuch, Krankschreibung ohne Verdienstausfall und bezahlter Urlaub. Es wird wohl Schriftsteller gegeben haben, die tatsächlich solche Arbeitskräfte einstellten, meist aber waren die Lyriker und Prosaisten doch so schlau, ihren Verwandten – den Ehefrauen oder Kindern – diese Stellung zu verschaffen, wenn Letztere nirgendwo arbeiteten, aber doch den Status von Berufstätigen haben wollten. So machte also Susanna Nina zu ihrer Sekretärin.

Das Mädchen dichtete tagelang und ließ sich zum Leidwesen ihrer Verwandten mitunter überhaupt nicht mehr blicken. Endlich kam der große Tag. Die Zeitschrift *Junost* gab eine Auswahl ihrer Gedichte heraus und nannte sie eine »junge, talentierte Lyrikerin«. Wieder brach die ganze Familie in Jubel aus. Großmutter Susanna kaufte fast die gesamte Auflage auf und verschenkte sie an alle Bekannten.

Vor diesem Hintergrund wuchs unbeachtet die Klassenbeste Liana auf.

»Ich konnte sie schon in der Kindheit nicht leiden«, gestand sie mir traurig, »immer wurde sie wie ein rohes Ei behandelt: Ninalein hier, Ninalein da. ›Sie braucht ein neues Kleidchen, sie ist ja so talentiert ...‹«

Nach der Schule ging Liana auf die medizinische Fakultät, und Nina wurde am Literaturinstitut angenommen.

»Unsere Großmutter hatte sich darum bemüht«, erklärte Liana, »man hat sie im Verband sehr verehrt. Sie ging durch alle Instanzen, um Nina dort unterzubringen.«

Bis zu ihrem Abschluss kamen zwei schmale Lyrikbände heraus, und Nina war jetzt Mitglied des Schriftstellerverbandes.

Geld brachten die Gedichte nicht ein, aber das verlangten die Eltern von ihrer Tochter auch nicht.

»Soll sie schreiben«, rief der Vater, »dann macht sie unserem Namen Ehre!«

So lebten sie – Ninel in den Wolken und Liana mit beiden Beinen fest auf dem Boden.

Aber plötzlich hatte es mit dem sorglosen Leben ein Ende. An einem warmen, sonnigen Maientag fuhren die Brüder Sundukjan mit ihren Frauen zum Picknicken aufs Land. Liana hatte sich irgendwo eine Grippe geholt und lag mit Fieber im

Bett, während Ninel an solchen Unternehmungen grundsätzlich nicht teilnahm.

Um zwei Uhr nachmittags rief die Miliz an. Der Wolga, den der eine der Brüder gelenkt hatte, war mit voller Geschwindigkeit in einen Transportbetonmischer gerast. Alle waren auf der Stelle tot.

Sie beerdigten die vier zusammen in einem Grab.

Nach dem Tod ihrer geliebten Söhne und Schwiegertöchter alterte Susanna schnell, wurde krank und starb schließlich vor sechs Jahren. Vor ihrem Tod rief sie Liana zu sich und sagte:

»Kind, meine Wohnung überschreibe ich Nina, du darfst nicht böse sein. Du hast eine Ausbildung und wirst dich immer ernähren können. Ninalein kann gar nichts, sie wird vor Hunger sterben. Außerdem hast du ja eine kleine Wohnung.«

Liana hörte ihrer Großmutter schweigend zu. Fast wäre ihr herausgerutscht, dass sie schließlich gleich alt seien und dass auch Nina eine Wohnung habe. Aber sie beherrschte sich.

Nach Susannas Tod zog Ninel in die Tschernjachowskij-Straße um, vermietete ihre alte Wohnung und genoss ihr Leben aus vollen Zügen. Liana übernahm dagegen noch mehr Bereitschaftsdienste in der Poliklinik und kämpfte wacker mit allen Schwierigkeiten. Ihr Leben war nicht leicht. Die Cousinen telefonierten nur selten miteinander, sie waren nicht besonders befreundet. Liana hatte die Kränkung nicht verwunden, und Nina kümmerte sich sowieso um niemanden.

Nach einigen Jahren hatte Liana sich aus ihrer Armut herausgearbeitet. Sie schwamm zwar nicht im Geld, aber sie galt als hervorragende Zahnärztin und hatte eine riesige Praxis. Mit Nina dagegen ging es steil bergab. Ihre Gedichte wurden nicht gedruckt, die Preise für die Mietwohnungen sanken, für ihre Einzimmerwohnung wollte keiner mehr viel zahlen ... Da begann die Lyrikerin ihrer erfolgreicheren Cousine hinterherzutelefonieren.

»Ihre Unverfrorenheit war mir zuwider«, sagte Liana und schüttelte sich. »Immer hörte ich nur: ›Rück schon Geld rüber!‹ Sie scheute sich noch nicht einmal, mich moralisch unter

Druck zu setzen: ›Die Großmutter hat dir aufgetragen, für mich zu sorgen.‹ Irgendwann hielt ich es nicht mehr aus und gab zurück: ›In der Poliklinik brauchen sie eine Krankenpflegerin. Wenn du willst, bring ich dich da unter.‹ Sie war richtig beleidigt: ›Ich bin eine Künstlerin. Wenn ich anfange, den Boden zu wischen, kann ich nicht mehr denken. Körperliche Arbeit ist nur was für Dummköpfe.‹«

Nach diesen Worten hatte Liana die Nase gestrichen voll und verweigerte ihrer Cousine jegliche finanzielle Unterstützung. Da öffnete Ninel das Fenster, kletterte auf das Fensterbrett und erklärte:

»Leb wohl, Cousine, im Jenseits werden wir uns wiedersehen!«

Erschrocken griff Liana nach ihrem Portemonnaie. Seit diesem Tag erpresste Nina ihre Cousine. Zuerst verlangte sie eine große Summe. Wenn die andere ablehnte, drohte sie damit, aus dem Fenster zu springen oder sich vor einen Zug zu werfen. Das letzte Mal, vor ein paar Tagen, war Liana zum ersten Mal hart geblieben.

»Ich habe einfach genug gehabt«, seufzte sie. »Jede Hundertrubelnote ist hart erarbeitetes Geld, und für Nina sind selbst tausend nur ein Witz. Sie gibt ja schon so viel für ihre Ärzte aus.«

»Ist sie krank?«

»Nur im Kopf«, erklärte Liana. »Sie hat immer behauptet, sie könne wegen ihrer schwachen Konstitution nicht arbeiten. Mal sieht sie schlecht, mal hört sie nicht, dann ist sie wieder schlaflos …«

Kurz, Liana hatte ihr den Geldhahn zugedreht, und als die andere zum x-ten Mal mit Selbstmord drohte, zeigte sie zum Fenster und sagte scharf:

»Na, dann los, spring! Ich werde nicht um dich weinen. Es ist billiger für mich, dich einmal zu beerdigen, als dich mein Leben lang zu finanzieren.«

Natürlich ging Ninel nicht zum Fenster, sie zischte nur:

»Sieh dich vor, meine Liebe, das wirst du noch bereuen.«

Seitdem hatte Liana sie nicht mehr gesehen.

»War sie verheiratet?«

»Lange hielt es keiner bei ihr aus«, sagte Liana höhnisch. »Wer fängt schon mit so einer was an? Sie kann nichts, ist egoistisch bis ins Mark, beklagt sich ständig ...«

»Und Kinder?«

»Sie hat ein paar Mal abgetrieben.«

Ich verabredete mich für den nächsten Tag mit Liana bei der Miliz und fuhr nach Hause.

KAPITEL 5

Im Hof war es stockfinster, die Zeiger meiner Uhr standen auf elf, aber im Haus brannte überall Licht. Sehr seltsam. Normalerweise ist an Wochentagen um diese Zeit nur noch das Wohnzimmerfenster schwach erleuchtet, weil Häschen die Sendung *Erste Hilfe* schaut. Manja und Kescha schlafen meist schon, denn die eine muss am nächsten Morgen zur Schule, der andere zur Arbeit. So was wie heute passierte sonst nur an Silvester.

In der Diele hing alles voll mit Mänteln und Jacken, aus dem Wohnzimmer drang Gelächter. Ich öffnete die Tür und blieb erstaunt stehen: Im Zimmer waren lauter reichlich angetrunkene Unbekannte, etwa fünf Männer und ebenso viele Frauen. Alissa, die sich in hellorange Hosen und ein ebenso knalliges Jäckchen geworfen hatte, redete laut mit der rötlich angelaufenen Olga. Kescha, der sonst immer früh schlafen geht, tanzte neben dem Kamin langsam mit einer Frau, Manja verschlang gerade fröhlich lachend irgendetwas Weißes und offenkundig Leckeres.

»Mamilein«, schrie sie los, »da bist du ja endlich! Wir feiern Geburtstag!«

Vor Schreck lehnte ich mich an den Türpfosten. Ich vergesse diese Familienfeierlichkeiten immer wieder. Wie oft habe ich meine Liebsten schon verärgert, weil ich es zum x-ten Mal versäumte, ein Geschenk zu besorgen. Meine Kinder lieben Feierlichkeiten und nutzen jede Gelegenheit. Also feiern wir alle »roten Tage« im russischen und französischen Kalender, natürlich Ostern, Weihnachten und Silvester. An besonderer Stelle steht der achte März, der Frauentag, an dem Kescha die ganze Arbeit hat. Dafür kriegt er am dreiundzwanzigsten Februar, dem Tag der Roten Armee, Geschenke, auch wenn ich gar nicht weiß, warum, denn mit der Armee hat er überhaupt nichts zu tun. In letzter Zeit haben wir sogar angefangen, den Valentinstag zu feiern. Aber jetzt war Mitte März. Ich ließ mir die Daten durch den Kopf rattern. Manjas Geburtstag war der sechste September, Keschas der neunundzwanzigste, Häschens der dreizehnte November. Ihr Hochzeitstag fiel auf den achtundzwanzigsten April. Die Zwillinge hatten sich für ihre Geburt ausgerechnet den einunddreißigsten Dezember ausgesucht. Wer zum Teufel konnte bloß heute das Geburtstagskind sein? Offensichtlich drückte mein Gesicht vollkommenes Unverständnis aus, denn Manja fing an zu lachen:

»Da kommst du nie im Leben drauf! Schau doch mal zum Tisch!«

Ich warf einen Blick auf die Gläser, Teller und Speisen. Am Kopf des Tisches thronte auf dem hohen Kinderstuhl der Affe. Sein Kopf war mit einem blauen Papierhütchen geschmückt.

»Willst du sagen ...?«

»Genau«, nickte Manja und kreischte vor Freude. »Fredi hat heute Geburtstag. Ist doch bombig, oder? Das Fest hat sich Alissa ausgedacht.«

»Es gehört sich nicht, Alissa Michailowna einfach beim Vornamen zu nennen. Sie ist älter als du«, entfuhr es der traditionsbewussten Pädagogin in mir.

»Aber Mamilein«, sagte Manja und verzog ihr Gesicht, »sie hat mich doch selbst gebeten, sie so zu nennen. Sie sagt, der Vatersname macht sie alt. Was für eine Supertante! Wieso bin ich nicht selbst draufgekommen, für unsere Haustiere Geburtstage einzurichten?«, sagte sie begeistert. »Morgen suche ich mir die Zuchtpapiere raus und schaue nach, wann sie geboren sind. Das müssen wir mit allen so halten: eine gedeckte Tafel, Gäste, Geschenke.«

Eine großartige Idee, bei fünf Hunden und zwei Katzen, einem Papagei, Hamstern und ein paar Eidechsen. Hoffentlich würden sie wenigstens die Geburtsdaten Letzterer nicht herausfinden können.

»Dascha«, schrie Alissa, »da bist du ja! Endlich! Du Schlampe, wo hast du dich den ganzen Tag herumgetrieben? Bestimmt warst du mit allen deinen Männern im Bett! Das tut dir nicht gut, du wirst dich noch zu Tode bumsen. Mach mal eine Pause, schlaf und iss was stattdessen!«

Ich spürte, wie mir das Blut in den Kopf stieg. Olga lachte laut los, während Manja begeistert ausrief:

»Hammerhart!«

»Pass mal auf«, fuhr ich meine Tochter erbost an, »du gehst jetzt schlafen. Morgen musst du zur Schule.«

»Aber Mamilein«, jammerte sie los, »sei doch keine Spielverderberin.«

»Lass das Mädchen in Ruhe«, mischte sich Alissa ein, »was mäkelst du an ihr herum? Wenn sie einmal schwänzt, läuft ihr die blöde Schule nicht gleich davon. Als ich so alt war wie sie, hab ich mich nur für Jungs interessiert und die Hälfte der Stunden verbummelt!«

»Da hast du's!«, jubelte Manja. »Dagegen bin ich doch der reinste Engel ...«

Ich hatte keine Kraft zu streiten, ließ meinen Blick in dem unordentlichen Wohnzimmer umherschweifen, sah, wie fröhlich meine Lieben waren, und machte mich seufzend zur Küche auf. Menschenaufläufe, gesellige Abende und Tänze kann ich nicht ausstehen.

Um den runden Küchentisch hatten Katja und Irka kämpferisch Stellung bezogen.

»Ihre Freundin ist ja nicht normal«, erklärte Katja sofort. »Sie hat mich angewiesen, innerhalb einer Stunde ein Abendessen für einen Haufen Leute herzurichten. Sie hat gesagt, wenn ich das nicht schaffe, entlässt sie mich. Ich hab geschuftet wie eine Verrückte und hab's doch kaum hingekriegt! Denken Sie, sie hätte sich bedankt? I wo! Geschimpft hat sie, ich hätte die Kartoffeln zerkocht ...«

Während ich der entrüsteten Köchin zuhörte, traute ich meinen Ohren nicht. Wie war das möglich? Das sagte Katja, die strenge Frau mit der messerscharfen Zunge, vor der wir immer ein bisschen Angst hatten. Alissa hatte die Köchin im Nu auf ihren Platz verwiesen. Unsere Haushälterin anscheinend auch, denn Irka verkündete beleidigt:

»Und mir hat sie aufgetragen, das Wohnzimmer dreimal hintereinander zu saugen, nie war es ihr gut genug. Sie kroch unter das Sofa und schrie mich an: ›Hier machen Sie wohl nie sauber! Und die Rückseite des Fernsehers ist vollkommen verstaubt, eine Schande ist das!‹ ...«

In diesem Moment kam Alissa hereingeflogen und unterbrach den aufgeregten Wortschwall. Sie stemmte die Hände in die Hüften und fragte aufgebracht:

»Dascha, und du gibst diesen Schlampen auch noch Geld?«

»Natürlich«, sagte ich verwirrt.

»Ein großer Fehler bei diesen Faulpelzen, die zu nichts in der Lage sind. Katja kann noch nicht mal Kartoffeln kochen, sie waren völlig zerkocht. Es ist ja peinlich, so was auf den Tisch zu stellen! Das Fleisch ist zäh wie eine Schuhsohle, und den Salat kann sogar mein Affe besser anrichten!«

»Ich hatte ja nur eine Stunde Zeit für alles«, heulte Katja auf, die es nicht gewöhnt war, so behandelt zu werden.

»Und wenn es nur eine Viertelstunde gewesen wäre«, sagte Alissa scharf, »du wirst bezahlt, also arbeite. Aber stattdessen hast du einen Hintern wie ein Denkmal.«

»Wie ein Denkmal?!«, fragte ich erstaunt.

»Ihr Hintern ist so groß und schwer wie ein Denkmalsockel!«

Irka kicherte leise. Der dunkelblau lackierte Fingernagel von Alissas rechtem Zeigefinger bohrte sich ihr fast ins Gesicht.

»Und die hier«, zischte die erboste Ballerina, »taugt zu überhaupt nichts. Auf dem Fensterbrett liegt Dreck, unter dem Sofa Staub, und die Teppiche stinken wie die Pest.«

»Snap, der Rottweiler, hat heute gekotzt«, versuchte sich Irka zu rechtfertigen.

»Dann mach die Kotze weg«, befahl Alissa, »und wenn dir das nicht passt, geh zum Arbeitsamt! Weißt du, wie viele Leute sich um deinen Platz schlagen? Also Folgendes, Leute: Eure Chefin Darja Iwanowna ist ein gutmütiger Mensch, man könnte auch sagen, ihr fehlt das Rückgrat. Da habt ihr es euch ein bisschen zu leicht gemacht. Aber jetzt kümmere ich mich um euch! Wenn ihr bloß rumhängt, schmeiß ich euch raus! Und jetzt bring den Tee, Katja, aber heiß und frisch aufgegossen – heute Morgen und heute Mittag hast du uns das reinste Spülwasser serviert. Irka, los, ab in mein Schlafzimmer, Bettwäsche wechseln!«

»Aber ich hab doch erst gestern Ihr Bett frisch bezogen«, piepste Irka und schrumpfte in sich zusammen.

»Die Bettwäsche wird ab jetzt bei allen jeden Tag gewechselt«, sagte Alissa laut und deutlich. »Du hast zu viel Freizeit, die kannst du zum Bügeln nutzen, alles klar? Und jetzt an die Arbeit! Verstanden, ihr Faulpelze?«

»Verstanden, Alissa Michailowna.«

Irka und Katja machten sich schleunigst daran, die Befehle auszuführen. Ich war erschüttert. Schon seit einigen Jahren trank ich nur lauwarmen Kaffee oder Tee. Aus unerfindlichen Gründen hatten Getränke, die eigentlich heiß sein sollten, immer nur Zimmertemperatur gehabt ...

»Na also«, seufzte die Ballerina zufrieden, »keine Sorge, ich bring sie dir ordentlich auf Trab. Die werden schon Gehorsam leisten, diese faulen Gänse.«

»Hör auf zu schimpfen«, bat ich ohne jede Hoffnung.

»Wer schimpft denn?«, wunderte sich Alissa. »Ich stelle doch nur fest. Ach ja ... heute bleibt Filja über Nacht bei mir.«

»Wer?«

»Filja.«

Sofort tauchte vor meinem inneren Auge das sympathische Hündchen desselben Namens aus dem Kinderfernsehen auf, das gemeinsam mit dem Schweinchen Chrjuscha zahlreiche Abenteuer zu bestehen hat.

»Filipp, mein Liebhaber«, erklärte Alissa. »Er hat ein bisschen zu viel getrunken. Du hast doch hoffentlich nichts dagegen?«

Kann ein Frosch einen Panzer stoppen?

»Nein«, kam es mir versehentlich über die Lippen.

»Na, wunderbar«, lächelte Alissa breit und verschwand im Korridor.

Langsam stieg ich hoch in den ersten Stock. Aus dem Wohnzimmer drangen Lachsalven und ein spitzer Schrei von Fredi. Mein Heim war im Begriff, sich ganz gewaltig zu verändern …

Am nächsten Vormittag ging ich um zehn zur Miliz. In der Nacht hatte sich der Winter offensichtlich maßlos geärgert, dass schon März war, und Moskau mit einem wahren Orkan überfallen. Der Himmel versteckte sich hinter dichten dunklen Wolken, es regnete und schneite abwechselnd, auf der Straße brannten die Laternen.

Liana wartete bereits auf mich. Der Hauptmann bat uns widerwillig in sein Büro.

»Was kann ich für Sie tun?«

Ich ließ mich ungeniert auf den schäbigen Stuhl fallen und konnte nur mit Mühe den Impuls unterdrücken, die Füße auf seinen Tisch zu legen. Dann erklärte ich:

»Ihre Selbstmörderin heißt Nina Waganowna Sundukjan, und das hier ist ihre Cousine Liana Sundukjan. Zeigen Sie ihr die Fotos der Toten.«

»Welche Fotos?«, brummte der Milizionär.

»Sie haben doch vorgestern gesagt, Sie würden Aufnahmen machen lassen …«

»Nicht alle sind so flink wie Sie«, entgegnete er bissig.

»Wann werden Sie die Fotos denn haben?«

»Na ja«, der Hauptmann wandte den Kopf zur Seite und kratzte sich hinterm Ohrläppchen, »im Laufe der nächsten Tage …«

»Gehen wir ins Leichenschauhaus«, entschied Liana. »Schließlich bin ich Ärztin und hab schon viele Tote gesehen.«

»Bestens, bestens«, freute sich der Milizionär. »Machen Sie sich gleich auf den Weg. Ich werde telefonisch Bescheid geben, dass Sie kommen.«

Wir liefen ins Freie, auf den schneeverwehten Platz. Im Leichenschauhaus fragte uns ein dünner kleiner Mann in einem etwas schmuddeligen weißen Kittel:

»Sie wollen die Tote wirklich sehen? Ich muss Sie warnen: Das ist kein schöner Anblick …«

»Was bleibt uns anderes übrig?«, wandte ich ein.

»Na gut«, das Männlein zuckte mit den Schultern, »kommen Sie mit!«

Er führte uns zur Bahre mit der Frau, die vor drei Tagen aus dem Fenster gesprungen war. Die Leiche war mit einem weißen Laken bedeckt.

»Bitte schön«, sagte er und zog das Tuch vom Gesicht der Toten.

Es schüttelte mich, mein Magen verkrampfte sich. Die Augen der Unglücklichen waren schauderhaft zusammengekniffen, die Wangen aufgequollen und mit blauen Flecken und Schrammen übersät, die Nase war seitlich verdreht, der Mund zu einer Grimasse verzerrt. Die dichten schwarzen Haare hatten ihren Glanz verloren und waren völlig zerzaust.

Ich schluckte meinen Ekel hinunter und fragte:

»Sind Sie sicher, dass Sie sich nicht irren? Ich habe die Frau ein paar Minuten vor ihrem Tod noch gesehen, und da war sie eine echte Schönheit. Jetzt hingegen …«

»Nein, kein Zweifel. Unbekannt, Nummer zweihundertdreiundvierzig. Die anderen haben alle Namen.«

»Sie ist es«, flüsterte Liana und schloss die Augen, »das ist Ninalein.«

Ich nahm die Ärztin unter dem Arm und zog sie in den Korridor hinaus. Sie schwankte beim Gehen.

Im Volvo begann Liana verzweifelt zu weinen.

»Das werde ich mir mein Leben lang nicht verzeihen. Warum hab ich ihr bloß kein Geld gegeben? Ich habe sie angeschrien und dazu noch beschimpft. Ich wusste doch, dass sie nicht ganz normal ist. Oh Gott, wie soll ich bloß weiterleben?«

»Beruhigen Sie sich, Sie können doch nichts dafür ... Sehen Sie mal«, ich holte den Zettel hervor, den ich in der Handtasche der Verstorbenen gefunden hatte, »diesen Brief hier hat Nina hinterlassen.«

Nachdem Liana die paar Zeilen gelesen hatte, fragte ich sie:

»Wer sind eigentlich Verotschka und Kolja? Und dann ist da noch die Rede von Lenja, Kostja und Schora ...«

Liana lächelte traurig.

»Die hat sie sich alle nur ausgedacht.«

»Was?«, fragte ich erstaunt. »Wozu hätte sie in einem Abschiedsbrief noch lügen sollen?«

»Das ist doch gar kein richtiger Brief«, sagte Liana überzeugt. »Nina war immer eine Lügnerin und Fantastin. Sie hatte immer Papier bei sich. Was ihr in den Kopf kam, schrieb sie gleich auf. Dann formte sie es zu Gedichten.«

Zweifelnd sah ich meine Gesprächspartnerin von der Seite an. Die sonst so gesprächige Liana hielt doch offensichtlich so einige Familiengeheimnisse zurück. Aber das ging mich ja nun wirklich nichts mehr an. Die Identität der armen Selbstmörderin war geklärt.

Ich brachte Liana in ihre Wohnung, gab ihr meine Telefonnummer und fuhr nach Hause.

Im Esszimmer nahm Alissa, in ein schwarzes Spitzennegligé gehüllt, ihr Frühstück ein. Neben ihr saß einer der Gäste von Fredis Geburtstagssause – Filja wahrscheinlich. Auf Alissas Teller lag einsam ein unbelegtes Stückchen Brot. Das musste man ihr lassen: Was Ernährung anging, war sie eisern; die Ballerina gönnte sich nur ganz selten etwas Süßes oder Fettiges.

»Sieh da, sieh da!«, trötete sie mir entgegen. »Wo kommst du denn in aller Herrgottsfrühe her? Hast dir wohl die Nacht um die Ohren geschlagen und herumgevögelt!«

Dieses Mal wurde ich nicht rot, anscheinend hatte ich mich inzwischen an Alissas Frivolitäten gewöhnt.

»Ich habe hier geschlafen«, erklärte ich und befühlte die Kaffeekanne. Unglaublich, aber wahr: In unserem Hause wurde kochend heißer Kaffee serviert.

»Ach was?!«, feixte die Ballerina. »Ich hab doch eben deinen Volvo gehört.«

»Na ja«, rechtfertigte ich mich unwillkürlich, »ich musste heute Morgen schon was erledigen.«

»Tatsächlich?«, wunderte sich Alissa. »Die Sonne ist doch gerade erst aufgegangen.«

Ich sah auf die Uhr – es war halb eins – und schwieg.

»Übrigens«, sagte Alissa plötzlich, »darf ich vorstellen: Filja.«

Sie wies auf den neben ihr sitzenden Mann, der jetzt breit lächelnd eine Reihe wunderbar weißer, gleichmäßiger Zähne zeigte.

»Sehr angenehm. Dascha«, murmelte ich, während ich automatisch mit der Zunge meinen ramponierten Stiftzahn befühlte.

»Bin zutiefst erfreut«, sagte Filja strahlend.

Ich goss mir Kaffee ein und trank die heiße Flüssigkeit vorsichtig in kleinen Schlucken. Filja schmierte sich flink Marmelade auf seine Toasts. Er sah makellos aus – wie ein Model auf einem Magazincover. Seine Haare waren hell und gut geschnitten, er hatte lachende blaue Augen, einen fein geschwungenen Mund und einen wunderbaren Teint. Ein Mensch, der sich gesund ernährte und täglich mindestens acht Stunden schlief.

»Ich bitte um Entschuldigung«, lächelte Filja, »ich muss jetzt ins Schlafzimmer. Ich habe eine Verabredung mit dem Geist Jumo.«

Mit federndem Gang bewegte er sich leichtfüßig zur Tür und öffnete sie einen Spalt. Sofort kamen unsere Hunde laut hechelnd hereingesprungen. Wir haben fünf im Haus: den Rottweiler Snap, den Pitbull Bandy, den Pudel Tscherry, den englischen Mops Chutsch und den Yorkshireterrier July.

Eigentlich wollten wir nur zwei Hunde anschaffen, nämlich

Snap und Bandy, aber dann wuchs das Rudel wie von selbst. Den Pudel hatte ein Bekannter »für ein paar Tage« bei uns gelassen, als er eine Dienstreise machen musste. Drei Jahre sind seither vergangen, offenbar hat er Tscherry vergessen. Chutsch gehört meinem guten Freund Alexander Michailowitsch, der für das Innenministerium arbeitet und nicht nur den ganzen Tag über, sondern oft auch noch nachts außer Haus ist. Anfangs fühlte sich der kleine Mops nur allein, dann begann er krank zu werden. Wir mussten ihn zu uns nehmen. July dagegen hat die Kinderfrau der Zwillinge mitgebracht.

»Na, ihr Süßen«, gurrte Alissa und griff nach einem großen Stück Maasdamer Käse, »kommt zu Mama, da kriegt ihr was.«

Das muss man unseren Hunden nicht zweimal sagen. Beim Anblick von allem, was sie für essbar halten, werden sie unglaublich zahm und liebevoll.

Ich sah zu, wie Alissa den Käse in riesige Portionen zerschnitt, und sagte schüchtern:

»Kescha mag es nicht, wenn man die Hunde bei Tisch füttert.«

»Das wäre ja noch schöner«, zischte Alissa, »wenn ich auf den hören würde. Soll er nur versuchen, es mir zu verbieten.«

Ich seufzte. Es wäre ja auch vollkommen aussichtslos, einen Elefanten mit einem Gummipfeil erlegen zu wollen.

»Hunde bilden in einem Haus ein günstiges Biofeld, und Katzen nehmen die Krankheiten der Besitzer auf sich«, erklärte Filja, der in der Tür stehen geblieben war, »deshalb müssen sie so nah wie möglich bei den Menschen gehalten werden. Viele Kranke könnten sich für immer von ihren Leiden befreien, wenn sie bloß ein kleines Kätzchen bei sich zu Hause hätten.«

»Hör zu, was der Profi sagt.« Alissa nickte zufrieden.

»Als was arbeitet er?«, fragte ich, als Filja gegangen war.

»Er zaubert«, antwortete Alissa.

»Wie bitte?«

»Filja ist Zauberer«, erklärte meine Freundin ungerührt.

»Im Zirkus, oder was?«

»Nein«, erklärte Alissa und steckte den Hunden die riesigen Käsestücke in die aufgerissenen Mäuler, »er ist ein echter Magier, Mitglied des Ordens Weißer Reiher, Magister des Großen Auerochsen. Er verdient Unsummen.«

»Womit denn?«

»Er macht Amulette, hält böse Einflüsse von Häusern oder Unternehmen fern, liest die Karten, braut Liebes- oder Schutztränke und schreibt das Schicksal beziehungsweise das Karma um. Außerdem kann er die Todeszeit verschieben.«

»Wie das?«

»Sagen wir mal, du gehst zu ihm und bittest ihn, sich deine Zukunft anzuschauen. Da sieht er, dass du in einem Monat sterben musst. Filja stellt also den genauen Zeitpunkt des Todes fest und ändert dann den Schicksalscode, so dass das Unglück nicht eintritt.«

Ich lachte laut los. Unglaublich! Was für ein Scharlatan! Und es fanden sich tatsächlich Dummköpfe, die ihm glaubten …

»Das ist überhaupt nicht lustig«, meinte Alissa beleidigt. »Er ist der Einzige in ganz Moskau, der Voudou beherrscht und mit dem bösen Geist Mumo in Verbindung treten kann. Filja sagt übrigens voraus, dass wir bald eine neue Regierung bekommen werden und sich die Wirtschaftslage ändern wird.«

Wieder musste ich fröhlich lachen. Ein toller Hellseher!

»Na schön«, sagte Alissa jetzt richtig wütend, »ich werde ihn bitten, dir zu weissagen, dann wirst du schon sehen.«

KAPITEL 6

Am Montag rief Liana an.

»Verzeihen Sie bitte«, stammelte sie verlegen in den Hörer, »morgen wird Nina eingeäschert. Ich dachte, vielleicht wollen Sie sich auch von ihr verabschieden …«

Tags darauf lief ich mit einem Bukett dunkelroter Nelken in der Hand zum Tor des Nikolo-Archangelsker Krematoriums. Eine kleine Gestalt trat aus einem Grüppchen von Leuten heraus und winkte mir zu. Ganz in Schwarz wirkte Liana älter.

»Danke, dass Sie gekommen sind«, sagte sie traurig. »Wir kommen jetzt gleich an die Reihe.«

Vier Männer trugen den Sarg nach drinnen. Die Trauergäste schlossen sich an. Es folgten endlose, drückende Minuten des Schweigens. Schluchzer und Seufzer waren zu hören.

»Wie der Tod einen Menschen verändert«, hörte ich hinter mir eine Stimme.

Automatisch drehte ich mich um. Eine kräftige Frau mit einer großen Nase schüttelte ihren Kopf.

»Nina sieht sich überhaupt nicht ähnlich, als ob es nicht sie selber wäre. Nur die Haare sind noch wie früher. Wie kann man sich so verändern: Die Nase ist eine andere … die Stirn, die Lippen …«

»Ist ja gut, Nadjeschda«, brummte der Mann, der neben ihr stand, »Tote sehen immer anders aus.«

»Aber nicht so«, beharrte Nadjeschda. »Allein ihre Hände! Ninel hatte kurze und dicke Finger, jetzt, wo sie tot ist, sind sie lang und doppelt so dick.«

»Nun sei schon still«, flüsterte der Mann, »schämst du dich nicht? Jetzt hüte wenigstens hier deine Zunge!«

Nadjeschda schnaufte beleidigt – wie unser Mops Chutsch, wenn Kescha ihn aus dem Sessel vertreibt.

Totenfeiern kann ich nicht ausstehen, erst recht nicht mit Leuten, die ich nicht kenne. Aber Liana umklammerte meine Hand mit eisernem Griff:

»Ich bitte Sie, ich flehe Sie an ...«

Da konnte ich nicht Nein sagen. Die Trauerfeier fand in der Wohnung der Verstorbenen am Sirenjewyj-Boulevard statt. Diesmal hatte ich mehr Zeit, mich umzusehen. Das verkommene Apartment vermittelte einen deprimierenden Eindruck. Man sah, dass hier jemand gewohnt hatte, der absolut keinen Sinn für eine gepflegte Atmosphäre besaß. Im Badezimmer und in der Toilette lösten sich die Fliesen von der Wand, das Waschbecken hatte einen Sprung, der Duschschlauch war notdürftig mit einem Pflaster geflickt. In der kleinen Küche herrschte vollständiges Chaos. Das Fensterbrett diente als Abstellfläche für Einmachgläser, Flaschen und Töpfe. Auf dem Herd stand aus unerfindlichen Gründen ein elektrischer Wasserkocher. Es stank widerlich: Entweder verwesten unter dem Abwasch Mäusekadaver, oder die Verstorbene war verreist, ohne den Mülleimer zu entleeren. Vielleicht auch beides.

Im großen Zimmer war der Tisch gedeckt, dafür war der Fernseher samt Untertisch ans Fenster gerückt worden. Auch hier stank es entsetzlich, aber anders als in der Küche: nach Staub, alten Büchern und zu lange liegen gebliebener Wäsche.

Mein Platz befand sich neben dem von Nadjeschda, die mit sicherer Hand mein Glas mit Wodka füllte. Schwermütig griff ich nach dem vierzigprozentigen »Wässerchen«. Ums Trinken kam ich wohl nicht herum. Wenn ich in Gesellschaft bin, brauche ich meist nicht lange auf die Quälerei zu warten: »Na los, trink schon, mach das Glas leer, beleidige nicht die Gastgeber!« Dann erhitzen sich die Gemüter: »Na, die ist ja vielleicht eingebildet, ist sich wohl zu schade für uns!« Dabei vertrage ich einfach nur nichts.

Heutzutage entdecken ja alle ringsum ihre adeligen Wurzeln – bloß ich habe nichts und niemanden zum Angeben. Mein Urgroßvater war Schuhmacher und, soweit ich weiß, sein Vater ebenfalls. Meine Urgroßmutter verdingte sich als Putzfrau für den örtlichen Priester. Der gute Mann beschäftigte sie aus reinster christlicher Barmherzigkeit, denn meistens kam sie schon schwankend zur Arbeit, um kurze Zeit später in der Küche in tiefen Schlaf zu fallen, so dass das stille Haus des Kirchendieners von ihrem lauten, betrunkenen Schnarchen erbebte. Ihr Mann stand ihr in nichts nach. Es gibt in Russland sogar folgendes Sprichwort: »Er trinkt wie ein Schuster«, und die russische Redewendung »sich bis zur Brandsohle betrinken« geht auf die Vertreter derselben Zunft zurück. Mein Urgroßvater wurde jedenfalls diesem Ruf mehr als gerecht: Nüchtern hat ihn nie jemand gesehen.

Da musste natürlich ausgerechnet in so einer Familie ein seltsam stiller, folgsamer und talentierter Sohn zur Welt kommen. Als der Junge fünf Jahre alt war, stellte der Priester erstaunt fest, dass das Kind fließend lesen und einfache arithmetische Gleichungen lösen konnte. Er nahm den Knaben unter seine Fittiche, und als die Eltern starben, adoptierte er ihn, gab ihm Unterricht und besorgte ihm schließlich sogar ein Universitätsstipendium.

Vor seinem Tod befahl der Priester meinem Großvater, einen Schwur auf die Bibel abzulegen.

»Hier«, sagte er und hielt ihm die Heilige Schrift hin, »versprich mir, dass du nie in deinem Leben anfangen wirst zu trinken.«

Erst später kam heraus, dass der Priester sich grundlos Sorgen gemacht hatte: Mein Großvater reagierte allergisch auf Alkohol. Er konnte nicht nur nicht trinken, er vertrug es noch nicht einmal, an alkoholhaltigen Getränken zu riechen. Alle medizinischen Tinkturen, Valocordin oder Korvalol brachten ihn sofort zum Erbrechen. Meiner Mutter bekam nicht einmal ein kleines Bier. Und ich falle für gewöhnlich auf der Stelle um, wenn ich nur einen Teelöffel Kognak hinunterschlucke.

Dafür kann ich ab und zu mal ohne fatale Folgen einen Schluck Wein oder Likör trinken.

Ein Fachmann für Genetik hat mir einmal erklärt, dass für Leute, deren Vorfahren Alkoholiker waren, in der Regel zwei Möglichkeiten infrage kommen: Entweder verfallen sie selbst dem Alkohol, oder sie vertragen ihn absolut nicht. Außerdem erzählte er noch etwas über irgendwelche Enzyme und Besonderheiten des Verdauungsapparats, aber das war mir zu hoch. Nur eins habe ich begriffen: Ich gehöre zu denen, die keinen Alkohol vertragen.

In meiner Jugend hatte ich auf Grund dieser Besonderheit eine ganze Menge Probleme. Fröhliche Partys unter Studenten, wo literweise Getränke mit so zweifelhaften Namen wie »Sonnengabe« und »Eichenhain in den Bergen« getrunken wurden, mied ich wie die Pest, indem ich so tat, als sei ich ein mustergültiges Mamakind. Schwieriger wurde es dann im Arbeitsleben.

In unserem Institut wurde nach jeder Besprechung eine kleine Feier organisiert. Gleich an meinem ersten Tag kam das Kollektiv fröhlich zusammen. Ich kaufte ein paar Flaschen Moskowskaja-Wodka und ein Kilo Kochwurst. Man setzte sich hin, schenkte ein, hob die Gläser – Professor Radko, der größte Trinker von allen, zeigte auf mein volles Glas und fragte drohend:

»Und warum rühren wir das nicht an?«

»Ich trinke nicht«, erklärte ich kategorisch.

Ein drückendes Schweigen erfüllte den Raum. Es war 1980, und alle hatten nur einen Gedanken: »Ein Spitzel, diese Frau ist ein Spitzel. Jetzt wartet sie, bis wir besoffen sind, uns gehen lassen, anfangen, dummes Zeug zu quatschen, und dann erstattet sie Bericht, wer welche Witze erzählt hat ...«

Als ich die versteinerten Gesichter meiner Kollegen sah, sagte ich hoffnungslos:

»Na gut, dieses Glas trinke ich aus, aber hinterher muss mich jemand nach Hause bringen.«

Professor Radko persönlich fuhr mich in seinem Auto nach

Medwedkowo. Er selber rief auch die Erste Hilfe und bezahlte sogar die Ärzte für die Reanimation. Von da an zwang mich niemand mehr zum Trinken. Die Kollegen stellten immer eine Flasche Limonade auf den Tisch und redeten mir zu:

»Hier, Dascha, für dich. Und weil du die Einzige bist, die nüchtern bleibt: Spülst du hinterher das Geschirr?«

Auch meine guten Freunde lassen mich vollkommen in Ruhe, was Alkohol angeht, nur mit fremden Leuten habe ich Schwierigkeiten.

Auch jetzt verkündete ein dicker Mann mit lauter Stimme:

»Sie schätzen uns nicht. Sie haben Ihr Glas nicht für die Verstorbene erhoben.«

Inzwischen weiß ich, wie ich mich wehren kann.

»Ein Magengeschwür macht mir Ärger.«

Normalerweise reicht das. Nicht so dieses Mal.

»Manche heilen ihr Geschwür mit Wodka«, sagte der Mann mit Nachdruck. »Na los, sonst sind wir beleidigt!«

»Lass sie, Ljoschka!«, befahl Nadjeschda.

»Nein, sie soll auf Ninel trinken, damit ihre Seele Ruhe findet«, ließ Ljoschka nicht locker.

»Jetzt beruhige dich!«, mischte sich eine weitere Frau ein. »Was regst du dich so auf?!«

»Nein«, sperrte sich der bereits angetrunkene Mann, »ich lass sie nicht vom Tisch, bis sie ihr Glas geleert hat.«

»Was für ein Idiot!«, rief Liana aus. »Achten Sie einfach nicht auf ihn. Kommen Sie, wir holen die Piroggen aus dem Ofen.«

Dankbar lief ich ihr hinterher. In der Küche bekam ich ein großes, mit den köstlich duftenden Teigtaschen belegtes Tablett in die Hand gedrückt. Bemüht, es nicht fallen zu lassen, ging ich rückwärts in die Diele und drehte mich vorsichtig um. Da hörte ich hinter mir die Wohnungstür ins Schloss fallen.

»Was ist hier los?«, wollte eine verärgerte junge Frauenstimme wissen.

Komische Frage für jemanden, der zu einer Trauerfeier kommt. Ich wandte mich um und versuchte, den neuen Gast zu erkennen, aber in der kleinen Diele herrschte eine fast undurchdringliche Dunkelheit.

»Gehen Sie ins Zimmer«, schlug ich vor, während ich Mühe hatte, das ziemlich schwere Tablett zu halten, »da sind alle versammelt.«

»Na schön«, sagte die Frau mit drohendem Unterton.

Um ihr Platz zu machen, trat ich in die Küche zurück. Liana sah mich fragend an.

»Eine Frau ist gekommen«, erklärte ich.

»Wer denn?«

»Keine Ahnung.«

Da erscholl aus dem Zimmer ein vielstimmiger Aufschrei, der sich anhörte wie die Reaktion von Fußballfans im Stadion auf einen außergewöhnlichen Spielzug.

Liana und ich stürzten in den Flur. Dabei rutschte mir das Tablett aus der Hand, und die ganzen Piroggen landeten auf dem Boden. Das Geschrei hielt an. Fluchend lief Liana ins Zimmer und kreischte los. Ich schob sie beiseite, um sehen zu können, was diesen Aufruhr ausgelöst hatte.

Neben dem Tisch stand eine mollige Frau. Die schönen schwarzen Haare fielen ihr in Wellen auf die Schultern. Aus ihren riesigen, unergründlichen dunklen Augen blickte sie drohend die Gäste an. Ihre feine Nase zitterte, die Brauen hatten sich finster zusammengezogen.

»Was geht hier vor?«, fragte sie in die Runde.

Liana sank zu Boden. Der dicke Mann, der mich zum Trinken hatte zwingen wollen, war total bleich geworden, streckte abwehrend die Hände von sich und wiederholte monoton:

»Nein ... nein ... nein ...«

»Ich hab's doch gesagt«, schrie Nadjeschda los, »nicht sie hat im Sarg gelegen. Ninel sieht ganz anders aus, aber ihr wart ja so überzeugt. Und nun steht sie hier, gesund und munter!«

»Sie sind Ninel Sundukjan?«, fragte ich erschrocken. »Nina Waganowna, die Dichterin?«

»Höchstpersönlich«, bekräftigte die Frau und schob sich verärgert ein paar Locken aus der Stirn, »Nina Sundukjan persönlich. Ich lebe hier übrigens und verstehe überhaupt nicht, was in meiner Wohnung vorgeht und warum hier ein Fest gefeiert wird.«

»F-F-Fest, v-von wegen«, lebte der Dicke auf, »das ist kein Fest zum Vergnügen – zu einer Trauerfeier haben wir uns hier versammelt.«

»Aber … wieso denn in meiner Wohnung?«, fragte Nina verwundert. »Wer ist denn gestorben?«

»Du bist heute eingeäschert worden«, erklärte Nadjeschda fröhlich. »Schade, dass du das nicht miterlebt hast. War alles ganz wunderbar. Sie haben der Leiche ein Samtkleid angezogen, ein dunkelblaues mit Spitzen, Blumen haben sie gebracht, eine Rede wurde gehalten. Und hier, siehst du, haben wir den Tisch reichlich gedeckt, ein paar Tausender haben wir dafür springen lassen …«

»Wer hat behauptet, dass ich tot bin?«

»Lianalein«, antwortete Nadjeschda.

Liana schüttelte langsam den Kopf.

»Ich hab doch deine Leiche gesehen.«

»Kann ich wohl nicht gewesen sein«, antwortete Nina ruhig und lachte laut los. »Ihr habt ja vielleicht Nerven!«

Die Gesichter der Anwesenden entspannten sich sichtlich.

»Wie ist das möglich?«, sagte Liana und fasste sich an den Kopf. »Ich war doch selbst im Leichenschauhaus …«

»Du hast dich umsonst gefreut«, lachte Nina. »Du musst mich verwechselt haben.«

»Aber mit wem?«, rief Liana. »Wen haben wir heute einäschern lassen?«

Ja, wer mochte das gewesen sein?

Es dauerte noch eine ganze Weile, bis Ruhe einkehrte. Dann setzten sich alle wieder um den Tisch und hoben fröhlich die Gläser auf die Gesundheit der Hausherrin. Eine Stunde später war die gesamte Runde stockbesoffen.

Nüchtern geblieben waren nur Nina und ich. Wir zogen uns in die Küche zurück.

»Irre«, seufzte sie und steckte sich eine Zigarette an, »völlig unglaublich! Lianalein, du Dummkopf, was hast du mir da bloß eingebrockt?! Nun muss ich beweisen, dass ich am Leben bin. Mich einfach für tot zu erklären! ...«

Ihre Finger begannen zu zittern.

»Seien Sie Ihrer Cousine nicht böse«, sagte ich leise. »Es hat sie furchtbar mitgenommen. Sie war überzeugt, sie hätte Sie zum Selbstmord getrieben.«

»Pfui«, rief Nina aufgebracht, »wie konnte sie das bloß denken!«

»Haben Sie erst kürzlich im Haus der Schriftsteller in Loschkino Urlaub gemacht?«, fragte ich.

Nina lächelte vieldeutig.

»Wozu wollen Sie das wissen?«

»Die Spur der Verstorbenen führte zu den Schriftstellern ...«

Die Sundukjan grinste:

»Tu bloß keinem was Gutes, wenn du dir nicht schaden willst! Ich hatte Mitleid mit Ljuda, und jetzt haben wir den Salat.«

»Mit wem?«

»Mit Ljudmila, meiner Zahnärztin.«

Verständnislos starrte ich Nina an, bis sie mir alles erklärte.

Ninas Zähne waren von Kindheit an schlecht gewesen, ihr Leben lang hatte sie schon Ärger damit. Viele Jahre hatte sie nach einem guten Zahnarzt gesucht, bis sie schließlich auf Ljudmila Georgijewna Schabanowa stieß, die wahrhaft goldene Hände hatte. Nina wurde bei ihr Dauerpatientin. Sie bekam Plomben und Stiftzähne, und im Laufe der Zeit befreundeten sich die beiden Frauen und fingen an, gemeinsam Theatervorstellungen und Konzerte zu besuchen. Ljuda hatte keine Familie, auch Nina war nicht mit Mann oder Kindern belastet. Ihre Beziehung vertiefte sich.

Vor kurzem hatte sich Ljuda bei Nina darüber beklagt, dass sie schrecklich müde sei. Sie könne keine Leute mehr um sich herum ertragen, schon das U-Bahn-Fahren mache sie verrückt.

»Ruh dich aus«, riet ihr Nina, »fahr ans Meer, irgendwohin, wo es jetzt warm ist ...«

»Das will ich nicht«, schnitt ihr die Freundin das Wort ab, »da wimmelt es von Leuten. Ich möchte einfach nur in die Einöde, wo es keine Menschen gibt, nur Stille ringsum ... Aber wo findet man so was?«

Da kam Nina ein genialer Gedanke.

»Pass auf, ich organisiere dir einen Aufenthalt im Haus der Schriftsteller in Loschkino. Im Winter soll dort praktisch kein Mensch sein, und kosten tut es dich auch kaum was.«

»Und wie machen wir das?«, fragte Ljuda erstaunt. »Ich bin doch keine Schriftstellerin.«

»Wir sehen uns ziemlich ähnlich«, sagte Nina begeistert, »wir sind beide schwarzhaarig, haben Locken und dunkle Augen. Du bist zwar schlanker als ich, aber auf dem Pass sieht man ja nur das Gesicht. Ich schreibe den Antrag auf mich aus, aber du fährst, und keiner wird es merken. Ich bin dort sowieso noch nie gewesen, so dass mich auch keiner kennt. Du sagst einfach, du heißt Sundukjan. Als Mitglied des Literaturfonds bekommst du dort alles spottbillig.«

Nina zog ihren Pass hervor, und Ljuda gab zu, dass das Foto nicht sehr aussagekräftig war. Es war vor langer Zeit gemacht worden, als Ninel noch eine andere Frisur und obendrein eine Brille trug. Im vorigen Jahr hatte sie sich operieren lassen und ihre Kurzsichtigkeit verloren.

Sie brannte vor Lust, ihrer Freundin zu helfen, und lief sofort zum Literaturfonds. Eine Woche später fuhr Ljuda los.

»Und wo sind Sie gewesen?«, unterbrach ich ihre Erzählung.

Nina zuckte die Schultern.

»Ich war zwei Wochen in Kostroma auf einem Lyrikfestival.«

Ich schwieg erschüttert. Hieß das, die Tote war Ljuda Schabanowa?

»Hat Ljuda Kinder oder einen Mann?«

Nina rauchte schweigend zum Küchenfenster hinaus und

schaute melancholisch den Rauchschwaden hinterher, die sich in der Luft verloren.

»Der Schnee schmilzt weg. Die Toten ruhn. Und was noch nicht gestorben ist, das macht sich auf die Socken nun.«

»Wie bitte?«, fragte ich verwirrt.

»Das hat Bertolt Brecht geschrieben«, erklärte die Dichterin und drückte ihre Kippe in einer leeren, zu einem Aschenbecher umfunktionierten Konservenbüchse aus, »der geniale Brecht, der in unserem Land vollkommen missverstanden wird. Haben Sie was gesagt?«

»Hat Ljuda Familie?«

Nina drehte nachdenklich die Büchse hin und her.

»Ich glaube nicht, zumindest jetzt nicht.«

»Und früher? Vielleicht hat sie Kinder …«

Nina schüttelte den Kopf:

»Ich merke gerade, dass ich eigentlich gar nichts über ihre Vergangenheit weiß. Wir haben uns vor zwei Jahren kennen gelernt, und sie hat mir nie etwas über ihre Familie erzählt. Einmal ließ sie fallen, dass sie in einem Kinderheim aufgewachsen sei. Wir fuhren gerade mit dem Bus die Cholmskaja-Straße hinunter, als sie auf ein kleines Haus zeigte und sagte: ›Hier habe ich den glücklicheren Teil meiner Kindheit verbracht. Der Erzieherin Jelena Wadimowna habe ich es zu verdanken, dass ich Zahnärztin werden konnte.‹ Dann erschrak sie plötzlich und sagte keinen Ton mehr. Ich versuchte noch einmal, das Gespräch auf dieses Thema zu lenken, aber Ljuda wich aus und kam nie wieder darauf zurück. Ich weiß nichts darüber, wie Ljuda bis zu unserer Bekanntschaft gelebt hat. Sie erzählte nie etwas von einem Exehemann oder anderen Verwandten, von Kindern war erst recht nie die Rede … Eigentlich war sie ein sehr freundlicher, kontaktfreudiger Mensch, besuchte mit Vergnügen Leute und lud gern andere zu sich ein, nur über ihre Vergangenheit ließ sie kein Wort fallen.«

Ich lief zu meinem Auto und holte die Tasche und den Abschiedsbrief der Toten. Beides hatte ich eigentlich Liana geben wollen.

»Erkennen Sie diese Handtasche?«

»Ja«, erklärte Ninel bestimmt, »die gehört eindeutig Ljuda. Ich habe ein Vermögen ausgegeben und sie ihr zu Neujahr geschenkt.«

Ich reichte der Dichterin das Blatt Papier mit den verzweifelten Zeilen.

»Haben Sie das geschrieben?«

»Niemals.«

»Könnte das Ljudas Schrift sein?«

Nina schwieg kurz und antwortete dann:

»Ich weiß es nicht. Wir haben uns nicht geschrieben, nur viel miteinander gesprochen. Über Kunst, Theater, Literatur, Malerei …«

»Wissen Sie noch, was Ljuda trug, als sie wegfuhr?«

Ninel schüttelte den Kopf:

»Ich habe sie nicht begleitet. Wir haben nur kurz telefoniert vor ihrer Abreise. Aber es war ja ziemlich kalt. Also trug sie wahrscheinlich ihre Pelzjacke aus Nerz und eine Ledermütze mit Fell, so eine schwarze … Glauben Sie, dass Ljuda tot ist?«

KAPITEL 7

Am nächsten Morgen trat ich abermals in das Arbeitszimmer des Hauptmanns der Miliz. Er schwoll rot an, als er mich sah.

»Sie schon wieder?!«

»Bitte verzeihen Sie, aber wir haben uns geirrt. Die Selbstmörderin heißt Ljudmila Georgijewna Schabanowa. Nina Sundukjan hingegen lebt.«

»Was? Die Leiche wurde doch von einer Verwandten eindeutig identifiziert!«

»Die Cousine hat sich getäuscht. Die Verstorbene sah der Sundukjan unglaublich ähnlich. Sie hatte dieselben Gesichtszüge, Haare und Augen. Dazu müssen Sie den Stress berücksichtigen ... Liana war furchtbar nervös und hat nicht richtig hingeschaut.«

»Das ist doch unglaublich!«, regte sich der Hauptmann auf. »So was erlebe ich zum ersten Mal! Unerhört, was für eine Verantwortungslosigkeit!«

Nachdem ich ihm dargelegt hatte, wie es zu dieser Verwechslung gekommen war, schüttelte er den Kopf und fragte:

»Meine Dame, sind Sie aus der Villensiedlung in Loschkino?«

»Ja.«

»Alles klar. Natürlich arbeiten Sie nicht und haben den lieben langen Tag nichts zu tun. Aber ich bitte Sie: Führen Sie Ihren Pudel spazieren, und stören Sie uns nicht! Das alles wieder rückgängig zu machen ist ein ungeheurer Aufwand. Jetzt müssen wir die Akte für die Leiche neu bearbeiten ...«

»Es gibt keine Leiche mehr«, erklärte ich.

»Wo ist sie denn hin?«

»Gestern eingeäschert worden.«

»Als Nina Sundukjan?«

Ich nickte schicksalsergeben. Der Hauptmann konnte die Kraftausdrücke, die ihm sichtlich auf der Zunge lagen, gerade noch zurückhalten. Er zischte nur:

»Geben Sie mir alle Daten! Die Adressen, die Telefonnummern!«

»Wessen? Auch meine?«

»Auch Ihre«, sagte er grimmig. »Da haben Sie uns was eingebrockt!«

»Werde ich dafür bestraft?«

Der Hauptmann seufzte schwer und zog seine Zigaretten hervor. Irgendwie konnte ich nicht mehr böse auf ihn sein. Plötzlich begriff ich, dass er kein schlechter Mensch, sondern einfach nur über die Maßen erschöpft war. Noch dazu hatte es offensichtlich mit seiner Karriere nicht so recht geklappt, denn er war für seinen Dienstgrad eigentlich zu alt und saß in einem Vorortrevier herum.

Anscheinend begann auch ich ihm zu gefallen, denn plötzlich lächelte er mich an:

»Das haben Sie aber gut hingekriegt, verflucht noch mal! Wann haben Sie erfahren, dass die Sundukjan am Leben ist?«

»Bei der Trauerfeier.«

Der Hauptmann schmunzelte:

»Da haben Sie ja ein schönes Chaos gestiftet. Jetzt werden die Verwandten das ganze Geld für die Einäscherung von Ihnen fordern und dazu noch moralische Wiedergutmachung verlangen. Das wird eine ordentliche Summe.«

»Bitte lassen Sie uns die Schabanowa überprüfen«, bat ich.

»Hochverehrte Frau ...«, begann er.

»Ich heiße Dascha.«

Er zündete sich eine Zigarette an.

»Jetzt sagen Sie mir auch noch Ihren Vaternamen.«

»Iwanowna.«

»Also, Darja Iwanowna …«

»Und wie darf ich Sie nennen?«, platzte ich heraus.

»Nikolaj Wassiljewitsch. Also, hochverehrte Darja Iwanowna, gehen Sie jetzt beruhigt nach Hause. Die zuständigen Organe werden alles Weitere in die Hand nehmen.«

Mit dröhnendem Kopf trat ich auf den Bahnhofsplatz hinaus. Natürlich würde sich niemand um die Angelegenheit kümmern. Dank meines Einsatzes gab es ja nicht mal mehr eine Leiche. Im Prinzip konnte ich diesen Hauptmann dazu zwingen, sich dahinter zu klemmen. Major Degtarjew, ein ziemlich hohes Tier bei der Miliz, ist ein alter Freund von mir. Er hat uns schon unter den unmöglichsten Umständen geholfen! Im Notfall konnte ich mich immer an ihn wenden. Aber unpassenderweise war mein Freund gerade jetzt in den Urlaub gefahren, wir hatten ihn zu Natascha nach Paris geschickt. Wahrscheinlich lief er gerade durch den Louvre oder in Saint-Denis herum und erfreute sich an irgendwelchen Bildern und Skulpturen. Ich dagegen stand mitten auf diesem dreckigen Platz und hatte schwierige Fragen zu klären: Wenn die Selbstmörderin wirklich Ljudmila Schabanowa war, wo steckte dann ihre Tochter? Und wer war Kolja?

Schüchtern linste die Sonne hinter den Wolken hervor. Ihre Strahlen trafen eine Reihe von Buden, die ein einfaches Sortiment an Wodka und Bier anboten. Zwischen den Buden schlief direkt auf dem schmutzigen Schnee friedlich der örtliche Penner Kostja. Ich kannte den heruntergekommenen Mann sehr gut. Sein Alter war ein Geheimnis. Aussehen tat er wie sechzig, in Wirklichkeit konnte er aber ebenso gut dreißig sein. Sein bläulich aufgedunsenes Gesicht, ein immer blaues Auge und ein ewig verdrecktes Gesicht erschwerten eine genaue Alterseinschätzung. In der Hoffnung auf ein Almosen trieb er sich immer hier in der Nähe herum. Anders als die meisten Obdachlosen stahl Kostja niemals, er versuchte immer zu arbeiten. Er kehrte den Platz, räumte den Schnee oder putzte Fenster. Mir trug er oft schwere Taschen mit Mineralwasserflaschen nach Hause. Das einzige Übel war: Kaum hielt er irgendwelches Geld in den Händen, kaufte er sich umgehend Wodka und betrank sich. Offenbar hatte er heute schon etwas verdient, denn er schlief selig; sein Kopf ruhte auf einer roten Reisetasche.

Ich trat näher heran. Unter seinen zerzausten, stinkenden Haaren lugten die fröhlichen Gesichter von Mickey Mouse, Donald Duck und Goofy hervor. Das musste doch die blödsinnige Disneyland-Tasche sein, mit der die falsche Sundukjan das Haus der Schriftsteller verlassen hatte!

Ich bückte mich und rüttelte Kostja an der Schulter.

»He, wach auf!«

Er schlug die Augen auf und versuchte, seinen Blick scharf zu stellen. Aber es gelang ihm nicht, die Pupillen rutschten irgendwo zur Seite. Seufzend kaufte ich eine Flasche Bier und gab sie Kostja in die Hand:

»Hier, trink!«

Ein Schluck Baltika wirkte Wunder. Der gute Mann setzte sich auf, die Hände hörten auf zu zittern, mit fast nüchterner Stimme fragte er:

»Was kann ich für Sie tun?«

»Sag«, bat ich ihn, während ich versuchte, den von seinem Körper ausgehenden Gestank nach Schweiß, Urin und Alkohol nicht einzuatmen, »wo hast du die Tasche her?«

Kostja starrte auf die Tasche und kratzte sich nachdenklich die Glatze.

»Die hier? ... Gefunden.«

»Einfach so gefunden?«

»Mhm, ich gehe da so lang, und sie liegt mitten auf dem Weg.«

»Wo?«

Wieder dachte er nach, dann malte er verworrene Linien in die Luft.

»Hinten am Wald, auf der Chaussee in der Kurve, im Graben. Ich dachte, da wäre was Interessantes drin, dabei waren's nur Klamotten und Schminkkram.«

»Zeig mir die Sachen.«

»Die konnte ich nicht gebrauchen. Ich hab sie Lenka gegeben.«

Lenka, eine vom Alkohol völlig ausgemergelte Frau, fand ich am Weichenstellerhäuschen.

»Was für Sachen?«, fragte sie vorsichtig nach. »Nix hab ich gekriegt, Kostja lügt. Was gehen die dich an, waren das deine oder was?«

Ich zog hundert Rubel aus meiner Brieftasche und hielt sie ihr unter die Nase. Lenka starrte auf die für ihre Begriffe riesige Summe, schluckte laut und fragte:

»Was willst du dafür?«

»Zeig mir die Sachen, die dir Kostja gegeben hat. Keine Angst, ich nehm sie dir nicht weg. Ich will sie nur anschauen, dann kriegst du sie wieder.«

Lenka zog betrübt die Nase hoch.

»Ich hab sie verkauft. Das waren vielleicht Klamotten … für mich völlig ungeeignet.«

»Wem hast du sie verkauft?«

Die Säuferin sah zu der Reihe von Plattenbauten hinüber.

»Weiß der Teufel! Ich hab mich am Bahnhof hingestellt, da kamen die Weiber aus der Bahn und haben sie mir in null Komma nichts abgenommen. Nur ein kleines Täschchen mit Kosmetik, das hab ich Ljuba, der Verkäuferin aus dem Spirituosenladen, geschenkt – sie ist immer so nett zu mir.«

Ich lief ein Stück bergauf zu dem kleinen Pavillon mit dem Schild *Bogatyr.* Eigentlich wird ja überall am Bahnhof Alkohol verkauft. Aber die hiesigen Alkoholiker gehen am liebsten ins *Bogatyr.* Der Eigentümer hat seine Einnahmen schlagartig vervielfacht, seit er mit Wodka zum Abfüllen handelt. Die gewissenlosen Verkäufer mischen natürlich immer noch Wasser zum Verdünnen bei in der richtigen Annahme, dass die Säufer ohnehin nicht allzu viel von der Qualität verstehen. Ljuba ist eine gute Frau und schenkt mitunter aus Mitleid jemandem umsonst was ein, dafür hatte sie jetzt auch das Kosmetiktäschchen geschenkt bekommen.

Als ich sie wegen des Geschenks ansprach, wurde sie rot:

»War das Ihre Kosmetik, ja?«

»Bitte verzeihen Sie mir«, tat ich betreten, »aber wären Sie so freundlich, sie mir zu zeigen?«

Ljuba zog eine hübsche, wildlederne Tasche unter dem Ladentisch hervor und erklärte:

»Lenka hat Wodka auf Pump gekauft, aber dann bezahlt sie ihre Schulden nicht. Das hab ich jetzt sozusagen als Pfand von ihr angenommen.«

Ihre stark geschminkten Augen irrten ziellos umher, wahrscheinlich nahm sie von ihren betrunkenen Kunden oft Gestohlenes entgegen. Aber ihre moralischen Grundsätze waren mir egal. Meine Hände streckten sich dem Wildledertäschchen wie von selbst entgegen.

»Na, so was, da ist es ja! Ich hab's verloren, als ich Zigaretten kaufte. Lenka muss es aufgehoben haben.«

»Was kann man von diesen heruntergekommenen Leuten schon erwarten?!«, resümierte Ljuba und blickte bedauernd auf die Kosmetiktasche.

Ich gab ihr hundert Rubel als Entschädigung und lief, hüpfend vor Ungeduld, schnell zu meinem Volvo zurück.

Die Schabanowa hatte bei der Schönheitspflege nicht gespart. In dem Täschchen befanden sich nur Kosmetika bester Qualität, wie auch ich sie verwende. Lippenstifte, Rouge, Wimperntusche, Make-up, alles in hellen Tönen. Aber der kostbarste Fund steckte in einem kleinen Seitenfach. Es handelte sich um einen Schlüsselbund mit Anhänger.

Ich zog mein Handy hervor und rief Nina Sundukjan an.

»Sagen Sie mir doch bitte die Adresse von Frau Schabanowa.«

»Beresowskij-Gasse achtzehn, Wohnung Nummer siebzig. Wozu brauchen Sie die?«

Aber da hatte ich mein Mobiltelefon schon wieder zugeklappt. Ich ließ den Motor an. Die Gasse kenne ich sehr gut, denn hier wohnt eine meiner Exschwiegermütter.

An dem Schlüsselanhänger hingen vier Schlüssel, dazu ein

Plastikstäbchen. Mit Letzterem ließ sich durch Einstecken in die Sprechanlage die Tür öffnen. Der Treppenaufgang war sauber und hell, irgendwo lief ein Radio.

Die Wohnungstür, offensichtlich aus Metall und mit sandfarbenem Leder bezogen, sah elegant und teuer aus. Der Schlüssel drehte sich geräuschlos im Schloss, ich trat in die kleine, aber tadellos eingerichtete Diele. Die Glastüren der Einbauschränke glänzten, der Boden war mit Teppichboden ausgelegt. Die beiden kleinen Zimmer blitzten nur so vor Sauberkeit. Die Möbel waren gewachst, die Böden lackiert, die Vorhänge ungewöhnlich sauber. Die samt und sonders hellrot gehaltenen Gegenstände in der Küche sorgten für eine festliche Atmosphäre.

Ich begann die Schränke zu durchsuchen, die voller schöner, teurer Kleidungsstücke waren. Allein Wollpullover gab es mehr als ein Dutzend. Die Zahnärztin verdiente natürlich gut und verwöhnte sich dementsprechend.

Die Atmosphäre sprach für sich: Die Hausherrin musste eine ordentliche, ein bisschen pedantische Frau sein. Die Tassen standen alle mit dem Henkel in eine Richtung im Büfett, im Badezimmer hingen zwei Handtücher wie mit dem Lineal gemessen, die Shampooflaschen waren der Größe nach aufgereiht. Bei uns zu Hause bleiben alle Flaschen ewig ohne Deckel stehen ...

Im Schlafzimmer stand neben dem großen Bett auf einem Tischchen ein Foto in einem teuren silbernen Rahmen. Ich nahm es in die Hand. Ja, das war sie. Nur dass auf dem Foto ihre dunklen Augen zärtlich schauten und die vollen, satten Lippen zu einem Lächeln geschwungen waren. Sie sah gar nicht böse und verbittert, sondern weich und schutzlos aus. Ihren rechten, halb nackten Arm hatte sie um die Schultern eines schmalen, dunkelhaarigen Mädchens gelegt, das ein helles Kleid trug, fröhlich lachte und höchstens zwei Jahre alt sein konnte. Ich drehte das Foto um; auf der Rückseite stand eine Jahreszahl: 1999.

Es gab also wirklich eine Tochter. Aber wo mochte sie stecken? In der Wohnung zeugte sonst nichts von der Anwesenheit des Kindes. Es gab weder Spielzeug noch Kinderbücher oder -kleidung. Kein Kinderbett, kein Kinderwagen, kein kleines Fahrrad …

Ich zündete mir eine Gauloise an. Ljuda hatte das Haus der Schriftsteller vor mehr als einer Woche verlassen. Ihre Verwandten und Freunde dachten wohl, dass sie noch im Urlaub war, und machten sich keine Sorgen. Erst wenn sie zur erwarteten Zeit nicht wieder in Moskau einträfe, würden sie anfangen, sich zu beunruhigen.

Ich öffnete den Sekretär in der Schrankwand und fand ein Kästchen mit Dokumenten. Darin lagen Rechnungsvordrucke für die Miete, Strom und Gas, einige bezahlte Telefonrechnungen, ein paar Schecks. Hier steckten auch der Pass, das Abschlussdiplom und der Personalausweis, aus dem, als ich ihn aufschlug, eine Firmenkarte fiel: FWG GmbH, Schabanowa, Ljudmila Georgijewna, Zahnärztin. Das war alles, keinerlei Dokumente für das Kind, weder eine Geburtsurkunde noch eine Krankenkarte der zuständigen Poliklinik. Das Mädchen musste woanders leben, aber wo?

Plötzlich wurde mir kalt und ungemütlich zumute, durch das geöffnete Oberlicht drang eiskalter Wind. Ich warf meine Kippe aus dem Fenster, lief zur Tür, dann noch einmal zurück und nahm das Foto vom Tisch und aus dem Sekretär die Telefonrechnungen für Ferngespräche.

Nikolaj Wassiljewitsch seufzte nur tief, als er mich sah. Ich legte die Schlüssel, das Foto und die Rechnungen vor ihm auf den Tisch. Er hörte mir zu und versuchte noch ein letztes Mal, mit mir zu argumentieren:

»Wozu brauchen Sie das? Das Verfahren ist abgeschlossen. Die Selbstmörderin wurde als Nina Waganowna Sundukjan identifiziert. Der Körper ist eingeäschert, und das war's.«

»Das ist ja ein starkes Stück«, regte ich mich auf, »habe ich Ihnen nicht heute Morgen von der Schabanowa erzählt? Schauen Sie nur, da ist das Kind – es hat keine Mutter mehr.«

»Es gibt kein Verfahren«, wiederholte der Hauptmann hartnäckig.

»Dann eröffnen Sie eins.«

»Auf welcher Grundlage?«

Ich dachte eine Sekunde lang nach.

»Auf der Grundlage der Verwechslung einer Leiche und der Beerdigung einer zweiten Person.«

Nikolaj Wassiljewitsch lief rot an und antwortete scharf:

»Sobald mir der Antrag gestellt wird, eröffne ich ein Verfahren.«

»Den kann ich gleich hier und jetzt schreiben«, antwortete ich erfreut.

»So läuft das nicht«, widersprach mir der Hauptmann. »So ein Papier nehme ich nur von der Sundukjan selber oder von den Verwandten der Schabanowa an.«

»Na schön«, sagte ich nachgiebig, »aber tun Sie mir bitte einen Gefallen.«

»Welchen?«

»Finden Sie heraus, auf wessen Namen die Telefonnummer läuft, die Ljudmila so oft angerufen hat, und was die FWG GmbH für eine Firma ist.«

Zu meiner großen Überraschung war er sofort einverstanden.

»Abgemacht. Aber nur wenn auch Sie mir einen Dienst erweisen.«

»Welchen?«

»Ich teile Ihnen mit, um was Sie mich gebeten haben, und Sie kommen nie wieder hierher. Einverstanden?«

Schließlich konnte ich mich ja auch an den Chef der Dienststelle wenden, also stimmte ich unbekümmert zu.

Auf dem Weg nach Hause rief ich Nina an.

»Haben Sie der Miliz schon mitgeteilt, dass Sie noch am Leben sind?«

»Nein, werd ich auch nicht machen«, erklärte Nina gähnend.

Vor Überraschung wäre ich fast in den Straßengraben gefahren. Ich lenkte zum Straßenrand hinüber und fragte:

»Was soll das heißen?«

»Ganz einfach«, sagte Nina. »Können Sie sich den bürokratischen Aufwand vorstellen, den eine Auferweckung von den Toten bedeutet? Sie werden von mir einen Koffer voller Bescheinigungen verlangen. Heute habe ich der Meldestelle meinen Antrag auf einen neuen Pass gebracht. Ich habe so getan, als hätte man mir die Handtasche gestohlen. In zwei Wochen habe ich ihn, und das ist alles.«

Einen Augenblick lang versagte mir die Stimme.

»Aber die Schabanowa ist unter Ihrem Namen eingeäschert worden.«

»Na und? Der ist das jetzt egal.«

»Das heißt, über der Urnennische wird eine Tafel mit dem Namen Nina Waganowna Sundukjan befestigt?!«

»Wen kümmert das schon? Es wird sowieso keiner die Urne im Krematorium abholen ...«

Meine Schläfen begannen heftig zu pochen. Diese Offenbarungen trieben mir das Blut in den Kopf.

»Hören Sie«, beschwor ich sie, um sie zu ein bisschen Menschenliebe zu animieren, »das geht doch nicht. Diese Angelegenheit muss in Ordnung gebracht werden. Sie haben selber gesagt, Ljuda sei Ihre Freundin gewesen. Sie hat eine Tochter hinterlassen, nach der man suchen wird ...«

»Na ja, Freundin ist zu viel gesagt, sie war einfach eine gute Bekannte. Von einer Tochter hab ich nie was gehört, und Verwandte hat sie nicht, keiner wird sie suchen. Ihr ist es sowieso egal, sie ist eh schon verbrannt, und ich krieg nur einen Haufen Ärger – und Kopfschmerzen dazu.«

Wütend drückte ich auf den roten Knopf. Piepsend schaltete sich mein Ericsson aus. Wie stellte sie es sich wohl vor, an einen Pass zu kommen, wenn sie als verstorben registriert war? Zählte sie auf die Schwerfälligkeit der Behörden? Darauf, dass die Information über ihren vermeintlichen Tod noch nicht bei der Meldebehörde eingegangen war? Das wäre natürlich möglich. Sie würde einfach einen neuen Pass erhalten und in aller Ruhe weiterleben.

Absolut niemand machte sich Sorgen um den Verbleib des kleinen Mädchens, das seine Mutter verloren hatte. Ich zog das Foto aus der Tasche und betrachtete noch einmal die glücklich lachenden Gesichter. Dann ließ ich den Motor an und fuhr nach Hause. »Ich werde dich schon finden, kleine Verotschka!«, dachte ich.

KAPITEL 8

Zu Hause war schon wieder der Bär los. In der Diele hingen lauter fremde Mäntel und Jacken, aus dem Wohnzimmer drangen Lachsalven. Leise trat ich ein.

»Oh, Mamilein«, schrie Manja und warf sich mir entgegen, »Filja hat für alle geweissagt, und jetzt vollziehen wir ein Ritual, um böse Geister zu vertreiben.«

Eine Gruppe mir fremder Leute befand sich im Raum. Alle hielten Kerzen und Schellen in den Händen.

»Daschalein«, kreischte Alissa, »na endlich! Filja, gib ihr schnell das Trambolo.«

»Was für ein Ding?«, fragte ich erstaunt.

»So heißt die Glocke, mit der man die bösen Geister verjagt«, erklärte Olga, die ganz rote Backen bekommen hatte. »Wir stellen uns jetzt in einer bestimmten magischen Reihenfolge auf und laufen ums Haus.«

Erschrocken sah ich meine Schwiegertochter an.

»Und wo ist Kescha?«

»Er zieht die Hunde an«, antwortete Häschen.

Kaum hatte sie zu Ende gesprochen, trat Kescha auch schon ins Wohnzimmer. Auf dem Kopf trug er eine merkwürdige Mütze mit Hörnern, an denen Schellen hingen. Sie erinnerte an die Kappe eines Possenreißers. Bandy und Snap hatten Glocken um den Hals, Chutsch steckte in einem komischen silberglänzenden Overall, während July und Tscherry mit Rabenschwanzfedern geschmückt waren.

»Na dann, stellt euch schnell auf!«, ordnete Filja an.

Die Anwesenden liefen wild durcheinander, aber Filja sorgte mit eiserner Hand für Ordnung.

»An erster Stelle geht Kescha, der Hausherr, mit dem Rottweiler. Dann kommt Darja mit Bandy.«

In die linke Hand bekam ich die Hundeleine gedrückt, in die rechte eine schwere, bronzene Schelle.

»Wunderbar! Und jetzt die Männer dem Alter nach mit den restlichen Hunden, dahinter die Frauen. Manja geht als Allerletzte«, kommandierte Filja.

»Ich will nicht die Letzte sein«, jammerte das Mädchen.

»Beklag dich nicht, sonst verwandle ich dich in eine Kröte«, drohte Filja.

Dann nahm er einen mit Federn geschmückten Stab in die Hand, der aussah wie der Staubwedel, mit dem Irka die Bilder säubert. Der kalte Märzwind wehte in die Diele. Alissas Liebhaber hob die Arme zum Himmel und ging in den Hof hinaus. Dabei rief er laut:

»O-o-o-ja-jej!«

Dann kam er wieder zur Tür, klopfte erregt mit dem Stab auf den Boden und drehte sich zu uns.

»Wenn ihr euch weiter so benehmt, werden wir die bösen Geister nie im Leben verjagen. Ihr müsst singen, und wenn ich mit dem Stab auf den Boden klopfe, müsst ihr den Mund halten und schweigend mit den Schellen läuten. Alles klar?«

»Ja«, antworteten alle im Chor.

»Na, dann los!«, befahl der Magier.

Wieder ging er, mit seinem Staubwedel herumfuchtelnd, ins Freie.

»O-o-o, i-i ...«

»Jej, jej, i-i-i«, jaulten die Gäste, und meine Familie und ich liefen Filja hinterher in den Hof.

Snap begann zu jaulen, während Bandy sofort eine Pfütze hinterließ. Unser mutiger Pitbull pisst beim kleinsten Anzeichen von Gefahr sofort los.

»A-a-a!«, donnerte Filja.

»U-u-u!«, echoten die anderen.

Obwohl ich zutiefst empört war, heulte ich doch aus vollem Halse mit den anderen mit. Die Prozession bewegte sich langsam ums Haus herum. Der Magier blieb plötzlich stehen und klopfte mit seinem Stab auf den Boden. Sofort verstummten die Leute, dafür begannen die Schellen zu klingeln.

»O-o-o«, schrie Manja weiter.

»Nein, das darf doch einfach nicht wahr sein!«, fuhr Filja auf. »Das kann doch nicht so schwer zu begreifen sein. Wenn ich mit dem Stab auf den Boden klopfe, halten alle ihren Mund.«

»Verzeihung«, flüsterte Manja, ihr Gesicht überzog sich mit roten Flecken. »Das hatte ich vergessen.«

»Macht nichts«, lenkte Filja plötzlich sanft ein, »dich trifft keine Schuld, mein Kind. Wenn etwas schief geht, liegt es an etwas anderem: Unter uns ist jemand, der nicht an die Vertreibung der Geister glaubt und uns unbewusst behindert. Aber wir werden alle Kraft aufbringen und das Böse besiegen.«

Ich wurde rot. Filja war ja ein echter Psychologe, wie er da, ohne Namen zu nennen, mit Andeutungen spielte.

Die nächste Stunde verbrachten wir im Garten. Zuerst liefen wir im Reigen um das Haus herum, dann sprangen wir auf dem linken Bein, schüttelten unsere Köpfe, verbeugten uns vor der Gottheit Jumo und vertrieben den bösen Mumo. Schließlich bespritzte uns Filja mit einer streng riechenden blauen Flüssigkeit und verkündete:

»Jetzt können wir wieder ins Haus. Es ist gereinigt.«

Verfroren und hungrig rannten alle zugleich ins warme Esszimmer, wo uns der Kamin freundlich knisternd erwartete.

Auf dem Tisch stand dampfend eine Teekanne. Dankbar schielte ich zur fröhlichen Alissa hinüber. Jetzt hatten wir immer heißen Tee und frisch gebrühten Kaffee. Die mit Dill bestreuten Kartoffeln sahen erstaunlich gleichmäßig und appetitlich aus, das Fleisch war in einem Stück im Ofen gegart.

Schweigend verzehrten wir unser leckeres Abendessen. Vorsichtig betrachtete ich die mir unbekannten Leute. Es waren drei nicht besonders hübsche Damen und fünf niedliche junge Männer. Alissa konnte um sich herum keine interessanten Frauen ertragen und keine Männer über fünfundzwanzig.

»Du bist neugierig?«, grinste die Ballerina. »Soll ich dich vorstellen? Das ist …«

Weiter kam sie nicht: Aus dem Freien ertönte ein furchtbares Geheul. Häschen ließ vor Schreck ihre Gabel fallen, einer der Gäste stöhnte laut auf.

»Was ist das?«, flüsterte Manja, die ganz blass geworden war.

»Wahrscheinlich ein streunender Hund …«, meinte der kreidebleiche Kescha.

»Nein«, sagte Filja bestimmt, »Mumo ist zurückgekommen!«

»Was?«, riefen alle Anwesenden wie aus einem Munde.

»Ich verjage ihn sofort«, versprach Filja und machte das Licht aus.

In der fast vollständigen Dunkelheit war nur noch das aufgeregte Jaulen unserer Hunde zu hören.

»Oh, Mumo«, rief der Magier, nachdem er das Fenster geöffnet hatte, »kehre zurück in dein Reich! Ich beschwöre dich mit Jumos Geist und der heiligen grünen Eichenrute, oh, Mumo!«

Die einzige Antwort auf seine Anrufung war das dumpfe Heulen im Garten, das manchmal in ein Winseln überging.

»Wie schrecklich«, flüsterte Häschen.

»Aber er kommt doch nicht zu uns rein, oder?«, fragte eine Frau ängstlich.

»Mumo, oh, Mumo«, verkündete Filja und rasselte mit etwas, das am ehesten an unseren Stricknadelkorb erinnerte, »Mumo, verschwinde!«

Ich hatte die Nase voll von diesem Zirkus, verließ leise das Esszimmer, öffnete die Haustür und schaute in den Garten hinaus. Neben den Treppenstufen saß unter der großen Tanne der unglückliche Mops Chutsch und gab die Töne von sich, die alle in Angst und Schrecken versetzten.

Der süße, dicke Chutsch, der große Liebhaber von gutem

Essen und weichen Sofas. Kaltes Wetter kann er auf den Tod nicht ausstehen, und so verbringt er die langen, dunklen Wintermonate in warme Plaids vergraben. Nur angesichts essbarer Dinge erwacht er dann zum Leben, sein Geruchssinn ist unglaublich fein, sein Gehör wie das eines Fuchses. Wenn ich nachts Lust kriege, Schokolade zu essen – ich gebe zu, ich liebe es, Süßigkeiten im Bett zu verzehren –, kommt Chutsch, so schnell ihn seine kurzen krummen Beine tragen, in mein Schlafzimmer gelaufen. Wenn er mich mit seinen riesigen braunen Augen anschaut und seine rosa Zunge zittern lässt, ist es schier unmöglich, ihm nichts abzugeben. Meine Hände werfen ihm wie von selbst die Schokoladestückchen ins Maul. Nachdem er die Gabe geschluckt hat, klettert er aufs Bett, macht es sich unter der Decke bequem und schläft friedlich ein. Vom Spazierengehen hält er nichts. Kescha zwingt ihn manchmal mit Fußtritten vor die Tür, aber der Mops wehrt sich mit aller Kraft, indem er sich mit den Pfoten an der Schwelle festkrallt. Im Sommer läuft er schon manchmal im Garten umher, aber im Winter zieht er es vor, ins Katzenklo zu pinkeln. Unseren Katzen Fifina und Kleopatra gefällt das natürlich überhaupt nicht, und sie versuchen, den Eindringling fauchend zu verjagen; ein paar Mal hat er ganz schön was abgekriegt, aber er ist unerschütterlich. Wenn es draußen regnet, schneit, windet oder kalt ist, setzt er sich unbeirrbar in die Katzenstreu.

Heute hatte er fatales Pech gehabt. Nicht nur, dass man ihn hinausgeschleift und seine zarten Pfoten den eisig kalten Märzpfützen ausgesetzt hatte, nein, im allgemeinen Durcheinander hatte man auch noch vergessen, ihn wieder ins Haus zu lassen. Vor Schreck und Empörung jaulte er nun, was das Zeug hielt.

»Chutsch, komm her!«, rief ich ihn zu mir.

Aber der Mops rührte sich nicht, er jaulte laut weiter.

Ich musste in meinen weichen Hausschuhen zu ihm unter die Tanne gehen. Natürlich, der seltsame silberne Overall, in den sie den Armen gesteckt hatten, war ihm die Hinterbeine heruntergerutscht, hatte sich da verknotet und ihn gefesselt, so dass er sich nicht mehr rühren konnte. Ich befreite ihn aus seinen Fesseln, hob ihn hoch und trug den am ganzen Leib zitternden Hund ins Haus. Hals über Kopf stürzte er sich zum Katzenklo. Bei der Kälte draußen sein Geschäft zu verrichten wäre natürlich gar nicht infrage gekommen.

Im Wohnzimmer herrschte heitere Jubelstimmung.

»Wo warst du denn?«, rief mir Alissa zu, die sich über den Kognak hergemacht hatte. »Das Interessanteste hast du verpasst. Mumo ist verschwunden. Er hat noch ein letztes Mal gewinselt und dann das Weite gesucht. Filja hat ihn in die Flucht geschlagen.«

Der Magier schob sich müde eine Locke aus dem Gesicht.

»Ja, das war keine leichte Aufgabe. Jetzt habe ich fast mein ganzes energetisches Potenzial verbraucht. Dafür wird hier nie wieder irgendein Unglück geschehen.«

»Großartig!«, flüsterte eine Dame mit funkelnden Ohrringen. »Unglaublich!«

»Entzückend«, äußerte sich Häschen.

»Sauber«, war Manjas Kommentar.

»Ich hatte ein bisschen Schiss, wenn ich ehrlich sein soll«, bekannte Kescha. »Er hat so gejault, dass ich zuerst dachte, es wäre ein Hund, aber dann wurde mir klar: Kein Haustier kann solche Töne von sich geben.«

Ich sah zu dem selig auf einem Sessel schlummernden Chutsch hinüber. Hinsichtlich der geistigen Fähigkeiten Alissas und ihrer Bekannten hatte ich ja keinerlei Erwartungen gehabt. Aber wer hätte gedacht, dass meine eigene Familie so blöd sein konnte!

Am folgenden Vormittag machte ich mich auf zum Kinderheim, in dem Ljudmila Schabanowa aufgezogen worden war. Dort musste es schließlich noch irgendwelche Papiere oder Leute geben, die sich an sie erinnerten.

Aber die junge, forsche Direktorin enttäuschte mich sofort.

»Wie alt ist Ihre Schabanowa?«

»Um die dreißig.«

»Das heißt, sie ist schon vor über zehn Jahren entlassen worden. In dieser Zeit haben hier siebenmal die Leiter gewechselt.«

»Gibt es vielleicht noch eine Akte über sie?«, fragte ich, begriff aber die Aussichtslosigkeit meiner Frage.

Die Direktorin rümpfte ihr hübsches Näschen. Sie sah kaum älter aus als Häschen.

»1990 soll ein Brand fast alle Akten vernichtet haben. Damals habe ich übrigens noch nicht hier gearbeitet.«

Da ging die Tür auf, ein Kopf mit einer ordentlichen, altmodischen Frisur schaute herein.

»Gestatten Sie?«

»Aber bitte«, freute sich die Leiterin. »Darf ich vorstellen: Viktoria Pawlowna, unsere älteste Lehrerin.«

»Können Sie sich an Ljudmila Schabanowa erinnern?«, fragte ich.

Die ältere Dame setzte sich auf einen Stuhl und sagte nachdenklich vor sich hin:

»Schabanowa ... Schabanowa ... Was wollen Sie von ihr?«

Eine überzeugende Erklärung hatte ich schon parat.

»Wie ich bereits Ihrer Direktorin erklärt habe, bin ich die Vorsitzende eines Notariatskontors. Im Ausland sind Verwandte von Frau Schabanowa aufgetaucht, die jetzt nach ihr suchen.«

»Nein«, seufzte Viktoria Pawlowna bedauernd, »man kann sich leider nicht an alle erinnern. Hier waren so viele Kinder ... Obwohl mir der Nachname bekannt vorkommt ...«

Ich spielte meine letzte Karte aus und fragte:

»Kennen Sie die Erzieherin Jelena Wadimowna?«

»Diese Hergelaufene?«, stieß sie zwischen den Zähnen hervor. »Na klar, wir haben schließlich Seite an Seite gearbeitet. Immer hat sie den Lehrern beibringen wollen, wie sie mit den Kindern umzugehen haben, und der Direktor, Gott hab ihn selig, hat ihr permanent nach dem Mund geredet. Kein Wunder, ihr Mann arbeitete als Abteilungsleiter im Ministerium für Bildung. Immer wenn für die Kinder Kleidungsstücke oder Spielsachen gebraucht wurden, fielen sie vor Jelena Wadimowna auf die Knie ... Sie bat ihren Mann um Unterstützung, und dann machte sie sich wichtig.«

»Wo ist sie jetzt?«, unterbrach ich den erbitterten Redefluss.

Viktoria Pawlowna sagte missgünstig:

»Man sagt das schon ganz richtig: Unkraut vergeht nicht. Überall herrscht die Krise, alles geht drunter und drüber, aber Jelena Wadimowna eröffnet eine Privatschule, spielt Direktorin – bei ihr fließt das Geld in Strömen ... Im Februar hatte sie auch noch die Frechheit, einen Zettel an unser Tor zu kleben: *Schule mit der einzigartigen Lehrmethode von Jelena Starostina gibt ihre Eröffnung bekannt.* Wir haben ihn natürlich sofort abgerissen – sie wollte uns ja nur zeigen, wie hoch sie aufgestiegen ist!«

Ich fragte nach der Adresse und machte mich auf den Weg. Die Schule lag direkt um die Ecke. In dem zweistöckigen Gebäude roch es nach leckerem Mittagessen, die Wände waren dicht mit Bildern behängt. *Die Werke unserer Schüler* stand auf einem Plakat.

»Wo finde ich Jelena Wadimowna?«, fragte ich einen kräftigen Burschen, der gerade einen riesigen Globus irgendwohin schleppte.

»Im ersten Stock, Zimmer zwölf.«

Ich ging die Treppe nach oben. An der von mir gesuchten Tür hing ein viel versprechendes Schild: *Kommt nur herein! Keine Angst, gemeinsam lösen wir alle Schwierigkeiten!* Ich klopfte und trat ein. Der Raum war groß und hell. Er wirkte überhaupt nicht wie ein Direktorenzimmer, eher schon wie ein gemütliches Wohnzimmer: mit einem Sofa, zwei Sesseln, einer großen Stehlampe, einem dunkelgrünen Teppich, vielen Bildern und einer Regalwand, die mit Büchern und Geschirr voll gestopft war. Am Fenster stand ein Schreibtisch mit einem Computermonitor, vor dem eine Frau saß. Sie wandte sich mir zu und fragte freundlich:

»Kann ich helfen?«

»Ich möchte zu Jelena Wadimowna ...«

»Dann sind Sie hier richtig. Das bin ich.«

Ich schaute in ihr offenes, gutmütiges Gesicht. Sie war wahrscheinlich um die fünfzig, wirkte aber noch recht jugendlich. Die ersten kleinen Falten strahlten von den Augenwinkeln zu den Schläfen hinüber. Aber die Krähenfüße waren ihr nicht abträglich, ganz im Gegenteil: Sie gaben ihrem Gesicht einen weichen, heiteren Ausdruck. Man konnte gleich sehen, dass sie selten böse war und viel lachte. Sie hatte helle Haut, eine Stupsnase und die Lippen von Brigitte Bardot. Wahrscheinlich wusste sie um die Ähnlichkeit mit dem französischen Sexsymbol, denn ihre Haare waren hellblond gefärbt. Als junge Frau musste Jelena Wadimowna eine echte Schönheit gewesen sein, aber auch jetzt sah sie noch gut aus, ihre Figur war tadellos.

Ich setzte mich und erzählte schamlos mein Lügenmärchen von Ljudmilas Verwandten im Ausland. Jelena Wadimowna hörte zu, ohne mich zu unterbrechen. Erst als meine Fantasie erschöpft war, sagte sie ruhig:

»Ich erinnere mich sehr gut an Ljuda. Ich habe sehr an ihrem Schicksal Anteil genommen. Aber sagen Sie bitte: Wird sie von Verwandten väterlicherseits oder mütterlicherseits gesucht?«

»Väterlicherseits«, antwortete ich.

Jelena Wadimowna blickte mich streng an.

»Sie haben doch sicher ein Dokument, mit dem Sie sich ausweisen können?«

Ich hielt ihr meinen französischen Pass unter die Nase, bei dessen Anblick alle Russen immer extrem freundlich werden. Aber Jelena Wadimowna war eine Ausnahme. Ihre Augenbrauen zogen sich bedrohlich zusammen, der Mund wurde zu einem schmalen Strich und verlor jede Ähnlichkeit mit dem von Brigitte Bardot.

»Ich fürchte, ich kann Ihnen nicht weiterhelfen.«

»Sie wollen wirklich nicht, dass Ljuda die Erbschaft ihres Großvaters erhält?«

»Sie sind nicht die, als die Sie sich ausgeben.«

Ich war verwirrt und fragte dümmlich:

»Wieso nicht?«

»Weil Ljudas Großvater ihr nie auch nur eine Kopeke hinterlassen würde. Ihre Mutter hat ihren Mann, seinen Sohn, umgebracht. Deshalb war das Kind dann ja auch im Kinderheim.«

Mit offenem Mund starrte ich sie an. Jelena Wadimowna zündete sich eine Zigarette an. Da zog ich meinen zweiten, russischen Pass heraus und erzählte ihr die ganze Wahrheit.

»Wie furchtbar«, murmelte sie, als ich fertig war, »aber sie ist schon immer etwas merkwürdig gewesen – sicher eine Folge der schweren Kindheit.«

»Wissen Sie vielleicht, wo ihre Tochter ist?«

Sie schüttelte den Kopf.

»Das letzte Mal haben wir uns gesehen, als sie ihr Diplom machte. Aus Mitleid hatte ich sie ja im Institut untergebracht. Aber wenn Sie ein bisschen Zeit haben, kann ich Ihnen der Reihe nach erzählen, was ich weiß.«

Ich versicherte ihr, ich hätte alle Zeit der Welt.

Ljuda war sieben Jahre alt, als sie ins Kinderheim gebracht wurde. Damals konnte sie weder lesen noch schreiben, auch das Sprechen machte ihr Schwierigkeiten. Jelena Wadimowna wunderte sich anfangs darüber, dass ein so hübsches, ganz normal aussehendes Mädchen geistig behindert sein sollte. Ljudas Entwicklung war im Alter von etwa zwei, drei Jahren stehen geblieben. Sie aß nur mit dem Löffel, Würstchen, Hühnchen und gekochte Eier hatte sie noch nie gesehen.

»Was ist das?«, fragte sie und zeigte mit dem Finger auf ein Omelett.

Im Kinderheim wurde gut gekocht, und Jelena Wadimowna war zuerst richtig verwirrt.

»Iss, Ljudalein, es wird dir schmecken.«

Das kleine Mädchen schob sich den Löffel in den Mund und begann langsam zu kauen.

»Was hast du denn zu Hause gegessen?«, fragte die Pädagogin.

»Gesegnetes Essen«, antwortete das Kind und fragte: »Was ist das Gelbe – kommt das von Gott oder vom Teufel?«

Jelena Wadimowna war sprachlos. Auch mit der Kleidung gab es Schwierigkeiten. Als das Kind im Januar gebracht wurde, schien es ihr zunächst, als trüge es ein Nachthemd. Erst bei näherer Betrachtung war zu erkennen, dass es sich um einen Kittel aus grobem, ungebleichtem, ganz offenkundig selbst gewebtem Leinen handeln musste. An den Füßen trug das Kind Strümpfe und Gummischuhe.

Im ersten Jahr zog Ljudmila ihre Hausschuhe immer aus und lief barfuß durch das Haus.

Sie hatte noch nie von Aschenputtel, Rotkäppchen oder dem gestiefelten Kater gehört. Vor dem Fernsehen hatte sie entsetzliche Angst, das Telefon erschreckte sie, und als die Erzieherinnen mit den Kindern ins Theater gingen, fiel sie im Zuschauerraum auf die Knie und schrie los:

»Der Teufel ... hier wohnt der Teufel!«

Inzwischen wunderte sich Jelena Wadimowna über dieses Verhalten aber nicht mehr. Sie hatte sich gründlich über das bisherige Leben ihres Zöglings informiert und wusste, was los war.

Ljudas Großvater, ein finsterer, bärtiger Mann, war das Oberhaupt einer Sekte, die sich »Zeugen der Auferstehung« nannte. Sein Sohn, der ihm unbedingten Gehorsam leistete, vermählte sich mit einer Frau – Ljudas Mutter –, die der Glaubensgemeinschaft nicht angehörte. Eigentlich zogen es die Sektenmitglieder vor, ihre Ehen innerhalb des eigenen Kreises zu schließen, aber nachdem mit der Zeit durch die Inzucht Missgeburten auf die Welt gekommen waren, erlaubte der »Bischof« seinen Schäfchen auch die Bekanntschaft mit Außenstehenden. Allerdings nur unter einer Bedingung: Die frisch Angeheirateten mussten der Sekte beitreten.

In der kommunistischen Zeit waren prinzipiell alle Gruppierungen oder Versammlungen religiöser Art verboten. Sogar der Besuch eines orthodoxen Gottesdienstes wurde nicht gern gesehen. Daher benahmen sich die »Zeugen der Auferstehung« besonders vorbildhaft. Mit viel Mühe hatten sie es geschafft, in einem Haus eine Reihe von Wohnungen zu mieten, so dass sie schnell und unauffällig zusammenkommen konnten.

Persönliches Eigentum gab es bei den Anhängern der Sekte nicht. Alles gehörte allen. Fernseher, Radio, Zeitungen und Bücher waren strengstens verboten. Shampoo, Zahnpasta oder Parfüm wurden nicht verwendet. Tee und Kaffee tranken sie nicht, Fleisch und Fisch aßen sie nicht, sie ernährten sich von »gesegnetem« Essen: von Brei, Nudeln und Kartoffeln. Fast hundertfünfzig Tage im Jahr hielten sie sich an eine strenge Fastenordnung. Zum Arzt ging keiner, Kranke wurden nicht gepflegt. Wenn jemand krank wurde oder starb, dann war das Gottes Wille. Starke Männer fuhren den Leichnam irgendwo in die Umgebung Moskaus und begruben ihn. Am Tag der Beerdigung wurde dann ein Fest gefeiert.

Die Männer verbrachten den Tag in Gebet und Meditation, der eine oder andere arbeitete als Lastenträger oder Gepäckträger am Bahnhof. Geistige Arbeit war nicht erwünscht. Ein Lehrer, Arzt oder anderweitig Angestellter, der in die Sekte geriet, wurde sofort gezwungen, seinen Arbeitsplatz aufzugeben. Die Frauen mussten nicht nur das Geld verdienen, sondern auch den Haushalt führen. Egal, ob Sommer oder Winter, sie waren in schwarze Tücher gehüllt, wischten die Fußböden in Wohnungen und Geschäften, arbeiteten als Krankenschwestern in Krankenhäusern oder sogar in Leichenschauhäusern, wo sie die Verstorbenen einkleideten.

Den Nachbarn der Sektenmitglieder fiel nie etwas Ungewöhnliches auf. Die stillen Mitbewohner, die wie Schatten über den Hof schlichen, störten keinen, im Gegenteil: Sie tranken nicht, rauchten nicht, machten keinen Krach, fluchten nicht und spuckten nicht ins Treppenhaus; bei ihnen versammelten sich auch keine lärmenden Gesellschaften.

Ihre wenigen Kinder kamen nur ganz selten – immer in Begleitung Erwachsener – auf die Straße und lebten unter strenger Aufsicht. Einmal am Tag bekamen sie etwas zu essen, sie trugen »gesegnete« Kleidung, wurden mit eiskaltem Wasser abgespritzt und mussten von früh bis spät beten.

Ljudas Mutter Raissa war nichts ahnend in die Sekte geraten. Sie hatte einen netten Burschen kennen gelernt, der ihr sehr vertrauenswürdig erschien, obwohl er nur als einfacher Lastenträger arbeitete. Er mied Wodka und Zigaretten wie der Teufel das Weihwasser, sprach mit leiser Stimme und war sehr schüchtern. Bei Raissa zu Hause hingegen betranken sich Vater und Bruder ständig, während die Mutter schon vor langer Zeit zu Tode geprügelt worden war. Daher konnte das Mädchen diesen höflichen, abstinenten Mann gar nicht schnell genug heiraten.

Schon die ersten Tage bei den »Zeugen der Auferstehung« wurden für die junge Frau zu einem Albtraum. Ihr Ehemann senkte die Augen und sagte kein Wort, als sein eigener Vater Raissa ins Schlafzimmer zerrte. Das kämpferische Mädchen wehrte sich, aber sofort kamen weitere Mitglieder der Sekte dazu. Die Frauen hielten sie an Händen und Füßen fest, während die Männer die frisch Vermählte der Reihe nach vergewaltigten. Dann wurde sie in einen kleinen Raum gesperrt, dessen Tür sich nur öffnete, wenn der widerlich lächelnde »Bischof« es für angebracht hielt, ihr einen Krug Wasser zu bringen und sie auszupeitschen.

Eine Woche später legte sich Raissa gehorsam ein schwarzes Tuch um. Man hielt ihre Bekehrung für vollzogen.

Trostlos gingen die Tage dahin. Raissa erduldete Hunger, Schläge und Erniedrigungen. Im Laufe der Jahre gebar sie einen Sohn und zwei Töchter. Sie hasste die Kleinen aus tiefster Seele. Ljuda hörte nie ein zärtliches Wort von ihrer Mutter – von ihrem Vater im Übrigen genauso wenig, denn die Männer der Sekte redeten selten mit den Kindern.

Raissa hatte nur einen Gedanken im Kopf: Wie sie es anstellen könnte zu fliehen. Aber das schien beinahe unmöglich.

Man ließ sie nicht oft aus dem Haus – und wenn, dann nur in Begleitung von Männern. Der »Bischof« traute seiner Schwiegertochter nicht und überwachte sie ständig. Den ganzen Tag über musste Raissa Hausarbeit verrichten, sich um die Kinder kümmern und beten.

Endlich ergab sich eine Gelegenheit. Eine Vermählung hatte stattgefunden, bei der die Braut eine Außenstehende war. Raissa wusste, dass der »Bischof« und die anderen Männer diese Frau gemeinsam vergewaltigen würden, also abgelenkt wären. Als sie sicher war, dass niemand auf sie achtete, öffnete sie die Wohnungstür, trat in den Hausflur und lief zum Treppenabgang. Da hörte sie hinter sich die Stimme ihres Mannes:

»Wo willst du hin?«

Er packte die Fliehende an der Schulter. Raissa sah rot. Sie riss sich von ihrem Gatten los und stieß ihn mit voller Wucht die Treppe hinunter. Sein Hinterkopf prallte auf die Kante einer Stufe. Er war auf der Stelle tot.

Raissa stürzte panisch aus dem Haus und lief ziellos durch die Straßen. Eine Streife hielt die völlig verwirrte Frau an. Auf dem Revier erzählte Raissa dann ihre Geschichte …

Die Sekte wurde aufgelöst. Die meisten erwachsenen Mitglieder steckte man hinter Gitter, die Kinder kamen in Heime. Raissa erhielt eine Lagerstrafe von sechs Jahren, wurde aber im Zuge einer Amnestie vorzeitig entlassen. Von ihren Kindern sagte sie sich gleich zwei Tage nach der Verhaftung los.

»Die ersten Jahre blieb Ljuda unzugänglich und verstockt«, seufzte Jelena Wadimowna. »Ehrlich gesagt, dachte ich, dabei würde es bleiben, aber als sie vierzehn wurde, veränderte sie sich. Sie holte ihre Altersgenossen ein und schloss sogar die Schule gar nicht mal schlecht ab.«

Jelena Wadimownas Mann hatte Mitleid mit dem armen, um seine Kindheit betrogenen Mädchen. Als Ljuda mit der Schule fertig war, ließ Igor Kirillowitsch seine Kontakte als Mitarbeiter des Bildungsministeriums spielen. Ljuda konnte in ein Wohnheim ziehen und Medizin studieren.

»Es war direkt erstaunlich«, sagte Jelena Wadimowna, »als hätte die schwere Kindheit keine Spuren hinterlassen.«

Das Einzige, was sich von früher erhalten hatte, war ihr weicher, gefügiger, irgendwie willenloser Charakter. Ljuda gehorchte ihren Freundinnen und Lehrern ohne jede Widerrede. Im Institut machte man sich über sie lustig und nannte sie spöttisch »Rehlein«.

»War sie verheiratet?«

»Damals nicht«, antwortete Jelena Wadimowna. »Sie hatte auch keine besonders engen Freundinnen. Soweit ich mich erinnern kann, gab es eine engere Beziehung zu Alla Mostowa und Tamara Ryklina. Aber ich habe sie, wie gesagt, das letzte Mal gesehen, als sie ihr Diplom erhielt.«

»Seltsam«, murmelte ich, »Sie haben so viel für sie getan, und doch hat sie sich nicht mehr bei Ihnen gemeldet.«

Jelena Wadimowna lächelte traurig.

»Wissen Sie, Kinder, die in Heimen aufwachsen, sind meist emotional unterentwickelt. Vielleicht können Menschen wirklich nur von klein auf in ihrer Familie das Lieben lernen. Heimkinder sind oft sehr praktisch und ordentlich, aber seelisch abgestumpft. So wie es Menschen ohne musikalisches Gehör gibt, gibt es auch solche ohne die Fähigkeit zu Mitgefühl, Freude und letztendlich Liebe. Ljuda war so jemand. Und das ist nicht ihre Schuld.«

Ich erinnerte mich an das Foto, auf dem Ljuda die kleine Verotschka umarmt, sagte aber nichts.

»Was ist aus ihrer Schwester und ihrem Bruder geworden?«

Die Direktorin zuckte mit den Achseln.

»Sie sind in anderen Kinderheimen gelandet. Sie wurden absichtlich getrennt, um die Erinnerung an ihr Sektenleben auszulöschen. Die Schwester habe ich nie gesehen. Der Bruder kam manchmal sonntags zu Besuch, aber das mussten wir ihm dann verbieten.«

»Warum?«

Jelena Wadimowna ordnete mechanisch ein paar Papiere.

»Er war vielleicht fünf, sechs oder sogar sieben Jahre älter als Ljuda. Ich weiß nicht mehr genau, jedenfalls wirkte er schon wie ein Erwachsener … Die Erzieherinnen merkten, dass Ljuda nach seinen Besuchen nicht essen wollte, weinte und sich sträubte, zur Schule zu gehen. Es stellte sich heraus, dass der Bruder seiner kleinen Schwester mit furchtbaren Strafen drohte, weil sie vom Glauben abgelassen hätte. So mussten wir ihm leider die Tür weisen. Im Übrigen war Ljuda überhaupt nicht traurig, ihn nicht mehr zu sehen.«

»Haben Sie die Adressen der Mostowa und der Ryklina?«

»Woher?«, fragte Jelena Wadimowna erstaunt. »Ich hörte nur von Ljuda, dass sie zusammen studierten. Ich glaube, die beiden Mädchen kamen aus Moskau, zumindest die Ryklina, denn sie lud Ljuda im Sommer zu sich auf die Datscha ein.«

»In welchem Jahr ist Ljuda geboren?«

»1968 oder 1969«, antwortete Jelena Wadimowna.

Ich dankte ihr und verabschiedete mich.

KAPITEL 9

Auf dem Nachhauseweg rief ich Liana an.

»Ich würde gern Ihre Ausgaben für die Einäscherung und die Trauerfeier übernehmen ...«

»Ach, lassen Sie nur«, seufzte sie. »Ich bin ja selber schuld. Ich habe schließlich die Leiche identifiziert. Eigentlich hab ich gar nicht richtig hingeschaut, sondern nur die Haare gesehen – da war ich mir schon sicher.«

In unserem Wohnzimmer waren schon wieder lauter Fremde. In der Diele roch es nach fremdem Parfüm und nach Zigarren. Leise öffnete ich die Tür und sah Filja, der leidenschaftlich Wolken von stinkendem Rauch hervorstieß. Meine Familie verbietet mir sonst immer strengstens, mit einer Zigarette im Wohnzimmer zu erscheinen. Die Kinder haben ihrer Mutter eine Kammer unter der Treppe als Raucherzimmer zugestanden, in der Irka den Staubsauger, die Putzlappen und sonstige nützliche Gegenstände aufbewahrt. Dem Magier dagegen erlaubten sie nun, seine Räuchereien zu zelebrieren. Ich musste unbedingt Max anrufen und ihn fragen, wie lange er für die Klärung der materiellen Probleme mit Alissa noch brauchte. Ein paar weitere solche Abende und ich würde langsam, aber sicher verrückt.

Damit sie mich nicht bemerkten, lief ich auf Zehenspitzen nach oben in den ersten Stock. Als Erstes wollte ich ein Bad nehmen und dann einen Krimi lesen. Auf dem Weg nach Hause hatte ich an einem Kiosk gehalten und zwei Neuerscheinungen gekauft. Hauptsache, Alissa hörte mich nicht ins Schlafzimmer gehen. Sie würde sofort darauf bestehen, dass ich zu den Gästen herunterkam und an dieser bescheuerten Party teilnahm.

Ich machte die Tür zu meinem Zimmer auf und erstarrte. Am Morgen hatte hier noch relative Ordnung geherrscht. Natürlich, ich habe mich nie übermäßig durch Ordentlichkeit ausgezeichnet. Daher hängen oft auf den Stühlen meine Kleider herum, auf dem Nachttisch liegen Bananenschalen und Schokoladenpapier … Aber so etwas wie jetzt sah ich zum ersten Mal!

Der ganze Boden war mit kleinen Fetzen übersät. Als ich einen davon hochhob, erkannte ich darin den Rest eines Krimis, der sonst im Regal stand. Meine Kleider, Röcke, Kostüme und Schuhe lagen in der Ecke auf einem Haufen. Von den Sesseln und dem Sofa waren die Überwürfe weggerissen, das Bett hatte sich in einen Berg von Lumpen verwandelt, in der Luft schwebten wie Schneeflocken die Federn eines zerrissenen Kissens umher … Ich lehnte mich an den Türpfosten. War etwa ein Dieb ins Haus eingestiegen? Vielleicht war er, als er hörte, dass die Bewohner sich im Wohnzimmer vergnügten, in den ersten Stock hochgelaufen und hatte, weil er keinerlei wertvolle Gegenstände fand, aus Ärger diese Zerstörung angerichtet? Es war unfassbar!

Der Haufen mit den zerrissenen Laken auf dem Bett regte sich, zuerst tauchte eine dunkle Hand auf, dann erschien ein dunkelhäutiges, kleines Gesicht … Schnell wie der Blitz sprang ich zur Tür hinaus und schrie los:

»Hilfe, ein Dieb!«

Unten ging die Tür auf, die Leute kamen die Treppe heraufgetrampelt, allen voran Alissa, die ihren durchsichtigen Rock fast bis zum Gürtel hochgerafft hatte.

»Was ist das hier für ein Tamtam? Wirst du vergewaltigt, oder was?«

Dass sie aber auch an nichts anderes denken konnte! Schweigend zeigte ich zur Tür.

»Ein Dieb ist ins Haus eingestiegen. Wahrscheinlich hat er Geld gesucht und keins gefunden, jetzt hat er alles kurz und klein geschlagen, das Zimmer sieht furchtbar aus. Er hält sich in meinem Bett versteckt.«

»Was für ein Idiot!«, rief Alissa und befahl: »Kommt her, Jungs, und geht nachschauen!«

Drei Männer mit sehr sportlichem Aussehen wechselten einen Blick und traten in mein Schlafzimmer. Filja blieb auf der Treppe stehen. Wir hielten den Atem an. Man hörte es kreischen, dann schnalzen.

»Fredi, mein Süßer«, jammerte Alissa und riss die Tür weit auf.

Dem Auge bot sich ein erstaunlicher Anblick. Mitten im Zimmer schaukelte am Kronleuchter der Affe und schnitt Grimassen.

»Fredi, komm zu Mama!«, rief ihm die Ballerina zu.

Der Affe ließ den Kronleuchter los und folgte dem Ruf.

»Mein Kleiner, mein Herzallerliebster, hast du dich erschreckt?«, säuselte Alissa. »Du bist in ein fremdes Zimmer geraten. Ach, mein kleiner Wildfang, du willst bestimmt was fressen …«

Der widerliche Affe schlang seiner Herrin die Arme um den Hals und schmiegte den Kopf an ihre Brust.

»Komm, mein Schatz! Mama gibt Fredilein jetzt Futter«, gurrte Alissa. Dann drehte sie sich zu mir um und sagte inbrünstig:

»Nur jemand, der so dumm ist wie du, konnte Fredi mit einem Einbrecher verwechseln! … Er hasst den Geruch von Apfelsinen. Wahrscheinlich hat er das Aroma der Schalen in deinem Zimmer wahrgenommen und ist böse geworden. Also denk dran: Lass keine Zitrusfrüchte herumliegen, Zitronen kann er auch nicht leiden. Na schön, gehen wir Tee trinken!«

Wie ein Wirbelsturm flog sie die Treppe hinunter. Der Affe stürzte ihr kreischend hinterher. Am Fuß der Treppe lag friedlich unser Rottweiler und ahnte wie immer nichts Böses. Fredis Angriff kam vollkommen unerwartet: Der Affe griff nach einer Illustrierten, die auf dem Zeitungstisch lag, rollte sie zusammen und schlug Snap mit voller Kraft auf den Schädel. Der arme Hund fuhr winselnd hoch.

»Jetzt hör mal«, sagte ich böse, »pass gefälligst ein bisschen auf deine Bestie auf!«

»Ist ja gut, alles gut«, bemerkte Alissa. »Fredi kann Fliegen nicht ertragen und erschlägt sie immer. Er kann nur nicht so gut unterscheiden und prügelt immer wild drauflos, egal, ob er einen Tisch oder eine Stirn trifft. Fredilein, mein schlauer Kleiner, hast du das widerliche Insekt getroffen?«

Der Affe fletschte fröhlich die Zähne und fuchtelte mit der Zeitschrift herum. Snap verzog sich beleidigt noch weiter unter die Treppe. Auch die anderen Hunde hatten sich aus irgendeinem Grund verkrochen. Die Kinder waren ebenfalls nirgendwo zu sehen. Nur Alissa machte sich vergnüglich mit ihren Freunden in unserem Haus breit. Nachdem ich ihre beharrlichen Aufforderungen, doch an ihrer Party teilzunehmen, über mich ergehen hatte lassen, machte ich mich auf die Suche nach unserer Haushälterin.

Ich fand sie in der Speisekammer.

»Seltsam, wirklich seltsam«, murmelte sie, während sie eine leere Flasche betrachtete.

»Was ist passiert?«

»Ich hab erst vor ein paar Tagen zum Fensterputzen Ajax gekauft, und heute ist die Flasche fast leer. Schauen Sie nur!«

Sie hielt mir das Reinigungsmittel unter die Nase. Ich roch daran. Das war es also gewesen, was Filja gestern Abend versprüht hatte, als er die bösen Geister vertrieb! Der Geruch war mir gleich erstaunlich bekannt vorgekommen.

»Sehr seltsam«, wunderte sich Irka weiter. »Vielleicht habe ich sie schlecht verschlossen, und die Flüssigkeit ist verdunstet …«

Ich schmunzelte, bat sie, mein Schlafzimmer in Ordnung zu bringen, und ging schweren Herzens ins Wohnzimmer, um an der allgemeinen Fröhlichkeit teilzuhaben.

Am nächsten Morgen wachte ich um acht Uhr auf.

»Wie oft soll ich es dir noch sagen, du dumme Gans?!«, keifte eine Frauenstimme. »Der Tee muss heiß sein! Richtig heiß, verstehst du?!«

Als Antwort hörte man nur undeutlich, wie sich jemand rechtfertigte.

»Ich werde dich entlassen«, wütete Alissa, »ich werde dich barfüßig in die Kälte hinausjagen! Nimm dein Gesöff mit in die Küche und bring uns heißen Tee!«

Unterdrücktes Weinen war zu hören. Ich kletterte aus der warmen Gemütlichkeit meines Bettes und ging hinunter ins Wohnzimmer.

Am Tisch thronte in einem grünen, mit Federn verzierten Morgenrock Alissa. Als sie mich sah, lächelte sie.

»Du kommst gerade recht. Gleich gibt es frischen Tee.«

In dem Moment brachte Irka ein Tablett herein. Ich sah ihre verweinten Augen und sagte fest:

»Wage es nicht, Irka noch einmal auszuschimpfen und ihr mit der Kündigung zu drohen.«

Die Haushälterin sah mich dankbar an.

»Ha!«, gab Alissa zickig zurück. »In deinem Haus herrscht das totale Chaos. Hier wird eine starke Hand gebraucht ...«

»Das ist mein Haus«, schnitt ich ihr das Wort ab.

Irka hielt es für klüger zu verschwinden. Alissa verzog ihr Gesicht. Mit theatralischer Geste fasste sie sich an die Schläfen und klagte:

»Da ist es, das harte Schicksal einer Frau ohne Haus und Hof. Alle haben es darauf abgesehen, sie zu beleidigen.«

»Jetzt hör auf mit dem Theater!«, sagte ich entnervt.

»Oh«, jammerte sie und ließ sich aufs Sofa fallen. »Übrigens, heute tanze ich in *Schwanensee,* und am Tag der Vorstellung darf ich mich nicht aufregen. Du hast mich schon ganz nervös gemacht. Meine Hände zittern, die Beine auch, grauenhaft ist das! Was für ein Fluch, Künstlerin zu sein, jede Ungerechtigkeit tut so weh. Oh, mein Kopf, jetzt krieg ich eine Migräne, oh, was muss ich leiden!«

»Entschuldige bitte«, murmelte ich, »das wollte ich nicht.«

»Na gut«, nahm mich Alissa beim Wort. Ihre Qualen waren so schnell verschwunden, wie sie begonnen hatten. »Heißt das, du bist einverstanden, wenn ich Ordnung in dein Haus bringe?«

»Wozu? Bei uns ist doch alles in Ordnung.«

»Mach mich nicht nervos vor meiner Vorstellung!«, ging sie gleich wieder zum Angriff über. »Wenn ich schlecht tanze, ist es nur deine Schuld!«

Da war ich natürlich ganz anderer Meinung, aber ich sagte nichts dazu und ließ sie einfach stehen.

Im medizinischen Institut schaute eine freundliche junge Frau im Computer nach und erklärte sofort:

»Ja, wir hatten hier eine Schabanowa, eine Mostowa und eine Ryklina.«

»Können Sie mir ihre Adressen geben?«

»Die Schabanowa wohnte im Studentenheim«, antwortete sie, »aber die anderen beiden – na, so was –, die haben in ein und demselben Haus am Kutusowskij-Prospekt gewohnt, nur in zwei verschiedenen Wohnungen.«

Mit den Adressen in der Tasche ging ich zur Tür, als sich die junge Frau plötzlich besann:

»Wozu brauchen Sie diese Angaben eigentlich?«

Aber da war ich schon aus dem Zimmer gehuscht.

Vielleicht wohnten sie gar nicht mehr dort – es waren ja doch einige Jahre seit ihrer Studienzeit vergangen –, aber womöglich hatte ich Glück.

Zuerst klingelte ich bei der Ryklina. Durch die eiserne Tür drang klirrend eine Stimme:

»Wer da?«

»Aufmachen! Hier ist die Miliz!«

Sofort ging die Tür auf. Auf der Schwelle stand eine füllige Frau mit ungekämmten Locken. Sie steckte in einem dunkelroten, flauschigen Kittel, hatte warme Socken an und einen vollkommen verrückten Ausdruck im Gesicht.

»Da bist du ja«, freute sie sich, drehte sich um und rief in den langen Flur hinein: »Sascha, komm schnell, Tamaralein ist wieder da.«

Eilig kam ein Mann angelaufen. Er musste ein Militärbeamter im Ruhestand sein, denn er hielt den Rücken kerzengerade und bewegte sich sehr zackig.

»Katjalein«, sagte er vorwurfsvoll, »wir hatten doch abgemacht, dass du nie selber die Tür aufmachst.«

»Aber Tamara ist doch gekommen«, weinte die Frau kläglich los, »mein herzallerliebstes Töchterlein, mein Sonnenschein.«

»Das ist nicht Tamara«, sagte der Mann sanft.

»Nicht Tamara«, wiederholte sie traurig, »nicht Tamara, nicht Tamara ...«

Der Mann legte ihr den Arm um die Schultern, und sie lehnte sich an ihn.

»Bitte«, sagte er zu mir, »gehen Sie ins Arbeitszimmer. Ich komme gleich – ich bringe nur kurz Katja zu Bett.«

Folgsam ging ich in das Zimmer, zu dem er gezeigt hatte, und setzte mich auf das Sofa. Wahrscheinlich hatte ich mich geirrt, und er war nicht vom Militär. Der Raum stand voll mit Büchern über Psychiatrie, Psychologie und über andere medizinische Fachgebiete.

»Verzeihen Sie«, sagte der Mann, »aber seit bei uns das Unglück zugeschlagen hat, ist meine Frau nicht mehr ganz bei sich. Womit kann ich dienen?«

Ich war bestürzt.

»Ehrlich gesagt, wollte ich mit Tamara Ryklina sprechen.«

Der Hausherr zog eine Pfeife aus einem Samtsäckchen und begann sie zu stopfen.

»Unsere Tochter ist vorletztes Jahr gestorben.«

»Das tut mir Leid«, murmelte ich und hatte nur noch einen Wunsch: so schnell wie möglich von hier zu verschwinden.

Er zündete sorgfältig seine Pfeife an und fragte:

»Was wollten Sie denn von Tamara?«

»Sie können mir bestimmt nicht helfen«, zögerte ich. »Frau

Ryklina hat zusammen mit Ljudmila Schabanowa im selben Jahrgang studiert und ...«

Tamaras Vater lief rot an, ganz offenkundig konnte er kaum seinen Zorn im Zaum halten:

»Was ist mit Ljudmila Schabanowa?«

»Sie hat eine Erbschaft gemacht, und wir können das Testament nicht vollziehen, weil wir ihre Adresse nicht haben. Ich bin vom Notar beauftragt ...«

»Verschwinden Sie!«, sagte Ryklin deutlich.

»Wie bitte?«

»Verschwinden Sie aus meiner Wohnung, und wagen Sie es nicht, noch ein Mal meine Schwelle zu übertreten!«, erklärte er zornig. Als er mein Zögern bemerkte, erhob er die Stimme: »Raus hier, los, und zwar schnell!«

Die eiserne Tür fiel rasselnd ins Schloss, und ich starrte auf den schönen dunkelroten Lederbeschlag. Die waren ja beide vollkommen verrückt, Mann und Frau gleichermaßen! Ich konnte von Glück sagen, dass ich ohne Schläge davongekommen war!

Kopfschüttelnd ging ich in den neunten Stock hinauf, wo Alla Mostowa wohnte – oder zumindest gewohnt hatte.

Hier öffnete mir gleich eine junge Frau, die mindestens im siebten oder achten Monat schwanger war. Sie sagte freundlich:

»Ich freue mich sehr. Sie sind doch Natascha?«

»Dascha.«

»Verzeihen Sie, das habe ich verwechselt«, lächelte sie.

Ich trat in die große, etwas dunkle Diele.

»Sollen wir in der Küche reden?«

Ich wollte gleich für Klarheit sorgen und sagte:

»Ich suche Alla Mostowa.«

»Aber das bin doch ich«, lachte die Schwangere.

Hinten in der Wohnung klingelte ein Wecker.

»Oh«, rief sie, »das hatte ich ja ganz vergessen.«

Sie schubste mich in die Küche und griff hastig nach einer großen Plastikflasche.

»Setzen Sie sich, und seien Sie still!«, befahl sie mir. »Stören Sie mich nicht!«

Ich traute meinen Augen kaum. Sie schlug ein Kreuz über der Flasche, goss etwas von ihrem Inhalt in eine Tasse und begann die Flüssigkeit Schluck für Schluck auszutrinken, während sie sich in alle Richtungen verneigte. Ihre Lippen murmelten irgendetwas Unverständliches.

»Am See Bujan, am Fluss, am Wald, da geht die Sklavin Gottes ...«

Mir wurde ganz seltsam zumute. In diesem Hause schienen alle verrückt zu sein. Vielleicht trieb auf allen Etagen ein Virus sein Unwesen? Ich musste hier weg, bevor ich mich ansteckte!

Offensichtlich standen mir meine Gefühle ins Gesicht geschrieben, denn die Mostowa sagte:

»Da haben Sie sich aber erschreckt, was?«

»Ich wundere mich eher.«

»Das ist ein magischer Spruch für die Schwangerschaft«, erklärte sie mir.

»Bei Ihnen ist aber so weit alles in Ordnung?!«, platzte ich ungeniert heraus.

Alla fing glücklich an zu lachen.

»Haben Sie Kinder?«

»Zwei.«

»Bei mir wollte es einfach nicht klappen. Die erste Ehe ist daran gescheitert. Mein Exmann wollte einen Stammhalter, aber ich wurde einfach nicht schwanger. Was wir nicht alles probiert haben! Sogar ans Institut für Geburtshilfe haben wir uns gewandt, in Moorbäder sind wir gefahren – aber nichts half. Dabei war bei uns beiden alles in Ordnung. Und mit meinem zweiten Mann: genau dasselbe. Aber Pawel liebt mich, er hat gesagt: ›Keine Kinder, was soll's, dann eben nicht.‹ ... Ich hatte die Hoffnung auf Nachwuchs schon aufgegeben, da riet mir eine Freundin, mich an den Magier Filipp Gogoljew zu wenden.«

»An wen?«, ächzte ich.

»Na ja«, meinte Alla, »ich fand es selber komisch – schließlich bin ich doch Ärztin. Aber die Versuchung war zu groß, und so ging ich zu dem Magier in die Sprechstunde ... Ich hab ihm ein Heidengeld gegeben, davon könnte man ein ganzes Jahr lang leben ... Jedenfalls stellte Filipp bei mir einen Geburtsfluch fest. ›Ihre Urgroßmutter arbeitete als Kindermädchen bei einem Gutsherrn‹, erklärte er mir, ›und als sie einmal auf ihren kleinen Schützling nicht ordentlich aufpasste, hob dieser eine große Murmel vom Boden auf, verschluckte sie und erstickte. In ihrer Wut verfluchte die Gutsherrin Ihre Familie bis ins siebte Glied. Haben Ihre Mutter und Ihre Großmutter sehr gelitten?‹ Tatsächlich hatte meine Familie so einiges abbekommen: die Oktoberrevolution, den Bürgerkrieg und den Vaterländischen Krieg, die Repressionen der dreißiger Jahre. Alle Männer der Mostow'schen Linie waren gestorben, die einen an der Front, die anderen im Lager ... Der Magier vollzog dann einige Rituale und überreichte mir die Flasche mit dem Zauberwasser. Ich sollte es stündlich trinken und dazu einen Zauberspruch aufsagen. Zweifelnd kehrte ich nach Hause zurück, wo sich mein Mann lange über mich lustig machte. Dennoch beschloss ich – allein schon angesichts des ganzen ausgegebenen Geldes –, die Mixtur zu trinken. Einen Monat später war ich schwanger, und jetzt habe ich furchtbare Angst, die für die Einnahme des Wundermittels vorgesehene Tageszeit zu verpassen. Filipp Gogoljew hat mir nämlich aufgetragen, es bis zur Geburt einzunehmen.«

Erstaunt schwieg ich. Natürlich handelte es sich um einen bloßen Zufall, aber genau darauf gründete sich ja der Ruhm solcher Scharlatane, wie auch Filja einer war.

Alla seufzte.

»Na ja, kommen wir zum Wesentlichen. Die Wohnung ist groß, aber ich kann nur tausend pro Monat zahlen. Ist das in Ordnung?«

Verneinend schüttelte ich den Kopf.

»Tausendfünfhundert«, gab sie nach.

»Verzeihen Sie, aber hier liegt ein Missverständnis vor. Kannten Sie vielleicht Ljudmila Schabanowa?«

»Wie kommen Sie denn darauf?«, fragte die bis dahin freundliche Alla plötzlich sehr zurückhaltend.

In Erinnerung an den Empfang, der mir bei den Ryklins zuteil geworden war, zog ich schnell meinen roten Dienstausweis mit den goldenen Buchstaben MWD, die für das Innenministerium stehen, aus der Tasche und zeigte ihn ihr. Ich hatte ihn irgendwann einmal für ein paar Kopeken auf dem Schwarzmarkt gekauft. Alla erschrak.

»Was ist passiert?«

Zweifelnd schaute ich auf ihren Bauch, ich wollte sie nicht beunruhigen.

»Falls Ljuda etwas zugestoßen sein sollte, freue ich mich nur«, beruhigte mich Alla.

»Ljuda hat sich das Leben genommen. Es läuft ein Ermittlungsverfahren.«

Sie ging zum Herd und setzte Teewasser auf.

»Das heißt, ihr Gewissen hat sie geplagt ...«

»Kannten Sie sie gut?«

»Früher dachte ich: ja«, antwortete sie.

»Können Sie mir von ihr erzählen, mir enge Freunde nennen?«

»Außer mir, Tamara und Galja hatte sie keine, ausgenommen die Männer natürlich.«

Alla wurde plötzlich rot und sagte herzhaft:

»Ich habe sie gehasst und Tamara gewarnt, aber die gute Seele ...«

»Bitte erzählen Sie der Reihe nach«, bat ich sie.

Alla und Tamara lebten seit ihrer Geburt im selben Haus. In dem riesigen Wohnblock gab es keine weiteren Kinder in ihrem Alter, und so freundeten sich die Mädchen ganz automatisch an. Gemeinsam formten sie Kuchen im Sandkasten, dann kamen sie in dieselbe Klasse, und auch das Studium suchten sie sich zusammen aus. Tamara war ein stiller, schweigsamer und ordentlicher Mensch. Alla war lebhaft, gesprächig und zerstreut. Aber die so ungleich verteilten Eigenschaften störten ihre Freundschaft nicht, im Gegenteil, sie konnten fast wie siamesische Zwillinge nicht ohne einander existieren.

Allas erste Ehe war nicht wirklich wegen mangelnder Kinder gescheitert, sondern wegen der Eifersucht, die ihr Ehemann Tamara gegenüber empfand. Er fühlte sich durch die ewige Anwesenheit der Freundin, ihre Teilnahme an allen Familienfesten, die gemeinsamen Reisen ans Meer gestört. Schlussendlich setzte er seiner Frau ein Ultimatum: entweder er oder sie. Alla zögerte keine Sekunde und entschied sich für ihre Freundin.

Tamara hatte gar kein Glück mit Männern, das heißt, eigentlich verliebte sie sich einfach nicht und schickte einen nach dem anderen davon.

»Du bist wirklich sehr wählerisch«, warf ihr Alla vor. »So wirst du noch zu einer alten Jungfer! Was gefällt dir an Andrej nicht? Er ist schön und klug.«

»Aber nicht nach meinem Geschmack«, antwortete Tamara kurz angebunden.

»Und Serjoscha? Seine Eltern sind wohlhabend, und er selbst ist ein prima Kerl.«

»Ein Dummkopf!«

»Dann schau dir Kostja an«, ließ Alla nicht locker, die ihre Freundin unbedingt unter die Haube bringen wollte.

»Taugt nichts«, erklärte Tamara und versenkte sich in das Anatomielehrbuch.

»Hör mal«, sagte Alla böse, »hast du das Märchen von Drosselbart gelesen? Da gibt es auch so eine kapriziöse Prinzessin: Der eine ist ihr zu dick, der Nächste zu dumm, der Dritte schielt. Weißt du noch, wie die Geschichte ausgeht? Und überhaupt, wen willst du eigentlich, den Prinzen von Wales vielleicht?«

Tamara legte ihr dickes Buch beiseite und sah die alte Freundin sanft an.

»Ich will mich verlieben, und wenn das passiert, schau ich weder aufs Äußere noch auf den materiellen Besitz. Wegen des Geldes oder eines schönen Gesichts werde ich niemanden heiraten. Wenn das Schicksal mir keinen Mann beschert, bleibe ich lieber allein!«

Alla, die sich immerzu in irgendeinen Mann verguckte, schüttelte nur den Kopf, ließ aber ihre Freundin von da an in Ruhe.

Sie waren im dritten Studienjahr, als Ljudmila Schabanowa zu ihnen stieß. Sie freundeten sich mit ihr an. Die höfliche, gut erzogene Ljuda wohnte im Studentenwohnheim, und bis herauskam, dass sie ein Heimkind war, dachte Alla, sie stamme aus der Provinz. In Wirklichkeit hatte sie keine Eltern, bekam von niemandem Hilfe, sie lebte nur von einem winzigen Stipendium.

Tamara hatte ein gutes Herz und einen wohlhabenden Vater. Sie lud Ljuda oft zu sich nach Hause ein. Die beiden gingen häufig gemeinsam ins Theater – Ljuda liebte das Schauspiel über alles.

Alla gefiel die neue Freundin nicht so recht. Sie versuchte, das nicht zu zeigen, weil sie glaubte, womöglich nur eifersüchtig zu sein. Eines Tages hielt sie es nicht mehr aus und sagte Tamara alles, was sie über Ljuda dachte.

»Deine Ljuda ist so ein stilles Wässerchen, aber das trügt. Sie ist mir ein bisschen zu schlau und nicht besonders wählerisch in ihren Beziehungen. Die Mädels sagen, sie hat fast jede Nacht einen anderen Liebhaber, im Wohnheim wissen alle davon …«

Tamara umarmte Alla zärtlich.

»Ich habe dich sehr lieb, du bist für mich mehr als eine Schwester. Aber auch Zwillinge können unterschiedliche Freundinnen haben. Mir tut Ljuda Leid, sie ist ein armer Mensch. Ich hoffe, Papa wird ihr helfen, eine Wohnung zu bekommen.«

Ihr Vater, der ein General war, bemühte sich nach Kräften und besorgte Ljuda tatsächlich eine Wohnung. Aber bevor Alla sich darüber hätte aufregen können, geschah das Unerwartete: Tamara verliebte sich.

Sie hatten gerade ihren Abschluss gemacht und – nicht von ungefähr – in einer Poliklinik für Mitglieder des Generalstabs zu arbeiten begonnen, als sich ein gewisser Major Kowaljow in den Behandlungsstuhl der jungen Zahnärztin setzte. Tamaras Hände begannen sofort zu zittern, denn sie begriff, dass er nun vor ihr saß, er, der Einzige, der Einmalige. Die Geschichte dauerte mehr als ein Jahr und verlief nach dem klassischen Muster: Mondspaziergänge, Blumen, Theater, Seufzer. Endlich die Verlobung, dann machte er ihr wieder lange den Hof.

»Wieso heiratet ihr nicht endlich?«, fragte Alla kritisch.

»Wir prüfen einander«, lächelte Tamara.

»Hast du wenigstens schon mit ihm geschlafen?«

Tamara wurde rot und sagte bestimmt:

»Erst nach der Hochzeit.«

»Und er macht dir keinen Druck? Seit fast anderthalb Jahren?«, fragte Alla erstaunt.

»Leonid respektiert meine Gefühle und sagt, unsere Hochzeitsnacht soll unvergesslich sein«, meinte Tamara überzeugt.

»Um Himmels willen, hoffentlich ist er nicht impotent«, dachte Alla bei sich.

Am ersten Sonntag nach Ostern – die beste Zeit für das Standesamt – wurde Hochzeit gefeiert. Leonid besaß eine kleine Wohnung, in die seine frisch gebackene Ehefrau einzog.

Alla und Tamara gaben ihre alltägliche Gewohnheit auf, abends gemeinsam Tee zu trinken. Sie sahen sich überhaupt seltener, da auch Alla inzwischen wieder geheiratet hatte. Sie telefonierten nur häufig. Mit Ljuda traf sich Alla gar nicht mehr, nur an Leonids oder Tamaras Geburtstag saßen sie an einem Tisch, über den sie sich dann freundlich zulächelten. Beiden machten diese Treffen keine übermäßige Freude.

Tamara war glücklich. Ihr Leben kreiste jetzt ganz um den geliebten Ehemann, in ihren Gesprächen mit Alla tauchte ständig sein Name auf: Leonid esse gerne Koteletts, Leonid trinke keinen Kaffee, Leonid schlafe morgens bis acht ... Leonid, Leonid, Leonid. Es folgte ein Sturm der Emotionen: Tamara erwartete ein Kind. Und wieder zeigte sich der kostbare Ehemann den Anforderungen gewachsen: Er presste Obst zu Saft aus, er rieb Mohrrüben, wischte Staub …

Umso unerwarteter kam für Alla ein Anruf Tamaras mitten in der Nacht:

»Ich bin bei meinen Eltern.«

Alla sah auf die Uhr: Es war fast zwei. Sie griff nach ihrem Morgenrock und rannte nach unten.

»Ich bringe ihn um!«, wütete General Ryklin. »Nichtsnutz, Bösewicht, Abschaum der Menschheit, Ungeheuer!«

»Aber nicht doch, Papa«, bat Tamara leise, die in einem Sessel saß. Man sah es kaum, aber Alla wusste, dass sie schon im fünften Monat schwanger war.

»Und diese Frau lasse ich aus Moskau fortjagen! So ein Biest!«, kochte Ryklin.

»Das wirst du nicht tun, Papa«, sagte Tamara fest, »gib mir dein Ehrenwort. Sonst verlasse ich diese Wohnung sofort.«

»Gut«, bellte der General und bat Alla, bevor er das Zimmer verließ: »Sprich du mit ihr, aber vergiss nicht, dass sie schwanger ist.«

»Was ist denn bloß passiert?«, fragte Alla verständnislos.

Tamara sah zum Fenster hinaus, in die undurchdringliche Dunkelheit der Moskauer Nacht.

»Leonid hat sich in eine andere verliebt.«

»Wie bitte?«

Tamara zuckte mit den Achseln.

»Ja, daran gibt es keinen Zweifel.«

»Aber in wen denn?«

»In Ljuda.«

Vor Entrüstung schnürte es Alla die Kehle zu. Fast wäre ihr: »Ich hab doch gewusst, dass sie nichts taugt!«, herausgerutscht, aber sie hielt an sich und fragte vorsichtig:

»Wie hast du es erfahren?«

»Galja hat's mir gesagt.«

Galja war eine gemeinsame Bekannte. Sie arbeitete mit Ljuda zusammen in der Poliklinik.

»Sie hat mich zu Hause angerufen und gesagt, dass sie nicht länger schweigen kann«, erklärte Tamara leise. »Anscheinend haben sie schon lange ein Verhältnis, sich aber wegen meiner Schwangerschaft nicht getraut, was zu sagen.«

»Und du?«

»Ich bin zu Ljuda nach Hause gefahren. Die Tür war nicht abgeschlossen, und sie lag mit Lenjetschka im Bett.«

Dass die Freundin ihren Mann mit diesem Kosenamen bezeichnete, machte Alla fuchsteufelswild. Sie schrie los:

»Ich hoffe, du hast ihnen ordentlich eingeheizt!«

»Bitte schrei nicht so«, antwortete Tamara und verzog ihr Gesicht. »Lenjetschka ist nicht mein Eigentum – wenn er zu einer anderen gegangen ist, dann soll es wohl so sein. Ich werde sein Glück nicht stören.«

»Glück!«, sagte Alla entrüstet. »Was hat das damit zu tun?! Er ist ein geiler Bock und Ljuda eine läufige Hündin, da haben sie sich gefunden. Wart nur ab, er wird noch auf den Knien zu dir gerutscht kommen.«

»Erstens ist das nicht möglich«, antwortete ihre Freundin, »und zweitens hör auf, so über sie zu reden. Das mag ich nicht.«

Tamaras hilfloser Nachgiebigkeit und unschuldiger Anständigkeit hatte Alla schon immer ratlos gegenübergestanden. Aber es kam so, wie sie es vorhergesagt hatte.

Nur eine Woche später fiel Leonid schuldbewusst und mit einem riesigen Strauß Rosen vor der betrogenen Ehefrau auf die Knie.

»Verzeih mir, um Gottes willen«, bat er, »ich weiß nicht, was über mich gekommen ist. Es war eine Geistesverwirrung. Ich liebe nur dich, bitte, lass uns wieder zusammen sein.«

Tamara stellte ruhig die Blumen ins Wasser und fragte interessiert:

»Wo ist Ljuda?«

»Sie hat einen anderen«, platzte ihr Mann arglos heraus.

Tamara ordnete die Blumen.

»Sie sind wunderbar, meine Lieblingsrosen, schneeweiß.«

»Das heißt, du verzeihst mir?«, freute sich Leonid.

»Nein«, sagte seine Frau kopfschüttelnd, »das musst du mir schon nachsehen.«

»Liebst du mich nicht mehr?«, fragte der untreue Ehemann berechnend.

»Das ist es nicht«, flüsterte Tamara, »aber verzeihen kann ich dir nicht, und so tun, als ob, will ich nicht. Es ist besser, wir trennen uns endgültig.«

Einen ganzen Monat rief er sie ständig an und legte ihr große Blumensträuße vor die Türschwelle, aber sie blieb standhaft. Sogar der General hielt es nicht mehr aus und fragte:

»Könntest du dem Dummkopf nicht verzeihen? Er ist immerhin ein Mann: Weißt du, es kann viel passieren ...«

»Hast du denn Mama mal betrogen?«, fragte seine Tochter interessiert.

Ryklin hüstelte und tat, als hätte er die Frage nicht gehört.

Schließlich ließ Leonid Tamara in Ruhe. Zwei Wochen später klingelte das Telefon, und eine gleichmütige Männerstimme fragte:

»Sind Sie Tamara Igorjewna? In welchem Verhältnis stehen Sie zu Leonid Michailowitsch Kowaljow?«

»Er ist mein Mann ... noch. Warum?«

»Kommen Sie so schnell wie möglich zu seiner Wohnung«, sagte der Milizionär, ohne die Frage zu beantworten.

Schon als sie das Haus von ferne sahen, wussten Tamara und Alla, dass ein Unglück geschehen war. Eine Menschenmenge hatte sich angesammelt, und Fahrzeuge der Ersten Hilfe und der Miliz standen vor dem Gebäude.

Alla schob mit den Ellbogen ein paar Gaffer beiseite. Als sie sah, was passiert war, fiel sie beinahe in Ohnmacht.

Im Erdgeschoss des Hauses befand sich ein Friseursalon, über dessen Eingangstür in roter Schrift *Kupidon* zu lesen war. Auf dem Bürgersteig davor stand eine kleine, dicke Eisenfigur mit Flügeln, die einen gespannten Bogen gen Himmel richtete. Direkt neben ihr lag völlig verkrümmt ein regloser, blutiger Körper.

Leonid war aus dem Fenster gesprungen. Als Tamara und Alla zu ihm liefen, lebte er noch. Er kam plötzlich zu sich und begann fürchterlich zu schreien. Die Menge wich entsetzt zurück. Alla, die sich wieder gefasst hatte, hielt ihrer völlig versteinerten Freundin die Ohren zu. Mit einem letzten verzweifelten Röcheln verstummte Leonid für immer.

In seiner Wohnung fand man ein Abschiedsschreiben. Leonid gab seiner Frau die ganze Schuld und machte ihr viele ungerechte Vorwürfe. Alla blieb vor allem ein Satz im Gedächtnis: »Du wolltest mir nicht verzeihen, jetzt lebe mit dem Bewusstsein, dass du schuld bist an meinem Tod.«

Tamara musste auf zahlreiche Fragen der Ermittlungsbeamten antworten. Während eines Verhöres setzten frühzeitig die Wehen ein, und Tamara verlor ihr Kind.

Die folgenden Monate verbrachte sie in verschiedenen Krankenhäusern. Sie nahm stark zu und sprach mit niemandem mehr, auch nicht mit Alla. Dann holte der Vater sie zu sich nach Hause, wo sie stumm vor dem Fernseher saß. Sie war vollkommen fügsam, aß, was man ihr vorsetzte, und schlief, egal, wo man sie hinlegte.

Ein halbes Jahr lang gab Tamara kein Wort von sich. Da läutete eines Tages das Telefon. Die Krankenschwester, die von den Eltern eingestellt worden war, nahm den Anruf entgegen: Eine Frau wollte mit Tamara sprechen. Ohne Hoffnung auf eine Reaktion hielt die Pflegerin ihrer Patientin den Telefonhörer ans Ohr.

»Was willst du?«, fragte Tamara und bekam rote Flecken im Gesicht.

Dann hörte die völlig überraschte Krankenschwester noch, wie sie sagte:

»Nein, nicht ich bin schuld, Ljuda, du hast ihn umgebracht.«

Als der General mitbekam, dass die Schabanowa seine Tochter angerufen hatte, wollte er die unverschämte Person voller Wut sofort zur Rede stellen – aber die Tatsache, dass Tamara nach dem Anruf wieder zu sprechen begonnen hatte, hielt ihn zurück. Die Eltern glaubten nun, dass ihre Tochter wieder gesund werden könnte …

Bis zum achtundzwanzigsten Januar. Am Morgen dieses Tages war Tamara ihren Eltern gegenüber sehr aufmerksam, sie umarmte und küsste sie. Gegen Mittag sagte sie, sie wolle zu Leonids Wohnung fahren, da heute sein Geburtstag sei. Ihre Mutter war zwar nicht erfreut, rief aber ein Taxi und begleitete die Tochter. In Kowaljows Apartment, das Tamara als Witwe geerbt hatte, war alles geblieben wie zu Lebzeiten des Verstorbenen.

»Hier haben wir glückliche Tage verbracht …«, murmelte Tamara.

Sie schwieg eine Minute, dann bat sie:

»Mamilein, geh und kauf Wein, damit wir auf Leonid trinken können.«

Die Mutter ging los. Als sie eine halbe Stunde später das Apartment wieder betrat, pfiff ihr ein kalter Luftzug entgegen. Mit zitternden Beinen lief sie ins Wohnzimmer. Die Vorhänge bauschten sich im eisigen Winterwind, Schneeflocken wirbelten herum … Sie stürzte zum weit geöffneten Fenster und blickte nach unten: Im frisch gefallenen Schnee auf dem Bürgersteig zeichnete sich deutlich eine rote Silhouette ab. Tamara hatte an diesem Tag ein purpurnes Kleid getragen.

Alla schwieg. Auch mir war nicht nach Reden zumute. Schließlich fügte sie hinzu:

»Der Untersuchungsbeamte sagte später, im Fallen habe Tamaras Herz versagt und sie sei bereits vor dem Aufprall tot gewesen … Leonid und Tamara sind aus demselben Fenster in den Tod gesprungen, und die Verantwortung dafür trägt nur eine Person: Ljuda!«

Wieder klingelte der Wecker, und die werdende Mutter griff nach ihrer Zauberflasche.

KAPITEL 10

Tief in Gedanken versunken setzte ich mich ans Steuer meines Wagens, ließ den Motor an und reihte mich in den Verkehr ein. Ich verstand jetzt, warum General Ryklin mich fortgejagt hatte. Von Alla wusste ich, dass nach Tamaras Tod ihre Mutter den Verstand verloren hatte und wie ein kleines Kind geworden war.

»Wir müssen uns den Vater als einen unglücklichen Menschen vorstellen«, hatte Alla geseufzt. »Es ist kaum zu glauben, wie böse gewisse Leute sein können ... Stellen Sie sich vor: Ein paar Wochen nach Tamaras Tod fanden die Ryklins in ihrem Briefkasten ein Schreiben: ›Gott hat dich gestraft, du weißt selbst am besten, wofür. Jetzt lebe und büße!‹ Natürlich ohne Unterschrift. Der General lief sofort völlig außer sich zu mir und zeigte mir den Zettel. Ich beruhigte ihn, so gut ich konnte, und warf das widerliche Schreiben heimlich weg. Wissen Sie, ich glaube, Ljuda hatte das geschrieben. Das sagt mir meine Intuition. Die Buchstaben waren aus der Zeitung ausgeschnitten. Ich dachte nur: ›Noch so ein Brieflein, und ich gehe zur Miliz.‹ Aber die Ryklins wurden nie wieder belästigt.«

Ich war so damit beschäftigt, meine Gedanken zu ordnen, dass ich bei Rot über eine Kreuzung fuhr, aber niemand beachtete meinen Verstoß. Das Wetter wütete, was das Zeug hielt. Der Winter wollte sich offenbar am Frühling rächen, der die Stadt so frühzeitig heimgesucht hatte. Über den Boden wehte frischer Schnee, eisiger Wind warf schubweise Matsch gegen die Windschutzscheibe.

Alla hatte mir die Telefonnummer von Ljudas früherer Mitarbeiterin Galja gegeben, aber ich beschloss, die Suche nach der kleinen Verotschka für heute abzubrechen. Was hatte ich bis jetzt herausgefunden? Ljudas Vater war tot, und was aus ihren anderen nahen Verwandten – der Mutter, dem Bruder und der Schwester – geworden war, wusste ich nicht. Hatte sie irgendwann wieder Kontakt mit ihnen aufgenommen? Möglich ... Von Ljudas vier mir bekannten Freundinnen hatten zwei, nämlich Nina und Alla, nichts über Verotschka erzählen können. Tamara war tot, blieb noch diese Galja. Während ich mir überlegte, wie ich am besten mit ihr sprechen könnte, parkte ich den Wagen vor unserem Haus.

Gott sei Dank, endlich daheim! Ob ich jetzt Ruhe finden würde? Die Chancen standen ja nicht schlecht, da Alissa heute in *Schwanensee* tanzte und vielleicht schon außer Hause war. Ich trat in den Flur – und tatsächlich: Es herrschte Stille. Aufrichtig erleichtert öffnete ich die Tür zum Wohnzimmer, wo sich mir ein herzerfrischender Anblick bot: Manja und Kescha spielten Backgammon.

»Sind wir allein?«, fragte ich vorsichtig.

»Ja. Wir können also tun, was wir wollen«, sagte Kescha und sah Manja böse an: »Du schummelst!«

»Nie im Leben!«, reagierte Manja empört.

»Wie soll es sonst möglich sein, achtmal hintereinander eine Sechs zu würfeln?«

»Keine Ahnung«, antwortete sie und zuckte mit den Achseln, »ich hab eben Glück.«

»Her mit deinen Würfeln!«, forderte ihr Bruder.

»Wozu?«

»Gib her, sag ich!«

Manjas Faust näherte sich der großen Hand ihres Bruders. Sie ließ zwei weiße Würfel mit dunkelblauen Punkten hineinfallen. Kescha schüttelte sie und warf sie auf den Tisch: eine Zwei und eine Eins. Missmutig rückte er seine Steine auf dem Spielfeld vor.

»Jetzt du!«

Manja nahm die Würfel, schüttelte sie lange klappernd von der einen Hand in die andere, dann ließ sie sie fallen: zwei Sechsen.

»Nicht zu fassen«, murmelte Kescha. »Die komplette Niederlage.«

»Sei nicht traurig«, kicherte seine Schwester, »vielleicht hast du morgen Glück.«

Während sie zog, schaute ich mir ihre Würfel aufmerksam an. Sie waren weiß mit schwarzen Punkten. Alles klar! Meine Tochter spielte mit zwei Würfelpaaren. Sie hatte in einem Geschäft für Scherzartikel Trickwürfel gekauft und beschummelte jetzt ihren Bruder.

»Um was spielt ihr denn?«, fragte ich.

»Wer verliert, muss Tscherry bürsten«, erklärte Manja fröhlich.

Mitleidig schielte ich zu Kescha hinüber. Drei unserer Hunde haben ein kurzes Fell. Es reicht, wenn man den Rottweiler, den Pitbull und den Mops unter der Dusche abspült und gut abtrocknet. July hingegen hat wunderbare lange Locken. Ihre Herrin Serafima Iwanowna bringt täglich eine Stunde damit zu, den Yorkshireterrier zu kämmen. Die Hündin liebt diese Prozedur und kommt sofort herbeigelaufen, wenn sie Bürste und Kamm sieht. Auch die Pudeldame Tscherry hat ein wunderschönes Fell. Schwarze, krause Löckchen bedecken ihren kleinen Körper, aber kämmen lässt sie sich nicht. Sobald man nur die Bürste in die Hand nimmt, verschwindet die schlaue Tscherry spurlos. Nichts hilft: kein Käse, kein Konfekt, keine Chips. Man kann sicher sein, dass sie erst aus ihrem Versteck kommt, wenn man das Frisierwerkzeug wieder weggeräumt hat.

Und wenn es einem doch mal gelungen ist, sie zu überlisten und sich mit der Bürste heranzuschleichen, verdreht das unglückliche Tier sofort die Augen, beginnt zu zucken und gebärdet sich, als hätte sein letztes Stündlein geschlagen. Wenn man weiterhin standhaft bleibt und beginnt, die grässlichen Weichselzöpfe an Tscherrys Pfoten auseinander zu klamüsern, bricht sie in ein erbärmliches Gejaule aus. Je länger der Vorgang dauert, desto lauter und Mitleid erregender wird ihr Klagen. Ich halte es nur ein paar Minuten aus, Manja ein bisschen länger, während Kescha die Rolle des Hundefriseurs einfach nur hasst. Aber es hilft nichts, wenigstens einmal pro Woche muss Tscherry gekämmt werden. Heute schien diese undankbare Aufgabe Kescha zuzufallen, denn Manja verkündete, nachdem sie ein letztes Mal eine Doppelsechs gewürfelt hatte, fröhlich:

»Gewonnen!«

Kescha stöhnte schicksalsergeben.

»Mutter, was hast du heute noch vor?«

Oh nein, jetzt wollte er mir die lästige Arbeit zuschieben. Ich tat, als hätte ich die Frage nicht gehört, und lief schnell nach oben. Auf dem Weg in mein Zimmer schaute ich bei Olga vorbei, die nachdenklich vor dem Spiegel saß. Als sie mich darin auftauchen sah, fragte sie:

»Was meinst du, steht mir der orangefarbene Lippenstift?«

»Sehr gut.«

»Filja behauptet, alle Apfelsinentöne bringen Unglück ...«

»Filipp ist ein Scharlatan und Betrüger«, platzte ich heraus. »Ist ja schön, wenn Alissa ihm glaubt, sie hat ohnehin nur Stroh im Kopf, aber du!«

»Ach, was du nicht sagst«, sagte Häschen gedehnt und wischte sich sorgfältig den Lippenstift ab. »Er hat mir gestern geweissagt.«

»Na und?«, lachte ich. »Fahr nach Moskau zum Platz der drei Bahnhöfe, da gibt es Hellseher und Weissager in Massen. Die werden dir das Blaue vom Himmel prophezeien ... Das ist doch lächerlich!«

»Finde ich gar nicht«, widersprach mir Olga. »Weißt du, Filja hat mir eine erstaunliche Karriere im Fernsehen vorhergesagt.«

Ich seufzte. Häschen hat zwar am Fremdspracheninstitut ihr Examen abgelegt und schreibt gerade ihre Dissertation, aber ihr Herz schlägt weder fürs Unterrichten noch fürs Übersetzen. Wahrscheinlich hat sie von Anfang an die falsche Ausbildung gewählt. Ihr Traum ist es, Journalistin zu werden – und zwar nicht etwa für eine Zeitung, sondern fürs Fernsehen. Meiner Meinung nach hat sie wenig Chancen. Vom Charakter her ist sie dafür einfach nicht geeignet, sie ist zu weich, zu ruhig und zu nachgiebig. Solche wie sie fallen gewöhnlich durch den Rost.

»Daran ist ja nichts weiter erstaunlich«, sagte ich standhaft. »Wahrscheinlich hat Filja irgendeines deiner Gespräche mit Kescha mitgekriegt.«

»Hör doch erst mal zu«, erwiderte Olga böse. »Heute Morgen ist er zu mir ins Schlafzimmer gekommen und hat gesagt: ›Alissas Freunde sind auch meine Freunde, deshalb will ich dir eine Chance geben. Schließ die Augen und konzentriere dich auf deinen sehnlichsten Wunsch! Bis heute Abend wird er erfüllt sein.‹«

»Und?«, lachte ich los, »was weiter?«

Olga schaute in den Spiegel und zog aus ihrem Schminkköfferchen einen kirschroten Lippenstift.

»Natürlich hatte ich die Arbeit beim Fernsehen im Kopf. In Gedanken hab ich mir wortwörtlich gesagt: ›Ich will ein furchtbar berühmter Star werden.‹ Filja hat gelächelt und mich mit so einem blauen, streng riechenden Wasser besprüht.«

Natürlich, das Ajax zum Fensterputzen.

»Und dann …«, wollte Olga fortfahren.

»Du hast doch wohl nicht für heute Abend das Angebot gekriegt, die Neunuhrnachrichten zu sprechen?«, unterbrach ich sie ungeduldig.

»Red nicht so boshaftes Zeug«, fuhr Olga ihre Stacheln aus. »Bloß weil du nicht an Magie glaubst, heißt das noch lange nicht, dass es sie nicht gibt. Natürlich hat mir keiner vorgeschlagen, die Nachrichten zu lesen, aber du siehst vor dir die neue Moderatorin der Sendung *Welt des Sports*.«

Mit offenem Mund stand ich da. Soweit ich mich erinnern konnte, lief diese fünfunddreißigminütige Sendung zur allerbesten Zeit, um halb sieben, wenn die Leute soeben die Achtzehnuhrnachrichten gesehen hatten. Außerdem waren die verrückten Sportfans wieder zu Hause von der Arbeit und machten es sich gerade mit einer Flasche Bier vor dem Bildschirm bequem.

Häschen lachte los.

»Hat es dir jetzt die Sprache verschlagen?«

»Aber wie …?«, stotterte ich.

Als Antwort bekam ich ein echtes Weihnachtsmärchen erzählt.

Am frühen Nachmittag war Häschen nach Moskau gefahren und hatte am Straßenrand einen Anhalter gesehen. Normalerweise würde sie nie Tramper mitnehmen und schon gar keine Männer – sie hat zu große Angst.

Diesmal brachte sie gegen ihren Willen irgendetwas dazu zu bremsen. Der Kerl rannte, einen Hundertrubelschein schwenkend, auf den Volkswagen zu. Und was für ein Zufall: Er war vom Fernsehen und befürchtete, zu spät zur Arbeit zu kommen. Sein Wagen war an einem unmöglichen Ort kaputtgegangen, und er hatte keinen Fahrer gefunden.

Häschen nahm den Armen mit und brachte ihn nach Ostankino. Zum Dank zeigte Sergej der gutherzigen, hübschen jungen Frau, wo und wie Fernsehleute arbeiten. Er führte sie ins Studio und erlaubte ihr, still zuzuschauen. Eine Ausgabe von *Welt des Sports* wurde gerade vorbereitet. Plötzlich warf die Moderatorin, eine reizende junge Frau, ihre Zettel auf den Boden, schrie: »Ihr werdet noch auf den Knien zu mir gekrochen kommen!«, und rannte hinaus auf den Flur. Die anderen gerieten in Panik, weil jetzt kostbare Zeit einfach so vertan wurde. Da entdeckte einer der Kameramänner Olga.

»Schaut mal, Kinder«, schrie er, »eine Blondine mit braunen Augen!«

Ein Haufen Leute stürzte sich auf Olga.

»Mach den Mund auf!«, befahl einer und stellte fest: »Die Zähne sind gleichmäßig.«

Ein anderer forderte:
»Na los, sag so schnell wie möglich den Spruch von Fischers Fritze auf!«
Ohne zu wissen, wie ihr geschah, ratterte sie gehorsam herunter:
»Fischers Fritze fischt frische Fische, frische Fische fischt Fischers Fritze.«
»Es funktioniert!«, schrie ein Kerl los, der aussah wie ein Penner. Durch die zerrissenen Hosen schimmerten die Knie durch, der ausgeleierte Pullover hing ihm bis zu den Oberschenkeln, die langen, fettigen Haare wurden von einem hellroten Band zusammengehalten.
Zehn Minuten später schaute Olga, die eiligst geschminkt und frisiert worden war, bemüht lächelnd ins Objektiv und las Texte von einem Monitor ab.
»So«, bemerkte zufrieden der Penner, der sich als der Chef des Ganzen herausgestellt hatte, »jetzt unterschreiben wir noch den Vertrag, und die hysterische Anka schmeißen wir raus. Sie wird noch vor uns auf Knien rutschen.«

Nun saß Olga also, tief in Gedanken versunken, vor ihrem Spiegel. Wenn Filja sagte, Orange bringe Unglück, sollte sie dann ihren Lieblingslippenstift lieber wegwerfen?
»Du kannst doch Fußball nicht mal von Basketball unterscheiden«, war alles, was mir einfiel.
Meine Schwiegertochter drehte mir ihr leuchtendes, glückliches Gesicht zu und erklärte unbekümmert:
»Es ist noch kein Meister vom Himmel gefallen. Ich werde es eben lernen.«
Ich überließ sie ihrer Kosmetik und ging in mein Zimmer. Filipp war zweifellos ein Scharlatan und Betrüger, aber eine erstaunliche Übereinstimmung war das allemal …
Von unten war ein furchtbar durchdringendes Klagen zu hören. Der Pudel versuchte gerade den armen Kescha einzuschüchtern, der sich darangemacht hatte, seine Spielschuld zu begleichen.

KAPITEL 11

Am nächsten Vormittag versuchte ich, Galja anzurufen.

»Swerjewa am Telefon«, hörte ich eine Stimme.

»Könnte ich mit Galja sprechen?«

»Mit welcher?«, fragte die Frau nüchtern. »Hier gibt es drei.«

»Verzeihen Sie, ist das keine Privatnummer?«

»Sie sprechen mit der Zahnklinik«, lautete die Antwort.

Ein Anruf bei der Mostowa brachte mir die nötige Information:

»Sie heißt Koroljowa, Galina Anatoljewna Koroljowa.«

Diesmal hob ein Mann den Hörer ab, der mir kurz angebunden mitteilte:

»Die Koroljowa ist gekündigt.«

»Wie und wo kann ich sie finden?«

Der Mann schnitt mir streng das Wort ab:

»Per Telefon geben wir keine Auskunft.«

Damit legte er den Hörer auf.

Ich fuhr sofort zur Zahnklinik. Von dem typischen Zahnarztgeruch im Korridor bekam ich Bauchkrämpfe. Meine Zunge betastete automatisch den wackelnden Stiftzahn. Na ja, noch hielt er. Wenn er herausfiel, konnte ich immer noch zum Arzt gehen.

An der Aufnahme fragte ich höflich:

»Können Sie mir zufällig sagen, wo Doktor Koroljowa jetzt arbeitet?«

Die nicht mehr ganz junge, füllige Frau riss sich von ihrem Kreuzworträtsel los:

»Galja?«

»Ja.«

»Galja war nie Doktor. Sie hat bei uns in Zimmer achtzehn gearbeitet, und da ist sie rausgeflogen, weil sie so oft schwänzte.«

»Was Sie nicht sagen!«, sagte ich entsetzt.

»Sie hat überhaupt gelogen, was das Zeug hielt, sie war die reinste Schauspielerin«, fuhr die Frau fort. »Wenn sie sagt, sie sei Zahnärztin, dürfen Sie ihr das nicht glauben. Wo sie jetzt ist, weiß ich nicht, aber Sie können mal zu Zimmer fünfundzwanzig hochgehen, da sitzt Oleg Konstantinowitsch, der weiß sicher Bescheid, denn sie hatten was miteinander.«

Oleg Konstantinowitsch, ein junger Mann mit Holzfällerhänden, langweilte sich in einem Raum mit der Aufschrift *Extraktion.* Überhaupt war es – auch für einen Samstag – ungewöhnlich leer in der Klinik. Entweder sie hatte einen schlechten Ruf, oder die Preise waren ins Unermessliche gestiegen.

»Was fehlt Ihnen?«, fragte der gelangweilte Zahnarzt erfreut, da er mich für eine Patientin hielt.

Aber ich beeilte mich, ihm seine Hoffnungen zu nehmen.

»Ich suche Galja Koroljowa.«

»Und wieso fragen Sie da ausgerechnet mich?«

»Das hat man mir in der Aufnahme geraten.«

»Dieses alte Klatschmaul«, schimpfte der Arzt und stampfte mit dem Fuß auf den Boden. »Ich hab sie nur ein paar Mal nach Hause gebracht, wir wohnen ganz nah beieinander, auf dem Leningradskij-Prospekt.«

»Wo ist sie jetzt?«

»Auf dem Friedhof in Solnzewo.«

»Ist sie tot?«, fragte ich erschrocken.

»Aber nicht doch«, winkte Oleg Konstantinowitsch ab, »sie ist jung und kerngesund. Sie arbeitet dort.«

»Als was?«

Der Chirurg wiegte den Kopf:

»Keine Ahnung. Ich sagte Ihnen doch, ich hab sie nur ein paar Mal mitgenommen. Nach ihrer Kündigung sind wir uns mal im Feinkostladen begegnet. Da hat sie mir erzählt, dass sie jetzt auf dem Friedhof angestellt ist. Sie war sehr zufrieden. Denn bei uns verdient eine Krankenschwester sehr wenig, ein Arzt übrigens auch.«

Ich fuhr nach Solnzewo. Das Wetter war wunderbar. Es war plötzlich warm geworden, die Sonne schien klar, am blauen Himmel war keine Wolke zu sehen. Kaum vorstellbar, dass gestern dieses Unwetter gewütet haben sollte. Die Vögel zwitscherten fröhliche Lieder, krachend taute das Eis ...

Aber selbst bei diesem Wetter gab es Menschen, die trauerten. Am Friedhofstor stand eine Reihe Autos. Aus einem langen Leichenwagen wurde ein kostbarer Sarg mit vergoldeten Griffen gezogen und auf eine Tragbahre gestellt. Die ringsum stehenden, schwarz gekleideten Menschen unterhielten sich leise. Irgendetwas war besonders an ihnen. Es waren fast nur junge, muskulöse Burschen mit kurz geschnittenem Haar, die strenge Anzüge bester Qualität trugen. An den Händen, in denen sie riesige, vulgär teure Blumenbuketts hielten, blitzten goldene Ringe. Frauen waren kaum dabei. Wahrscheinlich trug hier irgendeine Bande den soundsovielten Kumpel zu Grabe.

Ich schlich mich um die Trauerprozession herum, als aus einer Ecke eine junge, hübsche Frau in einem eleganten schwarzen Kostüm hervortrat.

»Wowotschka, mein Liebster«, schrie sie mit hoher Stimme, die ihre Herkunft aus dem einfachen Volk verriet, »die blöde Kugel wusste ja nicht, was sie tat. Du warst jung und schön, lässt deine Familie und deine Frau zurück. Oh Himmel, jetzt sind die Kinder Waisen, die Eltern trauern, oh weh, oh weh ...«

Über ihr ungeschminktes Gesicht liefen die Tränen in Strömen.

Die anwesenden Frauen fingen sofort an zu weinen, die Burschen brachen ihre Gespräche ab und hielten sich an ihren teuren Taschentüchern fest.

»Oh weh«, schrie die Frau und fiel fast auf den Sarg, »wofür? Du hast ja noch kaum gelebt, das Töchterchen ist gerade erst geboren ... Was sollen wir jetzt ohne dich tun, mein Täubchen, mein Falke ...«

Die Prozession zog langsam durch das Tor. Das Schreien der Frau hallte über den Friedhof und ließ einem das Herz erzittern. Warum hatte dieser junge Mann sterben müssen? Wegen ein paar tausend Dollar? Oder vielleicht wegen eines ausländischen Wagens? Wahrscheinlich war er kein schlechter Mensch gewesen, wenn auch ein Bandit.

Nachdem ich eine Minute am Eingang stehen geblieben war, wandte ich mich zum Seitenweg hin und ging zum Büro der Friedhofsverwaltung. Das Schreien entfernte sich, aber ich konnte immer noch hören, wie die mir unbekannte Frau schluchzte.

Neben dem Kontor saß ein Mann in einem abgenutzten, dunkelblauen Arbeitsanzug auf einer Bank.

»Sagen Sie bitte, wo kann ich Galja Koroljowa finden?«

Der Totengräber sah mich aus trüben, farblosen Augen an und krächzte:

»Warte ein bisschen, sie kommt gleich.«

Vorsichtig setzte ich mich auf das andere Ende der Bank.

»Keine Angst, ich bin nicht ansteckend«, sagte der Mann beruhigend, »ich hab nur gestern eiskalte Milch aus dem Kühlschrank getrunken, davon bin ich heiser geworden. Willst du Galja einen Auftrag geben?«

Ich nickte für alle Fälle.

»Da tust du recht dran«, stimmte mir der Totengräber bei, »nimm nicht Tanja. Sie arbeitet zwar auch gut, aber ohne Herz. Galja dagegen legt sich wirklich ins Zeug, als wäre es ihr eigener Verwandter. Da verdient sie sich natürlich auch ordentliches Trinkgeld.«

»Kaust du den Leuten wieder das Ohr ab«, hörte ich eine klangvolle, fröhliche Stimme.

Ich hob den Blick zu der Sprechenden und verschluckte mich fast vor Schreck. Vor mir stand die Frau, die eben noch untröstlich am Grab des jungen Mannes geweint hatte. Jetzt aber konnte ich in ihrem sympathischen runden Gesicht keine Spur von Trauer erkennen.

»Du hast eine Kundin, Galja«, sagte der Mann unterwürfig.

Galja warf ihm ein Blatt Papier hin und befahl ihm:

»Los, verschwinde!«

Folgsam lief der Totengräber in Richtung Ausgang. Galja wurde ernst.

»Um wen geht es? Um einen Verwandten oder Bekannten?«

Aber ich konnte es immer noch nicht fassen.

»Waren Sie das nicht gerade, die sich bei der Beerdigung so furchtbar gegrämt hat?«

»Ja«, bestätigte Galja, »sie waren alle sehr zufrieden. Wissen Sie, wie viel unser Dienst kostet?«

»Das heißt, Sie arbeiten als Heulerin?«, brach es aus mir heraus.

»Natürlich«, antwortete sie. »Warum wundern Sie sich so, wenn Sie mir einen Auftrag geben wollten? Wenn Ihnen der Preis nicht passt, können wir darüber reden. Schlechtverdienern gebe ich immer einen Rabatt ...«

»Kennen Sie die Schabanowa?«

»Ljuda? Natürlich. Was ist denn passiert?«

»Sie ist gestorben.«

Galja setzte sich auf die Bank und fragte erschüttert:

»Wie ist das möglich? Sie war doch noch ganz jung und kerngesund.«

Ihre Hände zitterten leicht, als sie aus der Jackentasche ein Päckchen Dunhill zog.

»Ljuda hat sich das Leben genommen.«

»Wie furchtbar«, reagierte Galja ehrlich erschrocken. »Aber warum?«

»Waren Sie mit ihr befreundet?«

»Wer sind Sie eigentlich?«

Ich schwankte einen Moment, bevor ich ihr das Märchen von der großen Erbschaft auftischte. Zum Schluss fügte ich noch hinzu:

»Ihr Großvater hat angewiesen, dass das Kapital zwischen ihr und der kleinen Verotschka aufgeteilt werden soll. Jetzt suche ich nach dem kleinen Mädchen.«

»Nach wem bitte?«, fragte Galja verständnislos.

»Wie, nach wem? Nach der Tochter von Ljudmila Schabanowa.«

Die professionelle Heulerin drückte sorgfältig ihre Kippe aus.

»Das nächste Begräbnis ist um fünf. Kommen Sie. Hier gibt es um die Ecke ein ganz gutes Restaurant, ich brauche dringend was in den Magen.«

Nachdem sie sich einen Salat, Fleisch, Gemüse, ein Stück Torte und eine riesige Portion Eis bestellt hatte, schaute sie sich gierig auf dem Tisch um und seufzte:

»Nach der Arbeit habe ich immer einen Mordshunger. Ich verbrauche sehr viel Energie – das Weinen laugt aus.«

»Wieso machen Sie es dann, wenn es eine so schwere Arbeit ist?«, konnte ich es mir nicht verkneifen zu fragen.

Mit vollem Mund erklärte sie mir geduldig:

»Wissen Sie, wie viel eine Krankenschwester verdient? Hier kriege ich an einem Tag fünfmal so viel. Außerdem mache ich den Leuten eine Freude.«

Ich unterdrückte ein Lachen. Es musste wirklich ein Glück sein, an einem Grab zu weinen.

Aber Galja wiederholte hartnäckig:

»Es macht mir Freude, auch wenn Sie es mir nicht glauben wollen. Schauen Sie, heute ist zum Beispiel ein junger Bursche beerdigt worden. Er war noch nicht mal dreißig und ist nur wegen einer Dummheit gestorben. Die Mutter ist völlig erschöpft, die Ehefrau kapiert überhaupt nichts, die Freunde stehen mit ihren geschorenen Köpfen wie Klötze herum und haben nur ihre Handys im Sinn. Obwohl er selber schuld ist, wenn er sich mit Banditen einlässt und sein Leben so wegschmeißt, soll er doch wenigstens wie ein Mensch verabschiedet werden. Aber nein, keiner macht den Mund auf. Da komme ich an, weine und schreie, was das Zeug hält, und erinnere sie an das Gute in ihm. Endlich tauen die Anwesenden auf, die Tränen können fließen, und sie trauern um den Armen. Ist das etwa nichts?«

»Kennen Sie Ljudmila Schabanowa schon lange?«, fragte ich, um das Gespräch in die richtige Bahn zu lenken.

»Ziemlich. Ich arbeitete schon an der Poliklinik, als sie gleich nach ihrem Studium dort anfing. Eine erstaunliche Frau!«

»Wieso?«

»Sie hatte ein seltenes Talent, nämlich eine leichte Hand. Sie arbeitete pausenlos, die Patienten standen Schlange bei ihr. Natürlich gefiel das nicht allen Ärzten, obwohl sie selber am liebsten zu ihr gingen. Während sie die Zeitung lasen und auf Kundschaft warteten, fand Ljuda nicht mal die Zeit für eine kurze Verschnaufpause. Unsere Chefärztin schaute mitunter in den Flur hinaus und sagte: ›Der Nächste, bitte.‹ Dann zogen die Wartenden die Köpfe ein und schwiegen, bis sich irgendeiner erbarmte und schüchtern sagte: ›Wir wollen zur Schabanowa.‹ Das machte unsere Zahnärzte natürlich böse. Sie haben die schlimmsten Gemeinheiten über Ljuda erzählt. Sie sei Alkoholikerin, drogensüchtig, eine Hure ... Sie waren einfach neidisch. Dabei stimmte nichts davon. Sie liebte zwar die Männer, das schon, aber sie blieben nie lange bei ihr. Ein, zwei Wochen und das war's, der Kavalier war auf und davon.«

»Woran lag das?«

Galja aß ihr riesiges Stück Torte auf und zündete sich genüsslich eine Zigarette an.

»Weiß der Teufel. Ljuda war lebhaft, schön, selbstständig, sie verdiente mehr als alle anderen ... Wahrscheinlich fühlten sich die Männer deshalb mit ihr nicht wohl. Dabei hatte sie nur eine Maske aufgesetzt, in Wahrheit war sie schüchtern und voller Komplexe. Wussten Sie, dass sie in einem Kinderheim war?«

Ich nickte.

»Ihre Eltern starben bei einem Flugzeugunglück«, erklärte

Galja, »nur von einem Großvater hatte ich nie etwas gehört, sie hat nie über ihn gesprochen.«

Für die Bekannten hatte sie sich also eine Lügengeschichte ausgedacht, zweifellos verständlich und besser, als wenn sie Neugierigen von der Sekte und dem Tod ihres Vaters erzählt hätte.

»Es gab eine Großmutter«, verkündete Galja, während sie die Kuchenkrümel vom Teller klaubte.

»Eine Großmutter?«, fragte ich erstaunt.

»Was ist daran so seltsam?«, antwortete sie. »Wenn sie eine Mutter hatte, gab es natürlich auch eine Großmutter. Wo sie wohnte, weiß ich nicht mehr, aber es war irgendwo in der Moskauer Umgebung, in Nachibino oder Reutowo ...«

»Wie war ihr Name?«

Galja dachte nach, dann sagte sie betrübt:

»Weiß ich nicht mehr. Weder den Vornamen noch den Nachnamen. Das Einzige, was ich noch weiß, ist, dass sie bei der Post arbeitete. Aber wie soll ich das auch noch so genau wissen? Ich habe Ljuda ja schon ewig nicht mehr gesehen. Sie hat selber gekündigt, mich dagegen haben sie hinausgeworfen. Ljuda hat keinem ihre Telefonnummer oder Adresse hinterlassen. Vor ungefähr einem Jahr habe ich sie mal zufällig in einem Kaufhaus getroffen, und wir sind zusammen einen Kaffee trinken gegangen. Ljuda erzählte mir, wo sie jetzt arbeitete, als ihr Pager piepste. Sie las, wurde rot und sagte: ›Verzeih, Galjalein, ich muss mich beeilen, die Großmutter bittet mich, sofort zu ihr zu fahren. Sie ist schon alt und krank und hat sonst niemanden, der ihr hilft.‹ Ich riet ihr: ›Ruf sie an, und sag ihr, dass du schon unterwegs bist.‹ Aber Ljuda antwortete: ›Wie denn, sie hat ja gar kein Telefon, und seit sie in Rente gegangen ist, kann ich sie auch nicht mehr bei der Post erreichen.‹ Sie packte schnell alles zusammen und ging. Ich hätte ihr einen solchen Familiensinn gar nicht zugetraut, hätte nicht gedacht, dass sie dazu überhaupt in der Lage war, so wie sie Kostja behandelt hat!«

»Wen?«

Galja lachte.

»Den Sohn unserer Chefärztin Kalerija Lwowna. Kostja war ein verwöhntes Muttersöhnchen. Die Mama hatte ihm eine Wohnung gekauft und beschlossen, dass auch er Arzt werden sollte, dazu hatte sie ihm auch noch eine Braut aus ihren Kreisen besorgt. Aber alles ging schief. Mit der Braut lief zwar am Anfang alles bestens, aber dann verknallte er sich in Ljuda und starb. Er verkümmerte richtig wegen ihr, während Ljuda sich nur über ihn lustig machte und sagte, er sei nicht ihr Geschmack. Nichtsdestotrotz stand er immer wieder vor ihrer Tür. Schließlich ließ sich sogar Kalerija Lwowna herab und rief sie zu sich, um Tacheles mit ihr zu reden: ›Kostja ist mein Augenstern. Ich gebe ihm alles: Wohnung, Datscha, Auto. Natürlich würde ich ihm was anderes wünschen als eine Frau aus dem Kinderheim. Aber wenn euch das Leben zusammenführt, werde ich auch dir helfen, ich organisiere dir den besten Arbeitsplatz, den du dir vorstellen kannst.‹ Aber Ljuda rümpfte nur die Nase: ›Kostja braucht sich gar keine Mühe zu geben, er interessiert mich nicht.‹ Drei Monate später aber war plötzlich alles anders. Sie begannen eine wilde Romanze, er zog bei ihr ein, bis sie ihn genauso plötzlich wieder fallen ließ. Weinend tauchte der Arme an ihrem Arbeitsplatz auf, stellte sich ihr buchstäblich in den Weg und flehte sie an, wieder zu ihm zurückzukehren. Aber Ljuda lachte nur: ›Die Rosen sind verwelkt, die Liebe ist vorbei.‹«

»Wissen Sie, wo ihre Tochter steckt?«

»Aber sie hatte doch überhaupt keine Kinder, obwohl ...«

»Ja?«

Einmal war Kostja vollkommen außer sich direkt ins Sprechzimmer gestürzt. Ljuda wollte gerade nach Hause gehen. Ohne auf Galja zu achten, die auch noch im Raum war, fasste er Ljuda bei den Schultern und schrie:

»Ich bring dich um, kein anderer soll dich kriegen, du Miststück.«

»Beruhige dich«, bemerkte Ljuda kalt und löste sich aus seinem klammernden Griff. Dann sagte sie zu Galja: »Gib ihm Wasser.«

Kostja ließ sich stöhnend in einen Sessel fallen und begann zu weinen.

»Hier«, sagte Ljuda und reichte ihm das Glas, »hör auf, diese Hysterie ist ja widerlich. Warum kommst du dauernd her?«

»Ich liebe dich«, sagte er leise.

»Das glaube ich nicht«, antwortete sie stirnrunzelnd.

»Warum nicht?«, fragte er verwundert.

»Wer liebt, will dem geliebten Menschen keine Unannehmlichkeiten machen, aber du lässt mir keine Luft zum Atmen«, sagte sie scharf.

»Komm zurück!«, bat Kostja, während ihm dicke Tränen über die Wangen liefen.

Er tat Galja Leid, aber Ljuda war keine Gemütsveränderung anzumerken.

»Geh mir aus den Augen«, befahl sie, »und komm nie wieder, ich hab genug von dir!«

Fügsam wandte er sich zur Tür, dann drehte er sich um und flehte sie an:

»Behalte das Kind, töte es nicht, Mama und ich nehmen es und ziehen es groß.«

»Red keinen Unsinn«, erwiderte Ljuda, während sie sich kämmte.

»Sollen wir es kaufen?«, schlug Kostja vor.

»Wie viel wollt ihr denn zahlen, wenn ich fragen darf?«, fragte sie lachend.

»Nenn eine Summe. Uns ist jeder Preis recht«, antwortete er fest. »Du kannst mir glauben, Mama hat das Geld. Im Notfall verkaufen wir die Datscha und geben dir das Geld bar auf die Hand.«

Eine Sekunde lang war sie verwirrt und sah Galja an, die sich in ihrer Haut nicht wohl fühlte, etwas murmelte wie: »Ich geh Watte holen«, und aus der Tür schlüpfte.

»Und dann?«, fragte ich ungeduldig.

»Nichts weiter«, sagte Galja achselzuckend. »Kalerija hat ihr gekündigt und mir gleich mit, alle wussten, dass wir befreundet waren. Danach haben wir uns nicht mehr gesehen.«

»Wann ist das passiert?«

»Vor etwa zwei Jahren ... Vielleicht hat sie Kostjas Kind gekriegt, ich weiß es nicht genau.«

Ich schaute in Galjas große, klare Augen und fragte interessiert:

»Warum haben Sie Tamara Ryklina angerufen und sie darüber informiert, dass Leonid fremdging?«

Sie goss sich ihr Glas voll mit Mineralwasser und nippte daran. Ihre schönen Augen mit dem ungewöhnlichen nussbraunen Farbton wichen meinem Blick aus:

»Ljuda hatte mich darum gebeten.«

»Aber wozu? Vielleicht hätte Tamara nie von dem Seitensprung ihres Mannes erfahren, und heute wären noch alle am Leben.«

Galja stellte das Glas klirrend auf den Tisch, so dass das Wasser wie eine Fontäne auf das Tischtuch spritzte.

»Keiner kann mich beschuldigen, eine Mörderin zu sein. Tamara ist selber schuld! Wissen Sie, wieso er Ljuda wollte?«

»Wieso?«

»Sie ist einfach so mit ihm ins Bett gegangen und hat mit ihm gebumst. Tamara war natürlich ein Himmelswesen, Gott sei ihr gnädig, aber sie war nicht ganz normal.«

»Was war mit ihr?«

»Sie hätte im neunzehnten Jahrhundert leben müssen, für unseres war sie nicht geschaffen. Sie war romantisch bis ins Mark. Wenn Leonid abends nach Hause kam, standen Kerzen und Blumen auf dem Tisch, leise lief Musik, dazu unterhielt sie ihn mit tief schürfenden Gesprächen.«

»Und was ist schlecht daran?«

»Ha«, lachte Galja, »es gab nur gekochten Kohl. Auf wunderschönen Tellern zwar, mit hübschen Servietten und wunderbarem Besteck, aber nur ein Stückchen Kohl oder ein Häufchen anderes Gemüse. Sie fand es vulgär, viel zu essen.

Bier tranken nur schlecht erzogene Leute, passend war ein Schlückchen Wein aus einem kristallenen Weinglas. Und im Bett erst!«

Galja winkte ab.

»Der arme Leonid suchte immer wochenlang einen Zugang zu ihr. Tamara konnte nur in der entsprechenden Laune, in die er sie mithilfe von Blumensträußen, Komplimenten und Liebesbekenntnissen versetzte. Sex war schließlich auch vulgär, fand sie. Welcher Mann soll so was aushalten? Dabei hatte Leonid lange Geduld, bevor er sich Ljuda zuwandte. Die machte keine Mätzchen: Wenn wir Lust dazu haben, bitte schön. Allerdings hielt es nicht lange an. Ein paar Monate oder Wochen ... Und schon hatte sie wieder einen Neuen.«

»Sie sagten doch, die Männer hätten sie immer verlassen.«

Galja seufzte.

»Die, denen sie gefiel, hat sie wieder fortgejagt. Die, die ihr passten, gingen zwar drauf ein, jagten sie dann aber wieder fort. Eine seltsame Gesetzmäßigkeit. Und noch ein Detail: Ein paar von ihren Affären sind wirklich wild ausgegangen.«

»Was meinen Sie damit?«

»Urteilen Sie selbst. Lenja, Kostja und Schora, mit allen ist dasselbe passiert.«

»Schora? Wer ist das?«

»Sie hatte da so einen, der hieß Schora Rostschin«, meinte Galja. »Ljuda hatte einen großen Stamm von Privatpatienten. Schora war schon lange ihr Patient, bevor sie sich ihm endlich an den Hals warf. Eigentlich mochte sie große, blonde, stark gebaute Männer, sie konnten ruhig ein bisschen dick sein. Leonid, Kostja und Schora entsprachen diesem Typ überhaupt nicht, sie waren klein und dunkelhaarig. Kostja sah eher aus wie ein Jugendlicher. Ljuda machte sich immer lustig über ihn und riet ihm, hohe Absätze zu tragen ... Woher plötzlich diese große Leidenschaft kam, war wirklich nicht zu verstehen.«

Ich rauchte eine Gauloise an, auch ich verstand überhaupt nichts mehr. Galja zog ihre Puderdose heraus und besah sich das Gesicht.

»Langsam muss ich wohl wieder zur Arbeit.«

Natürlich bezahlte ich die Rechnung und fragte noch so nebenbei:

»Könnten Sie mir vielleicht die Telefonnummern von Kalerija Lwowna und Schora geben?«

»Woher soll ich die haben?«, fragte Galja erstaunt und riet mir: »Fahren Sie in die Klinik. Kalerija müsste die Direktorin sein, und Schora war Patient dort. In der Rezeption gibt es eine Karte mit der Adresse.«

Ich brachte Galja zum Friedhofseingang und schaute ihr hinterher. Sie hatte einen federnden, aufrechten Gang und drehte sich nicht um, obwohl sie wahrscheinlich spürte, dass ich ihr nachsah. Die warme Frühlingssonne schien freundlich auf die Grabsteine und Grabhügel, fröhliches Kindergeschrei war zu hören. Plötzlich kam eine Schar Krähen angeflogen. Krächzend setzten sich die Vögel auf die Zweige der riesigen Birke, die am Friedhofseingang stand, und begannen ein großes Spektakel. Mir wurde kalt. Irgendetwas an dieser Geschichte machte mir Angst. Es war, wie wenn man nachts allein eine menschenleere Straße hinuntergeht. Auch wenn weit und breit niemand zu sehen ist, rutscht einem das Herz in die Hose.

Ich drehte mich schnell um und rannte zu meinem Volvo. Nichts wie weg von hier, auf einem Friedhof kam man nur auf seltsame Gedanken.

KAPITEL 12

In der Aufnahme der Zahnklinik hatte jetzt eine andere Frau Dienst. Es war vier Uhr – natürlich, die Schicht hatte gewechselt.

»Guten Tag«, sagte ich mutig, »ich hab schon lange nicht mehr vorbeigeschaut.«

»Das ist schlecht«, reagierte die junge Sprechstundenhilfe sofort, »man sollte sich die Zähne alle sechs Monate anschauen lassen.«

»Das schaffe ich nie«, winkte ich ab. »In welchem Sprechzimmer finde ich Kalerija Lwowna?«

Die junge Frau klopfte mit ihrem Bleistift auf den Schreibtisch.

»Doktor Obraszowa arbeitet nicht mehr bei uns.«

»Aber was mache ich denn jetzt?«, tat ich entsetzt. »Ich habe mich doch so an sie gewöhnt.«

»Ich empfehle Ihnen die Kalistratowa«, flüsterte sie mir vertraulich zu, »sie arbeitet fantastisch.«

»Nein, sagen Sie mir lieber, wo ich Kalerija Lwowna finden kann.«

»Ich bin noch nicht lange hier ...«, begann sie, hielt aber inne, als sie den Geldschein in meiner Hand sah.

Ohne ein weiteres Wort zu sagen, ging sie zu einem Schubfach und fragte:

»Reicht Ihnen die Privatanschrift?«

»Aber natürlich«, antwortete ich erfreut, »und schauen Sie doch bitte nach der Telefonnummer.«

»Hier steht nur die Adresse«, erklärte sie, »General-Kotow-Straße Nummer fünfzehn, Wohnung Nummer vierundvierzig.«

»Könnten Sie mir vielleicht auch die Adresse von Schora Rostschin geben? Er ist hier Patient«, fragte ich dreist.

Die freundliche Sprechstundenhilfe fand es anscheinend mehr als selbstverständlich, für einen Geldschein mit zwei Informationen zu dienen, denn sie verschwand sofort hinter irgendwelchen Regalen, die dicht an dicht mit Karteikästen voll gepackt waren.

Es dauerte endlos. Ich beobachtete, wie der Zeiger von Minute zu Minute wanderte. Wieso hatten sie hier eigentlich keine Computer?

Schließlich kam sie mit einem abgenutzten Büchlein in der Hand zurück.

»Ich hab einen einzigen Rostschin gefunden. Das muss er wohl sein ...«

Ich nickte zustimmend.

Im Volvo machte ich es mir bequem und wählte seine Telefonnummer. Eine klangvolle Kinderstimme rief:

»Hallo?«

»Hol bitte Schora ans Telefon.«

»Hier gibt es keinen, der so heißt«, erklärte das Kind fröhlich und warf den Hörer auf die Gabel.

Ich wählte noch einmal. Diesmal war eine Frau dran.

»Verzeihen Sie, aber mir wurde gesagt, unter dieser Nummer könnte ich Herrn Rostschin erreichen.«

Die Unbekannte am anderen Ende der Leitung schwieg eine Sekunde, dann fragte sie misstrauisch:

»Wer sind Sie denn?«

»Ich komme aus Paris. Gemeinsame Bekannte haben mich gebeten, ein Päckchen für ihn mitzunehmen, nichts Besonderes, nur ein Hemd und einen Pullover.«

»Kleider braucht er keine mehr«, sagte sie. »Er ist gestorben. Seine Frau hat uns die Wohnung verkauft.«

»Wie bitte?«

Die Frau seufzte nur.

»Selbstmord, er ist aus dem Fenster gesprungen. Zum Glück nicht hier, sonst hätten wir die Wohnung nicht gekauft. Wenn Sie wollen, gebe ich Ihnen die Adresse seiner Frau Lilja, dann können Sie ihr das Päckchen geben.«

Mit zitternden Händen schrieb ich die Adresse auf und starrte auf die Windschutzscheibe. Das war ja wie eine Epidemie. Alle hatten sich aus dem Fenster geworfen: Ljuda, Lenja, Tamara, jetzt auch noch dieser Schora.

Nachdenklich blieb ich noch eine Weile sitzen, dann fuhr ich zu Kalerija Lwowna. Zunächst interessierte mich Ljudas Tochter Verotschka. Vielleicht war Kostja der Vater?

Die lange, schnurgerade General-Kotow-Straße lag in der Nähe der U-Bahn-Station Schukinskaja. Die Nummer neun ragte zwischen einer Reihe niedriger Häuser empor. Es gab weder eine Sprechanlage noch ein Codeschloss. Ich lief ungehindert in den zwölften Stock hinauf und drückte auf die Klingel. Hinter der Tür trällerte eine Nachtigall, dann wurde mit einem Mal aufgemacht.

Auf der Schwelle stand ein dunkelhaariger, schmächtiger Mann von etwa dreißig Jahren.

»Sind Sie Kostja?«, fragte ich höflich.

Er wurde ganz bleich im Gesicht und flüsterte:

»Nein, Senja.«

Eine Zimmertür öffnete sich, und ein kleines Mädchen kam in den Flur gelaufen. Sie flog zu dem jungen Mann, umfasste sein Bein mit ihren Ärmchen und drückte sich mit dem ganzen Körper an ihn. Ihr Gesicht war etwa auf der Höhe seines Knies.

»Verotschka«, sagte ich fröhlich.

Der junge Mann wurde leichenblass und berichtigte mich stockend:

»Sie heißt Lera, eigentlich Kalerija.«

»Na, so was«, bemerkte ich frech und drängte mich in den Flur, »das heißt, Sie nennen sie nach ihrer Großmutter, während ihre Mutter sie Verotschka nannte. Wo ist eigentlich Kalerija Lwowna?«

Senja trat zurück.

»Im Schlafzimmer.«

»Wenn das so ist«, sagte ich entschieden, »und sie gerade ruht, möchte ich zuerst mit Kostja sprechen. Er ist doch zu Hause, hoffe ich?«

Der junge Mann sah mich aus aufgerissenen Augen an, dann schluckte er und fragte ganz leise:

»Wer sind Sie?«

»Das zu erklären ist zu kompliziert«, winkte ich ab. »Rufen Sie ihn bitte.«

»Das ist nicht möglich. Gehen Sie lieber wieder.«

Irgendetwas an seinen Worten machte dem kleinen Mädchen Angst, es fing an zu weinen, aber Senja kümmerte das nicht. Er wiederholte bloß:

»Gehen Sie, gehen Sie.«

Langsam begann er mich zu ärgern, sein Benehmen war einfach zu merkwürdig.

»Ich wollte nicht zu Ihnen, sondern zu Kalerija Lwowna und zu Kostja. Die beiden können mich gern fortjagen, wenn sie wollen«, schnauzte ich ihn an.

Er seufzte tief.

»Kostja ist tot.«

»Wie?«

»Er hat sich das Leben genommen.«

»Ist er aus dem Fenster gesprungen?«

»Wenn Sie es schon wissen, wieso machen Sie dann hier so ein Theater?«

»Nein, nein«, versicherte ich ihm, »das wusste ich nicht, ich habe nur geraten. Aber ich muss unbedingt mit Kalerija Lwowna sprechen.«

»Ich fürchte, das wird zwecklos sein«, erklärte Senja müde.

»Wollen Sie sagen …?«

»Kommen Sie«, sagte er ergeben und ging den Flur hinunter. Ich folgte ihm.

Die Wohnung war groß und heruntergekommen wie eine Junggesellenbehausung. Es schien alles da zu sein, aber überall flogen Socken und Staubflocken herum, der Teppich war nicht gesaugt, es war ungemütlich, als würde hier nicht gelebt, sondern nur geschlafen. Wir durchquerten das große Wohnzimmer und gelangten in ein kleines Schlafzimmer.

»Hier«, sagte Senja, »hier haben Sie Kalerija Lwowna.«

In der Ecke lag auf einem großen Bett ein Haufen Lumpen Als ich näher heranging, sah ich, dass es sich um eine kleine, ausgemergelte Frau handelte, deren Kopf in ein geblümtes Tuch gehüllt war. Ihr Gesicht war gelblich grau, sie hatte eine schmale, knochige Nase und eingefallene Wangen. Das magere Gesicht erinnerte an ein Skelett mit Haut drum herum. Ihr Blick war irr. Die Augen, zwei matte Knöpfe, starrten gleichgültig zur Decke. Es stank widerlich. So gut man bettlägerige Kranke auch wäscht, der Geruch bleibt.

»Kalerija Lwowna«, sprach ich sie vorsichtig an.

»Versuchen Sie es gar nicht erst«, warf Senja ein. »Mama antwortet nicht. Meine Frau und ich haben schon alles probiert: Medizin und Physiotherapie, sogar an einen Magier haben wir uns aus Verzweiflung gewandt. Alles umsonst. Tag für Tag liegt sie so da, man weiß noch nicht mal, ob sie uns hört oder nicht. Immerhin ist der Appetit gut, der Magen funktioniert, das Herz ist gesund. Man sagt, dieser Zustand kann zehn oder auch fünfzehn Jahre anhalten. Meine Frau und ich gehen jetzt abwechselnd zur Arbeit, wir haben Angst, sie allein zu lassen, und für Pflegepersonal reicht das Geld nicht.«

»Was ist mit ihr passiert?«, fragte ich mitfühlend.

Senja schloss die Tür.

»Es hat mit Kostja zu tun … Aber wozu wollen Sie das eigentlich wissen?«

Ich zog meine Gauloises heraus, aber Senja schüttelte den Kopf.

»Rauchen Sie bitte nicht. Das Kind hat eine Allergie dagegen.«

Gehorsam steckte ich meine Zigaretten wieder ein. Dann

erzählte ich ihm eine aus dem Stegreif erfundene Geschichte: Mein Sohn, gerade erst erwachsen, habe eine gewisse Ljuda Schabanowa kennen gelernt und sich schrecklich in sie verliebt. Er träume davon, sie zu heiraten, einen Termin hätten sie schon im Standesamt vereinbart. Aber die Zukünftige gefalle mir nicht. Sie sei mir zu vulgär und außerdem eine Lügnerin. Gerade hätte mir jemand gesteckt, sie habe schon eine Ehe hinter sich und ein Kind, eine kleine Verotschka, deren Vater eben Kostja sei. Jetzt wolle ich die Wahrheit herausfinden.

Senja schwieg, dann murmelte er mit Müh und Not:

»Wenn Sie irgend können, jagen Sie Ljuda fort – sie ist schuld an unserer Misere.«

»Ach ja?«

Er ließ sich in einen Sessel fallen und gab dem kleinen Mädchen einen Ball:

»Geh spielen.«

Aber Lera klammerte sich noch fester an sein Bein. Da steckte er eine Videokassette in den Rekorder und drückte auf den Einschaltknopf. Auf dem Bildschirm erschien ein *Tom and Jerry*-Zeichentrickfilm. Das kleine Mädchen kletterte fröhlich auf das Sofa und begann aufmerksam die Abenteuer des listigen Mäuserichs und des cholerischen Katers zu verfolgen. Wir gingen in die Küche. Senja schloss den Teekocher an und erklärte:

»Vor ihr möchte ich nicht reden. Sie ist natürlich noch klein, aber vielleicht versteht sie doch was.«

Kostja hatte Ljuda zufällig kennen gelernt. Damals war er in seinem letzten Studienjahr gewesen. Kalerija Lwowna hatte ihrem Sohn geraten, Gynäkologe zu werden. Das sei ein guter Beruf, Frauen würden unter allen Regimen schwanger werden und Kinder kriegen, damit könne er sich immer sicher sein Brot verdienen.

Kostja hatte sogar eine Braut, die ihm auch die fürsorgliche Mutter besorgt hatte. Kostja war überhaupt Mamas Sonnenschein, ihr Ein und Alles. Senja war manchmal sehr eifersüchtig, aber ändern konnte er daran nichts, Kostja floss nun mal die ganze Mutterliebe zu. An den Vater hatten die Brüder keine Erinnerung, er hatte die Familie früh verlassen und andere Wege eingeschlagen.

Kalerija Lwowna nahm jeden Patienten an, um ihrem Lieblingssohn die besten Jeans, die schönste Uhr, die modischsten Hemden kaufen zu können. Kostja legte übertriebenen Wert auf teure Kleidung und inszenierte regelrechte Dramen, um sie zu bekommen. Wenn zum Beispiel die beiden Söhne mit ihrer Mutter an einem Geschäft vorbeigingen, in dessen Auslage eine Jacke hing, die so viel kostete, wie Kalerija Lwowna in zwei Monaten verdiente, blieb Kostja stehen, stierte ins Schaufenster, seufzte dann tief und sagte:

»Mein ganzes Leben hab ich von so einer geträumt, aber mir ist klar, dass sie für uns unerschwinglich ist.«

Sofort schleppte ihn die Mutter in den Laden, während er sich zierte:

»Nicht doch, Mamilein, du sollst kein Geld verschleudern. Wieso hab ich Dummkopf das nur gesagt?!«

Aber sie zog ihm das neue Stück bereits über, zupfte es zurecht und war begeistert. Die Jacke saß wie eine zweite Haut.

»Du hast einfach einen fantastischen Geschmack, Kostja«, hauchte sie entzückt. »Wenn dir was gefällt, ist es die Extraklasse. Viel Spaß beim Tragen.«

»Das ist mir peinlich«, druckste Kostja herum. »Du solltest Senja auch so eine kaufen.«

»Wie du deinen Bruder doch liebst«, sagte die Mutter gerührt. »Keine Sorge, seine alte ist noch in Ordnung, während deine schon ganz abgenutzt war.«

Solche Szenen gab es oft. Die Seufzer waren auch zu hören, wenn es um einen Videorekorder, einen Fernseher oder eine Stereoanlage ging. Dann musste ein Handy her – und das vor acht Jahren, als Mobiltelefone noch schrecklich teuer waren und nur die ganz Reichen sie sich leisten konnten.

»Meinst du nicht, dass dieses Spielzeug Mutters finanzielle

Möglichkeiten ein bisschen übersteigt?«, fragte Senja entrüstet.

Kostja reagierte sofort misslaunig:

»Ich hab nicht drum gebeten, es war ihre Idee.«

»Ich kenne deine billigen Tricks«, sagte der ältere Bruder spöttisch.

»Sei still, Senja!«, wies ihn Kalerija zurecht. »Ich wollte selbst schon lange so ein Handy erwerben, Kostja bekommt es ja nur für abends. Von wo soll er denn sonst anrufen? Mein Herz tut mir ja weh vor Sorge.«

»Ich hab mir eine Telefonkarte besorgt und benutze einen Automaten«, brummte Senja.

»Ich bin ruhiger so«, sagte die Mutter mit Nachdruck. »Stell dir einfach vor, ich hätte es für mich gekauft.«

Senja zuckte nur mit den Achseln, aber seinem Bruder war er richtig böse.

Wirklich albtraumhaft wurde es aber erst, als Kostja sich in Ljuda verliebte. Die arme Kalerija hatte Angst davor, ihrem Sohn die Augen zu öffnen. Nur einmal fragte sie schüchtern:

»Was ist denn mit Olgalein? Sie passt doch eigentlich viel besser zu dir, vom Alter her und von ihrer Erziehung. Ljuda dagegen ist eine Frau, die schon alles Mögliche erlebt hat ...«

Jetzt zeigte der sonst immer freundliche und gehorsame Kostja unerwartet seine Zähne:

»Wenn du etwas gegen sie hast, verlasse ich dieses Haus.«

Kalerija Lwowna seufzte nur. Was konnte sie schon gegen Kostjas unerwiderte pathologische Liebe ausrichten? Wahrscheinlich spielte die falsche Erziehung hier eine entscheidende Rolle. Kostja, der gewöhnt war, auf den kleinsten Wink alles zu bekommen, was er wollte, wurde mit seinen Wünschen nicht fertig, er träumte von Ljuda wie von einem neuen Spielzeug.

Zuerst schenkte Kalerija Lwowna dieser verhängnisvollen Leidenschaft also keine weitere Aufmerksamkeit. Sollte er sich nur ein, zwei Wochen quälen, es gab so viele Frauen, diese eine würde er schon wieder vergessen. Aber Kostja war ausdauernd. Er trug eimerweise Blumensträuße und Konfekt in die Klinik und schrieb Ljuda heiße Liebesbriefe. Sein Studium ließ er so schleifen, dass Kalerija Lwowna sich Sorgen machte. Er stand direkt vor dem Diplom, alles war schon vorbereitet, damit der geliebte Sohn den Weg zum Doktor einschlagen konnte. Und nun sollten die ehrgeizigen Träume der Mutter an irgendeiner Hergelaufenen aus einem Kinderheim scheitern, bloß weil sie nicht mit Kostja ins Bett gehen wollte?

Kalerija Lwowna war überzeugt: Die erfahrene Ljuda lockte den naiven Jungen gerade dadurch in ihr Netz, dass sie die Gleichgültige spielte. Manchmal konnte Kalerija abends vor Zorn kaum an sich halten, wenn sie sah, wie Kostja völlig außer sich um das Telefon herumstrich. Hatte sie etwa für so eine Braut mühsam das Geld für die Wohnung, die Datscha und das Auto zusammengekratzt? Olga Litwinowa, die Tochter eines erfolgreichen Professors und Chefarztes an einer großen Moskauer Klinik, die war doch etwas ganz anderes.

Aber Kostja würdigte die ihm zugedachte Braut keines Blickes mehr. Eines Tages, als die Mutter mitbekam, wie sich der Sohn ins Badezimmer eingeschlossen hatte und weinte, hielt sie es nicht mehr aus. Am nächsten Tag rief sie widerstrebend Ljuda zu sich ins Arbeitszimmer. Sie hatte große Mühe, ihre Feindseligkeit zu unterdrücken, und kam gleich zur Sache:

»Sie wissen natürlich, dass mein Sohn ganz verrückt nach Ihnen ist.«

Ljuda, die eine Wolke teuren Parfüms um sich verbreitete, steckte sich frech eine Zigarette an und grinste.

»Da kann ich nichts dafür. Ich hab ihm keine schönen Augen und auch sonst keine Hoffnungen gemacht.«

Kalerija Lwowna reagierte nicht auf die Unverschämtheit, sie fuhr fort:

»Ich will nicht verschweigen, dass ich mir meine Schwiegertochter anders vorgestellt habe, aber da es nun so gekommen ist ...«

Ljuda unterbrach Kalerija:

»Was soll das? Zwischen mir und Ihrem Sohn gibt es überhaupt keine Bindung. Wir haben uns nie miteinander verabredet. Wie können Sie da so tun, als wären wir schon verheiratet?!«

»Warten Sie«, bat Kostjas Mutter, »ich möchte Ihnen nur sagen: Meine Kinder bedeuten mir alles. Kostja bekommt eine Datscha, eine Wohnung und ein Auto von mir. Er wird bald eine gut bezahlte Arbeit haben. Außerdem zählt mein Name in der Welt der Medizin, ich kann Ihnen also eine gute Stelle beschaffen. Bei Ihrer Geschicklichkeit werden Sie dann schnell nach ganz oben kommen. Es ist sicher besser für Sie, wenn Sie sich gut mit uns stellen.«

Ljuda drückte sorgsam ihre halb gerauchte Zigarette aus und fragte höflich:

»Wenn ich Sie richtig verstehe, bieten Sie mir dafür, dass ich Kostja meine Zuneigung schenke, materiellen Nutzen. Halten Sie mich für eine Prostituierte?«

Kalerija Lwowna wurde fuchsteufelswild:

»Jetzt reicht's aber mit dem Theater! Meinst du, ich weiß nicht, was du im Sinn hast, du Habenichts?! Du willst den Jungen weich klopfen, und dann geradewegs zum Standesamt mit ihm. Du willst dir ein schönes Stück vom Kuchen abschneiden – und zwar eins mit Sahnehäubchen. Also, hör auf, dich über Kostja lustig zu machen, der Junge ist ja schon fast krank. Lass dich drauf ein, geh mit ihm ins Bett, was kostet es dich schon? Ich weiß Bescheid über deine Geschichten. Du wechselst die Männer wie die Socken, aber über meinen Jungen machst du dich lustig, den Dummkopf willst du heiraten. Ich hab ja nichts dagegen, ihm zuliebe werde ich sogar versuchen, eine gute Schwiegermutter zu sein.«

Ljuda lachte:

»Ich sehe schon, wie sehr Sie Kostja lieben. Aber Ihre Schläue ist für die Katz. Sie hoffen, dass er sich beruhigt, wenn er einmal zu mir unter die Bettdecke gekrochen ist. Natürlich, Sie haben Recht: Mich kostet es nichts, mit ihm zu vögeln, aber wozu? Wegen eines neuen Arbeitsplatzes? Dieser hier reicht mir vollkommen. Ich habe so viele Patienten, dass ich sie gar nicht alle behandeln kann, denn Sie wissen genau, dass ich in Ihrem Armenhaus die beste Ärztin bin. Ich habe eine Wohnung, Geld brauche ich keins, über fehlende Aufmerksamkeit von Männern kann ich nicht klagen. Kostja wird sich beruhigen, er wird bestimmt darüber hinwegkommen.«

Ohne auf eine Antwort zu warten, schlüpfte sie in den Flur hinaus und schlug die Tür hinter sich zu. Kalerija dagegen rief abends außer sich vor Wut ihren ältesten Sohn zu sich:

»Hol sofort alle deine Freunde her, und vergiss nicht, so viele nette Mädchen wie möglich einzuladen!«

Senja, der gerade erst geheiratet hatte, schaute seine Mutter erstaunt an.

»Du brauchst mich gar nicht so anzustarren!«, schrie ihn Kalerija verzweifelt an. »Wir müssen Kostja vor dieser Harpyie retten. Er muss von Frauen umgeben sein, damit er Ljuda vergisst.«

Senja organisierte nun häufig Feste, aber der jüngere Bruder machte keinerlei Anstalten, daran teilzunehmen. Im besten Fall gesellte er sich für eine kurze Weile zu den Gästen. Kalerija dachte ernsthaft darüber nach, ob sie sich an einen Psychiater wenden sollte. Einmal ging sie sogar, ungeachtet der Tatsache, dass sie diplomierte Ärztin war, zu einem alten Kräuterweiblein.

Die dürre, nicht besonders reinliche Alte drehte das Passfoto in ihren runzligen Händen hin und her, bis sie überzeugt verkündete:

»Ich kann natürlich versuchen, den Bann zu lösen, aber am besten wäre es, wenn du deinen Sohn so weit wie möglich von dieser Frau entfernst.«

»Warum?«, fragte Kalerija müde.

»Sie steht unter dem Einfluss eines Magiers«, erklärte die Alte. »Er manipuliert sie so, wie er will, und benutzt sie zur Ausübung von schwarzer Magie. Dein Sohn wird durch sie sterben.«

Kalerija Lwowna bezahlte ergeben die verlangte Summe und erhielt als Gegenleistung ein kleines Fläschchen mit einer farblosen Flüssigkeit. Sie sollte sie ihrem Sohn in den Tee gießen und dabei das Vaterunser beten. Bald war das Mittel aufgebraucht – und Kostja nach wie vor verrückt nach Ljuda. Seine Mutter seufzte bloß. Wie hatte sie so blöd sein können, zu einer alten, ungebildeten Kurpfuscherin zu gehen?

Plötzlich änderte sich die Lage gewaltig. Kostja war im siebten Himmel. Ljuda hatte sich schließlich doch zu ihm herabgelassen. Sie begannen eine stürmische, unerhört leidenschaftliche Romanze. Er zog zu ihr und rief wochenlang nicht mehr zu Hause an. Kalerija Lwowna schimpfte nicht mit ihm, sie freute sich an seinem Glück.

Aber das Glück währte nicht lange. Nach etwa zwei Monaten kehrte Kostja mit trübem Blick nach Hause zurück. Ljuda hatte ihren Liebhaber vor die Tür gesetzt, ohne ihr Verhalten im Mindesten zu erklären:

»Geh weg! Ich hab genug von dir.«

Eine Woche lag er im Bett, den Kopf ins Kopfkissen vergraben, und lehnte die Leckereien ab, die ihm die fürsorgliche Mutter hinstellte. Zehn Tage später rief Ljuda an und teilte Kostja frech mit:

»Ich bin schwanger, und eine Abtreibung ist teuer. Du wirst was springen lassen müssen.«

Kostja bekniete sie, nicht abzutreiben. In seiner Verzweiflung versprach er sogar:

»Bitte, bring das Kind zur Welt. Dann nehme ich es. Ich kaufe es dir ab.«

Ljuda nahm den wahnwitzigen Vorschlag an. Kalerija verschlug es die Sprache, als sie eines Samstagmorgens die Schabanowa frech lächelnd auf der Türschwelle zu ihrer Wohnung vorfand.

»Wie kannst du es wagen!«

Aber Ljuda trat ruhig in die Diele und erklärte:

»Wir müssen reden. Ich kann euch das Kind gebären, wenn Kostja bezahlt, wie er versprochen hat.«

Wortlos lehnte sich Kalerija an den Türrahmen.

»Eine Abtreibung ist für mich ein Pappenstiel«, grinste Ljuda mit blitzenden schwarzen Augen, »aber für vierzigtausend Grüne gebe ich Ihnen das Baby. Ich hab keinen Bedarf an voll geschissenen Windeln – das Geld dagegen brauche ich dringend.«

Kalerija Lwowna wusste nicht, wie sie sich verhalten sollte. Die Höhe der geforderten Summe war niederschmetternd, sie entsprach ungefähr dem, was sie im Laufe ihres ganzen Lebens gespart hatte.

»Mamilein«, hörte sie hinter sich die leise Stimme ihres Sohnes, »ich flehe dich an, schlag ein, ich halte es nicht aus, wenn sie mein Kind abtreibt.«

Kalerija schaute schweigend abwechselnd ihren völlig durchgedrehten Sohn und die ruhig lächelnde Harpyie an.

»Na schön«, murmelte sie zwischen den Zähnen, »aber melde Kostjas Vaterschaft und dann verschwinde aus unserem Leben.«

»Kein Problem«, versicherte Ljuda und fragte: »Wollen wir gleich fahren?«

»Wohin?«, fragte Kalerija erstaunt zurück.

»Ins Notariat, zur Unterzeichnung der Papiere.«

Sie hatte alles von vornherein durchdacht und sogar einen Zeugen bestellt, einen dunkelhaarigen Mann mit schwarzen Augen. Von Kalerija Lwowna wurde eine Bescheinigung darüber verlangt, dass sie Ljuda vierzigtausend Dollar schuldete.

Als sie sich später den Vorgang ins Gedächtnis rief, war ihr so, als hätte sie das idiotische Papier wie im Traum gegengezeichnet. Noch nie hatte sie sich als alte Füchsin dazu bringen lassen, einen Blankoscheck zu unterschreiben.

Ljuda kündigte ihre Arbeit und lag Kalerija auf der Tasche. Sie brauchte hervorragende Ernährung, einen Aufenthalt im Sanatorium, Vitamine, Kosmetikbehandlungen, Massagen, eine Haushälterin ...

Sie ließ Kostja noch nicht einmal bis zur Türschwelle kommen. Er musste die Taschen mit den Lebensmitteln auf der Treppe stehen lassen. Einmal allerdings stand sie gerade in der

Tür, als er kam. Sie schlug sorgfältig den Morgenmantel über ihrem bereits riesigen Bauch zusammen und sagte düster:

»Deine Besuche gehen mir auf die Nerven. Das kann sich böse auf das Kind auswirken.«

Danach traute sich Kostja kaum noch, dort zu erscheinen.

Schließlich kam der glückliche Tag. In der Nacht vom zwölften auf den dreizehnten September rief Ljuda an und verkündete:

»Ich gehe jetzt in die Entbindungsstation Nummer hundertsechsundneunzig.«

Kalerija Lwowna versuchte die Mutter ihres Enkelkindes bei ihrem Gynäkologen unterzubringen, aber Ljuda lehnte ab.

Am nächsten Morgen brachte sie ein gesundes Mädchen zur Welt. Die folgenden zehn Tage blieb sie in der Klinik.

Am dreiundzwanzigsten September trafen Kalerija Lwowna und Kostja spätabends dort ein. Ljuda kam ihnen mit einem Bündel in den Armen entgegen. Als sie die Decke ein wenig beiseite schob, schlug Kalerijas Herz aufgeregt. Aus dem schneeweißen, von Kostja ausgekochten Einschlagtuch schaute ein kleines, runzeliges, gelbliches Gesichtchen hervor. Plötzlich verzog es sich seltsam, das Baby nieste, schlug die blauen, noch ausdruckslosen Augen auf und lächelte Kalerija an. Sie spürte, wie eine grenzenlose Liebe ihr Herz erfüllte. Kostja ging es anscheinend genauso, denn er sagte:

»Gib sie mir.«

»Zuerst das Geld«, antwortete Ljuda ruhig.

Die Großmutter reichte ihr das Plastikpäckchen mit den Scheinen. Ohne das Baby aus den Händen zu geben, sah Ljuda hinein. Erst als sie die dicken Hundertdollarpacken sah, bemerkte sie zufrieden:

»Ich hoffe, ihr betrügt mich nicht.«

»Wir sind hier nicht auf einem Basar«, gab Kalerija zurück. »Nimm die Scheine, und gib das Mädchen her!«

Da begann das Kind verzweifelt zu schreien.

»Sie will trinken«, erklärte Ljuda und nahm das Päckchen mit den Scheinen.

»Wo willst du hin?«, fragte Kalerija misstrauisch.

»Keine Angst, wohin sollte ich denn mit dem Kind verschwinden?«, beruhigte sie Ljuda. »Ich brauche sie doch gar nicht. Ich geb ihr nur schnell noch die Brust und ziehe sie um – euer Stinkerchen hat sich voll gekackt.«

Die ungewöhnliche Situation hatte Kalerijas Wachsamkeit geschwächt, so dass Ljuda ungehindert fortgehen konnte.

Kostja und Kalerija warteten am Eingang. Endlich erschien eine Krankenschwester mit dem Bündel.

»Hier«, sagte sie, »ich soll Ihnen das Baby geben. Es ist eingeschlafen. Lassen Sie es bitte so zugedeckt, in der Luft gibt es Mikroben, es könnte sich was einfangen.«

Kostja wagte kaum zu atmen, als er das schwerelose Bündel an sich drückte. So hielt er es, bis sie zu Hause waren. Im Schlafzimmer schlugen er und seine Mutter die Decke zurück und fuhren zusammen. Riesige leblose Augen starrten ihnen direkt ins Gesicht. Die Wangen leuchteten mit aufgemaltem Rouge, die dicken Gummilippen lächelten boshaft. In dem Einschlagtuch lag eine Puppe.

Kostja ließ sich aufs Bett fallen. Kalerija rannte zum Telefon und rief in der Klinik an, aber Ljuda war bereits weg. Da fuhr sie direkt zur Wohnung der frechen Betrügerin, aber dort fand sich nur ein Unbekannter, der gerade Tee trank. Er hatte noch nie etwas von einer Ljuda gehört und die Wohnung vor drei Tagen von einer Agentur gekauft.

Völlig außer sich kehrte Kalerija nach Hause zurück. Kostja saß neben dem leeren Kinderbettchen.

»Sie ist abgehauen«, war das Einzige, was die Mutter sagen konnte.

Der Sohn reagierte nicht.

»Morgen gehe ich zur Miliz. Sie müssen sie einfach finden«, versprach Kalerija.

Aber so weit kam es nicht. Am nächsten Morgen weckte Kalerija Lwowna um sieben Uhr die Klingel. Erstaunt über die frühe Störung öffnete sie die Tür. Auf dem Treppenabsatz stand der Hauswart zusammen mit ein paar Milizionären.

»Bitte regen Sie sich nicht auf«, sagte einer, während er seine Mütze abnahm.

»Wie bitte?«, stammelte sie fröstelnd. »Was soll ich …?«

Der Hauswart hatte Kostja gefunden. Sein Körper war bereits kalt, das Blut, das ihm aus dem Kopf gelaufen war, war schon geronnen. Kalerija betrachtete den Leichnam ihres Sohnes mit dem professionellen Blick der Ärztin. Dann fiel sie geräuschlos auf den Boden, sie hatte einen Schlaganfall erlitten …

Senja schwieg.

»Haben Sie nicht versucht, Ljuda zu finden?«

»Wozu?«, fragte der Bursche müde.

»Was ist mit dem Geld? Sie hat Sie doch betrogen!«

Senja schüttelte schweigend den Kopf:

»Als ich zur Miliz ging und versuchte, dem zuständigen Milizionär die Wahrheit darzustellen, schaute er mich an, als wäre ich verrückt. Er sagte: ›Das ist ein klarer Fall. Der Junge ist wegen einer unglücklichen Liebe aus dem Fenster gesprungen, so was gibt's häufig. Und die Mutter hat den Tod ihres Sohnes nicht verkraftet.‹«

»Haben Sie von den vierzigtausend Dollar gesprochen?«

»Natürlich.«

»Und?«

»Zuerst hat er gefragt, ob wir sie denn versteuert hätten, dann erklärte er, er könne das nicht in die Akten aufnehmen, es sei denn, wir hätten ein Papier vom Finanzamt. Ich habe mich erschrocken und bin lieber weggegangen. Sonst hätte ich noch Steuern zahlen müssen.«

Der Milizionär hatte ihn sich wirklich geschickt vom Hals geschafft.

KAPITEL 13

»Das heißt jedenfalls, es gibt das Mädchen!«, dachte ich auf dem Weg nach Loschkino. Verotschka war jetzt zwei Jahre alt. Wem hatte Ljuda sie anvertraut? Warum hatte sie sie versteckt? Keine der Freundinnen hatte auch nur die leiseste Ahnung davon, dass das Kind existierte. Wozu diese Geheimnistuerei? Hunderte und aberhunderte von Frauen gebären heute Kinder, ohne verheiratet zu sein. Sogar die alten Weiber, die in den Treppenaufgängen herumsitzen, regen sich nicht mehr darüber auf. Hatte Ljuda Angst, man würde ihr das Geld wegnehmen? Aber sie musste doch von Kostjas Tod und der Krankheit seiner Mutter gewusst haben. Sie lebte schließlich ohne Rücksicht auf Verluste. Außerdem arbeitete sie bei irgendeiner Firma, die sich FWG GmbH nannte. Ach ja, der Hauptmann wollte doch für mich herauskriegen, was für eine Organisation sich hinter dieser Abkürzung verbarg und wem die Telefonnummer gehörte, die Ljuda häufig gewählt hatte.

Auf meiner Uhr war es genau acht. Normale Menschen sitzen am Samstag um diese Uhrzeit zu Hause herum, essen Stschi und schauen Fußball. Alle, nur nicht die Mitarbeiter der Miliz, die mit »laufenden Verfahren« belastet sind. Auf meinen Anruf antwortete ein Husten und eine müde Stimme:

»Kondratjew am Telefon.«

Ich schlug schnell mein Handy zu. Womit konnte ich ihm einen Gefallen tun? Meine Intuition sagte mir, dass dieser Hauptmann keine Kopeke annehmen würde, er sah nicht aus wie einer, der sich bestechen ließ.

Vor meinem inneren Auge erschien mein bester Freund, der Major Degtarjew, wie er zufrieden lächelnd einen leeren Teller von sich wegschob und mich fragte:

»Weißt du, wovon jeder beliebige Mitarbeiter des Innenministeriums träumt?«

»Von einem großen Gehalt.«

»Nein, du Schlaukopf. Er träumt von einem selbst gekochten warmen Essen. Am schlimmsten sind die dran, die in den Bezirksrevieren sitzen, wo es noch nicht mal eine Kantine gibt. Sie bringen sich von zu Hause Butterbrote mit oder schlingen chinesische Nudeln oder eine ungenießbare Wurst mit Ketchup hinunter. Dann kriegen sie Gastritis, eine Kolik, ein Magengeschwür oder Magenkrebs. Es ist gelogen, wenn man behauptet, die Mehrzahl der Angestellten des Innenministeriums würde durch die Kugeln von Kriminellen sterben. Die Magenerkrankungen bringen sie um, das kannst du mir glauben.«

Ich fuhr langsam in unseren Hof und schaute zu den Fenstern hin. Nur im Wohnzimmer brannte Licht.

Leise ging ich in die Küche, wo alle möglichen Töpfe herumstanden. Aus einem drang der Duft von Soljanka, in einem anderen fand ich Bœuf Stroganoff, ein weiterer war mit Kartoffeln gefüllt, und unter dem letzten Deckel, den ich hob, verbarg sich etwas widerlich Gelbes, das nach fauler Zitrone roch.

Ich füllte das Essen in Konservengläser und brachte es zur Miliz. Nikolaj Wassiljewitsch trug diesmal einen anständigen Anzug und hatte sich einen hellen, geblümten Schlips umgebunden.

»Hallöchen«, brummte er, als er die geröteten Augen von irgendwelchen Fotos hob. »Womit kann ich dienen? Haben Sie wieder eine Verstorbene verwechselt? Oder was ist Ihnen diesmal eingefallen?«

Ohne auf seinen spöttischen Ton zu achten, knallte ich die Konservengläser vor ihm auf den Tisch, nahm die Deckel ab und sagte:

»Essen Sie, wohl bekomm's!«

Der Hauptmann zog den Duft genießerisch in die Nase ein, holte einen Löffel aus der Schublade und vernichtete den Inhalt im Nu.

»Schade, dass kein Brot dabei war«, sagte er, während er die auf seine Dokumente gefallenen Tropfen wegwischte.

»Das hatte ich ganz vergessen«, sagte ich ehrlich betrübt, »ich hab mich so beeilt ...«

»Sie kochen gut«, lobte mich der Milizionär. »Da wird sich Ihr Mann freuen! Meine Verflossene konnte nur Makkaroni und Eier, Eier und Makkaroni.«

»Haben Sie die Sache mit dem Telefon für mich geklärt?«

Nikolaj Wassiljewitsch zündete sich eine Zigarette an und nickte.

»Es ist die Nummer der Zentralpost in Nagorje, einem Dorf in der Moskauer Umgebung. Wissen Sie, wenn die Leute zu Hause kein Telefon haben, gehen sie zur Fernsprechstelle. Mit wem die Frau dort aber geredet hat, ist unbekannt.«

»Und die Firma?«

»Das ist ganz einfach: Fabrik für Wärmegeräte GmbH, Magistralnaja-Straße sechsundachtzig.«

Ich ging zur Tür.

»Darja Iwanowna«, rief mir Nikolaj Wassiljewitsch hinterher, »kommen Sie, wann immer Sie wollen, ich werde Ihnen helfen.«

»Abgemacht«, lächelte ich und öffnete die Tür. Der Weg zum Herzen eines Mannes führte also wirklich durch den Magen, wir schienen tatsächlich Freunde geworden zu sein.

Im Wohnzimmer saßen schweigend alle zusammen vor dem Fernseher. Auch Irka und Katja waren mit dabei. Merkwürdig, denn normalerweise wollten sie nicht bei uns sitzen. In der Küche stand ein großer Fernseher, den sie viel lieber benutzten, um ihre Serien zu schauen. Auf dem Bildschirm verkündete eine erstaunlich schöne und bezaubernde junge Frau mit engelsgleicher Stimme:

»Das Match endete mit dem unglaublichen Ergebnis von hundertacht zu null. An der Stelle der Basketballer aus Kamsk würde ich es mit Schach versuchen. Das käme ihren motorischen Fähigkeiten eher entgegen ...«

»Hast du dir den Text selber ausgedacht?«, fragte Kescha interessiert.

»Nein.« Olga schüttelte ihren Kopf. »Ich lese, was sie mir vorlegen.«

»Wollt ihr etwa sagen, das da ist Häschen?«, fragte ich verdattert.

»Ja, stell dir vor«, bestätigte Olga.

»Wie, Mutter?«, fragte Kescha erstaunt. »Hast du sie etwa nicht erkannt?«

Schweigend schaute ich mir die lächelnde Moderatorin an. Diese Schönheit mit den riesigen Augen, der feinen Nase, dem ideal geschwungenen Mund und den wunderbar dichten, dunkelblonden Locken sollte meine Schwiegertochter sein? Ich beugte mich über den dünnen flachsblonden Pferdeschwanz, den Olga mit einem schwarzen Band zusammenhielt, und fragte:

»War das eine Perücke?«

»Ganz und gar nicht«, erwiderte Olga, »sie haben mich frisiert und die Haare mit Lack besprüht. Sieht toll aus, nicht?«

Ich nickte sprachlos. Offenkundig tobten in Irka ähnliche Gefühle, denn sie sagte beeindruckt:

»Wie ist das möglich, sich so zu verwandeln? Eine überirdische Schönheit, man kann die Augen gar nicht von ihr losreißen. Passen Sie auf, Kescha, man wird Ihnen Ihre Frau noch direkt vor Ihren Augen wegschnappen.«

Kescha strich sich über den Schädel.

»Läuft die Sendung jetzt zu einer neuen Zeit?«, fragte ich wieder unpassend. »Es ist schon drei viertel neun.«

»Mutter, schalt deine Gehirnzellen ein!«, sagte Kescha streng. »Wir haben sie auf Video aufgenommen!«

»Nanu, was ist denn hier los?«, war plötzlich Alissas fröhliche Stimme zu hören.

Mit klirrenden Armringen und Halsketten kam die Ballerina blitzschnell ins Zimmer geflogen. »Wieso hat es sich hier das Personal mit den Hausherren vor dem Fernseher bequem gemacht?«

Der widerliche Fredi, der an Alissas schon leicht verblühtem Hals hing, kreischte böse auf. Irka und Katja waren wie der Blitz verschwunden. Fredi lief zu dem friedlich schlafenden Bandy und begann von einem krummen behaarten Bein auf das andere zu hüpfen.

»Guter Affe«, säuselte Alissa, »spiel mit dem Hündchen. Was macht ihr denn hier gerade?«

Als sie von der Videokassette hörte, mussten wir sie gleich noch einmal abspielen.

»Du machst einen Buckel, deine Schultern hängen nach vorn«, lautete Alissas Reaktion. »So geht das nicht, deine Haltung ist schlecht. Ich gebe dir einen Tipp.«

Sie machte eine geschmeidige Bewegung mit ihren knochigen Schlüsselbeinen. Häschen versuchte es ihr nachzutun, sagte aber nach einer Sekunde:

»Das tut mir im Kreuz weh.«

»Weil du dich an die krumme Haltung gewöhnt hast«, erklärte Alissa, »eine schreckliche Angewohnheit. Für Frauen sind nicht etwa die Beine oder der Hintern oder die Brust das Wichtigste, nein, es ist der Rücken.«

Als die pummelige Manja versuchte, eine aufrechte Sitzposition einzunehmen, erklärte sie:

»Mir dreht sich der Kopf.«

»Dafür haben die Lungen jetzt Platz«, erklärte Alissa. »Sonst sind sie immer zusammengedrückt und können gar nicht richtig arbeiten. Weißt du, wie man eine gute Haltung lernen kann?«

»Wie denn?«, fragte Manja lebhaft.

»So«, antwortete die Ballerina und schlug Kescha mit voller Wucht auf das Rückgrat.

»Autsch!«, schrie mein Sohn auf. »Das tut weh!«

»Gut so!«, freute sich Alissa. »Das hilft ungemein. In den

Ballettschulen hauen sie einem mit einem Eisenlineal auf den Rücken. Danach läufst du dein ganzes Leben so, als hättest du das Lineal verschluckt.«

Kescha rieb sich mit schmerzverzogenem Gesicht die Schulterblätter. Fredi kreischte zufrieden, das Verhalten seines Frauchens war offenbar nach seinem Geschmack. Plötzlich ergriff der abscheuliche Affe den Bambusstab, mit dem Irka immer die Vorhänge aufzieht, und schlug damit der nichts ahnenden Olga, so fest er konnte, auf den Rücken.

»Au!«, heulte Häschen auf. »Was soll das?! Alissa, bring deinen Scheißaffen hier weg!«

Ich seufzte. Die ehemalige Madame Poljanskij hatte einen schlechten Einfluss auf meine Familie. Noch nie hatte ich so etwas aus Häschens Mund gehört. Aber Alissa war nicht leicht aus der Fassung zu bringen.

»Wäre ja noch schöner«, schnaubte sie, während sie Fredi den Stab wegnahm, »was sind wir doch empfindlich und zierlich-manierlich, du Arsch auf dünnen Beinchen! Es geschieht dir ganz recht, die Schultern hängen dir bis vors Kinn, und den Hals sieht man überhaupt nicht. Bedank dich lieber bei Fredi, du Fernsehstar!«

Der Affe bohrte konzentriert in der Nase, und was er zu Tage förderte, betrachtete er interessiert, um es anschließend genüsslich zu verspeisen. Olga und Kescha, der sich leicht ekelte, rannten genervt zur Tür hinaus. Sogar Manja, die Tiere grenzenlos liebt, wurde blass. Ich verspürte einen leichten Brechreiz. Aber Alissa blieb vollkommen ungerührt.

»Kriegen wir in diesem Haus jetzt endlich ein Abendbrot? Oder müssen wir hungrig schlafen gehen?«, schrie sie los. »Irka, Katja, was ist los, ihr fettärschigen Schnepfen?«

»Kannst du bitte die Schimpfwörter weglassen?«, bat ich matt, als ich sah, wie Manja fröhlich kicherte.

»Was denn für Schimpfwörter?«, fragte Alissa erstaunt. »Da haben wir es wieder! Du schreibst einer armen Obdachlosen vor, was sie zu tun hat. Bloß weil ich völlig mittellos bin, muss ich mir alles gefallen lassen.«

Ich betrachtete ihren weihnachtsbaumartigen Schmuck und erinnerte mich an eine Episode aus der Vergangenheit.

Vor vielen Jahren war ein ungefähr siebzigjähriger Mann an meine Fakultät gekommen, der unbedingt eine Doktorarbeit mit dem Titel *Die Industriestadt in Lessings Dichtung* verfassen wollte. Unsere Leiterin, eine äußerst schöne und kluge Dame, stutzte ein wenig, als er ihr von seinem Vorhaben erzählte.

»Verzeihen Sie, mein Lieber«, sagte sie vorsichtig, »Lessing wurde 1729 geboren. Damals gab es in Deutschland noch keine großen Industrieunternehmen. In seinen Werken geht es meist um Liebe, Pflicht und Treue, Toleranz ...«

»Aber dieses Thema hat bislang noch nie jemand bearbeitet«, entgegnete der Anwärter auf die Doktorwürde beharrlich.

Nadjeschda Michailowna wiederholte geduldig: »Natürlich nicht, es ist ja auch ganz unmöglich, darüber zu schreiben. Oder können Sie sich vielleicht ein Forschungsthema wie ›das Leben der Pinguine in Moskau‹ vorstellen?«

»Das wäre durchaus originell«, gab der alte Mann keine Ruhe.

Das Gespräch dauerte zwei Stunden. Schließlich erklärte der verrückte Besucher mit leiser Stimme:

»Sie müssen mir einfach helfen.«

»Warum?«, fragte Nadjeschda Michailowna erstaunt.

»Ich bin ein Waisenkind«, erklärte der Mann. »Meine Mutter und mein Vater und meine Großeltern sind tot.«

Darauf antwortete die Fakultätsleiterin nur trocken:

»Meine auch.«

Als ich am nächsten Morgen beim Frühstück saß und überlegte, wohin ich als Erstes fahren sollte, trat Filja gutmütig lächelnd ins Zimmer.

»Was gibt es heute?«, fragte der Magier sprühend vor Lebensfreude und ließ seinen Blick über den Tisch schweifen.

»Pfannkuchen? Wunderbar. Es ist gut, den Tag mit einem reichhaltigen Essen zu beginnen.«

Ich schaute zu, wie er sich die knusprig gebratenen Teigstücke mit fetter saurer Sahne beschmierte, probierte und noch einen Löffel Marmelade dazutat. Er hatte offenkundig keine Probleme mit der Leber, auch der Cholesteringehalt des Blutes schien ihm keine Sorgen zu machen.

Filja sah mich an und sagte:

»Meine Leber ist wie die eines Babys. Wenn Sie wollen, bringe ich Ihnen bei, wie Sie sich entschlacken können.«

Ich war verwirrt. Standen mir meine Gedanken etwa auf der Stirn geschrieben? Meine Betroffenheit bereitete ihm sichtliches Vergnügen, und er erklärte:

»Ich habe für alle eine Jamba zubereitet.«

»Was für ein Ding?«, fragte Kescha nach. »Eine Jambe?«

»Eine Jamba«, wiederholte der Magier geduldig, »das ist eine spezielle Speise. Man muss sie mit Genuss essen und dabei an das denken, was man sich am meisten wünscht.«

»Und das erfüllt sich dann?«, fragte Manja interessiert.

»Ganz sicher«, versprach Alissas Liebhaber.

»Ich möchte gern die Windpocken kriegen«, überlegte das Mädchen treuherzig.

»Wozu das?«, fragte ich verblüfft.

»Dann verpasse ich alle Klassenarbeiten in diesem Vierteljahr«, erklärte Manja fröhlich, »das ist im Moment mein größter Wunsch.«

»Red keinen Stuss«, wies sie ihr Bruder zurecht.

»Wollt ihr die Jamba nun essen?«, fragte Filja.

»Natürlich«, rief Manja. »Bringen Sie sie schnell her.«

Misstrauisch starrte ich auf die gelbliche Brühe, die widerlich faulig stank. Gestern Abend hatte ich das Gebräu bereits in der Küche gesehen. Manja roch argwöhnisch an dem Inhalt des ihr hingehaltenen Löffels, dann schluckte sie ihn schnell hinunter. Häschen starrte sie mit weit aufgerissenen Augen an. Manja spülte die wundertätige Jamba mit Mineralwasser hinunter und gab bekannt:

»Abgesehen von ihrem Gestank ist sie essbar. Ich hoffe nur, sie hilft.«

»Dann geben Sie mir auch davon«, sagte Olga seufzend, aber entschieden.

Kescha und ich lehnten ab.

»Ihr werdet es noch bereuen«, versprach Filja.

Schwermütig verzehrte ich mein Omelett. Da hatte ich für ein paar Tage die obdachlose Alissa aufgenommen und gleich noch einen Magier und einen Affen dazubekommen. Hoffentlich war dieses Zeug nicht aus Bohnerwachs oder Möbelpolitur gekocht. Ich musste Irka fragen, ob nicht zufällig noch ein weiteres Reinigungsmittel verschwunden war.

Lilja, Schora Rostschins Witwe, wirkte auf den ersten Blick wie eine alte Frau. Als sie auf der Schwelle stand, hätte ich fast gefragt: »Sind Sie Schoras Mutter?«, besann mich aber noch rechtzeitig:

»Lilja?«

Die Witwe trat zurück in die Diele und fragte mit ausdrucksloser Stimme: »Ja. Und wer sind Sie?«

»Dascha.«

»Verzeihen Sie, aber ich kann mich nicht erinnern ...«

»Wir kennen uns nicht«, sagte ich. »Ich möchte Sie um Ihre Hilfe bitten.«

»Womit könnte ich Ihnen behilflich sein?«, fragte Lilja gleichgültig.

»Ljudmila Schabanowa ...«

Liljas bleiches Gesicht wurde noch bleicher, auf ihren schmalen Wangen erschienen rote Flecken.

»Wenn Sie diese ... hergeschickt hat ...«

»Nein, nein«, winkte ich erschrocken ab. »Sie hat mir viel Leid zugefügt. Ich brauche Ihren Rat.«

»Kommen Sie herein.«

In dem großen, mit Möbeln voll gestellten Wohnzimmer setzte sich Lilja ordentlich auf das Sofa, legte die Hände auf die Knie und sagte kalt:

»Sprechen Sie.«

Ihr Gesicht zeigte keinerlei Emotionen. Es ist schwierig, mit jemandem zu reden, der eine steinerne Maske trägt. Während ich mir eine erfundene Geschichte aus den Fingern saugte, lief mir der Schweiß über den Rücken.

»Mein Mann will mich verlassen. Wir leben zwar schon zwanzig Jahre zusammen, aber Alter schützt bekanntlich vor Torheit nicht. Der Teufel hat meinen Mann erwischt – unter der Gürtellinie. Er hat sich in diese Ljudmila Schabanowa verliebt und will unbedingt zu ihr gehen. Dabei weiß ich von netten Menschen, dass die gute Frau mindestens alle zwei Monate die Männer wechselt. Wie kann ich jetzt dem gutgläubigen Kerl die Augen öffnen? Bitte entschuldigen Sie, wenn ich mich an Sie wende, aber wir sind doch irgendwie Leidensgenossinnen …«

Lilja wiegte den Kopf hin und her.

»Ob man es dem Mann sagt oder nicht – wenn es ihn da unten juckt, ist alles verloren. Ich hab meinem auch gesagt, dass sie eine Hure ist. Aber er lachte nur. Und jetzt haben wir die Tragödie.«

Sie begann leise zu weinen. Ich war peinlich berührt. Da war ich gekommen und trampelte mit meinen schmutzigen Stiefeln auf der Seele dieser unglücklichen Frau herum. Aber ich musste das Kind finden! In der Zwischenzeit hatte sich Lilja beruhigt und fragte:

»Wo hat Ihrer denn diese Schlampe kennen gelernt?«

»Er hat sich von ihr die Zähne richten lassen.«

»Meinen hat's beim U-Bahn-Fahren erwischt.«

»Ach so? Man sagte mir, Rostschin war auch Patient von der Schabanowa.«

»Sie waren im selben U-Bahn-Wagen und stiegen zusammen an der Nowoslobodskaja aus. Sie trug eine schwere Einkaufstasche, von der plötzlich der Henkel abriss.«

Ljuda sammelte ihre auseinander gepurzelten Einkäufe ein. Der galante Rostschin beschloss, der schönen Frau zu helfen.

Ein Wort gab das andere, schließlich trug ihr Schora die Tasche nach Hause. Natürlich lud sie ihn in die Wohnung ein. Es endete damit, dass der treue Ehemann erst am nächsten Morgen um sieben mit fiebrig glänzenden Augen nach Hause kam und schon auf der Schwelle verkündete:

»Ich gehe weg.«

Seine Frau war noch schlaftrunken und verstand gar nicht, was los war.

Lilja und Schora lebten seit vielen Jahren zusammen. Sie hatten ganz jung geheiratet – Lilja war noch nicht mal achtzehn und musste die Erlaubnis ihrer Eltern einholen. Es war viel passiert in diesen Jahren, ein paar Mal fuhr er ohne sie nach Sotschi in den Urlaub … Die beiden hatten keine Kinder, es gab keinen Grund zu sparen, also gaben sie alles aus. Vor allem aber gab es nichts, was auf eine Trennung hingedeutet hätte. Sie hatten gemeinsame Pläne: Lilja ist Jüdin, und sie wollten nach Israel emigrieren, zu einem Onkel von ihr. Sie hatten schon die Pässe zur Botschaft gebracht …

»Hattest du wieder Scherereien mit deiner Arbeit?«, fragte sie gähnend.

Schora arbeitete als Buchhalter in einer großen Firma. Es gab öfters Sondereinsätze in seinem Dienst, und er saß dann bis morgens am Computer.

»Du könntest deinen Chef mal auf eine Gehaltserhöhung hinweisen.«

Aber ihr Mann öffnete schweigend den Schrank, zog einen Koffer heraus und begann, seine Socken, Hosen und Hemden hineinzuwerfen. Da erst schwante Lilja, dass irgendetwas nicht mit rechten Dingen zuging, während ihr Mann wiederholte:

»Ich gehe weg – zu einer anderen.«

Aber an diesem Tag sollte ihm das noch nicht gelingen. Seine Frau stellte sich ihm in den Weg und verlangte eine Erklärung.

Die ganze Nacht diskutierten sie miteinander. Rostschin sagte seiner Frau jetzt alles, was ihm an ihr nie gepasst hatte.

Der eben noch zärtliche und ergebene Ehemann schüttete einen ganzen Sack voll Gemeinheiten über ihr aus.

»Du bist eine furchtbare Hausfrau!«, schrie Schora. »Nicht ein Mal in unseren ganzen Ehejahren habe ich ordentliche Bratkartoffeln bekommen!«

Tatsächlich hatte sie, seit sie einmal in einer Zeitschrift gelesen hatte, dass knusprige Krusten Krebs erzeugten, alles Essen für ihren Mann nur gedünstet. Aber er hatte ihr nie gesagt, dass es ihm nicht schmeckte.

»Und die Hemden!«, sagte er mit geballten Fäusten. »Eine Katastrophe! Nie bügelst du anständig. In den Ecken türmt sich der Staub, die Vorhänge hast du seit Jahren nicht gewaschen!«

»Es ist schwer, sie abzunehmen«, wehrte sich Lilja, »und dich kann ich gar nicht fragen, immer bist du beschäftigt. Der Wasserhahn im Bad tropft, der Spülkasten im Klo ist undicht, und die Tür ins große Zimmer geht nicht mehr zu.«

»Die Tür geht nicht zu!«, schimpfte ihr Mann wütend. »Wie machen es denn andere Frauen, die allein leben?! Schau dir Ljuda an: Sie lebt ganz allein, und bei ihr zu Hause herrscht die perfekte Ordnung, da tropft nichts, da ist nichts undicht, und alles geht zu. Und was sie mir gestern Abend gekocht hat, ist nicht zu vergleichen mit deinem pampigen Fraß!«

»Ljuda heißt sie also«, stellte Lilja fest, »aha!«

»Aber das alles ist nebensächlich«, winkte ihr Mann ab und schwieg.

»Und was ist die Hauptsache?«, fragte sie nach und lachte: »Das Bett natürlich, du geiler Bock, du ...!«

»Du, meine Teure«, wütete der Buchhalter, »du bist ein verfaultes Stück Holz! Wie oft haben wir denn schon Sex? Wenn's hoch kommt, schlafen wir einmal im Monat miteinander. Ich bin aber noch nicht so alt. Glaubst du, das ist genug für einen jungen Mann?«

Lilja verstummte. Ihr Mann hatte schon früher auf häufigeren intimen Kontakt gedrängt. Aber sie hatte von Geburt an einen trägen Charakter. In jungen Jahren war sie noch rühriger gewesen, aber dann fielen ihr immer irgendwelche Ausreden ein: Mal hatte sie Kopfschmerzen, mal kam die Periode nicht rechtzeitig, mal war sie einfach zu müde …

Jetzt schnaubte ihr Mann böse:

»Wovon warst du müde? Du hast keine Kinder, arbeitest mehr schlecht als recht, sitzt drei Monate auf der Datscha herum … Andere Frauen haben nicht halb so viel Glück, sie sind bis sieben im Dienst, rennen heim, um die Hausaufgaben der Kinder zu beaufsichtigen, dann an den Herd, und nachts sind sie für ihren Mann da. Nicht alle masturbieren so wie ich, weißt du, die holen sich ihr Recht mit Gewalt!«

»Dann hau doch ab!«, schrie Lilja und warf die Reisetasche, die ihr Mann gepackt hatte, auf den Treppenabsatz hinaus. »Lauf zu deiner Sexbombe!«

»Du bist ein Dummkopf und wirst es immer bleiben!«, brüllte Schora und schlug die Tür hinter sich zu.

Lilja zertrümmerte in ihrer Wut alle Tassen und rief ihre beste Freundin an.

»Reg dich nicht auf«, beruhigte sie die, »jetzt tut er so, als wäre er ein Supermann. Überleg doch mal, mehr als einmal in der Woche kann er wahrscheinlich selber gar nicht. Er kommt bald wieder, entweder weil er selbst die Schnauze voll hat oder weil sie ihn rausschmeißt, die verdammte Nutte.«

Und so war es. Einen Monat später klingelte Schora niedergeschlagen und verwirrt an der Tür. Lilja freute sich insgeheim, fragte aber nur kalt:

»Hast du was vergessen?«

Ihr Mann setzte sich in der Diele auf einen Stuhl und begann bitterlich zu weinen. Sofort vergaß sie alle Kränkungen, das Leben ging weiter wie vor der Trennung. Schora erzählte nichts, aber aus Bruchstücken von Sätzen entnahm Lilja, dass die Liebhaberin ihn zum Teufel geschickt hatte. Er lebte jetzt wie ein Roboter, aß, trank, schlief, ging zur Arbeit, alles mechanisch und mit versteinertem Gesicht. Schließlich hielt Lilja es nicht mehr aus, und sie beschloss, mit Ljuda zu sprechen. Sie ließ sich also einen Termin bei ihr geben.

Während sie sich in den Zahnarztstuhl setzte, betrachtete Lilja ihre Rivalin und seufzte unwillkürlich. Die verdammte Unruhestifterin besaß alle Eigenschaften, die ihr selbst fehlten: Schönheit, Selbstsicherheit und eine überbordende Sinnlichkeit. Es wurde ein peinliches Gespräch. Mit einem frechen Grinsen auf dem Gesicht hörte Ljuda Lilja an und sagte:

»Ich verstehe gar nicht, was Sie von mir wollen.«

»Ich weiß es selber nicht«, antwortete Lilja offen. »Schora tut mir Leid, er leidet so sehr. Da es nun schon so weit gekommen ist, nehmen Sie ihn doch ganz, ich willige in die Scheidung ein. Lassen Sie mir nur die Wohnung, Sie haben ja selbst eine. Das Auto und die Datscha gebe ich her, ich brauche sie nicht.«

»Beruhigen Sie sich«, unterbrach sie Ljuda, während sie ihre furchtbaren Instrumente bereitlegte, »seine Sehnsucht wird bald geheilt sein. Ich hab genug von ihm, außerdem komme ich ohne das Auto und die Datscha aus. Jedenfalls wäre das für mich kein Grund, mich noch einmal mit einem einzulassen, der mir zuwider ist.«

In diesem Moment trat ein junger Mann mit einem Blumenstrauß herein.

»Bist du noch nicht fertig?«

»Gleich, Kostja«, antwortete Ljuda.

Der Knabe ging demütig wieder hinaus.

»Haben Sie sich schon einen anderen angelacht?!«, platzte Lilja wütend heraus und setzte hinzu: »Nymphomanin!«

Ljuda drückte mit dem Fuß auf ein Pedal, so dass der Behandlungsstuhl sich umgehend flach stellte. Sie wedelte mit einem durchdringend kreischenden Gerät mit einer sich drehenden Schleifscheibe direkt vor Liljas versteinertem Gesicht und sagte leise:

»Keiner hat das Recht, mich so zu beleidigen. Passen Sie auf, dass ich Ihnen nicht die Nase abschneide!«

Lilja kniff panisch die Augen zusammen. Der Stuhl stellte sich wieder aufrecht. Ljuda zündete sich eine Zigarette an und verkündete:

»Hauen Sie ab, solange Sie noch leben. Ich hab Ihren Mann in der Hand und tu mit ihm, was ich will, verstanden?«

Auf weichen Knien wankte Lilja auf die Straße. Sie hätte nie gedacht, dass es so böse Menschen geben könnte. Ihrem Mann erzählte sie natürlich nichts davon.

Einen Monat später tat sich Ljuda plötzlich wieder mit ihm zusammen, dann ließ sie ihn wieder fallen. So ging es hin und her, sie spielte mit ihm Katz und Maus. Lilja schwieg, sie seufzte nur, wenn sie sein blasses Gesicht sah. In dieser Zeit begriff sie, wie sehr sie ihn liebte, er war wie ein großes Kind für sie, das einfach den Kopf verloren hatte. Sie versuchte ihn, so gut es ging, zu beruhigen. Schora hatte inzwischen Herzschmerzen, während Lilja furchtbare Migräneanfälle bekam.

Einmal lag sie gerade im Bett und versuchte, mit dem unerträglichen Schmerz klarzukommen, der ihr in der linken Schläfe pochte. Plötzlich hörte sie aus dem Flur die Stimme ihres Mannes:

»Lilja, komm mal her.«

Stöhnend wühlte sie sich aus den Decken und ging in den Flur. Ihre Schmerzen verflüchtigten sich im Nu. An der Garderobe stand Ljuda mit einem abscheulichen Lächeln auf den Lippen. Sie war schwanger und bereit, ihm das Kind zu gebären, wenn er ihr dreißigtausend Dollar zahlen würde.

Die überrumpelte Lilja sagte, ohne weiter nachzudenken:

»So viel Geld haben wir nicht.«

»Das ist richtig«, fand sich Schora schnell wieder zurecht, »aber wir werden diese Summe auftreiben.«

In der Nacht kam er zu seiner Frau – sie schliefen jetzt immer in verschiedenen Zimmern –, setzte sich zu ihr ans Bett und nahm sie bei der Hand. Einen Moment lang war er so zärtlich und liebevoll, wie er vor der Begegnung mit dieser Hexe gewesen war.

»Liljalein«, seufzte er.

Seine Frau weinte los. Sanft strich er ihr über den Kopf.

»Es wird schon werden. Du kannst ja nun mal kein Kind bekommen ...«

Lilja nickte schweigend.

»Lass uns doch dieses Kind nehmen. Es ist immerhin nicht aus dem Kinderheim, sondern meins. Ich verstehe, dass es für dich nicht leicht ist, aber bitte, Liebste, sag ja. Ich werde dir bis an mein Lebensende dankbar sein. Wir werden zusammenleben und uns an dem Kind freuen.«

Lilja schwieg, die verschiedensten Gefühle tobten in ihrem Herzen. Ihr Mann sank vor ihr auf die Knie.

»Lass das!«, schreckte sie hoch. »Machen wir es so, wie du denkst. Aber wo sollen wir das Geld hernehmen?«

»Wir verkaufen die Datscha.«

Aber auch als sie zusätzlich noch den Wagen und ihren Schmuck veräußerten, kamen sie nur auf siebenundzwanzigtausend Dollar.

»Na schön«, schimpfte Ljuda unzufrieden, »meinetwegen. Aber ich kündige meine Arbeit. Wenn ihr ein gesundes Kind haben wollt, müsst ihr mir ordentliche Verpflegung besorgen.«

Über lange Monate schleppte Schora pünktlich volle Einkaufstaschen vor ihre Tür. In die Wohnung ließ ihn Ljuda nicht.

»Sie hatte eine seltsame Angst, man könnte sie in schwangerem Zustand sehen«, sagte Lilja verständnislos. »Eine wahre Phobie. Niemandem hat sie was davon gesagt und auch uns verboten, darüber zu sprechen. Sie ging nur im äußersten Notfall auf die Straße, es war wirklich merkwürdig!«

Am vierzehnten September rief Ljuda an. Lilja ging ans Telefon und fragte die Exliebhaberin ihres Ehemannes friedlich:

»Na, wie geht's?«

»Am Dreizehnten habe ich ein kleines Mädchen zur Welt gebracht, es ist gesund«, antwortete Ljuda ruhig. »Kommt nicht ins Krankenhaus, aber haltet das Geld bereit, ich sage euch dann, wo und wann wir die Übergabe vornehmen.«

Schora rannte durch die Stadt und kaufte ein Kinderbett, einen Kinderwagen und Windeln. Lilja versuchte Freude vorzutäuschen, war aber aufgewühlt. Solange das Kind nur in ihrer Fantasie existiert hatte, hatte sie es sich gewünscht. Jetzt, wo es da war, tat ihr das Herz weh. Es war schließlich nicht nur Schoras Kind, sondern auch das der verhassten Ljuda.

Am Zweiundzwanzigsten klingelte erneut das Telefon.

»Ich erwarte euch morgen genau um drei Uhr in der Eingangshalle des Hotels auf der Minsker Chaussee. Solltet ihr zu spät kommen, werde ich nicht auf euch warten«, verkündete das Scheusal und legte auf.

Vor lauter Angst erschien das Ehepaar viel früher als vereinbart und setzte sich in der Halle hin. In dem großen Saal war außer einem angenehmen jungen Mann an der Rezeption kein Mensch. Die Uhr hatte kaum drei geschlagen, als Ljuda aus dem ersten Stock heruntergelaufen kam. Wenn man ihre gesunden roten Wangen und die glänzenden Locken sah, die direkt aus einer Shampooreklame zu kommen schienen, konnte man sich nicht vorstellen, dass sie gerade erst ein Kind bekommen haben sollte. Sie wirkte eher so, als käme sie geradewegs aus einem Kurort zurück …

In den Armen hielt sie ein Bündel.

»Zeig mal«, bat Schora.

Ljuda klappte eine Ecke der Decke zurück. Aus dem kleinen Gesichtchen ragte eine kleine Stupsnase hervor.

»Sie ähnelt mir«, murmelte Schora, »stimmt's, Lilja?«

Seine Frau nickte, der Anblick des Kindes rief einen Sturm von Emotionen in ihr hervor. Am liebsten hätte sie das Bündel genommen und auf den Boden geschmissen. Ihr Mann war derweil ganz gerührt.

»Jetzt reicht's.«

Ljuda packte das Gesichtchen des friedlich schlafenden Kindes wieder gut ein.

»Wo sind die Scheine?«

Schora griff nach dem Geld, aber da mischte sich Lilja ein.

»So nicht. Gib uns zuerst das Kind.«

»Du hältst dich wohl für ganz besonders schlau«, sagte Ljuda mit blitzenden Augen. »Her mit den Dollars!«

»Zuerst das Mädchen«, blieb Lilja standhaft.

»Schora«, warnte Ljuda, »bring die dumme Kuh zur Vernunft, sonst kriegst du das Kind nicht.«

»Versuch nicht, uns Angst einzujagen«, schnitt Lilja ihr das Wort ab.

»Jetzt gebt schon Frieden«, murmelte Schora verloren.

Der Streit geriet in eine Sackgasse, als Lilja eine großartige Idee kam.

»Junger Mann!«, schrie sie.

Der Portier riss sich von seinem Kreuzworträtsel los.

»Zu Ihren Diensten.«

»Helfen Sie uns! Halten Sie das Kind!«

»Aber selbstverständlich«, sagte der Bursche eifrig, »aber zuerst mache ich das Fenster auf. Es ist so stickig hier.«

Er machte ein Fenster auf und nahm das Kind. Lilja übergab das Geld, als plötzlich draußen eine ohrenbetäubende Explosion und das Heulen einer Autosirene zu hören waren. Das Baby fing an zu schreien.

»Um Gottes willen!«, schrie der Portier und rannte mit dem Bündel in den Hof. »Eine Katastrophe!«

Lilja und Schora rannten ihm hinterher. Auf der Straße lag wild zuckend und in alle Richtungen kreisend ein riesiger Knallfrosch.

»Diese verdammten Jungens!«, regte sich der Portier auf. »Haben die mir einen Schreck eingejagt. Ich dachte schon, sie hätten ein Auto in die Luft gejagt.«

»Wo ist das Kind?«, fragte Schora plötzlich.

»Das hab ich auf das Sofa am Eingang gelegt«, beruhigte ihn der Portier, »keine Sorge.«

Schora nahm das Bündel. Irgendetwas kam Lilja komisch vor, aber sie wusste nicht genau, was. Ljuda war verschwunden, während sie nach draußen gerannt waren.

Sie bekamen sofort ein Taxi. Zu Hause öffnete der Vater mit zitternden Händen das Bündel und schrie auf. In den schönen Spitzenwindeln lag eine Puppe, eine von denen, die lebendigen Babys erschreckend ähnlich sehen mit ihrem glatzköpfigen

Gummilächeln. Erst jetzt begriff Ljuda, was ihr so seltsam vorgekommen war. Das auf dem Sofa liegende Kind war so still gewesen und hatte auch auf dem Weg keinen einzigen Ton von sich gegeben. Ljuda hatte einfach die Bündel ausgetauscht.

War es ein Wunder, dass sie Ljuda nicht fanden? Die Wohnung war verkauft, außerdem schien es ohnehin kein Baby zu geben. Zuerst wandte sich Schora an die Miliz und forderte, dass man ein Ermittlungsverfahren wegen Entführung eines Babys eröffnete. Aber sein Eifer wurde im Keim erstickt. Wenn die leibliche Mutter das Kind selbst mitgenommen hatte, war das kein Verbrechen. Außerdem war seine Vaterschaft nicht erwiesen, es gab keine Papiere darüber.

»Gab es überhaupt ein Kind?«, fragte der Milizionär. »Wer hat es gesehen?«

»Fragen Sie in der Entbindungsstation Nummer hundertsechsundneunzig nach«, forderte der verhinderte Vater.

Aus unerfindlichen Gründen gab der Milizionär nach. Aber jetzt erwartete Schora ein vernichtender Schlag. In der Klinik hatte es nie eine Ljudmila Schabanowa gegeben, die ein Kind zur Welt gebracht hatte!

»Haben Sie sich schon mal an die Psychiatrie gewandt?«, fragte der Ordnungshüter erbost. »Sie kommen hierher, veranstalten einen Riesenwirbel von wegen Kindesentführung ... Und dabei hat es nie eins gegeben!«

»Das Mädchen existiert!«, schrie Schora völlig außer sich.

Der Milizionär griff nach dem Telefon.

»Es existiert!«, schrie Schora weiter und versuchte, dem Milizionär den Hörer zu entreißen. »Mein Töchterchen, mein leibliches Kind, ich habe dreißigtausend Dollar dafür bezahlt!«

Aus irgendwelchen Winkeln sprangen weitere Mitarbeiter herbei, ein Arzt erschien mit einer Spritze ... Lilja konnte ihren Mann mit Müh und Not aus den Klauen der Milizionäre befreien, die ihn in die Psychiatrie einweisen wollten.

Schora verstummte und sagte bis zum Abend keinen Ton mehr, bis er seine Frau anfuhr:

»Du bist schuld! Du wolltest das Geld nicht gleich hergeben. Du warst so geizig, jetzt hat sie mein Töchterchen mitgenommen!«

Lilja hörte sich die bitteren Vorwürfe schweigend an. Schora ähnelte einem bösen, kranken Hund, er fletschte unentwegt die Zähne und behauptete:

»Du, du bist schuld, das ist alles nur wegen dir passiert!«

Lilja verstand, dass ihr Mann jetzt jemanden brauchte, auf den er alle Schuld schieben konnte, aber das auszuhalten fiel ihr sehr schwer. Tief in ihrem Herzen hoffte sie, er würde ihr Verhalten zu schätzen wissen, er würde verstehen, was sie für ihn getan hatte, er würde zu sich kommen und sich entschuldigen. Aber nein! Schora war völlig außer Rand und Band.

»Womöglich freust du dich noch!«, warf er seiner Frau einmal vor. »Du wolltest ja kein Kind aufziehen!«

Sie konnte es nicht leugnen. Tatsächlich frohlockte sie innerlich. Als sie das Kind leibhaftig gesehen hatte, war ihr klar geworden, dass sie es nie würde lieben können.

Eine Woche später fand Lilja, als sie von der Arbeit nach Hause kam, Schora in furchtbarer Aufregung vor. Er rannte durch die Wohnung und wiederholte immer wieder:

»Sie ist gekommen, sie ist gekommen ...«

»Wer?«, fragte Lilja verständnislos.

Aus seinen wirren Erklärungen ging hervor, dass Ljuda da gewesen sei und versprochen haben musste, das Kind herzugeben.

»Sie bringt es um acht, hat mir aber gesagt, ich soll allein kommen, ohne dich.«

Lilja redete dagegen an, aber er fletschte die Zähne:

»Misch dich nicht ein!«

Sie musste zu Hause bleiben. Kurz bevor Schora ging, rannte er in die Küche.

»Gib mir die Streichhölzer.«

»Wozu?«, fragte sie. »Du rauchst doch nicht ...«

»Gib her und frag nicht!«, fuhr sie ihr Mann mit irrem Blick an.

Schweigend reichte ihm Lilja die Schachtel. Dabei dachte sie: »Vielleicht wäre es besser, wenn wir uns scheiden ließen.« Schora zündete hastig eine Kerze an und lief damit durch die Zimmer. In den Ecken blieb er stehen und hob die Kerze hoch. Die gleichmäßige Flamme knisterte und zog einen schwarzen, rußenden Faden.

»Es stimmt«, bemerkte er befriedigt, »vollkommen richtig, schau, wie viel negative Energie hier ist. Du bist eine Hexe, es ist deine Schuld, dass alles so schief gelaufen ist.«

Lilja spürte, wie sich ihre Entscheidung, sich von ihm zu trennen, festigte. Sie spuckte aus und zog sich in ihr Schlafzimmer zurück. Gleich darauf klappte die Wohnungstür. Sie ging ins Wohnzimmer, wo auf dem Tisch die qualmende Kerze stand, sie hatte einen ganz schwarzen Tropfbart. Seufzend fasste sie ihre Entscheidung. Sie hatte genug, mit Ljudas Sprössling wollte sie nichts zu tun haben, sie mussten sofort einen Wohnungstausch organisieren, die Leute würden sich um die Wohnung reißen, denn sie war fantastisch.

Sie schluckte eine Schlaftablette und schlief ein. Erst gegen Mittag wachte sie wieder auf, ihr Mann war noch nicht zu Hause. Bis zum Abend war er immer noch nicht gekommen. Lilja dachte, die widerliche Hexe hätte ihn wieder um ihren Finger gewickelt, aber nach einer Woche wandte sie sich doch an die Miliz. In ihrem Herzen wälzte sie Rachegedanken. »Sollen sie ihn suchen«, dachte sie, als sie ihr Gesuch unterschrieb, »natürlich werden sie ihn nicht finden. In einem Monat werde ich ihn aus dem Wohnungsvertrag streichen, soll er doch leben, wo er will, der verdammte Schürzenjäger.«

Aber plötzlich identifizierte ihn die Miliz tot in einem Leichenkühlhaus. Die Leiche hatte schon fast sieben Tage anonym dort gelegen. Nachdem er spätabends aus dem Hause gegangen war, hatte er sich aus einem Fenster des sechzehnstöckigen Hochhauses in der Kruglyj-Gasse geworfen. Was ihn dorthin geführt hatte, wusste Lilja nicht. Sie verkaufte ihre Wohnung, zog woanders hin und versuchte nun, all diese schrecklichen Vorfälle zu vergessen.

»Was haben Sie da Furchtbares durchgemacht!«, rief ich ehrlich entsetzt aus. »Das würde ich nicht aushalten.«

»Schora hatte wirklich kein Glück im Leben«, seufzte Lilja. »Er kam aus einem Kinderheim und träumte von einer großen Familie, und dann war ich unfruchtbar.«

»Aus einem Kinderheim?«, fragte ich erstaunt.

»Was ist daran so seltsam?«, fragte Lilja. »Seine Eltern waren bei einem Autounfall gestorben, so dass er ins Heim kam. Er hat übrigens nie irgendwas Schlechtes darüber erzählt, im Gegenteil. Er meinte, dass die Erzieher und der Direktor gut und liebenswürdig waren. Sie haben ihm seine Berufsausbildung ermöglicht.«

»Wo war das Kinderheim?«

»Es ist das Internat auf der Sokolskaja-Straße. Wir waren zusammen dort bei einem Jahrestreffen.«

KAPITEL 14

Ich verabschiedete mich von Lilja und beeilte mich, nach Hause zu kommen. Die verschiedensten Gedanken gingen mir durch den Kopf. Ljudmila Schabanowa war eindeutig ein widerliches Luder. Sie hatte mit beiden Männern gleichzeitig angebändelt und die schlaue Idee gehabt, ihr Kind an alle beide zu verkaufen. Und wieso? Die Antwort lag auf der Hand: weil sie Geld brauchte. Aber wo war das kleine Mädchen hingeraten? Wäre es nicht einfacher gewesen, es einem der Väter zu überlassen? Aber nein, zuerst betrog sie den einen, dann den anderen, und schließlich verschwand sie ganz, um dann womöglich wieder in Moskau zu arbeiten. Wie konnte sie glauben, ungestraft davonzukommen? Sie musste Helfer gehabt haben. Erstens hatte sie jemand inoffiziell in der Entbindungsstation untergebracht, zweitens hatte der Portier rechtzeitig vor dem Knall das Fenster geöffnet …

Aber heute konnte ich nichts mehr ausrichten. Auf dem Weg nach Hause hielt ich noch bei einer Konditorei und kaufte Korsinotschki mit Cremefüllung, die Manja so sehr liebte.

Aber diesmal freute sie sich überhaupt nicht, als sie die Leckereien sah.

»Ich mag nicht«, murmelte sie, »vielleicht später.«

Beunruhigt fragte ich:

»Geht es dir nicht gut?«

Manja ist ein erstaunliches Mädchen. Sie hat nie großes Aufheben ums Essen gemacht. Sie hat immer Brei gegessen, Milch mit Rahm getrunken und Spinat gekaut, ohne mit der Wimper zu zucken. Nicht wie Kescha, der Natascha und mich früher zur Verzweiflung brachte, uns zwang, die Haut vom Hühnchen abzuziehen, den Kakao siebenmal durchzuseihen und alle Zwiebeln einzeln aus der Suppe zu fischen. Noch heute stellt er sich an. Er isst keinen Kaviar, weil es »widerlich ist, ungeborene Embryos anzuschauen«. Eier lassen ihn schaudern: »Wenn ich mir vorstelle, wo sie aus dem Huhn herauskommen, wird mir übel.« Beim Anblick aufgekochter Milch schüttelt er sich, und im Fleisch vermutet er »furchtbare Toxine«.

Manja dagegen hat zu Katjas Freude den Appetit eines jungen Wolfes. Als sie drei Jahre alt wurde, waren wir noch arme Lehrerinnen und mussten sie in einen Kindergarten geben. Dort standen die Tische in Hufeisenform. Manja setzten sie immer in die Mitte, die anderen Kinder die Seiten entlang. Kaum hatte die Erzieherin einen Teller vor Manjas Nase gestellt, ergriff sie den Löffel und begann eifrig ihre Suppe zu löffeln. »Und jetzt, Kinder«, forderte die Erzieherin sie auf, »auf die Plätze, fertig, los! Na, wer ist schneller als Manja?« In den zwei Jahren, die sie dort war, gewann nie einer gegen sie.

Wenn sie also jetzt ein Stück Kuchen ablehnte, dann musste sie krank sein. Ich steckte ihr ein Thermometer unter die Achsel und stellte fest, dass ihre Augen rot und fiebrig glänzten. Genau achtunddreißig Grad.

»Tut dir der Kopf weh?«

»Ja«, flüsterte Manja, nieste und fing an zu weinen.

Ich rief unseren Hausarzt, der die eindeutige Diagnose stellte:

»Windpocken. Zwei Wochen Bettruhe.«

Während er einen Haufen Rezepte schrieb, beruhigte Kescha seine Schwester, so gut er konnte:

»Sei nicht traurig, morgen geht es dir schon besser. Schlaf jetzt ein bisschen.«

»Ich bin ja gar nicht traurig«, hörte man ihre Antwort unter der Bettdecke, »im Gegenteil, super, jetzt verpasse ich die Klassenarbeit. Siehst du, Mama, du hättest die Jamba nicht ablehnen sollen. Sie wirkt!«

»Maria«, nannte ich sie streng bei ihrem Taufnamen, »das ist reiner Zufall. Ich glaube keine Sekunde an diese Zauberer und Scharlatane. Denk immer dran: Man kann nichts herbeizaubern!«

»Kann man doch«, widersprach mir Manja beharrlich.

»Nein.«

»Doch!«

»Nein.«

»Doch!«

»Mutter«, mischte sich Kescha in unseren konstruktiven Dialog ein, »was streitest du mit dem kranken Kind? Soll sie doch denken, was sie will.«

»Aber sie redet Dummheiten!«

»Ist ja gut«, sagte er und schob mich aus dem Zimmer, »nun geh schon, du wirst dich noch anstecken.«

Aus dem Flur hörte ich ihn noch zu Manja sagen:

»Als ich so alt war wie du, wusste ich eines schon ganz genau: Mit einem Erwachsenen zu streiten ist so sinnlos, wie gegen den Wind zu spucken.«

Ohne auf Manjas Reaktion zu warten, lief ich hinunter ins Wohnzimmer. Dort saß Olga vor dem eingeschalteten Videoapparat. Sie sah angespannt aus.

»Du weidest dich an dir selbst«, hänselte ich sie.

»Sie haben mir gesagt, dass ich während der Reportage mit einer Augenbraue zucke«, erklärte mir Olga, »jetzt versuche ich rauszukriegen, wann. Was ist mit Manja?«

»Sie hat die Windpocken.«

Meine Schwiegertochter schaltete das Video aus.

»Ich gehe zu Serafima Iwanowna und sage ihr Bescheid, damit sie die Zwillinge von Manja fern hält.«

»So ein Quatsch!«, platzte ich plötzlich heraus.

»Wie bitte?«

»Manja ist überzeugt, dass sie krank geworden ist, weil sie sich die Windpocken gewünscht hat, als sie Filjas bescheuerte Mixtur zu sich nahm. Jetzt glaubt sie an Wunder, Wahrsagerei und schamanische Rituale.«

»Weißt du«, antwortete Olga, »natürlich gibt es Zufälle, aber ich wollte, dass Viktor, der Regisseur, aufhört, gemein zu mir zu sein …«

»Und?«

»Viktor ist ein ziemlich einflussreicher Mann und der Onkel meiner Vorgängerin, also entsprechend voreingenommen gegen mich – er grüßt mich noch nicht einmal. Aber heute kommt er nach der Aufnahme plötzlich zu mir, streckt mir die Hand hin und sagt: ›Ich muss zugeben, Sie sind einfach großartig, ein echtes Talent. Wir werden Freunde sein.‹ … Das muss die Jamba sein, die da wirkt.«

Vor Wut hätte ich fast die Kassette nach ihr geworfen.

Um nicht die Fassung zu verlieren und alles das herauszuschreien, was ich in Wirklichkeit über Filja, Alissa, den Affen und das Schamanentum dachte, rief ich sofort Manjas Klassenlehrerin an:

»Anna Gennadijewna, wir sind jetzt auch Opfer der Epidemie geworden.«

Die Lehrerin erschrak:

»Wir haben keine Epidemie an der Schule.«

»Was? Und was ist mit den Windpocken?«

»Davon höre ich zum ersten Mal. Wir haben bislang keinen einzigen Fall gehabt.«

»Das heißt, wir sind die Ersten«, folgerte ich.

»Ach du Himmel«, klagte Anna Gennadijewna, »da bemühen wir uns so, dass die Kinder so wenig wie möglich in Kontakt mit Infekten kommen. Wir fahren sie extra im Schulbus und lassen Fremde nicht zu uns hinein! Wo konnte sie sich bloß anstecken?«

Wo, ja wo? Überall natürlich! Wieso hießen sie schließlich Windpocken, wenn sie nicht der Wind durch die Luft trug. Ich legte den Hörer auf und starrte aus dem Fenster. Das grenzte ja wirklich schon an Zauberei …

Am nächsten Morgen kam Kescha exotisch gekleidet ins Esszimmer: Er trug eine weiße Hose und ein beiges T-Shirt.

»Hast du dich vielleicht in der Jahreszeit geirrt?«, fragte ich lachend. »Es ist nicht August, sondern Ende März.«

»Ich fliege nach Indien«, erklärte mir Kescha.

»Wohin?«

Ich legte meine Gabel hin.

Er erzählte, dass einer seiner Klienten nach Delhi fliegen musste, um irgendeinen Vertrag mit dortigen Geschäftsleuten abzuschließen. Er hatte Kescha gebeten, ihn zu begleiten und den Vertrag fachmännisch zu prüfen.

»Das ist ja so weit«, seufzte ich.

Ich habe panische Angst vorm Fliegen und fahre lieber mit dem Zug, aber Kescha kennt solche Ängste nicht.

»Lächerlich, nur acht Stunden Flugzeit, und die Arbeit ist leicht. Außerdem werde ich dort Tiger, Elefanten und Affen sehen ...«

»Einen Affen haben wir hier doch schon.«

»Wen meinst du damit?«, fragte Kescha lachend. »Na gut, mach dir keine Sorgen, morgen Abend bin ich wieder da. Soll ich dir eine Kobra mitbringen? Wir legen sie vor die Haustür, damit sie sich auf alle Eindringlinge stürzen kann.«

Ich begleitete meinen Sohn hinaus, holte mir eine große Karte von der Moskauer Umgebung, legte sie auf den Fußboden im Arbeitszimmer und ging das Verzeichnis durch. Da, Nagorje, ich hatte es gefunden. Ein kleines Städtchen in der Nähe des Istrinskij-Stausees. Hier also hatte Ljuda so oft angerufen. Wahrscheinlich wohnte dort diese Großmutter, von der Galja, die virtuose Heulerin, gesprochen hatte. Ljuda hatte die kleine Verotschka bestimmt dorthin gebracht und dann besorgt immerzu dort angerufen.

Nach einer Stunde Fahrt hatte ich den verschlafenen Ort erreicht. Die Zivilisation war hier anscheinend nie vorbeigekommen. Nur einen Katzensprung von Moskau entfernt, wirkte er wie die finsterste Provinz. Überall standen niedrige Holzhäuschen mit schiefen Zäunen. Ein bisschen weiter weg war am Rand des noch winterlich verschneiten Waldes eine

Siedlung mit großen Einfamilienhäusern aus rotem Ziegelstein zu sehen. Auf dem Bahnhofsplatz standen ein paar Buden. Ich stieg aus dem Wagen und sah mir das Sortiment an: Es gab billigen Wodka, Schokoriegel, Kaugummis und Zigaretten.

»Wo ist hier die Post?«, fragte ich einen gelangweilt aussehenden Verkäufer.

»Gehen Sie die Straße bis zum Ende«, erklärte er mir, »dort finden Sie ein grünes Haus.«

Die Post hatte frisch geputzte Fensterscheiben, die einladend glänzten. Auf den sauberen Fensterbrettern standen Blumentöpfe. Man fühlte hier deutlich eine sorgende weibliche Hand – dabei war, wie sich herausstellte, der Postbeamte ein junger Mann.

Ich kaufte ein paar teure Postkarten und einige Zeitschriften.

»Hier bei Ihnen ist aber wenig los.«

»Das können Sie laut sagen«, stimmte der Mann zu, »aber wer sollte im März zu uns kommen wollen? Im Sommer geht es lustiger zu, da reisen Gäste an und bringen ihre Kinder mit, das macht Spaß! Im Winter herrscht hier Grabesstille. Die alten Weiber kriechen nicht mehr aus ihren Höhlen hervor, sie sitzen den ganzen Tag vorm Fernseher, die Männer sind rundweg Säufer, mit vierzig schon Invaliden, sie lesen keine Zeitung, kaufen keine Zeitschriften …«

»Aber sie telefonieren«, witzelte ich und zeigte auf die Kabine mit dem Schild *Fernsprechstelle.*

»Mit wem denn?!«, winkte mein Gesprächspartner ab. »Viel zu teuer. Wenn bei uns jemand stirbt, schicken sie ein Telegramm, das ist billiger. Sind Sie geschäftlich hier?«

»Ich möchte für den Sommer eine Datscha mieten. Man sagte mir, im Mai würde ich keine mehr finden, deshalb bin ich so früh gekommen.«

Der Postbeamte ließ seinen Blick über meine Jacke, meine eleganten Stiefel und die einfachen schwarzen Jeans gleiten.

»Es wird Ihnen hier nicht gefallen«, erklärte er. »Die Häuser sind einfach, nur mit Plumpsklo im Garten, und Sauna haben auch nicht alle ...«

»Aber meine Freundin war sehr zufrieden«, unterbrach ich ihn, »sie hat ein paar Jahre bei einer großartigen alten Frau gewohnt, die, glaube ich, Postbeamtin war.«

»Bei Marja Sergejewna?«, fragte der Mann erstaunt. »Bringen Sie da nichts durcheinander? Sie lebt ganz einsam und lässt keinen zu sich. Ein echter Griesgram.«

»Wo wohnt sie denn?«

»Gleich hinter der Post, auf der Anhöhe. Aber Sie verschwenden nur Ihre Zeit. Gehen Sie lieber zur Frolowa, ihr Haus ist größer, und sie ist ein angenehmer Mensch.«

Aber ich machte mich auf den Weg zu Marja Sergejewna. Das Haus, das ein wenig abgelegen lag, sah traurig aus. Die Fenster im Erdgeschoss waren mit geschwungenen Gittern verziert, eine merkwürdige Vorsichtsmaßnahme für eine einfache Frau vom Land, bei der es wohl kaum etwas zu stehlen geben konnte. Erst recht seltsam nahm sich dann die eiserne Tür aus.

»Wer da?«, hörte ich eine Stimme seitlich neben mir.

Vor Schreck wäre ich fast umgefallen, aber dann sah ich einen kleinen Lautsprecher und eine Videokamera.

»Ich bringe Ihnen einen Gruß von Ljuda.«

»Von was für einer Ljuda?«

»Von Ihrer Enkelin, Veras Mutter, Ljudmila Schabanowa.«

Die Riegel rasselten, die Schlösser klirrten, die schwere Eisentür öffnete sich ein Stück weit.

»Komm rein«, hörte ich sie aus dem Halbdunkel sagen.

Entschieden trat ich ein. In den dunklen Räumen roch es nach getrocknetem Heu und irgendetwas Saurem. Die Hausherrin wies mit der Hand auf einen Raum:

»Geh ins Wohnzimmer.«

Es war groß, hatte drei Fenster und war städtisch eingerichtet: mit einer hübschen Schrankwand, einem Sofa, ein paar tiefen Sesseln, einem guten Fernseher, einem Videogerät und einem Wollteppich auf dem Boden.

»Womit kann ich dienen?«, fragte die Alte feierlich. »Ich kenne keine Ljuda.«

Sie log, aber wieso hatte sie mich wildfremde Person dann hereingelassen? Ich betrachtete sie aufmerksam. Sie war groß, schlank, hielt sich sehr aufrecht, um die Taille hätte sie jede junge Frau beneidet – ein Umfang von höchstens sechzig Zentimetern. Auch ihr Gesicht wirkte nicht alt, sie hatte kaum Falten, klare schwarze Augen, pechschwarze Augenbrauen und ganz graue Haare.

»Na, was ist?«, fragte sie ungeduldig.

Ich holte tief Luft.

»Ljuda ist gestorben, sie ist aus dem Fenster eines Krankenhauses gefallen, die Leiche hat man eingeäschert, die Urne befindet sich zurzeit noch im Nikolo-Archangelsker Krematorium ...«

Die Alte starrte mich mit brennenden Augen an. Unwillkürlich fröstelte es mich. Es fühlte sich an, als würde mir eine Hand voll glühender Kohlen ins Gesicht geschleudert. Das Schweigen dauerte an. Vielleicht war ich hier doch am falschen Ort? Endlich setzte sich die Frau gerade wie ein Stock auf einen Stuhl und legte die von Altersflecken überzogenen Hände auf die Knie.

»Wer bist du?«, fragte Marja Sergejewna.

Ich wusste nicht, was ich sagen sollte.

»Schwer zu erklären. Sagen Sie mir lieber: Ist das Mädchen bei Ihnen?«

Aber Marja Sergejewna reagierte nicht auf meine Frage.

»Erzähl! Oder hast du es eilig?«

Ihre Gesichtszüge waren jetzt weicher, die Mundwinkel gaben nach, die Hände griffen automatisch nach dem Gürtel des billigen türkischen Kleides.

Ich seufzte und begann zu erzählen: von dem Zug, dem Krankenhaus, der Tasche und dem Brief. Marja Sergejewna hörte mir schweigend zu, dann murmelte sie:

»Du bist also keine von denen?«

»Wie bitte?«, fragte ich ratlos.

»Zeig mir deinen linken Arm!«

Verständnislos zog ich die Jacke aus und entblößte meinen Arm.

»Stell dich nicht so an«, erklärte Marja Sergejewna streng, »du weißt selbst, was ich suche – deine Achselhöhle muss ich sehen.«

Restlos verwirrt zog ich auch noch den Rollkragenpulli aus. Die Alte packte mit festem Griff mein Handgelenk, hob meinen Arm schnell nach oben und starrte auf meine Achselhöhle.

»Da ist nichts!«

»Was sollte da sein?«

»Das Zeichen.«

»Was für ein Zeichen?«

»Pass mal auf«, sagte sie plötzlich weich, »du bist bestimmt hungrig. Jetzt setz dich erst mal und iss.«

Vor Überraschung lehnte ich zunächst ab:

»Aber nein, wo denken Sie hin, danke.«

»Nun, komm schon«, unterbrach mich Marja Sergejewna, »zuerst isst du, dann werden wir reden.«

Ich musste mich an den Tisch setzen, auf den sie eine riesige Schüssel mit Quark und ein Glas mit saurer Sahne stellte.

»Nimm dir, so viel du magst, ich hab eine eigene Kuh.«

Ich mag keine Milch, aber Quark und saure Sahne vom Land esse ich mit Vergnügen. Daher langte ich beherzt zu.

»Köstlich!«

Der fette Quark zerging auf der Zunge, die saure Sahne schmeckte wie ein Gedicht.

»Dann lass es dir schmecken«, sagte meine Gastgeberin.

Ich ließ alle Zurückhaltung fahren und leerte die halbe Schüssel. Dann seufzte ich:

»Die Augen würden ja gern noch, aber der Bauch ist voll.«

»Jetzt vielleicht einen Kaffee?«, fragte Marja Sergejewna.

Dankbar sah ich sie an. Auf den ersten Blick hatte sie so böse ausgesehen, dabei war sie in ihrem Wesen freundlich.

Ohne zu lächeln, zog sie ein Glas Kaffee hervor. Zu meinem

Erstaunen war er nicht löslich, sondern gemahlen. Sie kochte ein köstliches Getränk daraus – stark und nicht zu bitter. Jetzt fehlte mir nur noch eine Zigarette zu meinem Glück, automatisch griff meine Hand nach den Gauloises.

Sie starrte bewegungslos auf das Päckchen. Ich fuhr zusammen:

»Bitte, verzeihen Sie, ich hab nicht nachgedacht.«

Aber Marja Sergejewna lächelte wohlwollend. Dabei zeigte sie ihre gelben, aber gesunden Zähne.

»Du rauchst.«

»Ich geb's zu …«

»Mach nur.«

»Stört Sie das nicht?«

»Nur zu.«

Auf dem Tisch erschien eine alte Konservendose. Ich zog genussvoll an meiner Zigarette. Marja Sergejewna schaute schweigend zu, wie sie immer kürzer wurde. Schließlich murmelte sie:

»Mein Gott, stinkt das …«

Verzweifelt sah ich sie an:

»Aber Sie haben es mir doch selbst erlaubt.«

»Stimmt«, pflichtete sie mir bei, »aber ich vertrage den Rauch nicht. Außerdem sind Zigaretten keine Frauensache, du musst für deine Gesundheit sorgen, die kannst du dir später nicht zurückkaufen. Ich wollte dich einfach prüfen. Zuerst dachte ich, es reicht, wenn du isst, aber als du die Glimmstängel herausgezogen hast, wollte ich das auch noch sehen.«

»Was heißt das: Sie wollten mich prüfen?«

»Wenn du zu denen gehörtest, hättest du nie den Quark gegessen. Bei ihnen sind Milchprodukte strengstens verboten, Kaffee dürfen sie auch nicht trinken, das ist eine Todsünde, und Zigaretten sind überhaupt das Allerschlimmste. Außerdem trägst du das Zeichen nicht, das heißt, du gehörst wirklich nicht dazu.«

»Wozu denn?«, fragte ich verzweifelt. »Ich verstehe kein Wort.«

»Ach, Ljuda, das arme Kind«, seufzte Marja Sergejewna, »sie haben also die Wahrheit über sie herausgefunden und sie umgebracht.«

»Wer?«

»Die Kerle von dieser verdammten Sekte. Hier, schau!«

Marja Sergejewna zog aus der Truhe ein großes Fotoalbum hervor und zeigte mir ein Farbfoto von einem fröhlichen, zart gebauten Mädchen mit einem dichten Haarschopf. Es war keine Schönheit, hatte aber ein hübsches, gutmütiges und einnehmendes Gesicht.

»Das ist meine verstorbene Enkelin«, seufzte sie. »Sweta hieß sie ...«

»Sie ist so jung – woran ist sie gestorben?«

»Was weißt du über Ljuda?«, fragte die Alte zurück.

»Ehrlich gesagt, kaum etwas. Sie arbeitete als Ärztin, brachte ein Mädchen zur Welt und nutzte die Männer aus.«

»Es tut ja so weh«, schluchzte Marja Sergejewna plötzlich auf, »dass ich das Kind nicht retten konnte.«

»Wen?«

»Verotschka. Ljuda hat extra die Gitter und die Stahltür angebracht. Aber es hat alles nichts genützt: Er hat sie doch entführt!«

»Wer?«

»Kolja, das Schwein. Die Krätze soll er kriegen! Gottes Strafe soll über ihn kommen!«

Eine Sekunde später sagte sie:

»Du bist aus der Stadt, hast keine Geldsorgen und sicher gute Beziehungen. Hilf mir, das Kind zurückzubekommen. Ich weiß, wo es ist. Es ist das Einzige, was mir auf dieser Welt noch geblieben ist, alle anderen sind unter der Erde. Bring mir das Mädchen, ich zieh es groß, bis es sich selbstständig machen kann, und vererbe ihm alles. Nun stell dir doch mal vor, was für ein Leben das Kind in dieser Sekte erwartet!«

»Könnten Sie mir nicht bitte alles der Reihe nach erzählen?«, bat ich. »Im Moment verstehe ich einfach überhaupt nichts.«

Marja Sergejewna setzte sich und richtete sich auf.

»Na schön, hör zu. Ich hab zwar noch nie mit jemandem darüber gesprochen, aber jetzt geht es wohl nicht mehr anders.«

KAPITEL 15

Marja Sergejewna Balabanowa hatte ihr Leben lang bei der Post gearbeitet. Am Anfang war sie mit einer Tasche voller Zeitungen und Briefe herumgezogen, dann wurde sie Beamtin der Zweigstelle. Sie heiratete einen guten Mann, der nicht trank, nicht rauchte und seine Frau liebte und verwöhnte. Nachdem er unversehrt aus dem Krieg zurückgekehrt war, bekamen sie zwei brave Söhne. Die Nachbarn beneideten die Balabanows. In den meisten Familien gab es Probleme: Alkohol, Schlägereien, kein Geld. Hier dagegen herrschte immer Ordnung. Das Haus war frisch gestrichen, das Dach neu gedeckt, die Kinder wohlerzogen, das Einkommen für alle sichtbar gut. Deshalb mochte man in Nagorje die Balabanows nicht. Marja Sergejewna hatte Verständnis dafür und sprach nicht viel mit den Frauen, nur das Allernötigste, wenn man sich am öffentlichen Brunnen traf. In den sechziger Jahren bohrte ihr Mann im Garten ein Wasserloch, legte eine Wasserleitung und installierte sogar eine Toilette im Warmen. Jetzt waren die Nachbarn endgültig bedient. Die Balabanows wurden oft bedroht. Mal wurde ihnen das Tor angezündet, dann wieder war das Kartoffelfeld zerstampft … Aber Marja Sergejewna und ihr Mann lachten nur darüber. Es war, als würde alles Unglück vor ihrer Haustür Halt machen. Sogar die Schwiegertöchter waren erstaunlich freundlich, arbeitsam und diensteifrig. Bald brachte die Frau des älteren Sohns das kleine Mädchen Sweta zur Welt.

Die Jahre gingen dahin, alle Feindseligkeiten von Seiten der

Nachbarn waren vergessen. Jetzt waren viele darunter, die mit Respekt von den Balabanows sprachen, umso mehr, als sie nun auch noch einen Wagen hatten.

An einem warmen Apriltag wurde bei den Nachbarn Hochzeit gefeiert. Sie luden das ganze Dorf ein. Die Balabanows kauften ein Teeservice, damit machte sich die ganze Familie auf den Weg. Nur Marja Sergejewna blieb mit Sweta zu Hause, die krank geworden war.

»Sag drüben, dass ich mich um die Kleine kümmere und später kurz vorbeikomme.«

Als das Kind endlich eingeschlafen war, warf sich Marja Sergejewna eine hübsche Jacke über, ging auf die Straße und blieb wie angewurzelt stehen. Über dem Haus der Nachbarn schlugen Flammen hoch. Die Feuerwehr stellte sich ziemlich dumm an, so dass die Männer begannen, ins Feuer zu rennen, um den wichtigsten Hausrat zu retten. Später stellte sich heraus, dass sich nur die Balabanows an der Rettungsaktion beteiligten, alle anderen hatten sich in sicherer Entfernung gehalten. Im allgemeinen Chaos dachten sie nicht an die Gasflaschen, die im Haus standen und plötzlich explodierten. Die Söhne starben sofort, der Mann und die Schwiegertöchter lagen noch einige Tage schwer verletzt im Krankenhaus, bevor auch sie starben. Marja Sergejewna blieb allein mit der winzigen Enkelin zurück.

Die sonst schon nicht sehr gesprächige Frau war nun noch schweigsamer geworden. Ihr Leben kreiste nur noch um das kleine Mädchen, sie ließ sie nie irgendwohin alleine gehen, überall erschienen sie Hand in Hand. Als Sweta in die Schule kam, die sich in einem anderen Dorf befand, fuhr Marja Sergejewna sie immer mit dem Auto, bis zur letzten Klasse. Da die Leute von der tragischen Familiengeschichte wussten, machte sich auch niemand über dieses Verhalten der Großmutter lustig.

Das Mädchen hing sehr an Marja Sergejewna. In der Schule war sie so gut, dass sie als Einzige eine Medaille erhielt. Nach den Abschlussprüfungen kam der Direktor persönlich zu ihnen nach Hause, um ein ernstes Wort mit der Großmutter zu reden.

»Lassen Sie das Mädchen nach Moskau gehen – was soll sie denn hier tun? Ställe ausmisten oder was? Sie sollte an ein Institut gehen.«

»Nein«, erwiderte sie standhaft, »bei mir ist sie sicherer.«

Der Pädagoge bearbeitete sie lange, bis er schließlich empört ausrief:

»Ihr Egoismus kennt keine Grenzen! Sie haben selber ordentlich gelebt, geben Sie jetzt auch dem Mädchen eine Chance! Hier findet sie doch nie einen Mann, und einen Beruf kann sie auch nicht erlernen.«

»Na schön«, gab sie endlich nach, »dann raten Sie mir, wo sie am besten studieren sollte.«

»Natürlich am medizinischen Institut«, sagte er, ohne zu zögern. »Wenn sie fertig ist, kann sie nach Hause zurückkommen. Hier hat eine Ärztin die besten Karten.«

Die Aufnahmeprüfung am medizinischen Institut bestand Sweta ohne jede Probleme. Sie wohnte im Studentenwohnheim und kam am Wochenende mit einfachen Geschenken nach Hause.

In ihrem fünften Studienjahr veränderte sie sich plötzlich. Sie war ein modebewusstes Mädchen gewesen, nähte sehr gut und konnte aus jedem beliebigen, noch so billigen Material ein so tolles Kleid nähen, dass sich alle auf der Straße nach ihr umdrehten. Sie genierte sich auch nicht, ihre schönen, schlanken Beine zu zeigen. Aber als sie jetzt zu den Feiertagen nach Hause kam, trug sie plötzlich einen Sarafan aus grobem Leinen, der bis zum Boden reichte.

»Ist so was jetzt etwa Mode?«, fragte Marja Sergejewna erstaunt.

Sweta antwortete nicht. Die Großmutter bemerkte, dass sie keine Milch trank und vor jedem Essen irgendwelche Verse murmelte.

»Betest du?«, fragte sie nach.

Und wieder schwieg die Enkelin.

Nach der Hälfte des Studienjahres heiratete sie unerwartet einen Moskauer, ließ sich wieder von ihm scheiden, erhielt ein Zimmer in einer Kommunalwohnung ... und besuchte ihre Großmutter nicht mehr. Marja Sergejewna selbst besuchte ihr geliebtes Enkelkind nur ein einziges Mal und kehrte krank vor Kummer nach Hause zurück. Sweta hatte die alte Frau mit offensichtlichem Missbehagen begrüßt und ihr noch nicht einmal eine Tasse Tee angeboten.

»Ich habe keine Zeit«, sagte sie schmallippig, als sie die Frau, die sie großgezogen hatte, auf der Schwelle sah. »Wieso bist du hier?«

Marja Sergejewna fing an zu weinen. Noch nie hatte Sweta so mit ihr gesprochen, sie war sonst immer freundlich gewesen. Jetzt aber stand sie bleich und böse im Flur und schaute sie aus erloschenen Augen an.

Mit schwerem Herzen kehrte die Balabanowa nach Hause zurück. Nachdem sie eine Weile nachgedacht hatte, kam sie zu dem Schluss: Es war, wie es war, sie konnte nichts an der Lage ändern. Sollte das dumme Mädchen sie brauchen und sich an sie wenden, bitte schön. Aber bis dahin würde sie es nicht mehr anrufen oder ihr schreiben ...

Sweta tauchte nicht wieder auf. Wo und was mit ihr sein mochte – Marja Sergejewna wusste es nicht. Erst vor zwei Jahren klopfte mitten in einer Oktobernacht eine Frau mit einem Baby in den Armen an ihre Tür.

»Bitte lassen Sie mich bei Ihnen schlafen.«

»Das ist hier kein Hotel«, antwortete die Balabanowa unfreundlich und wollte die Tür wieder zuschlagen.

Aber der ungeladene Gast sagte schnell:

»Warten Sie. Sind Sie nicht Marja Sergejewna? Schauen Sie bitte!«

Die alte Frau griff automatisch nach dem ihr hingehaltenen Foto und erstarrte. Darauf war das ruhige Gesicht von Sweta zu sehen. Zuerst verstand sie gar nicht, wo ihre geliebte Enkeltochter da lag, es sah aus wie ein seltsames Bett. Aber dann begriff sie: Es war ein Sarg.

»Wie ... was ... was soll das?«, stammelte sie mit ersterbender Stimme.

Die Frau, die diese furchtbare Nachricht brachte, schlug schweigend eine Ecke der Decke auf und zeigte ihr das Gesichtchen eines friedlich schlafenden Säuglings.

»Darf ich vorstellen: Verotschka, Swetas Tochter, Ihre Urenkelin.«

Der alten Frau zitterten die Knie. Die Besucherin, die sich Ljuda nannte, schlüpfte im Nu in das große Zimmer.

»Wie ist das bloß passiert?«, fragte Marja Sergejewna im Schock wie aufgezogen. »Wie konnte das bloß kommen?«

Ljuda erzählte ihr eine unwahrscheinliche Geschichte.

Sie hatte mit Sweta im gleichen Studienjahr studiert. Sie grüßten einander, wenn sie sich im Studentenwohnheim in der Küche begegneten, manchmal liehen sie sich gegenseitig Geld, bis das Stipendium eintraf, waren aber nicht eng miteinander befreundet. Später führte sie das Schicksal an einem ungewöhnlichen Ort enger zusammen – und zwar im Gotteshaus der Sekte »Weg zu Jesus«. Sweta war noch als Studentin – wahrscheinlich über ihren Exmann – zu dieser Glaubensgemeinschaft gestoßen, aber Genaueres wusste Ljuda darüber nicht.

Der Sektenführer war ein junger Mann mit dem Namen Kolja, der von sich behauptete, er sei nicht mehr und nicht weniger als der Nachfolger von Jesus Christus. Er zitierte permanent die Bibel, lächelte so gut wie nie und sah wie ein echter Asket aus. Er war dünn, krankhaft bleich, und in seinen Augen brannte ein fanatisches Feuer.

Die Regeln, nach denen man in der Sekte lebte, waren streng. Wer in sie eintrat, musste sich von seinem vergangenen Leben lossagen. Persönliches Eigentum gab es nicht. Der Neue verpflichtete sich, alles, was er besaß, dem »heiligen Bruder« zur Verfügung zu stellen. Die meisten Angehörigen der Sekte lebten zusammen in einem Dorf bei Moskau. Sie hielten eine strenge Diät ein: Milchprodukte, Fleisch, Eier und Fisch waren verboten, Tee und Kaffee ebenfalls. Im Sommer ernährten sie sich aus dem Gemüsegarten und sammelten Beeren und Pilze. Im Winter hungerten sie, die Murrenden wurden von Kolja streng bestraft. Den Männern war ein Haus zugewiesen, den Frauen ein anderes, die wenigen Kinder befanden sich in der Obhut von drei alten Frauen. Das Werben neuer Mitglieder wurde als gottgefällig begrüßt. Wenn jemand einen neuen Anhänger aus der Stadt gewinnen konnte, erhielt er sparsames Lob.

In der Sekte existierte eine klare Trennung in Geistliche und Arbeiter. Die Geistlichen verließen das Dorf nie, sie bearbeiteten den Gemüsegarten und sangen Gotteslieder. Die Arbeiter unterschieden sich äußerlich nicht von normalen Leuten. Sie arbeiteten in den verschiedensten Funktionen – als Ärzte, Lehrer, im Militärdienst – und lebten in ihren eigenen Wohnungen. Den Großteil des Geldes, das sie verdienten, mussten sie Kolja überlassen. Aus diesen Mitteln wurden eine Kirche und ein riesiges Haus für den »heiligen Bruder« gebaut. Einmal in der Woche, sonntags, versammelten sich alle Sektenmitglieder zur Predigt und zum Beten. Dann bestrafte Kolja diejenigen, die sich etwas hatten zu Schulden kommen lassen. Meist wurde der Arme ausgepeitscht. Es gab einen eigens dafür eingesetzten Folterknecht, einen traurig lächelnden, rotgesichtigen Mann. Je lauter der Bestrafte schrie, desto fröhlicher lachte der Foltermeister. Frauen wurden zur Strafe für einige Tage ohne Nahrung und Wasser in ein Kellerverlies geworfen, Kinder mussten über Nacht auf Erbsen knien.

Sweta und Ljuda gehörten zu den Arbeiterinnen. Sie trafen sich nur zu den Gebeten, es war den Sektenmitgliedern verboten, sich untereinander anzufreunden. Daher war Ljuda zutiefst überrascht, als sie einmal am Telefon Swetas ruhige Stimme hörte, die sie um ein Treffen bat.

»Ich bin schwanger«, sagte sie noch auf der Türschwelle.

Ljuda setzte sich auf den nächstbesten Stuhl. Wenn eine Frau schwanger wurde, musste sie sofort Kolja davon in Kenntnis setzen, der ihr entweder erlaubte zu gebären oder sie zu der alten Olga schickte, die Abtreibungen vornehmen konnte. An Ärzte wandte man sich in der Sekte nie, obwohl ein Teil der Mitglieder in Krankenhäusern arbeitete.

»Im wievielten Monat?«, fragte Ljuda.

»Im vierten.«

Ljuda sprang von ihrem Stuhl auf.

»Wie bist du durch die Beichte gekommen?«

Einmal im Monat mussten die Sektenanhänger ihre Sünden beichten.

Dieser Prozedur zu entgehen schaffte keiner. Sie lief immer nach dem gleichen Muster ab. Zuerst musste man eine braune Flüssigkeit trinken, die als »Segen spendender Tau« bezeichnet wurde und die einen in einen seltsamen Zustand zwischen Traum und Wirklichkeit versetzte, in dem man alle Geheimnisse ausplauderte.

Sweta lachte.

»Ich hab den Trank einfach nicht zu mir genommen.«

»Es ist eine große Sünde, den ›Bruder‹ zu betrügen«, sagte Ljuda erschrocken.

»Er ist mir kein Bruder«, erklärte Sweta, »und ich möchte die Sekte verlassen.«

»Das kannst du vergessen«, winkte Ljuda ab, »du weißt doch, was dann passiert.«

Ab und zu versuchte mal einer, den Klauen der Sekte zu entkommen. Kolja ließ ihn dann mit den Worten laufen: »Deinen Weg kannst nur du selber finden.« Nur war nach seinem Fortgehen auch der Folterknecht immer auf einige Zeit verschwunden.

»Ich werde gar nicht erst fragen«, schnitt Sweta ihr das Wort ab.

Ljuda schüttelte nur ihren Kopf, die Sekte hatte lange Arme und gute Ohren. Irgendwer würde sie zufällig treffen und es weitersagen.

»Und der Vater des Kindes?«, fragte Ljuda vorsichtig. »Wer ist es? Einer aus der Stadt?«

Kolja verbot es strengstens, mit Leuten außerhalb der Sekte anzubändeln.

»Nein«, antwortete Sweta düster, »einer von uns.«

»Wer?«, forschte Ljuda weiter nach.

»Halt dich fest«, lachte die Freundin, »es ist Kolja.«

»Das kann nicht sein!«, ächzte Ljuda. »Der keusche ›heilige Bruder‹! Dabei hat er so oft gesagt, dass er seine Energie für die Begegnung mit dem Herrn aufhebt!«

»Genau«, nickte Sweta, »ich war auch so blöd wie du. Sag, hast du eigentlich irgendwann mal bei ihm sauber gemacht?«

Ljuda schüttelte den Kopf. Kolja wohnte allein in seinem Haus neben der Kirche. Dort befand sich auch der große Gebetssaal. Aus der Gemeinschaft wurde meist eine junge, sympathische Frau ausgewählt, zu deren Aufgaben es gehörte, vor dem Beginn des wöchentlichen Gottesdienstes den Raum vorzubereiten: Sie musste Kerzen aufstellen und die Teppiche ausrollen, auf die sich die Gläubigen dann niederknieten. Außerdem half sie Kolja während des Gebetes. Im letzten Jahr war Sweta diese Aufgabe zugefallen.

»Nach dem Gottesdienst«, erzählte sie, »hat mich Kolja zu sich gebeten. Du hast ja keine Ahnung, wie schön es bei ihm in der Wohnung ist. Er hat wunderbare Möbel, einen Fernseher, ein Handy, und der Kühlschrank ist immer bis zum Anschlag voll mit Wein, Obst und Wurst.«

»Du lügst!«, rief Ljuda ungläubig.

Die Sektenmitglieder lebten nur mit dem Allernötigsten, Fernsehen war sogar strengstens verboten.

»Ich war selbst überrascht«, antwortete Sweta traurig.

Kolja erklärte ihr, er habe ein so hohes Maß an Erleuchtung erlangt, dass er keine Einschränkungen mehr brauche.

»Euch muss ich vor allen Versuchungen schützen«, erklärte ihr der »heilige Bruder«, »euer Glauben ist noch nicht stark genug, ihr seid zu eitel und lasst euch versuchen. Der Teufel wartet nur auf die richtige Gelegenheit. Mir dagegen kann nichts passieren, ich stehe über den Dingen.«

Aber Sweta fiel es wie Schuppen von den Augen. Dahin also flossen das ganze Geld der Arbeiter und die Spenden der Neulinge: in Luxus, leckeres Essen und Zerstreuung. Kolja fuhr oft in »göttlichem Auftrag« nach Moskau. Die gedrillten Sektenmitglieder durchschauten ihn natürlich nicht. Nur Sweta wusste jetzt, dass Kolja in der Moskauer Innenstadt eine reich ausgestattete Wohnung besaß. Hier erholte er sich ab und an in aller Seelenruhe von seinen »gottgefälligen« Aufgaben.

»Wieso hat er dir das alles erzählt?«, fragte Ljuda noch immer ungläubig.

Sweta zuckte die Schultern:

»Er hat mir vorgeschlagen, die ›Mutter Gottes‹ zu werden.«

»Wer bitte?«

»Na ja, ich sollte ihm ein Kind gebären, selbstverständlich einen Sohn, dem er dann das ›Geschäft‹ übertragen könnte.«

»Und warum gerade dir?«

Sweta lachte.

»Ich glaube, es gab schon andere, er hat sich mal verraten, Lena Jemeljanowa hat ihm wohl eine Tochter geboren, die er natürlich nicht gebrauchen konnte.«

»Lena?«, fragte Ljuda erstaunt. »Aber sie ist verschwunden!«

Mit fünfundzwanzig Jahren war sie plötzlich weggelaufen, keiner wusste, wohin. Jetzt durfte ihr Name nicht mehr ausgesprochen werden.

»Ich denke, Kolja weiß ganz genau, wo ihre Knochen liegen«, sagte Sweta. »Was sind wir doch für Dummköpfe, dass wir so viele Jahre für ihn gearbeitet haben. Er setzt uns einfach unter Drogen und hypnotisiert uns. Dabei wäre ich anfangs vor Freude fast ohnmächtig geworden!«

Sweta schwieg ein Weilchen, dann erzählte sie weiter.

Die Vorstellung, die »Mutter Gottes« zu werden, hatte sie zuerst beflügelt. In ihrem Kopf herrschte ein furchtbares Durcheinander mit den unterschiedlichsten Fetzen von theologischem Wissen. Damals zweifelte sie nicht an Koljas Heiligkeit und war stolz, auserwählt worden zu sein. Der »heilige Bruder« verbot ihr, jemals mit jemandem über diese »edle Tat« zu sprechen.

Dann fing sie langsam an, klar zu sehen. Zuerst verbot ihr

Kolja strengstens, noch weiter die »Sakramente« zu empfangen. Vor dem Morgen- und dem Abendgebet gab er der Gemeinde immer aus einem Kelch »Gottes Blut« zu trinken.

»Trink nichts und komm am besten nicht mehr zu den wöchentlichen Gebeten«, sagte Kolja, »dein Organismus muss sich kräftigen bis zur Geburt.«

Dann befahl ihr der »heilige Bruder«, sich ordentlich zu ernähren.

»Du hast eine besondere Aufgabe«, sagte er, »der Herr hat mir verkündet, wie wir vorgehen sollen.«

Sweta, die daran gewöhnt war, blind zu gehorchen, begann folgsam Fleisch, Eier und Quark zu essen ...

Als sie nach einer Weile schwanger wurde, befahl Kolja der »Mutter Gottes«, in seine Stadtwohnung überzusiedeln.

Swetas junger Organismus erholte sich schnell. Ohne die monatliche Drogendosis und die ständige Einwirkung der Hypnose begann ihr Verstand wieder ordentlich zu arbeiten. Sie begriff, in was sie hineingeraten war, und bekam es mit der Angst zu tun. Es gab nur eine Möglichkeit: die Flucht.

»Er wird mich umbringen«, erklärte Sweta ruhig, »er wird mich ersticken, genau wie Lena und Natascha Leonowa.«

Ljuda zuckte zusammen. Natascha Leonowa war auch vor einigen Jahren verschwunden.

»Ich weiß zu viel über ihn«, fuhr Sweta fort, »nach der Geburt wird er mich umbringen. Und das Kind führt er dann als Gotteswunder vor. Er hat mir befohlen, mich nicht im Dorf zu zeigen, damit die Leute meinen Bauch nicht sehen. Ich weiß genau, dass meine Tage gezählt sind.«

»Wieso erzählst du mir das alles?«, flüsterte Ljuda panisch. »Willst du meinen Glauben prüfen?«

»Jetzt öffne endlich die Augen!«, versuchte die andere sie zu überzeugen. »Wir sind die Opfer eines geschickten Betrügers. Ich weiß nicht, was er uns da verabreicht, aber diese Gebete sind einfach Hypnosesitzungen. Nur dass er auf mich keinen Einfluss mehr hat, während deine Gehirnzellen noch benebelt sind.«

»Was soll jetzt geschehen?«, fragte Ljuda zitternd.

»Hilf mir.«

»Wie?«

Sweta hatte an alles gedacht. Sie hatte auf fremden Namen eine Wohnung gemietet und wollte dann zu gegebener Zeit dorthin ziehen. Die Adresse würde sie keinem verraten. In der großen Stadt wäre es einfach unterzutauchen, Kolja würde sie nie finden.

»Und die Arbeit?«, fragte Ljuda.

»Ich habe gekündigt.«

»Wovon wirst du leben?«

Swetotschka lachte.

»Ich habe mir bei unserem ›Heiligen‹ etwas geliehen. Es müsste für fünf Jahre reichen, danach werde ich schon wieder irgendwo unterkommen. Zahnärzte bleiben nie ohne Arbeit.«

»Du hast gestohlen!«, sagte Ljuda erschrocken. »Du hast den ›heiligen Bruder‹ bestohlen!«

»Ich habe mir das genommen, was mir gehört«, schnitt ihr Sweta das Wort ab, »ich habe nicht alles genommen, sondern nur fünfzigtausend.«

»Das reicht nicht für fünf Jahre«, seufzte Ljuda.

»Dollar, nicht Rubel«, erklärte Sweta.

Ljuda sah sie mit offenem Mund an.

»Jesus Christus, wo hat der ›Bruder‹ so viel Geld her?«

»Vom Weihnachtsmann«, antwortete die andere traurig. »Haben wir nicht, als wir der Sekte beitraten, unseren Besitz abgetreten? Sag danke, dass wir nur unsere abgeschlossene Ausbildung besaßen und diesem Blutegel nur als Milchkühe dienen. Die Geistlichen haben ihm beim Eintritt in die Sekte ja sogar die eigene Wohnung, die Datscha oder das Auto überschrieben.«

»Und der Bunker?«, rief ihr Ljuda in Erinnerung.

Kolja sprach oft darüber, dass sie auserwählt seien. Er machte den vertrauensseligen Leuten Angst vor dem Weltuntergang, einem Atomkrieg, einem Feuer oder einer neuen Sintflut.

»Aber uns«, versprach der »heilige Bruder«, »wird nichts geschehen. Wir können uns in den Bunker retten.«

In den Bau des mystischen Bunkers flossen nach Koljas Worten alle Mittel. Keines der Sektenmitglieder hatte ihn je gesehen. Der Ort wurde geheim gehalten, damit nicht zufällig irgendwelche Außenstehenden davon erfuhren. Mit den Bauarbeiten waren angeblich ausländische Arbeiter beauftragt, die der russischen Sprache nicht mächtig waren.

Wenn Kolja wegfuhr, sagte er oft, er müsse jetzt die Bauarbeiten inspizieren, es gebe so viele Schwierigkeiten. Mal klappte es nicht mit der autonomen Energieversorgung, dann war etwas mit der Heizung nicht in Ordnung …

»Es gibt keinen Bunker«, verkündete Sweta. »Jetzt wach endlich auf, und trink wenigstens dieses widerliche Zeug vor den Gebeten nicht mehr!«

»Wie soll ich das anstellen?«

»Ganz einfach. Befestige einfach an der Innenseite deines Kleides eine stabile Tüte, und gieß es da hinein.«

Ljuda gehorchte und kam ebenfalls nach und nach zu sich. Sweta spielte derweil weiter die Rolle der »Mutter Gottes«. Die Flucht hatten sie auf zehn Tage vor dem Geburtstermin festgelegt.

»Und wenn du allein mit dem Kind nicht zurechtkommst?«, fragte Ljuda ängstlich. »Ich kann doch nicht zu dir kommen – man könnte mich verfolgen!«

»Ich habe eine Großmutter. Sie heißt Marja Sergejewna und wohnt in Nagorje. Niemand weiß von ihr. In der Einsegnungszeremonie sagte ich, dass meine Eltern tot seien. Keiner hat mich nach weiteren Verwandten gefragt.«

Ljuda wurde plötzlich klar, dass so gut wie kein Mitglied der Sekte Familie hatte. Sie wurden von niemandem gebraucht, niemand sorgte sich um ihren Verbleib.

Die Flucht gelang. Eine Bekannte, die Ärztin und Hebamme war, betreute die Hausgeburt. Ein gesundes kleines Mädchen kam zur Welt. Drei Tage später rief Sweta Ljuda an und röchelte:

»Komm sofort her.«

Obwohl es schon spät war, machte sich Ljuda gleich auf den Weg. Sweta hatte hohes Fieber und fantasierte. Natürlich kann ein Zahnarzt nicht unbedingt eine richtige Diagnose abgeben, aber hier gab es keinen Zweifel: Sie hatte das Kindbettfieber. Am nächsten Tag starb sie im Krankenhaus.

Ljuda organisierte ein bescheidenes Begräbnis und fuhr direkt im Anschluss nach Nagorje.

»Ich kann das Mädchen nicht bei mir behalten«, machte Ljuda der halb unter Schock stehenden Marja Sergejewna klar, »nehmen Sie Verotschka zu sich, aber passen Sie auf, Kolja wird sie suchen. Sie müssen sie wie Ihren Augapfel schützen.«

Die Balabanowa nickte nur. Ljuda blieb eine Woche lang bei ihr, sie bewohnte das hintere Zimmer und zeigte sich nie auf der Straße. Sie ließ aus Moskau eine ganze Brigade von Bauarbeitern kommen, die die Hütte mit Eisengittern, einer Stahltür und einer supermodernen Überwachungsanlage ausstatteten.

Zum Abschied hinterließ Ljuda der alten Frau eine Menge Geld.

»Verzeihen Sie bitte«, sagte sie zu ihr, »aber ich werde nicht mehr kommen können. Vielleicht später, falls ich es schaffe, die Sekte zu verlassen. Aber ich rufe Sie an.«

Für den Notfall hinterließ sie der Alten die Telefonnummer ihres Pagers.

»Lassen Sie keine Fremden ins Haus«, prägte sie ihr ein, »sie sind schlau. Wenn Kolja es befiehlt, geben sie sich als sonst wer aus. Und wenn es gar nicht anders geht, dann sehen Sie zu, dass Sie einen Blick auf die Achselhöhle des Fremden werfen können, dort tragen wir das Zeichen.«

Die Alte starrte auf das Mal, das ihr Ljuda zeigte: ein kleines schwarzes Dreieck mit den Buchstaben P und I darin.

»Das haben wir alle«, erklärte Ljuda.

Vor Angst ließ Marja Sergejewna ihre Urenkelin noch nicht einmal in den Garten. Aber Nagorje ist ein Dorf und keine

Stadt, es gingen Gerüchte um. Einer hatte Windeln an der Leine gesehen, der Nächste hatte ein Weinen gehört... Schließlich wurde Verotschka krank, so dass der Arzt kommen musste, der sofort ihre Geburtsurkunde und den Versicherungsschein verlangte. Natürlich waren keine Dokumente vorhanden.

Nachdem Marja Sergejewna sich eine Nacht lang schlaflos auf ihrem Kissen hin und her gewälzt hatte, fasste sie einen Entschluss, nahm aus dem Versteck eine schöne grüne Dollarnote und lief zum Dorfsowjet, der jetzt den Namen Mairie trug.

Die Vorsitzende, die sie natürlich kannte, sagte boshaft:

»Und ich warte schon die ganze Zeit, wann du wohl endlich kommst...«

»Bitte tu mir einen Gefallen«, bat Marja Sergejewna und legte den Schein auf den Tisch, »hilf mir!«

»Worum geht's denn?«

»Es geht um Folgendes«, fing die Alte an, »Sweta hat geheiratet und ein Kind gekriegt. Das Kind hat sie mir dagelassen, um die Sünde zu vertuschen.«

»Was denn für eine Sünde?«, fragte die Beamtin verständnislos.

»Sie hat nicht aufgepasst und das Kind ein Jahr, nachdem ihr Mann zur Armee gegangen war, bekommen. Jetzt hat sie mich gebeten, es erst einmal zu verstecken. Ich flehe dich an, liebe Jelena Iwanowna, stell mir eine Geburtsurkunde aus!«

»Keine Frage«, antwortete die andere, »das darf ich machen. Gib mir die Bescheinigung aus dem Krankenhaus.«

»Ich habe keine«, sagte Marja Sergejewna niedergeschlagen, »das Kind ist ja bei mir im Schlafzimmer geboren, wir haben alles ohne Arzt gemacht, ohne jede Hilfe.«

Jelena Iwanowna klopfte mit dem Stift auf ihren Schreibtisch, warf einen kurzen Blick auf das Porträt des amerikanischen Präsidenten und holte ein grünes Büchlein, in welches das Kind unter dem Namen Verotschka Iwanowna Balabanowa eingetragen wurde. Als Vater gab Marja Sergejewna, weil ihr nichts Besseres einfiel, ihren verstorbenen Mann an.

Eine Weile redeten die Leute in Nagorje darüber, aber als Wanja Beloussow im Suff seine Frau, seine Schwiegermutter und seine Schwägerin erstach, war der Klatsch über das kleine Mädchen sofort vergessen.

Ljuda rief oft an, um sich nach Verotschkas Gesundheit zu erkundigen. Einmal im Monat kam sie nachts heimlich angereist und überhäufte das Kind mit Spielsachen, Süßigkeiten und neuen Kleidern. Bevor sie wieder wegfuhr, hinterließ sie große Geldsummen.

Verotschka wurde größer. Sie war hübsch und hatte dunkle Augen und Haare. Marja Sergejewna seufzte nur: Vom Typ her geriet ihre Urenkelin offenbar ganz nach dem verhassten Kolja, was ihrer Liebe aber keinen Abbruch tat.

Das letzte Mal war Ljuda zu Neujahr da gewesen und hatte Marja Sergejewna gebeten, ein paar Fotos von ihr und der Kleinen zu schießen. Als Marja Sergejewna später die Abzüge betrachtete, die Ljuda ihr zugeschickt hatte, fiel ihr die erstaunliche Ähnlichkeit zwischen den beiden auf: Verotschka und Ljuda hatten dasselbe dichte, fast schwarze Haar und dieselben unergründlichen Augen.

Mitte März klingelte es an der Tür. Die Alte war auf der Hut. Über den Bildschirm sah sie einen jungen, einfachen Burschen mit einer großen Tasche.

»Was wollen Sie?«, fragte sie ihn.

»Ich bringe die Rente für Balabanowa«, antwortete er.

Die Alte fragte weiter misstrauisch:

»Warum bringt Lena sie nicht?«

»Sie ist krank«, erklärte der fremde Zusteller und fügte ungeduldig hinzu: »Machen Sie mir nun auf oder nicht?«

»Sonst bringt mir immer Lena die Rente.«

»Wenn Sie nicht wollen, auch gut«, antwortete der Bursche ruhig, »dann wird das Geld eben hinterlegt. Sie können sich bei Sergej Nikolajewitsch erkundigen, wie Sie dann an Ihre Rente kommen können!«

Da der junge Mann offensichtlich den Leiter des örtlichen Fürsorgeamtes kannte, verlor sie jedes Misstrauen und öffnete die Tür. Der Zusteller trat ins Zimmer, zog das Geld aus der Tasche, zählte es, holte eine Liste und einen Stift heraus …

Die alte Frau unterschrieb, nichts Böses ahnend, und fiel in Ohnmacht.

Ihre Ohnmacht dauerte nicht lange, aber der Entführer hatte genug Zeit, um die friedlich schlafende Verotschka aus ihrem Bettchen zu heben und zu fliehen. Als Marja Sergejewna wieder bei sich war, rannte sie zur Post und rief Ljuda auf ihrem Pager an. Bis zu diesem Zeitpunkt hatte sie die Nummer erst zweimal gewählt, und beide Male hatte Ljuda sofort zurückgerufen. Diesmal aber wartete die alte Frau umsonst. Erst jetzt stellte sie fest, dass sie keine weiteren Angaben von ihr hatte. Sie überhäufte den Pager mit einer Nachricht nach der anderen, aber alle ihre Signale gingen ins Leere. Ljuda rief weder zurück, noch kam sie. Sie war verschwunden.

Bis ich mit der Nachricht von ihrem Tod eintraf.

KAPITEL 16

Ich kehrte nach Hause zurück, als es bereits anfing, dunkel zu werden. Mein Kopf dröhnte von all den unerwarteten Mitteilungen, an denen mir vieles unverständlich war. Ljuda war als Erwachsene wieder in die Fänge einer Sekte geraten. Aber wie erklärten sich dann ihre endlosen Männergeschichten? Das passte so gar nicht zum Bild einer demütigen, keuschen Sektengängerin. Wenn Sweta tatsächlich die Mutter des Kindes war, wo war dann Ljudas Tochter hingeraten? Sie mussten zur selben Zeit geboren sein …

Ich hatte Marja Sergejewna das Foto aus Ljudas Wohnung gezeigt, auf dem die Verstorbene mit dem kleinen Mädchen zu sehen war. Die Alte hatte ihre Urenkelin sofort erkannt. Wieso sollte sich Ljuda das Foto eines fremden Kindes neben ihr Bett gestellt haben? War Verotschka in Wirklichkeit doch Ljudas Tochter? Aber warum hatte sie sie dann vor der Balabanowa als deren Urenkelin ausgegeben? Und wo war das arme Waisenkind jetzt? Wer war der Vater: Kostja oder Schora? Und wo sollte ich nach dem Kind suchen?

Vor meinem inneren Auge sah ich die kerzengerade aufgerichtete Gestalt der alten Frau. Als sie mich zur Tür brachte, packte sie mit ihrer knochigen Hand meine Schulter, näherte ihr Gesicht dem meinen und flüsterte mir zu:

»Hilf mir, ich flehe dich an, finde mir das Mädchen. Sie ist das Einzige, was ich noch habe, die ganze Familie ist dahin. Manchmal weiß ich nicht, wie ich in dem leeren Haus noch weiterleben soll.«

Ich schwieg. Die Augen der Alten glänzten wie im Fieber.

»Hör zu, ich hab zwar nicht viel Geld, aber was Ljuda mir für das Kind gegeben hat, ist noch da. Du sollst es haben. Ich sage dir, wo du suchen sollst.«

»Wo denn?«

»In dieser verdammten Sekte, bei Kolja. Auch wenn ich nicht weiß, wozu er das Mädchen braucht.«

»Sie könnten die Entführung doch der Miliz melden ...«

»Oje«, winkte Marja Sergejewna ab, »das würde nichts nützen, keiner würde auch nur einen Finger rühren. Bei den Gorjatschkins ist der Sohn verschollen, die Milizionäre wollten noch nicht mal die Meldung aufnehmen, sie haben bloß die Gesichter verzogen.«

Ich schwieg.

»Ljuda hat dir offenbar vertraut, da sie dir vor ihrem Tod meine Adresse gegeben hat«, seufzte die Alte, »also hilf bitte ...«

»Sagen Sie mir den Namen.«

»Welchen?«, fragte sie erstaunt.

»Den Namen von dem Dorf, in dem sich die Sekte befindet.«

»Ich weiß ihn nicht«, sagte die Balabanowa verwirrt.

»Aber Sie haben doch gerade gesagt, dass Sie mir sagen würden, wo ich sie finde.«

»Na ja, nur in dem Sinne, dass Verotschka bei der Sekte sein muss«, stammelte sie, »bei diesen verdammten Verbrechern. Sweta haben sie schon auf dem Gewissen, und jetzt kommt auch noch meine Urenkelin dran.«

Sie begann still und hoffnungslos zu weinen. Die Tränen liefen ihr erbsengroß übers Gesicht und verschwanden im Halsausschnitt. Anders als die meisten Dorfweiber, die bei jedem sinnvollen oder nicht sinnvollen Anlass losflennen, weinte Marja Sergejewna unbeholfen, als wäre es das erste Mal. Wahrscheinlich tat sie das sonst nie in Gegenwart eines anderen Menschen. Diese übertriebenen Leidensergüsse mit lautem Wehklagen und Händeringen berühren mich wenig, das verzweifelte Schluchzen der Balabanowa dagegen ging mir ans Herz.

»Erinnern Sie sich bitte! Vielleicht hat Ljuda irgendetwas gesagt, den Namen der nächsten Bahnstation, einer Straße …«

»Nein.« Sie schüttelte den Kopf. »Ich weiß nur, dass es in der Nähe von Moskau liegt.«

»Na prima«, dachte ich, während ich zum Autobahnring fuhr, »die Größe des fraglichen Gebiets entspricht etwa einem Drittel Frankreichs.«

Meine düsteren Gedanken wurden von einem Anruf unterbrochen.

»Wo bist du?«, fragte Häschen.

»Bei der Auffahrt von der Wolokolamsker …«

»Komm sofort zum *Arlecchino*.«

»Warum?«

Aber Olga duldete keinen Widerspruch:

»Ich brauche dich.«

Sie legte auf.

Das *Arlecchino* ist ein ziemlich exklusives Geschäft, drei Etagen hängen bis zum Anschlag voll mit den verschiedensten Modekreationen, alle völlig überteuert. Daher kaufen wir unsere Kleider lieber in Paris, dort ist es viel billiger; wer bei Chanel einen Rock ersteht, kann außerdem ganz beruhigt sein, dass es sich auch wirklich um ein Firmenstück in Einzelanfertigung handelt. In Moskau riskiert man dagegen, in einer teuren Boutique einen Mantel mit dem Etikett Channel zu erstehen, der aus einer italienischen Müllhalde stammt. Das einzige verräterische Detail ist das zweite n auf dem Schildchen. So werden die unbedarften russischen Käufer übers Ohr gehauen. Ich habe in Moskau schon Etiketten mit der Bezeichnung *Deor* anstelle von *Dior, Lagerfild* anstelle von *Lagerfeld* und *Pacco Rabanne* anstelle von *Paco Rabanne* gesehen. Nur ein kleiner Buchstabe, und schon hat man im Schrank anstelle eines Markenerzeugnisses einen namenlosen Lappen hängen.

Was mochte Häschen ins *Arlecchino* getrieben haben? Ungeduldig lief sie vor dem Eingang auf und ab.

»Wo bleibst du denn so lange? Komm schnell, ich soll mir ein hellviolettes Kostüm kaufen, anscheinend wirkt mein Gesicht dadurch interessanter. Vier Stück habe ich zurücklegen lassen, ich will sie jetzt anprobieren. Du musst mir unbedingt raten, welches das beste ist!«

Mit festem Griff zog sie mich durch das Erdgeschoss, während sie unzufrieden brummelte:

»Nie bist du da, wenn man dich braucht. Wo steckst du bloß die ganze Zeit?«

»Verzeihen Sie«, hörten wir eine höfliche Männerstimme, »sind Sie die Woronzowa?«

Olga schaute den Wildfremden an, der eine einfache Jacke trug, und antwortete verständnislos:

»Ja.«

»Die neue *Welt-des-Sports*-Moderatorin?«, fragte der Bursche weiter.

Häschen nickte misstrauisch.

»Kinder«, schrie der junge Mann los, »hierher, ich hab doch gesagt, sie ist es.«

In null Komma nichts waren wir von einem Haufen erhitzter Männergesichter umgeben.

»Ein Autogramm bitte!«, riefen sie.

»Wie wird Zenit Sankt Petersburg spielen?«

»Kann Spartak die Meisterschaft gewinnen?«

»Holt ZSKA noch auf?«

»Was passiert mit Sergej Juran?«

Es regnete nur so Fragen. Die arme Olga versuchte ihnen zu entkommen, aber sie hatte keine Chance. Die Fans ließen nicht locker, jetzt konzentrierte sich ihr Interesse auf sie selbst.

»Wie alt sind Sie?«

»Sind Sie verheiratet?«

»Können wir Sie vielleicht nach Hause bringen?«

Der Manager aus der Abteilung mit den Badeanzügen rettete die Lage. Er kämpfte sich zu uns durch, packte Olga am Handgelenk und zog sie in eine Umkleidekabine.

Die enttäuschte Menge stand derweil lärmend herum.

»Also, passt mal auf, Jungs«, mischte ich mich ein, »wie Zenit spielt und ob Spartak Meister wird, weiß sie nicht. Woher denn auch? Dafür weiß ich, dass ihr Mann Meister im Boxen ist, hundertvierzig Kilo wiegt und es gar nicht gern sieht, wenn seine Frau belästigt wird. Er probiert gerade Hosen an und wird gleich kommen. Ich bin übrigens seine Mama ...«

Rasch zerstreute sich die Menge.

Ich zog den Vorhang der Kabine zurück. Häschen saß auf einem Hocker.

»Was ist das bloß?«, fragte sie und schüttelte verwirrt ihren Kopf. »Sag mir: Was soll das?«

»Das ist der große Ruhm«, lachte ich, »die Droge der Beliebtheit. Willst du etwa sagen, dass es nicht das war, weswegen du ins Fernsehen wolltest?«

Darauf wusste Olga nichts zu sagen. Sie hielt sich ängstlich ihre Tasche vors Gesicht, als sie aus der Umkleidekabine trat, und murmelte:

»Jetzt lass uns schnell zu den Kostümen gehen.«

»Olga«, hörten wir eine Stimme.

Meine Schwiegertochter zuckte zusammen. Der Manager, der sie gerettet hatte, hielt ihr den Fernsehteil einer Tageszeitung hin.

»Bitte, unterschreiben Sie hier, neben dem Foto.«

»Neben was für einem Foto?«, stotterte Häschen.

»Neben Ihrem! Haben Sie die Zeitung etwa noch gar nicht gesehen?«, lächelte der Verkäufer. Er zeigte auf das Foto. Wir starrten es mit aufgerissenen Augen an. »Die neue Schönheit der Sportberichterstattung« stand darunter.

»Meine Güte!«, rief Olga und schlug die Hände über dem Kopf zusammen.

Nachdem wir ein Kostüm für sie ausgesucht hatten, fuhren wir hintereinander – Häschen vorneweg in ihrem VW, ich hinterher in meinem Volvo – nach Hause. An der Kreuzung zur

Kamyschinskij-Straße übersah Olga einen Abbiegepfeil und wurde sofort von einem wachsamen Verkehrspolizisten angehalten. Ich parkte hinter ihr und wartete.

Mit steinerner Miene näherte sich der Hüter des Gesetzes dem Auto, stellte sich in Positur, machte den Mund auf und ... strahlte plötzlich übers ganze Gesicht. Eine Sekunde später saß er bereits im VW. Die Zeit verging ...

Was machten die da bloß so lange?

Ich stieg aus und lief zu dem vor meinem stehenden Wagen.

»Ist was passiert?«

»Was gibt's, Bürgerin?«, bellte der Polizist unzufrieden.

»Das ist meine Schwiegermutter«, erklärte Häschen.

»Dann will ich Sie nicht länger aufhalten«, verabschiedete er sich, »aber fahren Sie vorsichtig.«

»Wieso hat das eigentlich so lange gedauert?«, fragte ich entrüstet.

»Ich musste Autogramme schreiben«, erläuterte mir Olga. »›Für Petja von Woronzowa‹, ›Für Lena von Woronzowa‹, ›Für Mischa von Woronzowa‹ und so weiter. Er hat keine Ruhe gegeben, bis er für jeden Kollegen eins gekriegt hat.«

Plötzlich lachte sie los:

»Die Strafe hat er darüber ganz vergessen!«

»Na, so was«, sagte ich begeistert, »der Ruhm hat also auch seine guten Seiten.«

»Eines steht jedenfalls fest«, seufzte Olga, als wir endlich die Autos in die Garage gestellt hatten und zum Haus liefen, »ich muss mir eine große Sonnenbrille kaufen und meine Haare zusammenbinden, damit mich keiner erkennt.«

Diesmal waren nur zwei Damen bei uns zu Gast. Eine Dürre mit muskulösen Beinen, offenkundig eine Exballerina, und eine Mollige in einem unvorstellbaren grün-orangefarbenen Aufzug. Beide Schönheiten waren von Kopf bis Fuß mit Kostbarkeiten behängt. Die Jüngere trug sogar um die Knöchel Kettchen mit kleinen Steinchen.

»Jetzt sind die Mädels heimgekommen«, kreischte Alissa auf, »darf ich vorstellen ...«

»Sofie«, sagte die Dicke.

»July«, murmelte die Dürre.

Filja hielt gerade die Nase an eine streng riechende Flüssigkeit und hob die Augen gar nicht erst.

»Bejart ist völlig verrückt geworden«, nahm July das von unserem Kommen unterbrochene Gespräch wieder auf, »er verlangt Unmögliches von seinen Tänzern.«

»Keiner weiß, ob der Zuschauer solches Ballett überhaupt versteht«, seufzte Sofie.

»Man darf die Technik nicht so verkomplizieren«, warf July ein. Dann tastete sie ihre Taschen ab und rief: »Zum Teufel, ich hab die Zigaretten im Auto gelassen, ich muss sie holen.«

»Nehmen Sie doch eine von meinen«, schlug ich vor.

Geringschätzig schaute sie auf das Päckchen, das ich ihr entgegenhielt, und zischte:

»Die rauche ich nicht.«

Schnell schlüpfte sie aus dem Zimmer.

Filja nahm einen Schluck aus der Tasse, räusperte sich zufrieden, goss einen Teil des Inhalts in die Untertasse und murmelte darüber:

»Sumo, bumo, gumo.«

Inzwischen hatte ich mich schon so an seine Absonderlichkeiten gewöhnt, dass ich mich nicht weiter wunderte.

»Sie ist umsonst zum Auto gerannt«, bemerkte Sofie plötzlich, »das Päckchen liegt hier bei der Stehlampe.«

»Stimmt«, lachte Alissa. Sie machte das Fenster auf und schrie hinaus:

»July, July, komm zurück, du kopfloses Huhn, deine Zigaretten sind hier, July, July!«

Die Tür öffnete sich einen Spalt, unser Yorkshireterrier July kam auf leisen Pfoten hereingeschlichen. Die wohlerzogene Hündin setzte sich Alissa zu Füßen und wedelte mit dem flauschigen Schwanz.

»July, July«, trompetete die Ballerina, »July, komm her, July!«

Die Hündin stellte die Vorderbeine auf Alissas Fuß und begann leise zu winseln.

»July«, schrie sie weiter zum Fenster hinaus, »July!«

Der Yorkshireterrier bellte laut. Alissa fuhr zusammen:

»Huch, hast du mich aber erschreckt! Was willst du?«

July sprang an ihr hoch.

Alissa rief wieder:

»July!«

Jetzt fing die Hündin laut an zu jaulen.

»Was hat sie denn bloß?«, wandte sich Alissa nun verständnislos an mich.

Ich hielt mit Mühe das Lachen zurück und erklärte ihr:

»Nichts weiter, sie versteht nur nicht, wieso du die ganze Zeit nach ihr rufst, wo sie doch da ist.«

»Was soll das heißen?«, sagte Alissa erstaunt.

»Sie hört auf den Namen July«, erklärte ihr Olga.

Alissa lachte los, hob July vom Boden auf und küsste sie auf den zottigen Kopf.

»Mein Schätzchen, meine Süße, hast du gedacht, Mami ist verrückt geworden ...«

Fredi, der bis dahin ruhig in einer Ecke gesessen hatte, gab ein dumpfes Brüllen von sich.

»Sei nicht eifersüchtig, Dummkopf«, wandte sich Alissa an ihn, »da, nimm!«

Sie warf dem Affen eine *Cosmopolitan* hin, in der er wichtigtuerisch zu blättern begann.

Die dürre July kam zurück, fischte eine fette Gitane ohne Filter aus dem blauen Päckchen mit der Tänzerin vorne drauf und begann mit stinkenden, schwarzen Rauchwolken die Luft zu verpesten.

Schadenfroh linste ich zu meiner Schwiegertochter hinüber. Olga sagte kein Wort, sie verließ einfach schweigend den Raum. Filja folgte ihr mit der Untertasse in den Händen. Obwohl es kaum noch Luft zum Atmen gab, nahmen die Damen mit unvermindertem Eifer ihr Gespräch über die Neuigkeiten in der Welt des Balletts wieder auf.

Ich schlüpfte zur Tür hinaus und ging zu Manja. Sie schlief. Ihr Atem war regelmäßig, die Stirn kühl, die Wangen waren mit grünem Desinfektionsmittel gesprenkelt. Auf der Bettdecke lagen die verschiedensten Gegenstände: Chipstüten, Zeitschriften, Kaugummis … Die langen Moulinéfäden hingen fast bis zum Boden. Eine Fernsehbedienung, der Kamm des Pudels, Schlafanzughosen waren auf dem Teppich gelandet, alles überstreut mit Sandkuchenkrümeln … Manja war offenkundig auf dem besten Weg, wieder gesund zu werden.

Ich begann aufzuräumen. Das Kind rührte sich nicht. Auf dem Nachttisch stand zwischen einem Tetrapak Orangensaft und dem Nachschlagebuch *Infektionskrankheiten der Hunde* eine leere Untertasse. Automatisch nahm ich sie in die Hand. In der Mitte verliefen sich noch ein paar vereinzelte, bräunliche Tropfen einer stark riechenden Flüssigkeit. Vor Entrüstung blieb ich wie erstarrt stehen. Das ging zu weit!

Filja saß in Alissas Zimmer. Ich hatte den Raum seit fast zwei Wochen nicht betreten und war erstaunt, wie sehr er sich verändert hatte.

An den Vorhängen hingen mit Nadeln befestigt Zettel mit unverständlichen Symbolen. In allen Ecken waren brennende Kerzen aufgestellt. Auf dem Tisch standen eine glitzernde Kristallkugel auf einem Gestell, ein merkwürdig aussehender Dreifuß und eine unendliche Zahl von Gläsern, Fläschchen und Flacons.

Der Magier selbst trug einen dunkelblauen Kittel, der golden bemalt war. Er schien sich auf lange Zeit hier eingerichtet zu haben.

Empört hielt ich ihm die Untertasse unter die Nase und fragte fordernd:

»Was ist das?«

Filja legte ruhig sein Buch mit dem Titel *Magie auf dem Lande* beiseite und antwortete höflich:

»Eine Untertasse.«

»Stellen Sie sich nicht dümmer, als Sie sind«, sagte ich ungehalten. »Wenn ich noch einmal sehe, dass Sie dem Kind irgendwelchen Mist verabreichen, schmeiße ich Sie aus dem Haus!«

»Das ist kein Mist«, antwortete der Magier immer noch höflich, »sondern ein altes, erprobtes Mittel gegen Fieber. Der Doktor hat Manja eine hohe Dosis Antibiotika verschrieben. Als ich das Rezept sah, war ich richtig erschrocken. Wie kann man ein Mädchen in ihrem Alter mit solchen Medikamenten voll stopfen?«

»Man soll sich also lieber mit Zauberwasser heilen ...«

»Antibiotika«, fuhr Filja fort, ohne meinen Zorn zu beachten, »sind eine tückische Angelegenheit. Ich bin nicht grundsätzlich dagegen, oft können sie einem Menschen das Leben retten. Aber doch nicht bei einfachen Windpocken! Hier können die Nebenwirkungen verhängnisvoll sein.«

»Von wegen!«

»Erstens wird die Darmflora zerstört, es dauert Monate, um sie wieder aufzubauen. Zweitens gewöhnt sich der Organismus, wenn er eine hohe Dosis davon aufnimmt, daran. Wenn man dann, Gott behüte, aus einer echten Gefahr heraus wirklich Antibiotika einnehmen muss, wirken sie nicht mehr mit voller Kraft. Ich als Spezialist würde nie raten, mit einer Kanone auf Spatzen zu schießen. Manja schläft, das Fieber ist gefallen, in dem Getränk war nichts Besonderes enthalten, nur eine gewöhnliche Auswahl von Kräutern, wie sie jedes beliebige Kräuterweib vom Lande kennt.«

»Ich würde nie zulassen, dass mein Kind zu einem Kräuterweib vom Lande geht!«

»Da tun Sie falsch dran. Die alten Weiber wissen viel und können ...«

»Passen Sie auf«, verkündete ich mit steinerner Stimme, »wir kommen sehr gut ohne Ihre Moralpredigten aus, wir sind an die herkömmliche Schulmedizin gewöhnt!«

»Von meiner Ausbildung her bin ich Arzt«, erklärte Filja, »ich habe das medizinische Institut abgeschlossen und viele Jahre im Botkinskij-Krankenhaus gearbeitet. Erst mit der Zeit habe ich mir dieses Wissen angeeignet und bin ein Schamane geworden.«

Meiner Kehle entrang sich ein Lachen.

»Ich weiß ja nicht, mit welchen Mitteln Sie Ihre Klienten verschaukeln, ich lasse mich jedenfalls nicht einwickeln. Wie alt sind Sie?«

»Fünfundfünfzig«, erklärte er ruhig.

Ich lachte laut los. Das junge Gesicht mit den rosa Wangen, die Haare ohne eine Spur von Grau, der gerade Rücken, die schnellen, leichtfüßigen Bewegungen – das alles verriet sein wahres Alter. Er konnte höchstens dreißig sein.

Filipp sprang aus seinem Sessel und zog seinen Pass hervor: Gogoljew, Filipp Andrejewitsch, Geburtsjahr 1944.

Er sah, wie überrascht ich war, und erklärte mir:

»Mein Vater hatte Glück. Wegen einer Verletzung wurde er von der Front nach Hause geschickt. Neun Monate später wurde ich geboren.«

Von dem süßlichen Rauch, der in der Luft hing, drehte sich mir der Kopf, eine leichte Übelkeit stieg mir vom Magen hoch, in meinen Ohren hämmerte es. Eine Migräne war im Anmarsch, ich musste sofort Tabletten nehmen.

»Gut«, murmelte ich, während ich den Rückzug in den Flur antrat, »Sie mögen ja Erfahrung haben und ein Fachmann auf Ihrem Gebiet sein, aber ich bitte Sie inständig, meine Familie nicht mehr zum Narren zu halten. Soll ich Ihnen für Ihre Bemühungen etwas zahlen?«

»Sie wollen mich beleidigen«, lachte Filja, »aber das schaffen Sie nicht. Ich habe Manja, Kescha und Olga lieb gewonnen, es sind großartige Menschen, sie können meine Hilfe und mein Wissen gut gebrauchen. Ihre Migräne geht übrigens sofort vorbei, wenn Sie das hier trinken.«

Er reichte mir ein kleines Fläschchen.

»Fünf Tropfen davon auf die Zunge, das reicht«, erklärte er.

Voller Wut und mit dröhnendem Kopf verließ ich das Zimmer … Na warte, Alissa, na warte!

KAPITEL 17

Die Nacht verbrachte ich in Qualen. Meine linke Schläfe stach wie verrückt, das Bett schaukelte unter mir und schwamm mir permanent davon, gegen Morgen musste ich mich erbrechen. Normalerweise stopfe ich mir in so einem Zustand alle nur möglichen Schmerzmittel in den Rachen und schiebe zum Abschluss noch ein ordentliches Schlafmittel nach. So eine ausgekochte Migräne mit Schmerzen, Übelkeit und heulendem Elend hält sonst meist vierundzwanzig Stunden an.

Aber heute wollte das Schlafmittel partout nicht wirken. Mein Kopf schmerzte, als hätte sich ein glühender Schürhaken hineingebohrt, mir schien, als röche ich direkt das verkokelte Gehirn. Ob ich mir das nun einbildete oder nicht, mit der Nase nahm ich den Geruch eindeutig wahr. In so einem Zustand nimmt man zu sich, was immer man kriegen kann: einen lebendigen Frosch, eine Kakerlake, Wasser aus einer Pfütze, Hauptsache, es gibt eine kleine Hoffnung auf Linderung.

Ich griff also kurz entschlossen nach dem Fläschchen, goss mir etwas daraus in den offenen Mund und horchte nach innen. Nichts passierte, mein Kopf dröhnte unverändert weiter.

Laut tickend zählte mein Wecker die Minuten. Acht Uhr morgens. Wie konnte man so leichtgläubig sein in Bezug auf diese so genannte Magie. Alles nur Lügen, und Filjas Pass war bestimmt gefälscht, um die Klienten einzulullen. Meine Augen schlossen sich wie von selbst, ein rettender Schlaf überkam mich.

Als ich aufwachte, streckte ich mich genüsslich und drehte

vorsichtig den Kopf hin und her. Er tat überhaupt nicht weh. Ich setzte mich im Bett auf. Großartig! Wie lange mochte ich wohl geschlafen haben?

Die Zeiger meines Weckers zeigten auf acht Uhr und zehn Minuten. Ich starrte verwirrt auf das Zifferblatt und überlegte: abends oder was? Aber das helle Märzlicht draußen vor dem Fenster gab mir die eindeutige Antwort: Es war erst früh am Morgen. Der Himmel war blau, im Garten lief mit hoch erhobenem Schwanz fröhlich bellend Bandy umher.

Unglaublich! Ich hatte nur zehn Minuten geschlafen, dabei war mein Zustand so, als wären es zwölf Stunden gewesen. Wo war die Migräne nur hin?

Filjas Fläschchen stand auf dem Nachttisch ... Ach, Quatsch, die Tabletten, die ich über Nacht in mich hineingeschüttet hatte, hatten einfach endlich gewirkt.

Nach dem Frühstück ging ich nach oben und dachte nach. Wie konnte ich die Sekte finden? Ein paar Stunden später hatte ich mir einen Plan zurechtgelegt. In diesen Organisationen mussten sich die Mitglieder zum Wohle der Sekte von ihrem persönlichen Besitz trennen. Sie verkauften also ihre Wohnungen, Autos, Datschen ...

Somit musste der »heilige Bruder« daran interessiert sein, neue Mitglieder zu werben. Je mehr Mitglieder, desto höher sein Einkommen. Daher mussten die Bekehrten immer neue Opfer suchen. Sicher hatte auch Ljuda für die Sekte geworben. Es musste doch ein Leichtes sein, jemanden von den Bekehrten zu finden und über ihn auf den »Weg zu Jesus« zu gelangen.

Nachdenklich malte ich Häuser in mein Notizbuch. Wo konnte ich diese Leute finden? Zum Beispiel da, wo die Schabanowa gearbeitet hatte. Sie hatte doch sicher ein paar ihrer Mitarbeiter dafür gewonnen.

Die Fabrik für Wärmegeräte erstreckte sich über ein riesiges Gelände. Am Eingang saß eine Frau und hielt Wache.

»Wo willst du hin?«, fragte sie mich.

»Wo ist bei Ihnen die Poliklinik?«

»Wir haben nur eine medizinische Abteilung«, berichtigte sie mich, »geh um das Kopfende des Gebäudes herum, du kommst ohne Einlassschein hinein.«

Ich lief um das gigantische Gebäude herum. Was wohl Wärmegeräte sein mochten? Wahrscheinlich alle möglichen Heizgeräte und Öfen.

Wie auch immer, die Geschäfte des Unternehmens mussten großartig laufen. Der dreistöckige Korpus war gerade erst frisch renoviert worden, überall waren Teppiche ausgelegt. Nur Besucher sah man keine. Auch vor der Tür mit der Aufschrift *Zahnarzt* gab es keine Schlange.

Auf mein Klopfen streckte eine hübsche junge Frau den Kopf heraus.

»Treten Sie ein.«

Die Ausstattung war modern und neu.

»Verzeihung«, tat ich, als wäre ich verwirrt, »ich bin eigentlich schon lange bei der Schabanowa.«

Die Zahnärztin legte ihren blitzenden Spiegel mit dem langen Griff zur Seite und antwortete mir freundlich:

»Sie hat gekündigt.«

»Wie denn das?«, fragte ich erstaunt.

Sie zuckte die Schultern.

»Wahrscheinlich hat sie einen anderen Arbeitsplatz gefunden, wo sie mehr verdienen kann, obwohl ...«

»Ja, bitte?«

»Das hier ist ein sehr günstiger Arbeitsplatz«, erklärte sie. »Es kommt fast keiner von hier, man kann den ganzen Tag Privatpatienten behandeln. Sie sind, wie ich sehe, wohl auch von draußen und haben immer privat bezahlt?«

Ich nickte und sagte:

»Hat Ihnen Ljuda nicht die Adresse ihrer neuen Arbeitsstelle hinterlassen?«

»Nein.«

»Wie kann ich sie finden?«

»Wozu brauchen Sie die Schabanowa?«, versuchte sie mich

umzustimmen. »Ich bin auch nicht schlechter als sie. Ich verwende nur importierte Materialien, und meine Preise sind gemäßigt.«

»Ich hab mich an die Schabanowa gewöhnt«, wehrte ich mich, »sie hat goldene Hände.«

»Das ist wohl wahr«, bestätigte sie, »Ljuda ist eine ausgezeichnete Zahnärztin.«

»Vielleicht weiß eine ihrer Freundinnen ihre Adresse«, startete ich einen Versuchsballon, »ich will meine beste Ärztin nicht verlieren.«

Sie lachte:

»Sie kennen die Schabanowa doch, sie ist äußerst menschenscheu.«

»Mir schien das nicht so ...«

Meine Gesprächspartnerin lächelte:

»Von den Patienten, die regelmäßig zu mir kommen, weiß ich eine ganze Menge, und auch sie wissen einiges über mich, meinen Mann und meine Kinder. Ljuda fragte und erzählte nie etwas. Sie arbeitete immer schweigend. Oder wissen Sie etwas über ihr Privatleben?«

Ich schüttelte den Kopf.

»Sehen Sie?«, bemerkte sie zufrieden. »Wir haben fast zwei Jahre zusammengearbeitet, und ich weiß nichts über sie. Sie kam morgens, grüßte höflich und begann gleich zu arbeiten. Manchmal trinken wir Ärzte Tee oder Kaffee zusammen, aber sie lehnte ab, immer freundlich, aber entschieden. Auch mit den Patienten führte sie nie persönliche Gespräche, es ging immer nur um die Zähne. Eine erstaunliche Frau, total verschlossen. Bei uns wusste keiner was über sie. Auch die Kündigung war unmöglich. Sie kam eines montagmorgens einfach nicht, die Patienten saßen da und warteten auf sie. Erst als ich zum Chef ging, um nach ihrer Telefonnummer zu fragen, erfuhr ich, dass sie gekündigt hatte. Nicht einmal ihren langjährigen Patienten hatte sie davon erzählt. Man muss schon ganz schön kopflos sein, um einfach seine Klientel aufs Spiel zu setzen! Und das in unserer Zeit!«

Ich überließ die Frau ihrem Zorn und setzte mich trübsinnig in meinen Volvo. Was für ein Reinfall! Nichts hatte ich herausgefunden.

Wahrscheinlich warb sie die Neulinge aus ihrem Patientenkreis. Nur wie konnte ich ihre Namen herausfinden? Rostschin war der einzige Patient, von dem ich wusste. Ich kramte in meinem Gedächtnis, bis mir die Adresse des Kinderheims einfiel, in dem Schora aufgewachsen war. Ich würde hinfahren und mit der Leiterin sprechen. Es war zwar nur eine schwache Hoffnung, aber vielleicht sprang ja doch was Nützliches dabei für mich heraus.

Das Internat stand ganz hinten in einem sehr ordentlich gepflegten Hof. Die asphaltierten Wege waren sauber gefegt, die Beete umgegraben, die Schaukeln und das Reck hell gestrichen.

Vom Eisentor bis zum Haupteingang führte eine riesige Stellwand mit der Aufschrift *Unser Stolz*. Ich ließ meinen Blick über die Fotos schweifen. Über die Jahre waren in diesem Kinderheim spätere Ärzte, Fabrikdirektoren und sogar ein Astronaut großgezogen worden. Ein Bild von Rostschin war nicht dabei.

Erinnerungen überfielen mich, und ich musste unwillkürlich lächeln.

An der Fakultät hatte ich lange mit Professor Radko zusammengearbeitet, einem hervorragenden Kenner des Deutschen und Französischen, einem klugen Kopf, Liebhaber schöner Frauen, guten Essens und ordentlicher Trinkgelage.

In seiner Jugend lebte er in Marjina Rostscha. In den Höfen gab es oft Schlägereien, die Jungs aus der Gegend bildeten Banden, die sich straßenweise organisierten und dann aufeinander losgingen. In einem dieser endlosen Kämpfe passierte ein Unglück. Einer der Jugendlichen zog ein Finnenmesser und erstach seinen Gegner. Alle wurden festgenommen, darunter auch Radko. Das Gericht strafte die Raufbolde hart, er selber bekam fünf Jahre Straflager und saß sie von der ersten bis zur letzten Minute ab.

Der Junge gab aber auch hinter Gittern nicht auf. Er beendete die Schule und begann selbstständig Sprachen zu lernen. Zurück in die Freiheit ging er mit der festen Absicht, seine Ausbildung fortzuführen, die Verbindung zu seinen früheren Barackenkumpanen brach er ab. Die eine harte Lektion hatte ihm für das ganze Leben gereicht.

Er schrieb seine Doktorarbeit, dann seine Habilitationsschrift, veröffentlichte mehrere Bücher und Lehrbücher, wurde bekannt. Seine kriminelle Vergangenheit verheimlichte er nicht, alle im Institut wussten, dass er eine Gefängnisstrafe abgesessen hatte.

Eines Montags erschien er mit bestürztem Gesicht in der Fakultät. Ich war gerade dabei, Klausuren zu korrigieren. Als ich seinen etwas mutlosen Gesichtsausdruck bemerkte, fragte ich ihn:

»Haben Sie eine neue Flamme oder haben Sie sich einfach ein Gläschen zu viel gegönnt?«

Er fuhr auf:

»Sie glauben ja gar nicht, Daschalein, was mir am Wochenende zugestoßen ist.«

Am Freitagabend hatte das Telefon geklingelt.

»Guten Abend, Genosse Professor«, hörte er eine Stimme mit einem vertraut kommandoartigen Ton durch den Hörer. »Hier ist die Einrichtung UU 1906/7.«

Radko war unwohl zumute. Es war die Nummer der Strafkolonie, wo er vor vielen Jahren sehnsüchtig die Tage bis zur Freilassung gezählt hatte.

»Sie müssen uns helfen«, erklärte der Vorgesetzte.

»Wie könnte ich das tun?«, erkundigte sich der Professor vorsichtig.

Die Verwaltung der Erziehungsanstalt wollte ein paar frühere Zöglinge einladen, die »etwas aus ihrem Leben gemacht« hatten.

»Ihr Kommen wird eine enorme erzieherische Bedeutung

für unsere Zöglinge haben. Viele werden sich besinnen, wenn sie Ihr Beispiel sehen. Machen Sie sich keine Sorgen, wir bringen Sie hin und zurück mit dem Auto, zu essen bekommen Sie in der Kantine.«

Radko grunzte, dachte an wässrige Fischsuppe und sagte zu.

Ganz früh am Sonntagmorgen hupte ein schwarzer Wolga, in dem schon zwei Männer saßen, vor seiner Tür. Der eine war ein junger, stark schwitzender Knabe in Uniform, der sich als Hauptmann Tarassow vorstellte, der andere ein großer, kräftiger Mann.

»Koljan«, stellte sich der Riese vor und hielt Radko eine riesige Pranke hin, »Schachmeister, Held der sozialistischen Arbeit, auch ein Exknacki.«

Die Fahrt dauerte weniger als eine Stunde. Als das vertraute, dunkelgrün gestrichene Tor zu sehen war, fröstelte es den Professor unwillkürlich. Plötzlich erinnerte er sich wieder an die erniedrigende Durchsuchung, die seiner ersten Ankunft hier gefolgt war.

Der Wolga bremste vor dem Verwaltungskorpus. Dort standen ein paar dickbeinige junge Frauen in Schutzuniform mit einem krummen Laib Brot herum.

»Verflucht nochmal!«, sagte Koljan begeistert. »Ich hätte nie gedacht, dass ich hier mal so begrüßt werden würde!«

Radko hüstelte verständnisvoll und drückte automatisch die Schulterblätter zusammen. Vor vielen Jahren hatten ihn die Wachposten auf dem Weg verprügelt, nur weil er seine Tränen nicht hatte zurückhalten können, als ihm klar wurde, wo er die nächsten fünf Jahre würde verbringen müssen.

Die Frauen überreichten ihnen den Laib Brot, dann erschien der Leiter. Er umarmte und küsste seine Gäste und verkündete:

»Sie sitzen alle im Klub und warten schon ungeduldig.«

Die automatischen Schlösser klickten, die zahlreichen Eisentüren quietschten. Radko bereute schon, gekommen zu sein, er fühlte sich von seinen Erinnerungen überrollt.

Endlich gingen sie auf den breiten asphaltierten Weg hinaus, der zum Klub führte, und Radko blieb erstarrt stehen. Direkt vor den Gästen war zwischen Eisenstäben ein riesiges Transparent aufgespannt: *Allee des Ruhmes. Gefangener, denk immer dran: Wenn du dich wirklich bessern willst, kannst du alles im Leben erreichen. Schau dir diese Gesichter an: Auch sie haben ihre Strafe bei uns abgesessen.*

Den ganzen Weg säumten Stellwände mit Fotos. Radkos Porträt war das erste. Die Verwaltung hatte nur diese eine Aufnahme, die vor seiner Freilassung gemacht worden war. Radko erinnerte sich noch sehr gut daran.

Einmal im Monat war immer ein Fotograf in die Strafkolonie gekommen. Er brachte einen altmodischen schwarzen Anzug mit, ein ganz ausgewaschenes weißes Hemd und einen Schlips mit Gummiband zum Umhängen.

Zwei Gefangene spannten ein Bettlaken auf. Der kurz vor der Entlassung Stehende zog seine Wattejacke aus, warf die Zivilkleidung über und erhielt das Kommando: »Auf den Stuhl setzen, zuerst die Schuhe anschauen, dann zu mir blicken.« Die Fotos wurden immer grauenhaft – auch das von Radko: im Vordergrund der geschorene Schädel, die Augen schauten finster, düster und wachsam, der Mund war fest verschlossen.

Radko blieb vor seinem Bild stehen. Von hinten hörte er: »Verflucht nochmal!«

Koljan musste sein Foto entdeckt haben.

Unter seinem eigenen stand zur Erläuterung, auf einer Schreibmaschine mit springenden Buchstaben geschrieben: »Michail Andrejewitsch Radko, Doktor der Wissenschaften, Professor, Preisträger des Makarenko-Preises. Böswilliges Rowdytum mit schwerer Körperverletzung in einer kriminellen Gruppe. Fünf Jahre.«

»Gefällt es Ihnen?«, fragte der Leiter der Strafkolonie stolz, als er das Erstaunen auf dem Gesicht des Gastes sah. »Wir mussten das Material in der Stadt bestellen und haben einen Haufen Geld dafür ausgegeben.«

Michail Andrejewitsch, der keine Worte fand, nickte nur. Er wusste nicht, was ihn noch erwartete. Die größte Überraschung hatte sich die Verwaltung für den Schluss aufgehoben. Irgendwann, so gegen neun Uhr abends, als das Besuchsprogramm abgewickelt war, fragte der Direktor der Anstalt:

»Wollen Sie sich nicht auch noch Ihre Zelle in der Abteilung anschauen?«

Hier in der Baracke erwartete Radko der letzte und entscheidende Schlag. Als er zu seinem doppelstöckigen, blau angestrichenen Eisenbett kam, entdeckte der Professor eine kleine Tafel, die auf immer und ewig am Kopfende befestigt war: *Auf dieser Pritsche schlief der Verurteilte Radko, später Professor und Doktor der Wissenschaften. Auch du kannst Erfolg haben, wenn du dich ernsthaft besserst.*

Auf dem Nachhauseweg schwiegen Michail Andrejewitsch und Koljan vollkommen erschlagen.

»Grauenhaft, das Ganze«, beklagte sich der Professor, »auch wenn es die dortige Leitung zu einem guten Zweck gemacht hat.«

Offenbar wollte die Direktion des Internats, bei dem ich inzwischen angelangt war, ebenfalls mit guten Vorbildern auf die Kinder einwirken. Die Fotos sahen alle gleich aus: Jungen in schwarzem Anzug und Krawatte, Mädchen in weißen Blusen mit einer Brosche am Hals. Wahrscheinlich kam auch hier regelmäßig ein Fotograf und brachte spezielle Kleidung mit.

Aber im Kinderheim selbst herrschte eine selten gemütliche Atmosphäre. Die Flure waren hell und sauber und mit Läufern ausgelegt. An den Wänden hingen wie in einer normalen Wohnung Regale, die mit Büchern voll gestellt waren. Nach den abgenutzten Buchrücken zu urteilen, wurden sie häufig gelesen. Als ich näher trat, sah ich Titel wie *Der Albtraum des Cowboys, Die Monster aus Freiburg, Das Gespensterschloss.*

»Im Erdgeschoss stehen die Horrorstorys und die Krimis«,

hörte ich eine Stimme hinter mir, »im ersten Stock die Klassiker und weiter oben Lehrbücher und Nachschlagewerke, Enzyklopädien ...«

Ich drehte mich um. Ein ernstes Mädchen von etwa sieben Jahren, das eine große Brille mit runden Gläsern trug, lächelte mich an.

»Interessant«, sagte ich gedehnt, »bei euch stehen die Bücher nicht in der Bibliothek ... Kann man sie sich einfach so nehmen, ohne sich einzutragen?«

Das Mädchen antwortete empört:

»Wie ist es denn bei Ihnen zu Hause, tragen Sie sich da irgendwo ein?«

»Natürlich nicht.«

»Und das hier ist unser Zuhause«, erklärte die Kleine, »wir sind eine Familie. Zu wem wollen Sie?«

»Zum Direktor.«

»Kommen Sie mit!«, kommandierte das Kind.

Im Laufschritt rannte ich ihm durch den gewundenen Korridor hinterher. Die Türen einiger Zimmer standen offen, und ich sah, dass darin nur zwei Betten standen, mit schönen flauschigen Decken. Als ich meine freundliche Begleiterin genauer betrachtete, bemerkte ich ihr nettes Kleidchen mit einem hübschen Muster auf der Brust, die ordentlichen Hausschuhe mit Bommeln, das helle Band, mit dem ihre wunderbaren, frisch gewaschenen Haare zusammengebunden waren, die vielen kleinen Haarklammern. Sie kaute unablässig auf einem Kaugummi herum und sah überhaupt nicht aus wie ein unglückliches, hungriges Waisenkind.

»Warum bist du nicht in der Schule?«, fragte ich im Gehen.

»Gestern hab ich angefangen zu husten«, erklärte das Kind, »der Großvater hat mir befohlen, zu Hause zu bleiben.«

Jetzt war mir alles klar: Das Kind war keine Waise, sondern die Tochter eines Erziehers.

Sie flog zu einer Tür mit einem Schild, das mit *Eintritt verboten* bedruckt war, und öffnete sie:

»Opa, hier ist wer für dich.«

Ein älterer, vollkommen kahler Mann schaute streng hinter seinen Brillengläsern hervor.

»Danke, Lenotschka, aber warum läufst du hier durch die Korridore? Weiß Mama, dass du nicht im Bett bist?«

Lenotschka schüttelte den Kopf.

»Dann ab unter die Bettdecke«, befahl der Großvater, »sonst kommt der Papa, und dann setzt es was!«

Schnell wie der Blitz war das Mädchen verschwunden.

»Womit kann ich dienen?«, fragte der Direktor.

Ich wollte gerade den Mund aufmachen, als zwei Jungen ins Arbeitszimmer kamen, sie sahen aus wie Elftklässler.

»Opa«, sagte der eine, »wir wissen einfach nicht, was wir tun sollen ...«

»Schulka ist gestorben«, fügte der andere hinzu. »Wie sollen wir das jetzt den Kleinen sagen? Es wird ein Riesengeschrei geben.«

»Später, Kinder, später. Ich habe Besuch«, antwortete der Großvater streng.

Die Jungen gingen hinaus, aber auch jetzt gelang es mir nicht, etwas zu sagen, denn nur eine Sekunde später kamen wieder fünf forsche Bürschchen ins Zimmer geflogen.

»Opa«, riefen sie alle gleichzeitig, »schau mal, wir haben es repariert. Können wir jetzt gehen?«

Der Direktor winkte ab:

»Damit wendet euch an die Eltern.«

»Aber Opa«, heulten sie im Chor auf, »sag du es ihnen, auf dich werden sie hören.«

»Stört den Opa nicht«, hörte man eine Stimme vom Korridor her, »seht ihr nicht, dass er Besuch hat?!«

Die Jungens verschwanden. Der Direktor erhob sich, öffnete die Tür und drehte das Schild um. Jetzt stand *Bitte wirklich nicht eintreten!* drauf, allerdings mit der Hand geschrieben.

»Verzeihen Sie«, lächelte er.

»Wie viele Enkel haben Sie denn bloß?«, fragte ich erstaunt.

»Achtundsechzig«, antwortete er ernst.

Ich ächzte.

»Wie viele?«

Der Direktor lachte.

»Das Internat leite ich schon mein Leben lang. Ich kann ohne weiteres sagen: Unser Haus ist einzigartig, es gibt kein zweites, das so wäre. Alle anderen schreien nur immer, man müsse den Kindern menschliche Lebensbedingungen schaffen, und fordern Geld. Wir dagegen leben wie eine Familie zusammen. Jeder hat seine Rolle. Ich bin der Großvater Sergej Filippowitsch, der Oberste, mein Wort ist Gesetz. Dann haben wir zwei Großmütter, eine Mama, einen Papa, Onkel und Tanten … Die Kinder untereinander sind alle Brüder und Schwestern. Wir nehmen unsere Mahlzeiten zu festen Stunden ein, aber jeder kann, wann immer er will, in die Küche gehen und Tee, Kaffee oder Kakao trinken. Schlafenszeit und Weckzeit sind während der Woche fest vorgegeben, dafür kann am Wochenende jeder so lange schlafen, wie er will. Die Bücher sind für alle da, die Spiele ebenso. Die älteren Mädchen bekommen Kosmetik, ein paar von den Oberschülern rauchen, aber nur an einem dafür bestimmten Ort. Es gibt keine Sammelgeburtstage. Jeder erhält seine Glückwünsche und ein Geschenk an seinem eigenen Geburtstag.«

»Wie haben Sie das geschafft?«

Sergej Filippowitsch hob die Hände zum Himmel.

»Es ist ein großartiges Kollektiv, die Leute arbeiten seit dreißig, vierzig Jahren zusammen. Von den Neuen bleiben nur die verwandten Seelen. Die Bösen und Harten verschwinden von selber wieder, sie halten die Atmosphäre einfach nicht aus.«

»Und woher nehmen Sie das Geld? Es beklagen sich doch alle darüber, dass es kein Geld gibt.«

Der Direktor lächelte schlau:

»Wir sind doch eine Familie und bleiben Verwandte, auch wenn die Kinder in die große Welt hinausgehen. Viele von denen, die früher bei uns waren, helfen uns jetzt. Einer hat uns einen Fernseher gekauft, ein anderer Spielzeug gebracht, wieder ein anderer bringt uns Kartoffeln. Unser Hausarzt ist hier groß geworden, der Friseur ist einer von uns, wir haben das Haus mit unseren eigenen Leuten renoviert, und das Material dazu hat uns Igor gegeben, der jetzt ein großes Geschäft besitzt.«

»Und alle helfen?«

»Ja«, sagte Sergej Filippowitsch stolz, »ich wüsste keine Ausnahme.«

»Und Rostschin?«

»Schora? Ein heller Kopf und fantastischer Buchhalter, der viele Abrechnungen für uns gemacht hat und uns viele gute Tipps gegeben hat, so dass wir den Leuten ein ordentliches Gehalt geben können.«

»Sie wissen, dass er gestorben ist?«

Sergej Filippowitsch nickte.

»Eine furchtbare Tragödie. Seine Frau sagte, er habe am offenen Fenster geraucht, als ihm plötzlich schwindlig wurde. Er war jung, gesund, gut aussehend ... Wir haben es uns sehr zu Herzen genommen.«

»Was meinen Sie, war Schora religiös?«

Der Direktor zog die Augenbrauen hoch.

»Früher nicht, aber wir waren ja alle Atheisten. Warum fragen Sie?«

Ich zog meinen roten Ausweis mit den goldenen Buchstaben MWD aus der Tasche und antwortete:

»In der Moskauer Umgebung ist eine Sekte aufgetaucht, die ein echter Schurke anführt. Die Mitglieder haben sich in einem Dorf niedergelassen, die Adresse wird strikt geheim gehalten. Aber wir haben Beweise, dass Rostschin etwas mit ihnen zu tun hatte und sein Tod kein einfacher Zufall war. Wir dachten, jemand in Ihrem Haus wäre vielleicht auf dem Laufenden.«

Sergej Filippowitsch runzelte nachdenklich die Stirn und trommelte mit den Fingern auf den Tisch. Dann sagte er:

»Wir hatten da mal einen unangenehmen Vorfall, den einzigen in der gesamten Geschichte dieses Hauses. Für mich ist er ein Albtraum, eine Erinnerung an meine Hilflosigkeit, und Schora Rostschin spielte darin eine wichtige Rolle.«

»Ginge es etwas genauer?«, bat ich und machte es mir in dem erstaunlich gemütlichen, weichen Sessel bequem.

KAPITEL 18

Sergej Filippowitsch versuchte es immer so einzurichten, dass die Kinder höchstens drei Jahre alt waren, wenn sie in seine Familie kamen. Theoretisch kann ein Kinderheim Kinder jeden Alters aufnehmen, da sind auch Zwölf- oder Dreizehnjährige keine Seltenheit. Nicht aber so in diesem Heim. Der Direktor hatte Angst, sich damit die einzigartige Struktur seines Hauses zu zerstören. Wenn ein Kind im Alter von drei Jahren aus einer Krippe kam, nahm es das Papa-Mama-Spiel noch gerne an, mit einem Jugendlichen war das weitaus schwieriger. Sergej Filippowitsch wehrte sich also, so gut er konnte, gegen die Aufnahme größerer Kinder, im Notfall verhängte er sogar eine Quarantäne, die er dem zuständigen Amt für Volksbildung meldete: Hepatitis, Meningitis oder was auch immer.

Ein einziges Mal machte er eine Ausnahme. Aber auch erst infolge eines Anrufes des Kriminalkommissariats in der Petrowka-Straße.

»Bitte sei so gut«, sagte der General, ein guter Bekannter des Direktors, mit tiefem Bass, »ich weiß, dass du keine Jugendlichen aufnimmst, aber hier haben wir einen ganz besonderen Fall. Wir haben eine Sekte aufgedeckt, in der es zu kriminellen Aktivitäten gekommen ist. Die Schuldigen haben ihre Strafen bekommen, aber die Kinder verteilen wir jetzt auf die verschiedenen Heime. Ein Junge ist darunter ... Um es kurz zu machen: Ich bitte dich, ihn aufzunehmen.«

»Wie alt ist er?«, fragte der Direktor.

»Dreizehn.«

»Auf keinen Fall«, sagte Sergej Filippowitsch scharf.

Der General bestürmte ihn mit Bitten, schließlich sagte er:

»Erinnerst du dich noch? Du hattest mich mal gebeten, dir eines unserer Häuser für deine Zöglinge abzugeben. Also pass auf: Wenn du den Jungen nimmst, kriegst du das Häuschen im Bezirk Elektrostal, das reicht genau für siebzig Leute. Wir sind dabei, eine Erziehungsanstalt für Minderjährige aufzulösen.«

Jetzt schlug der Direktor natürlich ein und fragte:

»Wieso machst du so ein Aufheben um den Jungen?«

»Er ist ein Wolf und kein Mensch«, seufzte der General. »Du bist der Einzige, der mit ihm klarkommen kann. In jedem anderen Heim würde er alle vereinnahmen, sie sich unterordnen und für sich einspannen. Nur bei dir wird es, hoffe ich, anders sein.«

Sergej Filippowitsch bekam es mit der Angst zu tun. Aber er beruhigte sich wieder, als der Junge dann auftauchte.

Er hieß Kolja Schabanow, machte einen ordentlichen Eindruck und fiel durch nichts auf, außer dass er nur wenig und nicht alles aß und alle Überredungskünste der Erzieher nichts fruchteten. Außerdem weigerte er sich standhaft, sie Mama oder Papa zu nennen. Er nannte sie bei ihrem Vor- und Vaternamen und wollte absolut nicht bei dem Familienspiel mitspielen. Aber Sergej Filippowitsch fand einen Ausweg aus der heiklen Lage. Er erklärte seinen »Enkeln« einfach:

»Kolja ist aus einem anderen Haus zu uns gekommen. Wir geben ihm Schutz, wie das in einer ordentlichen, großen Familie üblich ist. Er gehört nicht zur Familie, aber er steht uns nah.«

Sonst machte Kolja keinen Ärger. Er lernte ordentlich, hielt die Hausordnung ein und erfüllte seine Aufgaben. Allerdings schloss er außer mit seinem Zimmergenossen Schora Rostschin keinerlei Freundschaften. Nur nahm dieser, seit Kolja da war, sehr ab und bekam einen seltsamen Tick in der Schulter.

Dann rief eine Kollegin, die Leiterin eines anderen Kinderheims, bei Sergej Filippowitsch an und bat ihn:

»Bitte verbieten Sie Kolja Schabanow, seine Schwester zu besuchen. Nach seinen Besuchen ist das Mädchen immer völlig außer sich.«

Als er Kolja zu sich rief und darauf ansprach, erklärte er in aller Ruhe:

»Sie ist noch klein. Wenn sie mich sieht, erinnert sie sich an unsere Mama, weint und will nach Hause. Ich kann ihr doch nicht erklären, wo unsere Mama in Wirklichkeit gelandet ist.«

Sergej Filippowitsch, der wusste, dass Raissa Schabanowa ihren Mann getötet hatte und jetzt ihre Strafe absaß, nickte nur und sagte:

»Geh einfach mal eine Zeit lang nicht hin.«

»Ist gut«, antwortete der Junge bereitwillig.

Die Wochen und Monate flogen dahin, dann geschah wieder etwas Unangenehmes. Diesmal betraf es Schora Rostschin.

Die Kinder erwischten den gutherzigen, stillen Jungen, als er gerade im Hinterhof dem Liebling des Hauses, dem Hund Bimka, die Kehle durchschnitt.

Sie verprügelten ihn und zerrten ihn dann vor den »Großvater« ins Arbeitszimmer. Sergej Filippowitsch fragte den Jungen wütend aus, der wie Espenlaub zitterte und ohnmächtig auf den Boden fiel. Die Erste Hilfe brachte ihn ins Krankenhaus. Keine Stunde später rief der Arzt aus der Aufnahmestation an und schrie:

»Wie konnten Sie nur! Wenn ich das Kind geheilt habe, werde ich dafür sorgen, dass Sie vor Gericht kommen!«

»Was ist passiert?«, fragte der Direktor verständnislos.

»Sie prügeln Ihre Kinder fast zu Tode und wagen es, so dumm zu fragen?!«

Sergej Filippowitsch stürmte in die Klinik. Als der vor Empörung bleiche Arzt Schoras Bettdecke hochhob, fiel der Direktor vor Schreck fast um. Der ganze schmale Körper des Kindes war mit blauen Flecken, Blutergüssen und Striemen übersät.

»Bitte schön«, zischte der Kinderarzt, »schauen Sie nur genau hin. Wahrscheinlich ist der arme Kerl mit einem Seil und dazu noch mit einem Draht geschlagen worden, und hier sehen Sie Spuren von Verbrennungen, jemand hat Zigaretten auf seiner Haut ausgedrückt.«

»Mein Kind«, fragte der Direktor mit zitternder Stimme, »mein liebes Kind, wer hat dich bloß so zugerichtet?«

Schora bekam seine Augen kaum auf:

»Ich habe Angst. Gott wird mich strafen.«

»Fürchte dich nicht«, sagte Sergej Filippowitsch, »mir kannst du es ruhig sagen, ich bin doch dein Opa.«

Die Züge des Kindes wurden weicher, Tränen rannen ihm über die Wangen, und es brachte heraus:

»Es war Gottes Sohn.«

»Wer?«, riefen der Direktor und der Doktor einstimmig aus.

»Kolja«, murmelte Schora mit kaum vernehmbarer Stimme und fiel wieder in Ohnmacht.

Der Zorn des Direktors war furchtbar. Noch am selben Tag ließ er die Polizei rufen und Schabanow festnehmen, der gerade vierzehn Jahre alt geworden und somit vor dem Gesetz in vollem Ausmaß verantwortlich war.

Als der Prozess stattfand, trat der inzwischen genesene Schora als Geschädigter auf.

Mit kaum hörbarer Stimme erzählte der Junge, wie ihn Kolja mit den Worten geschlagen und gequält hatte, genau so habe auch Jesus Christus für den Glauben gelitten. Mit Tränen in den Augen berichtete er von allen möglichen Gemeinheiten, die er ausführen musste, um seinen Glauben zu stärken. Der Tod des armen Hundes war nicht seine einzige Missetat, auch die toten Hamster und die verschwundene Katze Fima hatte Schora auf dem Gewissen.

»Warum hast du ihm gehorcht?«, fragte die Richterin.

»Ich weiß nicht«, weinte Schora, »er hat mich so angeschaut, dass ich nicht anders konnte. Seine Augen haben mich dazu gezwungen.«

Der auf der Anklagebank sitzende Kolja verzog das Gesicht und spuckte auf den Boden.

»Benehmen Sie sich gefälligst!«, wies ihn die Richterin zurecht.

»Dieser Bösewicht hat die Höchststrafe verdient!«, rief ein Schöffe in Militäruniform außer sich vor Empörung.

Aber die Richterin sorgte mit eiserner Hand für Ruhe.

»Wir sind verpflichtet, uns nach der sozialistischen Gesetzgebung zu richten«, bellte sie. »Wir müssen versuchen, diese außergewöhnliche Angelegenheit zu verstehen.«

Dazu brauchten sie lange. Eine Nachuntersuchung wurde eingeleitet, sogar Raissa wurde als Zeugin vorgeladen, aber die unter Wachaufsicht in den Saal geführte Mutter stotterte nur, dass Kolja ein guter Junge sei, der niemandem etwas zu Leide tun würde.

Am vierzehnten Oktober verlas die Richterin das Urteil: »Fünf Jahre mit Verbüßung der Strafe in einer Erziehungsanstalt mit Berufsausbildung.«

Schora Rostschin begann plötzlich und unerwartet zu weinen. Kolja sah ihn an, lachte hart auf und sagte:

»Mach dir nichts draus, bald komm ich wieder zu dir. Schau mich an!«

Rostschin starrte seinen Quälgeist an und fiel schluchzend zu Boden. Der Saal begann zu lärmen.

»Wache!«, schrie die etwas verwirrte Richterin. »Führen Sie den Verurteilten ab!«

»Die Strafe ist viel zu niedrig ausgefallen«, sagte eine Schöffin aufgebracht.

»Er hätte die Höchststrafe kriegen müssen«, schimpfte der Schöffe in Uniform.

»Seien Sie still!«, schrie die Richterin sie an, die jetzt ihre Selbstbeherrschung verlor. »Sie sind bereit, ein Kind einfach so zu zerstören! Wissen Sie eigentlich, unter welchen Umständen der Junge aufgewachsen ist? Man müsste ihn in einer guten Familie unterbringen und nicht in einer Erziehungsanstalt!«

»Leute wie Sie«, schrie der Militärangehörige, »helfen nur den Kriminellen!«

»Ihre seltsame Loyalität gegenüber kriminellen Personen beobachten wir schon seit langem«, zischte die Schöffin.

Der Saal verstummte und verfolgte den Streit aufmerksam. Die Richterin drehte sich ruhig um und ging zum Ausgang.

Schabanow, den die Wache währenddessen zum Ausgang geführt hatte, sagte plötzlich laut und deutlich:

»Alle werden für ihre Taten bestraft werden. Und für die an mir begangenen ganz besonders.«

Schora Rostschin, der gerade erst wieder zu sich gekommen war, verlor erneut das Bewusstsein.

»An Ihnen dagegen, Anna Perfiljewna«, sagte Kolja zur Richterin, »wird der Kelch der göttlichen Strafe vorbeigehen. Sie werden für Ihre Güte belohnt werden.«

Die Richterin zuckte zusammen und verschwand schnell im hinteren Raum. Schora Rostschin wurde zum Auto getragen, denn dem Jungen versagten die Beine. Er war dann ein ganzes Jahr lang in Behandlung bei einem Neuropathologen.

»Ist Schabanow noch einmal im Kinderheim aufgetaucht?«, fragte ich.

»Nie.« Sergej Filippowitsch schüttelte den Kopf. »Ich zähle ihn im Übrigen auch nicht zu meinen Zöglingen.«

Draußen schien hell die Sonne. Der Winter hatte endlich den Rückzug angetreten und Platz für den Frühling gemacht, der sich jetzt mächtig ins Zeug legte und Moskau mit klarem, warmem Licht übergoss.

Das Oberhaupt des »Weges zu Jesus« hieß Kolja, und Ljudmila Schabanowa war Mitglied der Sekte gewesen. Es gab nur eine Möglichkeit: Nach seiner Freilassung musste der Bruder irgendwie seine Schwester ausfindig gemacht und seinem Willen unterworfen haben. Aber dank Sergej Filippowitsch wusste ich jetzt, wo ich nach ihm suchen musste. Er war natürlich bei Raissa, Mutter und Sohn hatten sicher Kontakt zueinander.

Ich hielt mich nicht weiter in der Stadt auf, sondern machte mich gleich auf den Weg nach Loschkino. Jetzt brauchte ich den verdrießlichen Hauptmann, er würde mir helfen.

Er war nicht allein in seinem Amtszimmer. Ihm gegenüber saß auf der Stuhlkante ein ganz junger Bursche, eigentlich eher ein Jüngelchen. Im Gesicht hatte er zahlreiche blaue Flecken, Kratzer und Striemen.

Als er mich sah, lächelte der Hauptmann übers ganze Gesicht und befahl dem Jungen:

»Na los, geh schon, und lerne aus deiner Erfahrung!«

Der Jüngling schlüpfte zur Tür hinaus.

»Versuchen Sie jetzt, die Pepsi-Generation zu erziehen?«, lachte ich. »Ist das hier ein Kinderzimmer?«

Nikolaj Wassiljewitsch räusperte sich:

»Das ist unser Ermittlungsbeamter.«

»So jung!«

»Er hat schon seinen Wehrdienst geleistet, der Idiot!«

»Warum Idiot?«

Der Hauptmann lachte und zog eine Marlboro heraus.

»Urteilen Sie selbst.«

An diesem Morgen hatte der junge Mitarbeiter mit einem Verbrecher einen Lokaltermin haben sollen. Der Dieb hatte eine Wohnung ausgeraubt, die Bewohnerin gefesselt und im Badezimmer eingeschlossen. Jetzt sollte er an den Ort des Geschehens gebracht werden, damit er zeigte, was und wie es an jenem Tag passiert war.

Am Abend vorher hatte der junge Polizeibeamte bei der Hochzeit eines Freundes mitgefeiert, gut gegessen, getanzt und sich natürlich bis zum Abwinken besoffen. Um genauer zu sein: Er hatte so viel getrunken, dass die Reflexe nicht mehr funktionierten. Als er am nächsten Morgen um halb neun aufwachte, sprang er aus dem Bett und stürzte, ohne sich zu rasieren oder zu kämmen, in seinen verwaschenen Jeans und einem dreckigen Pullover zur Arbeit.

Der Häftling aus der Untersuchungsanstalt dagegen war frisch rasiert und trug einen ordentlichen Anzug mit Krawatte, als er zum Tatort gebracht wurde. Er duftete nach Eau de Cologne und hatte glänzendes, pomadisiertes Haar.

Der Ermittlungsbeamte kettete den Dieb mit Handschellen an sich, während er vor Kopfschmerzen ächzte und einen strengen Alkoholgeruch verströmte. So gingen sie in die ausgeraubte Wohnung.

Hier geschah nun das Unvorhersehbare. Mit dem Schrei: »Du widerliches Scheusal!«, stürzte sich die Beraubte auf den Ermittlungsbeamten und bearbeitete ihn mit ihren Fäusten. Der Dieb schüttelte sich vor Lachen, als er sah, wie die Frau dem Milizionär außer sich vor Wut ins Gesicht schlug und dabei böse schrie: »Du wirst schon sehen, was du davon hast, wenn du ehrliche Leute beklaust, du Schwein!« Man schaffte es irgendwie, die Geschädigte von ihm loszureißen. Als sie ihren Fehler begriff, entschuldigte sie sich, aber der Lokaltermin fand nun nicht mehr statt.

»Tja«, seufzte Nikolaj Wassiljewitsch, »Kleider machen Leute ... Aber was hat Sie hergeführt, Darja Iwanowna?«

»Sagen Sie, Nikolaj Wassiljewitsch, könnten Sie aus dem Archiv eine Akte anfordern?«

»Von wann und wer hatte damit zu tun?«

»Das Jahr kann ich nicht sagen, aber die Richterin hieß Anna Perfiljewna.«

»Oho!«, reagierte Nikolaj Wassiljewitsch lebhaft. »Die Sokolowa!«

»Kennen Sie sie?«

»Wer kennt sie nicht? Sie hat unsere Mitarbeiter direkt wahnsinnig gemacht. Sie brauchte keine Rechtsanwälte, die Akten durchstöberte sie selbst, die leiseste Ungereimtheit erkannte sie im Fluge. Unsere Leute schwitzten Blut und Wasser, wenn sie mit ihr zu tun hatten. Beim geringsten Anlass erklärte sie: ›Wir sind verpflichtet, die sozialistische Rechtsordnung einzuhalten‹, und zack! – schon war der Fall in einer Nachuntersuchung. Unsere Vorgesetzten legten uns in allen Besprechungen nahe: ›Bereitet die Akten so vor, dass die Sokolowa nichts zu nörgeln hat!‹ Ich hatte mal mit ihr zu tun, als sie schon beim Landgericht arbeitete. Eine sehr gründliche Dame. Wenn sie nur die geringste Möglichkeit sah, jemanden freizusprechen, tat sie es sofort. Niemand konnte ihr was vorschreiben, sie hatte vor keinem Angst. Heute kenne ich keinen Richter mehr, der so wäre ... Sie hat sich pensionieren lassen. Jetzt unterrichtet sie an der Fachhochschule für Jura. Sie ist schon alt, hat aber noch einen klaren Kopf und ein gutes Gedächtnis, sie erinnert sich an ihre Fälle. Reden Sie zuerst mit ihr. Aber worum geht es überhaupt?«

»Ich habe angefangen, für eine Zeitung zu arbeiten. Der Chefredakteur hat mir aufgetragen, interessantes Material über einen Prozess auszugraben, in dem das Mitglied einer Sekte verurteilt wurde ...«

»Ach so«, sagte der Hauptmann beruhigt. »Ja, machen Sie nur, die Leute lieben solche Geschichten ...«

Ich schrieb mir die Adresse der Fachhochschule auf, an der die eiserne Sokolowa unterrichtete, und fuhr nach Hause.

In der Diele stand vereinsamt ein kleiner Lederkoffer. Kescha war aus Indien zurückgekommen. Ich lief die Treppe hoch zu seinem Zimmer, um ihn zu begrüßen.

»Wie war die Reise?«

»Gut«, antwortete Kescha schwach vom Bett aus.

Ich bekam einen Schreck. Das Gesicht meines Sohnes war ungewöhnlich rot, die Augen glänzten fiebrig.

»Du bist ja krank!«

Das Thermometer, das ich ihm sofort in die Achselhöhle steckte, zeigte eine Minute später genau vierzig Grad. Plötzlich wurde ihm schlecht. Erschrocken rief ich die Erste Hilfe.

Jetzt waren auch noch furchtbare Abszesse auf Keschas Stirn und Wangen zu sehen, die erst in den letzten zehn Minuten ausgebrochen sein konnten.

Eine junge Ärztin, kaum größer als Manja, traf ein, untersuchte meinen Sohn und bekannte ratlos:

»Ich weiß nicht, was ich sagen soll. Ich rufe lieber noch jemanden hinzu, der erfahrener ist als ich.«

Eine halbe Stunde später erschien eine Frau um die fünfzig mit einem großen Kopf. Sie starrte den fast bewusstlosen Kescha an und murmelte:

»Na, na, was haben wir denn da …«

Dann fiel ihr Blick auf das Flugticket, das auf dem Nachttisch lag, und sie fragte:

»Von wo ist er zurückgekommen?«

»Aus Indien.«

Sofort rannte die Ärztin in den Flur, griff nach dem Telefon und schrie:

»Achtzehn, sofort zu mir, Alarmstufe Nummer zwei!«

Ich begriff überhaupt nichts.

»Mit wem hat der Kranke Kontakt gehabt?«

Ich zuckte die Schultern:

»Mit keinem. Seine Frau ist bei der Arbeit, die Schwester ist krank, die Kinder sind mit der Kinderfrau im Ferienheim.«

Als Manja krank geworden war, hatten wir die Zwillinge sofort weggeschickt, damit sie sich nicht ansteckten.

»Wer ist sonst im Haus?«

»Die Haushälterin und die Köchin.«

In diesem Moment kamen mit heulenden Sirenen zwei Blaulichtwagen in den Hof gerast. Ein ganzes Kommando von seltsam ausstaffierten Leuten stieg aus. Sie waren in Overalls aus Segeltuch gehüllt, an den Füßen trugen sie so etwas wie Stiefel, auf den Köpfen hatten sie Gummihelme, riesige Brillen und Atemgeräte. Vier von ihnen trugen Flaschen mit Spritzdüsen, drei schleppten eine Trage.

»Wo?«, fragte einer.

»Im zweiten Stock«, antwortete die Ärztin.

Die mit der Trage liefen nach oben, dabei nahmen sie immer zwei Treppenstufen auf einmal. Die, die unten geblieben waren, begannen die Diele methodisch mit einer scharf riechenden Flüssigkeit abzuspritzen.

»Was machen Sie da?«, fragte ich erbost.

Aber keiner antwortete mir. Die Brigade handelte schnell,

geschickt und effektiv. Keine zwei Minuten später war die Trage schon wieder unten. Ich erstarrte.

Sie hatten Kescha in einen großen schwarzen Sack gepackt, als wäre er schon tot. Nur das Gesicht hatten sie frei gelassen, ihm aber eine leinene Maske, ein Atemgerät und eine Brille aufgesetzt.

»Was soll das?«, stammelte ich.

»Machen Sie sich fertig!«, sagte jemand im Befehlston.

»Wofür?«

»Sie kommen mit uns!«

Aus der Küche kamen Irka und Katja mit erstaunten Gesichtern herbei.

»Wozu?«, fragte ich verständnislos.

»Alarmstufe Nummer zwei«, erklärte die Stimme dumpf.

Wenn jemand so komisch angezogen ist, weiß man kaum, ob man es mit einer Frau oder einem Mann zu tun hat.

»Ich rühre mich nicht vom Fleck«, verkündete ich fest und setzte mich in einen Sessel, »bis Sie mir erklärt haben ...«

»Alarmstufe Nummer zwei!«, wiederholte das geschlechtslose Wesen betont.

»Ihr Sohn hat die schwarzen Pocken aus Indien mitgebracht«, erklärte die ältere der beiden Ärztinnen, »alle, die mit ihm in Berührung gekommen sind, müssen unbedingt isoliert werden.«

An meinen Schläfen begann es sachte zu hämmern. Irka kreischte auf.

»Was heißt das, die schwarzen Pocken?«, stammelte ich. »Wo soll er die herhaben?«

»Hat er sich vor seinem Flug nach Delhi impfen lassen?«

»Nein.«

»Na also, was wollen Sie?«, krächzte einer durch seine Sauerstoffmaske, »in Indien bricht diese Epidemie immer wieder aus. Es ist äußerst unverantwortlich, ohne Impfung dorthin zu reisen.«

Sie stießen uns in den Blaulichtwagen, Kescha war schon in dem anderen Wagen abtransportiert worden.

»Aber oben liegt ein krankes Mädchen, und außerdem haben wir Gäste.«

Die Ärztin schloss entschieden die Autotür und antwortete:

»Eine Wache bleibt im Haus. Alle, die sich dort aufgehalten haben, werden in Isolierräume gebracht.«

»Was wird mit uns passieren?«, fragte Katja.

Die Frage blieb unbeantwortet in der Luft hängen.

»Wenn die schwarzen Pocken Alarmstufe Nummer zwei sind, welche Krankheit ist dann die Nummer eins?«, fragte ich und zupfte die Ärztin schüchtern am Ärmel.

»Die Pest«, erklärte die Fachfrau für Infektionskrankheiten.

KAPITEL 19

Der Stress beeinflusste meine Wahrnehmung. Ich weiß nicht mehr, wohin wir gebracht wurden. In einem kleinen Raum fand ich wieder zu mir. Die Einrichtung bestand aus einem Eisenbett, einem Eisenstuhl und einem Nachttisch, der wie ein alter Safe aussah. In einer Ecke befand sich ein Klosett. An der Wand war ein kleines Waschbecken angebracht.

Ich ließ mich aufs Bett fallen und betastete die Bettdecke: papieren. Die Minuten vergingen. Niemand kam.

Ein kleines Fenster in der Tür öffnete sich. Zwei Hände in Gummihandschuhen hielten mir einen Papierteller und einen Plastiklöffel hin.

»Essen.«

Hirsebrei mit ein bisschen Fleisch, eine Scheibe Brot.

»Tee.«

Die Hände reichten mir einen Plastikbecher.

Ohne Appetit rührte ich im Hirsebrei. Den lauwarmen, bitteren Tee konnte ich nicht trinken. Ich legte mich hin.

Das Fenster öffnete sich ein weiteres Mal.

»Das Geschirr!«

»Bitte rufen Sie einen Arzt!«

Ich gab Teller, Löffel und Becher zurück. Plötzlich Lärm im Korridor.

»In den Arsch könnt ihr euch das schieben, ihr Penner!«

Alissa hatten sie also auch hergeschleppt. Ich legte meinen Kopf wieder auf das schmale, nach Arzneimittel stinkende Kopfkissen. Die Kleider hatten sie mir weggenommen, dafür hatte ich ein Nachthemd mit einem unglaublichen Ausschnitt bekommen. Ich zitterte vor Kälte.

Die schwarzen Pocken! Als ich klein war, in den sechziger Jahren, da hatte mal ein Moskauer Künstler aus Indien diese schreckliche Krankheit mitgebracht. Er und seine Familie starben, die Wohnung wurde ausgeräuchert, die Wohnungstür mit geteerten Brettern vernagelt. Die Nachbarn vom selben Treppenabsatz zogen weg, in den Schulen impfte man eiligst die Kinder.

Endlich ging die Tür auf, auf der Schwelle erschien ein freundlicher Mann. Ich lief zu ihm hin und zog mir das von den Schultern rutschende Nachthemd zurecht.

»Was ist mit Kescha?«

»Alles in Ordnung«, benachrichtigte er mich lächelnd, »Ihr Sohn hat die Windpocken.«

»Die Windpocken?«

»Genau«, strahlte der Arzt, »jetzt sollten Sie schleunigst nach Hause fahren.«

Ich sah auf die Uhr: Es war halb eins.

»Mitten in der Nacht?«

»Sie können natürlich auch hier bleiben«, sagte der Doktor mit blitzenden Zähnen, »aber an Ihrer Stelle würde ich der Infektionsabteilung schleunigst den Rücken kehren.«

Jetzt begriff ich endlich.

»Wie konnten Sie uns nur so was einbrocken«, sagte ich und ging mit den Fäusten auf den Arzt los, »unfassbar! Die Windpocken mit den schwarzen Pocken zu verwechseln!«

»Regen Sie sich nicht auf«, murmelte er, während er in den Korridor zurückwich, »Ihr Sohn hat eine so schlimme Infektion, dass im Gesicht und am ganzen Körper keine Stelle heil geblieben ist. Außerdem kam er direkt aus Indien, da wussten die Ärzte nicht gleich, was los war. Andererseits beträgt die Inkubationszeit bei schwarzen Pocken natürlich mindestens ...«

Aber ich hörte ihm nicht mehr zu. So schnell mich meine Füße trugen, rannte ich zu dem Raum mit der Aufschrift *Entlassung*.

»Mamilein!«, schrie Manja.

Ich sah mich um. Sie waren alle da: Olga, Manja, Irka, Katja, Filja, Alissa, und alle hatten diese scheußlichen Hemden an.

»Verfluchte Idioten!«, tobte die Ballerina. »Morgen werden sie was erleben! Filja, häng ihnen irgendwas wirklich Bösartiges an!«

Eine Krankenpflegerin schleppte einen riesigen Sack an.

»Hier. Ihre Kleider. Sie sind desinfiziert worden.«

Stirnrunzelnd steckte Häschen ihre schmale Hand in den Sack und zog eine winzige graue Hose mit schwarzen Flecken heraus. Es folgte ein kleiner Pullover, der eher an eine tote Maus erinnerte.

»Himmel«, ächzte meine Schwiegertochter, »das sind nicht unsere Kleider.«

Aber ich hatte bereits meine goldene Brosche in Form eines Zweiges erkannt und sagte düster:

»Das gehört mir.«

»Bei der Desinfektion bleicht die Wäsche aus und kann eingehen«, rechtfertigte sich die Krankenpflegerin. »Ich kann nichts dafür, ich muss tun, was man mir aufträgt.«

Schweigend suchten wir in dem Sack nach unseren Sachen und zogen uns wieder an. Ich konnte mir das Lachen nicht verkneifen: Alissas Kleid war zerknittert und hatte die Farbe von Kefir. Häschens Stretchhose ging nur noch bis zu den Knien, ihre Bluse war jetzt ein grau-braun-grüner Käfig. Manjas Arme ragten bis zu den Ellenbogen aus ihrem Pullover hervor, ihre Jeans, deren blaue Farbe in ein Grün mutiert war, gingen nicht mehr zu. Filja kam nicht mehr in seinen Rollkragenpullover, der wahrscheinlich nur noch einer Barbie-Puppe gepasst hätte. Alle Schuhe waren verbeult und hatten keine Absätze, keine Schnürsenkel und keine Brandsohlen mehr.

»Sind Sie fertig?«, fragte der Arzt fröhlich, als er hereinkam. »Na wunderbar, dann gehen Sie jetzt die Allee bis zum Tor hinunter, dort bekommen Sie ein Taxi.«

Alle, sogar Alissa, waren sprachlos.

»Los, los!«, machte er uns Beine. »Ende gut, alles gut.«
»Was wird aus Kescha?«, schrie Manja.
»Alles ist wunderbar«, sagte der Doktor begeistert. »Er ist in die Kinderabteilung überwiesen worden und liegt bei denen, die Windpocken haben. Morgen wird es ihm besser gehen.«
Er schubste uns ins Freie, wo uns die Kälte sofort in die Kleider drang. Mit klappernden Zähnen rannten wir bis zur Straße und winkten mit den Armen. Aber kein Taxi wollte anhalten.
»Ich würde auch keine Bande von Pennern mitnehmen«, kommentierte Häschen unsere Lage.
»Haben wir Geld?«, fragte Filja. »Ich hab zum Beispiel keine einzige Kopeke.«
»Dann zaubern Sie doch welches herbei«, bemerkte ich frech.
Der Schamane wurde hochrot im Gesicht.
»Jetzt seid friedlich«, wies mich Alissa zurecht und zog ihr Portemonnaie hervor, »ich habe hundert Dollar.«
Aber der Schein sah jungfräulich weiß aus. Die Desinfektionskammer hatte aus der Hundertdollarnote ein stinknormales Stück Papier gemacht.
Da kam aus dem Krankenhaustor ein Leichenwagen gefahren. Er bremste, und die Chauffeurin fragte:
»Sind Sie aus der Infektionsabteilung entlassen worden?«
»Ja!«, schrien wir alle auf einmal. »Bitte fahren Sie uns nach Hause.«
»Steigen Sie ein«, sagte sie.
Als wir alle im Wagen saßen, zog Irka aus der Tasche einen feuchten, aber vollkommen unbeschädigten Fünfhundertrubelschein. »Darja Iwanowna hat ihn mir heute für den Einkauf gegeben, aber ich bin nicht mehr dazu gekommen.«
»Großartig«, sagte Alissa begeistert, während sie die Banknote untersuchte, »und da wird behauptet, Dollars seien Geld. Die sind doch einfach Scheiße im Vergleich zu unseren Rubeln.«

Als wir uns am nächsten Morgen im Esszimmer trafen, begutachteten Häschen und ich den angerichteten Schaden. Die Wände hatten alle Streifen, die Möbel und Teppiche klebten. Am schlimmsten sahen allerdings unsere Haustiere aus. Der Pudel war nur noch eine einzige klebrige Kugel, der Mops nieste unentwegt, Snap, der auf den ersten Blick vollkommen normal aussah, lag kraftlos unter dem Sessel, Bandy kotzte am laufenden Meter, und der Yorkshireterrier, der an sich ein wunderbares, graugoldenes Fell hat, sah aus wie eine nasse Ratte. Was aus unseren Katzen geworden war, wussten wir nicht, sie hatten sich verdrückt.

Ein Tierarzt und ein Hundefriseur mussten her.

Als die Uhr zwölf schlug, hatte sich immer noch keiner der beiden blicken lassen.

Filja, der bemerkte, dass ich dauernd auf die Uhr sah, schlug mir vor:

»Fahren Sie ruhig los, um die Tiere kümmere ich mich.«

Ich schwankte eine Sekunde. Häschen war zu Kescha gefahren, Alissa hatte Probe, Manja, wieder kerngesund, war in der Schule …

»Haben Sie denn nichts vor?«

Er schüttelte den Kopf:

»Bis drei bin ich ganz frei.«

Unwillkürlich musste ich lächeln. Er las bestimmt *Winnie-the-Pooh* …

»… und Schneewittchen, Pinocchio, Rotkäppchen gleich dazu.«

Nachdem er das gesagt hatte, grinste mich Filja breit an.

Plötzlich wurde mir ganz leicht zumute, die Beine trugen mich schnell zur Tür, es war, als wären mir Flügel gewachsen. Ohne zu wissen, woher diese plötzliche Euphorie kam, rief ich ihm dankbar zu:

»Danke, Filja, ich werde mich beeilen.«

»Keine Sorge«, lachte der Schamane. »Lumo wird bei Ihnen sein.«

»Wer bitte?«, fragte ich erstaunt von der Schwelle her.

»Lumo, der Geist, der Mut und gute Laune bringt«, erklärte Filipp. »Ich habe ihn gebeten, Sie heute zu begleiten.«

Ob es nun auf den geheimnisvollen Lumo zurückzuführen war oder nicht, jedenfalls war ich innerhalb von zwanzig Minuten in der Grischajewskaja-Uferstraße, in der sich die juristische Fachhochschule befand. Die Ampeln standen durchweg auf Grün, die Verkehrspolizisten lächelten, die Sonne schien, und das Radio gab schneidige Melodien von sich.

Die hübsche junge Frau im Studiendekanat erklärte mir freundlich:

»Anna Perfiljewna Sokolowa ist gerade in Zimmer achtundzwanzig. Aber falls Sie eine Fristverlängerung für Ihre Jahresarbeit beantragen wollen, warne ich Sie: Die gibt sie grundsätzlich keinem.«

Begeistert flog ich in den ersten Stock hinauf. Man hat mir schon öfters gesagt, dass ich jung aussehe, aber für eine Studentin hatte mich schon lange keiner mehr gehalten.

Die Tür zum Seminarraum stand offen.

Ich schaute hinein und fragte laut:

»Wäre es möglich, mit Anna Perfiljewna zu sprechen?«

Eine hohe, gar nicht alt klingende Stimme antwortete:

»Kommen Sie.«

Hinter dem Schrank, der den großen Raum in zwei Teile teilte, saß an einem Schreibtisch eine Frau, die direkt aus den sechziger Jahren zu kommen schien. Solche toupierten Frisuren hatten meine Lehrerinnen in der Schule gehabt. Auch ihr Kostüm aus hellrotem Strickjersey mit einer beigefarbenen Borte passte dazu. Sie hatte ein rundes, ruhiges Gesicht, auf der Kartoffelnase trug sie eine einfache Brille mit Plastikgestell. Ihre Augen schauten aufmerksam, fast ein bisschen prüfend durch die Gläser. Am ehesten war sie als streng, aber gerecht einzustufen.

»Bitte setzen Sie sich«, schlug sie höflich vor.

Trotz ihres fortgeschrittenen Alters hätte man sie nie als alte Frau bezeichnet, sie war eindeutig eine Dame.

»Sagen Sie mir doch bitte, worum es geht«, forderte sie mich auf.

Ich zog ein Taschentuch hervor, wischte mir die trockenen Augen ab und versuchte, so gut es ging, eine pathologische Idiotin aus mir zu machen: Mein Bruder Kolja Schabanow sei von der Richterin Sokolowa zu fünf Jahren verurteilt worden. Ich sei im Kinderheim aufgewachsen und hätte ihn nie gesehen. Jetzt wolle ich meinen Bruder finden, hätte aber keinerlei Anhaltspunkte. Meine Mutter Raissa Schabanowa kenne womöglich seine Adresse, aber ich wisse nicht einmal, ob sie noch lebe. Vielleicht könne sich Anna Perfiljewna noch erinnern, in welchem Jahr der Prozess stattgefunden habe. Meine letzte Chance sei das Polizeiarchiv, aber dort würde man mir nur unter Vorlage sämtlicher Personaldokumente etwas herausgeben …

Die Sokolowa hörte mir zu, ohne mit der Wimper zu zucken oder mich zu unterbrechen. Dann fragte sie:

»Sie heißen Ljuba?«

»Nein, Ljuda.«

»Ach ja«, sagte sie, »das habe ich verwechselt. Ich weiß nur, dass Sie jünger sein müssen als Kolja. Komisch, aber Sie sehen aus wie vierzig.«

Was für eine Zicke, sie hatte auf den ersten Blick mein Alter erkannt.

»Ich weiß, ich weiß«, winkte ich ab, »das kommt daher, dass ich viel krank war. Ich sehe älter aus, als ich bin.«

»Ich kann mich sehr gut an den Prozess erinnern. Es war eine merkwürdige Geschichte, und Ihre Mutter verhielt sich ganz seltsam. Ihr Bruder hat eindeutig übersinnliche Fähigkeiten, er hat mir das Leben gerettet. Obwohl man damals, 1982, noch nie von irgendwelchen Heilern gehört hatte und ich nicht daran glaubte.«

»Sie haben Koljas Adresse?! Bitte geben Sie sie mir!«

Sie schüttelte den Kopf:

»Er ist aus meinem Leben verschwunden. Es war alles sehr geheimnisvoll.«

Ich begann krampfhaft zu schluchzen und fasste mir ans Herz.

»Bitte, erzählen Sie, ich weiß ja gar nichts über meinen Bruder und meine Mutter, ich flehe Sie an.«

Anna Perfiljewna seufzte.

»Es ist ja kein Geheimnis. Sie ähneln Kolja nur so gar nicht, denn er ist ein ganz dunkler Typ.«

»Ich weiß nicht«, sagte ich achselzuckend, »so was kommt vor.«

»Das ist wahr«, stimmte sie zu. »Und wenn ich Ihnen mit meiner Geschichte helfen kann ...«

Anna Perfiljewna Sokolowa hatte aus Berufung Jura studiert und immer schon davon geträumt, nicht Rechtsanwältin oder Staatsanwältin, sondern Richterin zu werden – eine, die Verbrechern gegenüber gerecht und unbarmherzig war.

Nicht ein einziges Mal in ihrer ganzen Karriere hatte sie Schmiergelder angenommen, auch wenn ihr besonders am Anfang öfters welche angeboten worden waren. Sie machte keine Kompromisse und hörte nie auf die verschiedenen Weisungen von oben.

Das Einzige, was für die Richterin Sokolowa zählte, war die objektive Wahrheit. Sie studierte die Akten im Gegensatz zu manchen ihrer Kollegen sorgfältig und deutete alle Zweifel erst einmal zu Gunsten der Angeklagten.

Unter ihrer strengen, englischen Bluse schlug ein gutes Herz. Alle, die in die Räder der Justizmaschinerie gerieten, taten ihr Leid: die Opfer, die Täter und die Angehörigen gleichermaßen. Sie versuchte, die Gestrauchelten, so es irgend ging, nicht zu Grunde zu richten. Dabei missachtete sie aber durchaus nicht das Gesetz. Wenn die Schuld eindeutig bewiesen werden konnte, verlas Anna Perfiljewna mit fester Stimme das Urteil.

Schabanows Prozess fiel aus der Reihe, auch wenn er auf den ersten Blick als nichts Besonderes erschien: Ein Jugendlicher hatte einen anderen misshandelt. Auf den zweiten Blick aber ... Der Täter hatte seiner Meinung nach ein edles Ziel verfolgt: Er wollte seinen Freund zum wahren Glauben führen. 1976 bestand das Land der Sowjets hauptsächlich aus Atheisten. Alle Sekten waren strengstens verboten, die orthodoxe Kirche wurde nolens volens geduldet. Aber hier stand ein wahrhaft gläubiger Jugendlicher, der sich vor nichts fürchtete und nichts bereute.

Anna Perfiljewna zog sofort Erkundigungen über die Kindheit des Jungen ein und erfuhr, dass die Mutter ihren Ehemann umgebracht hatte und ihre Strafe im Arbeitslager absaß. Sie ließ sie kommen und vor Gericht aussagen. Eigentlich hatte sie gehofft, sie würde genauere Hinweise bekommen, die den Angeklagten zum Opfer machen würden. Stattdessen rechtfertigte Raissa nichts. Sie schaute vor sich auf den Boden und wiederholte nur monoton:

»Er ist ein guter Junge, der niemandem etwas zu Leide tut.«

Die Richterin hatte mit den Schöffen, die sich normalerweise mit den Schlussfolgerungen der Richterin einverstanden erklärten, einen harten Kampf auszufechten. Diesmal aber mauerten sie und schimpften, für solche Missgeburten sei in der Sowjetunion kein Platz.

Der Prozess endete mit einem kleinen Skandal.

Die Jahre vergingen, und Anna Perfiljewna hatte den ungewöhnlichen Verurteilten schon fast vergessen. Da klingelte es an einem kalten Dezemberabend an ihrer Tür. Anna Perfiljewna hatte sich in ihren warmen Morgenrock gehüllt und trank gerade einen heißen Tee. In der letzten Zeit war ihr häufig kalt, sogar zum Arzt war sie gegangen, der aber keinerlei besondere Krankheiten feststellen konnte.

Die Zeiger der Uhr gingen auf neun zu, und sie schaute verdutzt durch das Guckauge. Ein hübscher, dunkelhaariger Bursche stand vor ihrer Wohnung. In den Händen hielt er eine Schachtel mit einer Schleife drum herum.

Anna Perfiljewna öffnete die Tür und fragte ruhig:

»Was wollen Sie?«

»Erinnern Sie sich nicht mehr an mich? ... Kolja Schabanow ist mein Name. Ich habe meine ganze Strafe abgesessen und wollte mich jetzt bei Ihnen bedanken.«

Die Sokolowa fühlte sich plötzlich ganz schwach auf den Beinen, unwillkürlich sagte sie:

»Kommen Sie doch herein.«

In der Küche öffnete er die Schachtel: Sie enthielt eine Torte.

»Sie sind der einzige Mensch in meinem Leben, der je Mitleid mit mir gehabt hat.«

»Kein Wort mehr darüber«, erklärte Anna Perfiljewna. »Ich habe nur meine Pflicht getan.«

Sie tranken Tee zusammen. Kolja erzählte, dass er in der Erziehungsanstalt zuerst das Tischlern gelernt hatte, dann aber dem örtlichen Arzt aufgefallen war, der dem Jungen eine Ausbildung zum Krankenpfleger ermöglichte. Jetzt hatte er die Ausbildung hinter sich und konnte in einem Krankenhaus arbeiten.

»Und wo werden Sie wohnen?«

Kolja zuckte die Achseln:

»Ich bin vorläufig bei einem Bekannten untergekommen. Könnten Sie mir vielleicht helfen, meine Mutter aufzutreiben? Ich habe ihr mehrfach geschrieben, aber sie hat nie geantwortet.«

Anna Perfiljewna versprach ihm, sich darum zu bemühen. Kurz bevor er ging, sagte er plötzlich:

»Wissen Sie, wieso mich der Doktor unter seine Fittiche genommen hat? Wegen meines Blickes. Ich sehe die Krankheiten der Menschen direkt durch ihre Kleidung hindurch wie mit Röntgenstrahlen. Fragen Sie mich nicht, wie das kommt, es ist einfach so.«

Die Sokolowa lächelte.

»Eine seltene Gabe.«

»Lachen Sie nicht«, antwortete er ernst, »ich möchte mich bei Ihnen für Ihre Gutherzigkeit bedanken. Bislang habe ich mich noch nie getäuscht. Ich weiß genau, Sie haben Osteoporose, außerdem ist Ihr Magen nicht in Ordnung.«

Anna Perfiljewna lächelte geringschätzig. Diese Krankheiten kamen für jeden zweiten älteren Menschen infrage.

»Und noch eins«, fuhr Schabanow fort, »Sie haben Leukämie, Blutkrebs, im Anfangsstadium. Gehen Sie sofort zum Arzt, bitte versprechen Sie es mir.«

»Ist gut«, versprach sie automatisch.

»Nein«, ließ der unerwartete Gast nicht locker, »geben Sie mir Ihr Ehrenwort.«

»Schon gut, schon gut«, winkte Anna Perfiljewna ab, »ich verspreche es Ihnen.«

Den ganzen nächsten Tag gingen ihr seine Worte nicht mehr aus dem Sinn. Seit drei Monaten hatte sie sich tatsächlich nicht besonders wohl gefühlt. Sie ermüdete schnell, schlief schlecht und bekam leicht Fieber. Der Internist der Poliklinik meinte, es sei eine verschleppte Erkältung, und verschrieb ihr Biseptol, aber es brachte ihr keine Erleichterung.

Nach dem Mittagessen war sie so weit, dass sie sich zu einer onkologischen Untersuchung anmeldete. Dann rief sie bei der Strafvollzugsbehörde und bei der Meldestelle der Miliz an, um Schabanows Mutter ausfindig zu machen. Mit einem Wort, am nächsten Tag wusste sie bereits, dass Raissa Fjodorowna Schabanowa seit ihrer Freilassung in der Stekolnyj-Gasse wohnte.

Jetzt fragte sie sich, wie sie Kolja diese Information zukommen lassen sollte, denn er hatte ihr keine Telefonnummer gegeben. Aber nur wenige Tage später klingelte er wieder an ihrer Tür, nahm die Adresse in Empfang, bedankte sich überschwänglich und fragte:

»Und? Waren Sie beim Arzt?«

»Ich habe einen Termin für morgen«, antwortete sie.

»Bei einem guten Spezialisten?«

Sie zuckte die Achseln.

»In der Onkologiestation wird es ja wohl qualifizierte Ärzte geben.«

»Ist gut«, murmelte er und verschwand.

Am nächsten Tag wurde eine Vielzahl von Analysen angeordnet. Sie hielt folgsam ihre Finger zur Blutentnahme hin und brachte dann die mit ihrem Blut gefüllten Mayonnaisegläser ins Labor.

Zwei Wochen später traf sie fast der Schlag: Sie hatte tatsächlich Leukämie, zum Glück im Anfangsstadium, wie Kolja gesagt hatte.

»Bei dem Arzt, der Sie zu uns geschickt hat, sollten Sie sich mit einem guten Tröpfchen bedanken«, riet ihr der Onkologe. »Der ist wirklich gut in seinem Fach. Normalerweise würden einen die Bezirksärzte erst mal ein Jahr gegen Erkältung behandeln, und wir kriegen die Patienten dann im letzten Stadium der Krankheit. Sie haben Glück gehabt.«

Den Überweisungsschein in der Hand, ging Anna Perfiljewna mit weichen Knien nach Hause.

Sie lag lange im Krankenhaus. Obwohl ihr von allen Seiten versichert wurde, ihr Fall sei lächerlich, spürte sie, wie ihre Kräfte schwanden. Nur mit Müh und Not schaffte sie es bis zur Krankenhauskantine. Ihre Zimmergenossinnen rümpften die Nasen angesichts des Krankenhausessens, sie bekamen permanent Besuch von ihren Kindern, Verwandten und Freunden, die ihnen das Essen von zu Hause mitbrachten.

Anna Perfiljewna dagegen bekam von niemandem Besuch. Sie hatte keine Familie, um enge Freundschaften hatte sie sich nie bemüht, die Arbeit war ihr immer wichtiger gewesen. Schließlich reichte die Kraft auch nicht mehr aus, um für die Buchweizengrütze in die Kantine zu gehen. Sie lag im Bett und schaute durchs Fenster ins Freie, wo es windete und schneite. Angst hatte sie keine, sie fühlte nur Bitterkeit über das, was sie versäumt hatte in ihrem Leben: Sie hatte sich kein Haus gebaut, keinen Baum gepflanzt, kein Kind zur Welt gebracht. Ihre ganze Kraft hatte sie für ihre Lieblingstätigkeit geopfert, die einem keine Früchte einbrachte. Keiner hatte Mitleid mit ihr, keiner würde am Grab stehen und um sie weinen.

»Wie geht es Ihnen?«, hörte sie hinter sich eine Stimme.

Anna Perfiljewna fuhr zusammen und drehte den Kopf. Neben ihrem Bett stand Schabanow mit einer schweren Tasche.

»Zieht es vom Fenster?«, fragte er, während er die abgemagerte Frau forschend betrachtete. »Ich kümmere mich darum.«

Keine halbe Stunde später wurde sie in ein kleines Einbettzimmer verlegt, das normalerweise den schwersten Fällen vorbehalten war. Auf dem Nachttisch stand jetzt eine ganze Batterie von Flaschen, Einmachgläsern und Apfelsinen.

»Ich sterbe«, sagte sie, und es war das erste Mal in ihrem Leben, dass sie klagte. »Nehmen Sie meine Hausschlüssel, Kolja, und bringen Sie mein Sparbuch zu einem Notar. Ich werde Ihnen eine Vollmacht ausstellen. Es ist zwar nicht viel Geld drauf, aber für das Grab reicht es – ich will nicht in ein Armengrab.«

Schabanow beugte sich zu ihr herab und sagte zuversichtlich:

»Sie sterben nicht. Sie werden ein hohes Alter erreichen.«

Sie versuchte zu lächeln, brachte aber nur eine Grimasse zu Stande.

Kolja setzte sich zu ihr ans Bett und nahm die Kranke bei der Hand. Seine riesigen schwarzen Augen schauten sie durchdringend an. Sie fühlte, wie von seiner Hand ein warmer Strahl ausging, der in ihre Hand floss und sich in ihrem ganzen Körper ausbreitete.

Als sie wieder aufwachte, war sie allein. Durch das Fenster drang helles Sonnenlicht. Plötzlich hatte sie Lust aufzustehen. Sie ging wankend zur Kantine. Auf dem Rückweg kam ihr Kolja entgegen.

Fast einen Monat lang kam er täglich ins Krankenhaus. Er sprach so gut wie nie mit ihr, kam gegen sieben, setzte sich zu ihr ans Bett und hielt sie bei der Hand.

Die Sterbenskranke war plötzlich auf dem steilen Weg der Besserung. Die Ärzte staunten und fachsimpelten über das Rätsel.

Aber Anna Perfiljewna war sich sicher: Kolja hatte sie geheilt, nicht mit Tabletten, nicht mit Spritzen oder Strahlentherapie, sondern, wie man früher sagte, durch Handauflegen.

Ende Januar war sie nicht wiederzuerkennen. Ihr Gesicht hatte Farbe, der Appetit war zurückgekehrt, die Analysen ergaben: Sie war gesund.

Einige Tage vor ihrer Entlassung saß Schabanow wie gewohnt in ihrem Zimmer. Diesmal nahm er aber nicht ihre Hand, stattdessen sah er zum Fenster hinaus und sagte:

»Christus hat befohlen, Böses mit Gutem zu vergelten und für das Gute in zehnfachem Maße zu zahlen. Aber ich kann keinen Frieden finden, ich bin doch nur ein gewöhnlicher Sünder. Ihnen gegenüber habe ich meine Pflicht getan, ich habe für all das Gute gezahlt. Während der ganzen fünf Jahre hinter Gittern habe ich nicht vergessen können, wie Sie Mitleid mit mir hatten und mir das Mindeststrafmaß gaben, obwohl der Staatsanwalt zehn Jahre forderte und die Schöffen Sie bearbeiteten. Sie sind der einzige Mensch, der je Mitgefühl mit mir gehabt hat. Sie haben verstanden, dass ich diesem Dummkopf Schora Rostschin den Weg ins Himmelreich zeigen wollte.«

»Glaubst du denn bis heute daran?«, fragte Anna Perfiljewna. »Bist du wieder in der Sekte?«

»Ich bin ja nie weggegangen«, erklärte Kolja. »Gott war auch hinter Gittern mit mir, so wie er mich in der Freiheit begleitet. Jetzt muss ich Abschied nehmen. Sie werden nie mehr krank sein, das fühle ich. Wir werden uns nie wieder sehen. Sie sind Richterin, ich ein gewöhnlicher Verbrecher, wir können nichts miteinander zu tun haben. Gehen Sie mit Gott. Erinnern Sie sich noch, wie ich vor Gericht sagte, dass Sie belohnt und die Bösewichte für ihre Taten bestraft werden würden? So wird es sein, zwar nicht sofort, dafür aber umso heftiger.«

Anna Perfiljewna wollte noch fragen, was er damit meinte, aber sie konnte nicht. Eine große Schwere legte sich auf ihre Brust, und der Schlaf überkam sie.

KAPITEL 20

Vieles an der Geschichte kam mir komisch vor. Am meisten aber erstaunte mich, dass Anna Perfiljewna die letzten Worte offenbar nur mit enormer Mühe und unter ständigem Gähnen aussprechen konnte. Von ihrer Frische und Energie war nichts mehr zu spüren. Vor mir saß eine verwelkte Alte, die kaum noch die Zunge bewegen konnte. Mit zitternden Händen blätterte sie in ihrem Büchlein und stammelte, wobei sie die Wörter in die Länge zog:

»Ich habe keine Telefonnummer. Die Adresse lautet Stekolnyj-Gasse Nummer zehn, Tür drei.«

Ich dankte ihr und wagte noch die Frage:

»Haben Sie denn Kolja danach noch mal wiedergesehen?«

»Nie«, murmelte Anna Perfiljewna und rutschte auf ihrem Stuhl hin und her, »ich hatte ihn sogar direkt vergessen, bis Sie kamen.«

Ihr Hals zuckte, die Schultern gaben nach, der Kopf fiel auf das Papier, das vor ihr lag. Aufgeregt rief ich nach der Sekretärin. Sie sah die sonst so furchtgebietende Lehrerin erschrocken an und holte einen Arzt. Ich setzte mich in eine Ecke und beobachtete das Geschehen mit aufgerissenen Augen.

Die frühere Richterin wurde auf das Sofa gelegt und mit einem grünen Tischtuch zugedeckt. Nachdem der Arzt die Kranke aufmerksam untersucht hatte, sagte er verwirrt:

»Es ist erstaunlich, aber sie schläft einfach nur. Eigentlich ähnelt ihr Zustand einer Trance im hypnotisierten Zustand.

Psychiater und Psychotherapeuten verwenden dieses Mittel mitunter.«

»Wird der Zustand noch lange anhalten?«, fragte ich ungeduldig.

Der Arzt zuckte die Achseln:

»Ich weiß nicht, aber sie schwebt jedenfalls nicht in Lebensgefahr. Lassen Sie sie einfach liegen.«

»Kann man sie aufwecken?«

»Erstens kann ich das nicht, und zweitens will ich es auch nicht«, antwortete der Arzt, während er seinen Koffer zumachte. »Eine Hypnose ist eine heikle, wenig erforschte Angelegenheit. Wir wissen schließlich nicht, ob sie sich gerade in Behandlung befindet und der Schlaf programmiert ist.«

»Wie kann das sein?«, fragte ich erstaunt. »Es war kein Hypnotiseur hier.«

Der Arzt seufzte:

»Ehrlich gesagt, bin ich in dieser Frage nicht besonders bewandert, aber so viel ich gehört habe, kann ein guter Fachmann so eine Programmierung über einen langen Zeitraum vornehmen.«

»Das heißt, nehmen wir mal an, er programmiert mich dazu, heute in genau einem Monat aus dem Fenster zu springen. Dann werde ich das tun?«

»So etwas ist wohl kaum möglich«, lachte der Doktor, »keiner wird seinem Patienten zu so etwas raten. Außerdem ist ja auch ein Hypnotiseur nicht allmächtig. Man kann einen Menschen nicht zu etwas zwingen, was nicht gut für ihn ist, also zum Beispiel zu stehlen, zu töten oder Selbstmord zu begehen. Diese ganzen dummen Filme im Kino, in denen der Held im Trancezustand alle ringsum erwürgt, sind großer Humbug. Wenn in Ihnen die Anlage zum Töten nicht vorhanden ist, werden Sie im Zustand der Hypnose das Messer oder die Pistole wohl eher fallen lassen.«

»Aber wenn die Anlage da ist und der Wunsch nur durch die Furcht vor Bestrafung unterdrückt wird?«

Der Arzt wurde nachdenklich.

»Ich wiederhole, ich kenne mich da überhaupt nicht aus. In Russland gibt es kaum Leute, die Hypnosetechniken wirklich professionell beherrschen. Die meisten Geist- und Wunderheiler sind Betrüger. Vorgestern zum Beispiel musste ich eine ganz junge Frau ins Krankenhaus einliefern lassen. Sie liegt im Sterben. Brustkrebs im Endstadium, das Geschwür ist aufgebrochen, sie leidet furchtbar. Man fragt sich doch, warum sie nicht rechtzeitig zum Onkologen gegangen ist. Brustkrebs lässt sich in verschiedenen Stadien komplett heilen, die Frauen leben noch Jahrzehnte weiter. Wieso wandte sie sich nicht an einen Arzt? Weil ihr Mann, ein Magier, der übrigens sehr bekannt ist, sie behandelte. Er tritt oft im Fernsehen auf und schreibt Zeitungsartikel, in denen er allen Kranken Heilung verspricht … Er bringt gutgläubige Leute um, und seine eigene Frau hat er auch gleich noch auf dem Gewissen … Man sollte immer zu normalen Ärzten gehen. Im Ausland sind die Leute nicht so dumm: Sie legen sich zuerst ins Krankenhaus, nehmen Tabletten, lassen sich Spritzen geben und sich operieren. Erst wenn ganz klar ist, dass die traditionelle Medizin versagt, laufen sie zu den Magiern, Schamanen und Kurpfuschern. Bei uns ist es genau umgekehrt. Und was ist das Ergebnis? Die Krankheit ist verschleppt, die Folgen sind fatal.«

»Sind denn etwa alle Betrüger?«

»Ich weiß nicht, ich habe gehört, dass an der Uni an der psychologischen Fakultät ein gewisser Melnitschenko arbeitet, der ein Genie sein soll. Aber ich hatte noch nie mit ihm zu tun. Ihre Lehrerin hier ist wahrscheinlich bei einem Psychotherapeuten in Behandlung, der ihr für diese Uhrzeit Schlaf verschrieben hat. Lassen Sie die Frau in Ruhe.«

Plötzlich bewegte sich Anna Perfiljewna.

»Sehen Sie«, sagte der Doktor fröhlich, »es ist alles in Ordnung. Sie wird bald aufwachen.«

Die Stekolnyj-Gasse lag mitten im Herzen Moskaus. Nebenan lärmte die Twerskaja-Straße, wo die Vitrinen der teuren Geschäfte glitzerten, aber an dem Tor, wo die von mir gesuchte

Straße einmündete, war es ganz still. Die Häuser waren niedrig, sie hatten nur drei oder vier Stockwerke, die Hinterhöfe waren schmutzig, an den überfüllten Mülltonnen stritten sich die Krähen. Es sah aus, als läge nicht der Kreml gleich um die Ecke, sondern der Autobahnring.

Die Gasse war sehr verwinkelt. Entsprechend standen auch die Häuser so da, dass ich die Nummer zehn nicht finden konnte. Es war, als hätte sie sich in Luft aufgelöst. Nachdem ich fünfmal vom einen Ende der Gasse zum anderen und wieder retour gelaufen war, gestand ich mir meine Niederlage ein und fragte eine Anwohnerin, wo das Haus sei.

»In der Predtetschenskij-Gasse«, antwortete die Frau.

»Wie denn das?«

»Stekolnyj-Gasse zehn ist nur die Postanschrift.«

Tatsächlich zeigte die Fassade des blauen, dreistöckigen Hauses zur Predtetschenskij-Gasse. Die große, quietschende Holztür hatte einen riesigen Bronzegriff und musste noch original aus der Zeit des Hausbaus stammen. Das Gebäude hatte von außen recht akzeptabel ausgesehen, im Inneren jedoch war der Anblick erschreckend: kaputte Treppenstufen, die Geländer zum Teil herausgerissen, beschmierte Wände, von denen der Verputz bröckelte, und am Boden standen Wasserlachen.

Ich stieg die Treppe hoch. In jedem Stock gab es nur eine Tür, die von mir gesuchte Nummer drei lag also im letzten. An der Wand neben der Klingel waren Schilder angebracht – *Petrow einmal klingeln, Kostomarow zweimal klingeln, Reschetnikow dreimal klingeln* und so weiter –, insgesamt zwölf Namen, aber Schabanowa war nicht darunter. Für etwaige Besucher der Petrows ging das ja noch an, aber wer zu den Nesterows wollte, musste ein Dutzend Mal klingeln. Selbst in einer Kommunalwohnung gab es keine Gerechtigkeit.

Ich überlegte, wer wohl öffnen würde, wenn man dreizehnmal läutete, und drückte dreimal auf die Klingel. Die Schlösser und Ketten rasselten, die überdimensionale Tür ging auf, und vor meinen Augen lag ein langer, schlecht beleuchteter

Flur. Die Wände waren mit Fahrrädern und Waschschüsseln behängt, an den Seiten standen irgendwelche Truhen, Kleiderbündel und haufenweise Zeitungen herum. Oh Gott, das war wirklich eine echte Moskauer Kommunalka …

Meine Kindheit hab ich in genau so einer in der Kirow-Straße verbracht, die jetzt Mjasnizka heißt. Ich weiß gar nicht mehr, wie viele Nachbarn wir eigentlich hatten, ob es fünfzehn oder zwanzig waren. Vor der Toilette hing eine Liste mit den »Besuchszeiten«. Die von mir und den Großeltern waren um zehn. Die Mitbewohner, die zur Arbeit oder zur Schule mussten, hatten Vorrang. Aber uns machte das nichts aus. Unter dem Bett stand ein Gegenstand, den der Großvater fröhlich die »Nachtvase« nannte.

Im Flur fuhren wir Kinder Roller, in der riesigen, vierzig Quadratmeter großen Küche spielten wir Versteck. Dort stand ein wunderbares Büfett, das der frühere Besitzer der Wohnungen, ein gewisser Kaufmann namens Rukawischnikow, hier stehen gelassen hatte. Ich kroch hinein und beobachtete durch die angelehnte Tür, wie meine Freundinnen die »widerwärtige Dascha« suchten.

Vor dem Badezimmer hatten wir immer Angst, wir wuschen uns höchst ungern. In dem enormen Raum stand auf dicken, gusseisernen Füßen eine Wanne von der Größe eines Schwimmbads. Der fünfjährige Kolja Makejew schwamm immer vom Wasserhahn zum anderen Ufer und wäre dabei einmal fast ertrunken, als die Mutter ihn kurz allein gelassen hatte. Außerdem hingen dort ein tiefes Waschbecken mit Messinghähnen und eine bedrohlich surrende Gastherme. In den Spiegel, der sich nach oben verjüngte, hatte eine Kinderhand gekratzt: *Anna, 1912*. Ich habe immer wieder mal überlegt, was aus diesem Mädchen wohl später geworden ist.

Aber richtig spannend wurde es, als man begann, uns in andere Häuser umzusetzen. Die Türen zum Hochboden wurden aufgerissen und im Korridor zum ersten Mal Hundertwattbirnen in die Fassungen gedreht, damit man die schon seit Ewigkeiten verstauten Sachen besser sehen konnte.

Was wir Bewohner dort nicht alles fanden: Samoware, Kerosinlampen, Kupferbecken zum Kochen von Marmelade, gusseiserne Mörser, verfaulte Federbetten, kaputte Teller, Kisten voller Kleider und sogar ein altmodisches Fahrrad. Es hing einfach so unter der seit 1917 nie renovierten Decke, und keiner der Bewohner konnte sich an seinen Besitzer erinnern.

Ich hatte am meisten Glück von allen. In einer riesigen Kiste fand meine Oma eine fast vollständige Sammlung der Krimis mit Nick Carter und Nat Pinkerton. Es waren um die zweihundert Broschüren, die noch vor der Revolution beim Sytin-Verlag erschienen waren. Am Anfang hatte ich ein wenig Mühe mit den alten Schriftzeichen, aber dann gewöhnten sich meine Augen daran. Ich verbrachte lange Abende mit den Büchern, zitternd vor Angst und Begeisterung. Wahrscheinlich rührt meine leidenschaftliche Liebe zu Krimis und Ermittlungen aus dieser Zeit.

Eigentlich hatte ich gedacht, dass es solche Kommunalwohnungen schon lange nicht mehr geben würde ...

»Wollen Sie zu mir?«, fragte die Frau, die mir die Tür geöffnet hatte.

»Ich suche Raissa Fjodorowna Schabanowa. Sie hat hier zu Beginn der achtziger Jahre gewohnt.«

»Woher kennen Sie sie?«, fragte mein Gegenüber misstrauisch, trat aber einen Schritt zurück, um mich hereinzulassen.

Die Tür fiel ins Schloss. Der Flur war nur mit einer Strom sparenden Zwanzigwattbirne beleuchtet, mir zog ein aus der Kindheit vertrauter Duft in die Nase: Aus der Küche roch es nach Stschi, Kochwäsche und gebratenen Koteletts.

»Das ist kompliziert zu erklären«, murmelte ich undeutlich, »wir sind alte Freundinnen, und jetzt versuche ich sie ausfindig zu machen.«

»Kommen Sie.«

Die Frau lief schlurfend durch den Flur. Während ich ihr folgte, stieß ich gegen Kommoden, Eimer und Schier.

Das Zimmer, in dem wir schließlich landeten, war erstaunlich groß, sauber und hell. Ein warmer Herbstwind ließ zart die schneeweißen Vorhänge wehen. Die Luft war frisch, beide Fenster standen weit offen. Auf dem Tisch lag eine Tischdecke, darauf stand in der Mitte eine Vase mit künstlichen Blumen. Ansonsten war das Zimmer mit Möbeln voll gestellt: Es gab zwei Schrankwände, mehrere Sofas, Sessel, ein Klavier und jede Menge Stühle. Nur Bücher gab es keine. Dafür umso mehr Geschirr und in jeder Ecke einen zusammengerollten Teppich.

»Wir werden umgesetzt«, erklärte meine Gastgeberin. »Die Order ist schon erteilt, wir wechseln nach Mitino in eine Zweizimmerwohnung. Irgendeine Firma hat das Haus gekauft. Die Nachbarn schimpfen: Sie wollen nicht an den Stadtrand, aber ich bin zufrieden – dann brauche ich wenigstens auf meine alten Tage nicht mehr Schlange fürs Bad zu stehen. Da bin ich meine eigene Herrin, kann mich waschen, wann ich will und so viel, wie ich will. Möbel haben wir auch schon gekauft.«

Sie lachte und zeigte ihre schlechten, gelben Zähne. Dann fragte sie:

»Eine Freundin sind Sie, sagten Sie? Ich kann mich gar nicht erinnern ... Außerdem sind Sie viel zu jung.«

»Das heißt ...«

»Ja, ich bin Raissa Fjodorowna, aber nicht Schabanowa, sondern Reschetnikowa. Ich habe geheiratet und den Namen gewechselt. Um was geht es denn?«

Ohne mit der Wimper zu zucken, zog ich meinen MWD-Ausweis aus der Tasche und hielt ihn ihr unter die Nase.

»Wir müssen miteinander sprechen.«

Raissa wurde blass im Gesicht, verkraftete den Schlag aber erstaunlich gut. Sie fragte hart:

»Was gibt es denn noch? Meine Strafe hab ich längst abgesessen. Inzwischen sind so viele Jahre vergangen, und ich habe nie wieder was mit der Miliz zu tun gehabt! 1980 bin ich freigekommen ...«

»Gegen Sie liegt nichts vor«, antwortete ich, »aber nach Ihrem Sohn Kolja Schabanow wird gefahndet. Er hat eine Sekte gegründet und ...«

»Ich habe keine Kinder«, antwortete Raissa Fjodorowna ruhig.

Ich starrte sie aus aufgerissenen Augen an.

»Wie das? Sind Kolja und Ljuda etwa nicht Ihre Kinder?«

»Nein«, wiederholte die Frau sehr ruhig, »das sind nicht meine Kinder, da liegt ein Irrtum vor.«

»Warten Sie«, sagte ich verwirrt. »Sind Sie Raissa Fjodorowna Schabanowa?«

»Reschetnikowa«, berichtigte sie mich.

»Aber Sie hießen doch nicht immer so!«

»Anfang der Achtziger hab ich den Namen gewechselt.«

»Und vorher hießen Sie Schabanowa?«

»Na ja, so ungefähr ...«

»Was soll das heißen?«

»Nehmen wir mal an, es war so.«

Ich spürte, wie mir unter dem Pullover der Schweiß den Rücken hinunterlief. Wie sollte man da kein Mitleid mit den Mitarbeitern der Rechtsschutzorgane haben!

»Jetzt hören Sie auf, Mätzchen zu machen. Sie haben Ihren Mann getötet, der zu einer Sekte gehörte.«

Raissa Fjodorowna presste die Lippen zu einem Strich zusammen.

»Das ist lange her, ich habe alles vergessen, ich habe einen anderen geheiratet.«

»Haben Sie nun diese Kinder, Kolja und Ljuda?«

Raissa schwieg und starrte zur Decke.

»Was soll das?«, sagte ich hartnäckig. »Kolja und Ljuda, Bruder und Schwester, Sie werden sich doch wohl erinnern?«

Die Frau schaute weiter stumpf zur Decke. Sie wirkte völlig apathisch.

»Sie müssen doch verstehen, dass es dumm ist, die Existenz

Ihrer Kinder zu leugnen. Sie sind schließlich in Ihrer Akte aufgeführt.«

Die Schabanowa zuckte nicht mit der Wimper.

»Na schön«, seufzte ich und lief zur Tür.

Sie rührte sich nicht.

»Wir werden Ihren jetzigen Mann zur Miliz beordern und ihm Ihre Akte zeigen, vielleicht erinnert er sich ja …«

Raissa zuckte zusammen:

»Was hat denn Pjotr damit zu tun? Er weiß von nichts.«

»Na, wunderbar«, versprach ich, »das wird sich bald ändern. Soll er ruhig erfahren, welches Schicksal seinen Vorgänger ereilt hat, vielleicht macht er sich ein paar Gedanken über den Charakter seiner Angetrauten. Sicher kann es auch nicht schaden, wenn er von den Kindern erfährt. Es kann doch nicht sein, dass Sie schon so viele Jahre zusammenleben, ohne ihm je die Wahrheit gesagt zu haben. Das kann nicht gut gehen.«

»Was wollen Sie?«

»Koljas Adresse.«

»Die hab ich nicht.«

»Lügen Sie nicht!«

Die Frau seufzte tief.

»Ich weiß sie wirklich nicht.«

»Aber er war bei Ihnen!«

Die Schabanowa zupfte an der Tischdecke herum.

»Na los, raus mit der Sprache«, forderte ich, »wenn Sie nicht wollen, dass Pjotr erfährt, wen er zur Frau hat!«

Raissa raufte sich die dünnen Haare und sagte dann mit unerwarteter Leidenschaftlichkeit:

»Und ich würde ihn noch ein zweites Mal umbringen, dieses Schwein! Die Kinder hätte ich schon in der Wiege erschlagen sollen – und zwar alle drei, Ljuda, Tanja und diesen Bösewicht Kolja –, dann hätte es keine Spuren mehr von Sergej auf dieser Welt gegeben!«

Jetzt strömten die Worte nur so aus ihr heraus, ihre Augen glänzten, ihre Lippen bewegten sich mit ungeheurer Geschwindigkeit.

Der Großvater und der Enkel verfügten über dieselbe furchtbare Gabe. Sie schauten einem mit ihren schwarzen Äuglein ins Gesicht, und schon löste man sich förmlich auf. Die Beine gaben nach, die Arme gehorchten einem nicht mehr, man lief los wie ferngesteuert und erfüllte ihre Befehle.

Immer brachte Kolja die anderen Kinder dazu, irgendwelche Dinge für ihn zu tun, die nicht erlaubt waren. Mal holten sie für ihn aus der Küche den verbotenen Zucker, mal badeten sie ihn in der Badewanne, mal zogen sie ihn morgens an oder machten ihm das Bett. Um Mädchen wurde in der Sekte kein großes Aufheben gemacht, sie wurden nicht unterrichtet, bekamen kaum etwas zu essen und wurden oft geschlagen. Die Jungen dagegen wurden geschont, gut unterrichtet und auch viel besser ernährt, wobei Kolja als Enkel des »Bischofs« ohnehin tun und lassen konnte, was er wollte. Ein paar Mal roch er sogar nach Tabak, aber weder der Vater noch der Großvater bestraften den Flegel, während jedes beliebige andere Sektenmitglied deswegen ausgepeitscht worden wäre.

Mit zehn begriff Kolja die Besonderheit seiner Lage und begann sie voll auszunutzen. Er petzte seinem Großvater die Missetaten der Sektenmitglieder, die ihn nun fürchteten. Ein paar Mal schwärzte er sogar seine Mutter an, wenn er beobachtete, dass sie das Abendgebet ausließ oder während der Fastenzeit heimlich Brei aß.

Nachdem Raissa ihre Strafe abgesessen hatte, mietete sie sich in der Stekolnyj-Gasse ein und beschloss, die Vergangenheit zu vergessen. Von den Kindern hatte sie sich noch vor der Urteilsverkündung losgesagt, sie wollte mit ihnen nichts mehr zu tun haben.

Sie führte ein ruhiges Leben und traf Pjotr Reschetnikow.

Aber ein Mal klopfte die Vergangenheit ganz plötzlich an ihre Tür. An einem sehr kalten Dezembertag stand Kolja auf der Schwelle.

Die Mutter erkannte ihn nicht sofort, denn er war inzwischen nicht nur erwachsen, sondern auch ein echter Mann geworden. Aus Angst, die Mitbewohner könnten an ihren Türen horchen, führte sie den Sohn in ihr Zimmer und fragte ihn sofort:

»Wo hast du die Adresse her?«

Er schaute sie unverwandt an und antwortete:

»Du solltest lieber fragen, wie ich in der Erziehungsanstalt und in der Kinderkolonie gelebt habe. Ich wäre vor Hunger fast verreckt. Wieso hast du mir nie geschrieben?«

Er blickte sie an aus Augen, die wie Kohlen glühten, nur die Lippen waren zu einem Lächeln verzogen.

Vor Schreck zitterten Raissa die Beine, die Arme hingen schlaff an ihrem Körper herunter, aber die Lippen formten ganz von selbst plötzlich die Worte:

»Verrecken sollst du, du verfluchte Ausgeburt des Teufels!«

»Das ist zwar grob gesagt, aber durchaus gerecht«, kommentierte Kolja, setzte sich tiefer in den Sessel und zog seine Zigaretten hervor.

Eine dünne, graublaue Rauchfahne stieg zur Decke empor. Raissa fühlte eine scheußliche Übelkeit, die ihr in den Hals hinaufstieg. Der Sohn betrachtete sie ruhig.

»Wo stecken Ljuda und Tanja?«

»Das weiß ich nicht«, flüsterte Raissa schon fast besinnungslos, »ich habe mich von der Mutterschaft losgesagt.«

»Sogar eine Wölfin kümmert sich um ihre Welpen«, sagte Kolja leise. »Ljuda und ich waren ja schon groß, aber Tanja war doch noch nicht mal ein Jahr alt.«

»Acht Monate«, antwortete Raissa wie im Traum.

»Wieso hast du kein Mitleid mit dem Baby gehabt?«

»Ich hasse euch«, stöhnte sie, »ich hasse euch alle!«

Kolja lachte auf:

»Na gut! In der Kinderkolonie konnte ich wahre Mutterliebe beobachten. Alle haben ihren Kindern vergeben und von ihrem letzten Geld Heringe für sie gekauft!«

»Ich bin nicht deine Mutter«, brachte Raissa mit Mühe heraus.

»Das ist wohl wahr«, stimmte er bereitwillig zu, »trotzdem kann ich nicht so mit dir vorgehen, wie es der Glaube eigentlich vorsieht: Auge um Auge, Zahn um Zahn. Du hast wahrscheinlich aufgehört mit dem Beten und hältst die Fastenzeiten nicht mehr ein?«

Raissa schüttelte nur den Kopf. Am liebsten wäre sie jetzt aus dem Zimmer und um ihr Leben gerannt. Sie hatte nicht einmal mehr Angst, die Nachbarn könnten von ihrer kriminellen Vergangenheit erfahren. Aber eine unsichtbare Kraft hielt sie fest, und sie wusste, sie würde gleich das Bewusstsein verlieren.

Kolja, der sich ihres Zustandes bewusst war, goss aus dem Wasserkocher Wasser in ein Glas und reichte es ihr.

»Trink!«

Gehorsam trank Raissa die lauwarme Flüssigkeit.

»Jetzt hör mir gut zu«, befahl ihr Peiniger, »keiner kommt ungestraft davon, wenn er Verrat begeht! Du hast es sogar zweimal getan. Zuerst hast du das Blut der Familie vergossen, dann hast du dich vom Glauben abgekehrt. Jeder andere bekäme für dergleichen die Todesstrafe, aber ich vergesse – anders als du – nicht die Familienbande. Leb also weiter.«

Raissa spürte, wie in ihrem Kopf etwas zerbarst und sich ein warmer Schauer über den Schädel ausbreitete, der die Wirbelsäule hinunter bis zu den Fersen lief.

»Du wirst weiterleben«, drang seine Stimme wie durch einen Nebelschleier hindurch, »aber du wirst weder gesund noch glücklich sein. Zur Strafe für deinen Verrat wirst du leiden.«

An mehr konnte sich Raissa nicht erinnern. Als sie wieder zu sich kam, lag sie auf dem Sofa. Vollkommene Stille herrschte im Zimmer, ein leichter Geruch nach Rauch und eine Kippe in einer Untertasse waren der einzige Beweis dafür, dass sie nicht nur schlecht geträumt hatte.

Seit diesem Tag war sie immer krank. Ein ganzes Bukett von Krankheiten überkam sie, so dass sie schon früh zur Invalidin wurde. Dazu begann sie, sich furchtbar über Pjotr Reschetnikow zu ärgern, den sie inzwischen geheiratet hatte: Er war ein lauter, redseliger Mann, der gern Besuch hatte. Am liebsten hätte ihm Raissa die Bratpfannen um die Ohren gehauen, wenn er in Gesellschaft immer neuer Bekannter auf der Schwelle stand. Sie riss sich nur mit äußerster Mühe zusammen, da sie wusste, dass sie ohne eine Kopeke dastehen würde, wenn sie ihn verjagte. Reschetnikow, ein großartiger Kunsttischler, verdiente sehr gut. Raissa dagegen bekam nur ein paar Groschen für ihre Tätigkeit als Aufzugsführerin in dem benachbarten Genossenschaftshaus, für eine andere Arbeit war sie nicht gesund genug. Kurz: Nichts machte ihr mehr Freude.

»Und Sie haben Ihren Sohn nie wieder gesehen?«

»Nie wieder«, antwortete Raissa. »Gott sei Dank! Ich hasse sie alle, diese verdammten …«

Sie ließ plötzlich den Kopf auf den Tisch sinken und vergoss bitterböse Tränen.

Ich sah, wie ihre Schultern zuckten und die wenigen Haare zitterten, die sie noch auf dem Kopf hatte. Ich musste schleunigst von hier verschwinden, Koljas Adresse würde ich ohnehin nicht bekommen.

KAPITEL 21

Ich fuhr nach Hause, ohne etwas von dem wunderbaren Frühlingsabend mitzubekommen. Wie konnte ich die Sekte finden? Und mal abgesehen davon, was wusste ich schon von Hypnose, von Geistheilern, Zauberern und Magiern? Ich hatte ja nie an diese Dinge geglaubt. Ob ich Filja ausfragen sollte?

Zu Hause war jeder beschäftigt. Manja saß am Computer, Häschen stand singend unter der Dusche, Alissa war gerade in der Küche und schrie Katja an. Irka stand im Arbeitszimmer mit einer riesigen Ratte in den Armen.

»Wo kommt die denn her?«, fragte ich erstaunt, während ich ihr zuschaute, wie sie das zitternde Nagetier zärtlich in eine Mohairdecke einwickelte.

»Das ist July«, seufzte Irka und legte den Hund, der uns aus unglücklichen, feuchten Augen ansah, in einen weichen Sessel.

Ich stand mit weit aufgesperrtem Mund da. July? Wo war die wunderschöne Wolle der Terrierhündin hin? So ein kleiner gebrechlicher Körper sollte unter den langen Locken stecken?

»Valentina wurde überhaupt nicht mehr fertig mit dem Kämmen«, erklärte Irka und streichelte July über den kleinen, kahlen Kopf, »schließlich hat sie alles abrasiert. Sie schimpfte, dass es eine Freude war.«

Die Hundefriseurin war eine ausgesprochen originelle Dame, die zwar keine Kinder, dafür aber sieben Pudel im Haus hatte. Ich konnte mir lebhaft vorstellen, welche Flüche ihr über die Lippen gekommen waren.

»Wenn Serafima Iwanowna nach Hause kommt, wird sie sehr ärgerlich sein«, fuhr Irka fort. »Jetzt friert das arme Tier immerzu, und Chutsch weigert sich doch glatt, bei ihr zu schlafen.«

So sind die Männer, sie interessieren sich nur für ein tadelloses Äußeres und nicht für die scheue Seele dahinter. Der Mops verehrt die Terrierhündin, ein paar Mal hatten sie sogar Welpen, die Manja »die Loschkiner Mopsterrier« taufte. Wie wir sie in gute Hände brachten, ist eine Geschichte für sich. Seit dieser bitteren Erfahrung versuchen wir jedenfalls, solche Verbindungen nicht mehr zuzulassen. Trotzdem pflegen July und Chutsch eine zärtliche Freundschaft. Sie schlafen oft aneinander gekuschelt. Aber ausgerechnet heute, nachdem July ihr Fell verloren hatte, war der galante Kavalier davongelaufen. Vielleicht liebte er sie ja auch gar nicht, sondern wärmte sich einfach nur an ihren wunderbaren Locken …

»Tscherry ist auch so gut wie rasiert worden«, berichtete Irka, »Bandy und Snap konnten gewaschen werden, Chutsch wurde abgerieben, während die Katzen irgendwohin verschwunden sind. Es ist überhaupt eine Unverschämtheit – da sind diese Leute gekommen, haben überall diese widerliche Flüssigkeit hingesprüht und die Möbel beschädigt, und dann war alles nur ein Irrtum!«

»Du Dummkopf hättest es wohl gern gesehen, wenn Kescha tatsächlich die schwarzen Pocken gehabt hätte, was?«, fragte Alissa, die gerade ins Zimmer trat. »Aber gräm dich nicht, du machst einfach alles wieder sauber!«

In null Komma nichts hatte Irka das Zimmer verlassen.

»Wie kann man sich nur mit einer Bediensteten auf ein freundschaftliches Gespräch einlassen?«, griff mich die Ballerina an. »Da gebe ich mir solche Mühe, es dir beizubringen, aber alles umsonst. Sei dir im Klaren, dass dieses Verhalten der Hausherrin nur eine Reaktion hervorruft: Sie hören sofort auf zu arbeiten.«

Ich seufzte nur. Mir ist immer noch nicht wohl dabei zumute, wenn jemand die Böden wischt, während ich seelenruhig vor dem Fernseher sitze. Wahrscheinlich muss sich eine geringschätzige Haltung gegenüber den Dienstboten schon in der Kindheit entwickeln. Wenn man bereits in der Wiege von Lakaien und Dienerinnen umgeben war, kommandiert man sie sicher unwillkürlich herum.

Allerdings war für Alissa anscheinend schon die Zeit ausreichend gewesen, die sie mit Max verbracht hatte.

»Du brauchst mich gar nicht so anzusehen«, erklärte sie und ließ sich auf das Sofa fallen.

Sie streckte die muskulösen Beine mit den durch die Ballettschuhe verunstalteten Füßen aus und stöhnte wonnig:

»Ich bin müde wie ein Kamel.«

»Wieso wie ein Kamel?«, fragte ich automatisch, während ich an ganz andere Dinge dachte.

»Kennst du den Reim nicht?«

»Welchen?«

»›Ein müdes Kamel, die Beine geknickt‹«, begann Alissa, »›das wurde von vieren …‹«

Sie unterbrach sich.

»Jetzt kommt ein Wort, das du nicht gerne hörst, deshalb lass ich es aus.«

Erstaunt über so viel Taktgefühl nickte ich. Sie begann wieder von vorn:

»›Ein müdes Kamel, die Beine geknickt, das wurde von vieren … Zwei in die Ohren, zwei in die Nase, so geschah's im Grase der Oase.‹ Na, wie findest du das?«

Sie wieherte in ohrenbetäubender Lautstärke los. Nachdem sie sich satt gelacht hatte, sagte sie:

»Los, komm, lass uns einen Tee trinken!«

Dank ihrer Anmaßungen standen nun immer heiße Getränke und etwas zu essen auf dem Tisch, das musste man ihr lassen.

»Was bedrückt dich?«, fragte ich Olga, die schon am Tisch saß und gerade ein Stück von einer duftenden Pirogge abbiss.

»Ich habe mir eine weiße Bluse gekauft. Dabei stellte sich

heraus, dass sie vor der Kamera nicht wirkt«, erklärte Olga, »jetzt will ich es mit einem rosafarbenen Pulli versuchen.«

Ich seufzte bloß. In letzter Zeit dachte meine Schwiegertochter an nichts anderes mehr als an ihre Arbeit. Jedes beliebige Gespräch endete mit der Erörterung ihres Make-ups, ihrer Kleidung oder ihrer Frisur. Oder sie sprach über die »verheerenden Fehlentscheidungen des Schiedsrichters« in irgendeinem Fußballspiel oder die »strukturellen Probleme« im russischen Basketball.

»Oder wäre fliederfarben besser?«, überlegte sie weiter.

Filja und Alissa waren schweigend damit beschäftigt, die leckeren Piroggen zu verspeisen. Katja kochte überhaupt hervorragend, aber heute hatte sie sich selbst übertroffen.

»Wieso sagst du nichts?«, fragte Häschen böse und stieß mich unter dem Tisch mit dem Fuß an. »Welche ist denn nun besser?«

»Violett macht dich blass«, erfand ich aus dem Stegreif.

Häschen schlug die Hände über dem Kopf zusammen:

»Wer redet denn von violett? Ich meine fliederfarben oder rosa! Hörst du mir eigentlich zu?«

Was mir an meiner Familie gefällt, ist dieser absolute Unwille, die unglückliche Mutter in Ruhe zu lassen, damit sie ihren eigenen Gedanken nachhängen kann. Fast alle meine Freundinnen beklagen sich lauthals darüber, wie unaufmerksam, grob und abwesend ihre erwachsenen Kinder seien, nie würden sie mit den Eltern reden, um keinen Rat bitten … Bei uns ist es genau umgekehrt. Als wir plötzlich Geld hatten und anfingen, in Loschkino zu bauen, schlug ich Kescha vor:

»Lass uns doch auf dem Grundstück zwei einstöckige Häuser bauen. Eins für dich und Häschen und eins für mich, Manja und Natascha.«

»Aber wozu denn?«, fragte mein Sohn beleidigt.

»Ihr wollt doch sicher ungestört sein …«

»Aber nicht doch«, schnitt mir Häschen das Wort ab, »wir sind eine Familie, wir gehören zusammen.«

Insgeheim war ich enttäuscht. Ich hatte gehofft, in Ruhe rauchen zu können, im Bett zu essen und bis mittags zu schlafen, wenn mir danach war, kurz: so zu leben, wie ich wollte.

Jetzt dagegen sieht es so aus, dass ich meine Zigaretten nur in dem Kabuff unter der Treppe hervorholen kann, das Essen muss ich mir heimlich aufwärmen, wenn alle schon in ihren Zimmern sind, und ausschlafen ist schier unmöglich.

Morgens um halb acht kommt Manja normalerweise in mein Zimmer geflogen und schreit:

»Was meinst du, soll ich den Pelzmantel anziehen oder die Jacke?«

Woher soll ich wissen, wie kalt es draußen ist, wenn ich friedlich unter der Decke liege und schlafe!

»Schau aus dem Fenster.«

»Hab ich schon«, schreit Manja und hüpft vor Ungeduld auf und ab. »Schlaf weiter, Mami, sag mir nur, was ich anziehen soll.«

Wenn ich meine Tochter wieder los bin, schließe ich selig die Augen und ... höre Kescha rufen:

»Mutter, pennst du noch, oder was? Wo sind meine schwarzen Stiefel hin?«

»Weiß ich nicht.«

»Komisch«, sagt mein Sohn erbost, »und wer soll es dann wissen?«

Natürlich der Besitzer. Aber dieser einfache Gedanke kommt ihm nicht in den Sinn. Lieber rennt er eine halbe Stunde in meinem Schlafzimmer herum und sucht hier nach seinem Schuhwerk. Als ob sich ausgerechnet seine Mutter Stiefel in Größe fünfundvierzig anziehen würde.

Wenn er endlich mit einem gebrummelten: »Verflucht nochmal«, verschwindet, gelingt es mir trotzdem nicht mehr einzuschlafen, denn jetzt taucht Häschen vor dem Spiegel auf und fordert einen sofortigen Rat darüber, welches Make-up besser ist – das perlmutt- oder das sandfarbene.

»Nun sag schon«, drängt sie und hält mir das Schminketui unter die Nase, »oder vielleicht das rosafarbene?«

»Ja«, murmele ich automatisch und drücke mich tiefer ins Kissen.

»Vielleicht das fliederfarbene?«

»Ja.«

»Oder soll ich mal *Max Factor* probieren?«

»Ja.«

»Es ist furchtbar, eine so gleichgültige Schwiegermutter zu haben. Du würdest ja immer nur schlafen, wenn es nach dir ginge«, verkündet Häschen und schlägt beleidigt die Tür hinter sich zu.

Ich ziehe mir nur die Bettdecke höher. Aber der Morgen verläuft schon nach dem bekannten Muster. Jetzt kommt Irka und verlangt Geld für die Ausgaben, dann steckt Katja ihren Kopf ins Zimmer und fragt:

»Soll ich heute Schweinebraten machen oder ein Hühnchen braten?«

Außerdem fliegt Manja noch ein paar Mal ins Zimmer, weil sie der Reihe nach das Portemonnaie, die Schlüssel, den Schal, die Handschuhe und den Schulranzen nicht mehr findet.

Und schließlich tritt Kescha mit forschem Schritt noch einmal ins Zimmer, verbreitet dabei den Duft von Eau de Cologne und sagt gefühlvoll:

»Ich muss jetzt zur Arbeit, schlaf du nur ruhig.«

Kurz: Wenn nun Olga wieder auf der Schwelle erscheint und erklärt: »Das rosafarbene ist doch besser als die anderen«, sitze ich bereits kopfschüttelnd im Bett.

»Bist du wach?«, fragt sie ganz erstaunt. »Warum denn so früh, bleib doch noch liegen, es ist ja erst kurz nach acht.«

»Also, was für eine Bluse soll ich denn nun anziehen?«, wiederholte Häschen hartnäckig ihre Frage.

»Hellgrün steht für Erfolg«, bemerkte Filja melancholisch. »Menschen, die im Skorpion geboren sind, sollten Weiß und Rosa meiden. Alle Grüntöne passen großartig!«

»Da hast du's«, seufzte Olga befriedigt, während sie mich

ordnungshalber mit dem Fuß anstieß: »Könnte ich vielleicht von dir so einen Rat erwarten? Vielen Dank, Filja.«

»Nichts zu danken«, lächelte er, »wenn du willst, kann ich dir ein Horoskop erstellen.«

Häschen nickte begeistert. Ich stopfte schleunigst mein Essen in mich hinein. Womöglich gab es jetzt die Chance, mich in mein Schlafzimmer zu verdrücken.

Fredi erschien so gut wie geräuschlos im Esszimmer. In den Händen hielt er eine zusammengerollte Zeitschrift. Zähnefletschend verfolgte Fredi eine im Zimmer umherbrummende Fliege. Seine Augen irrten hierhin und dorthin, immer hinter dem Insekt her. Endlich setzte es sich als schwarzer Punkt auf Häschens hochgekämmte Frisur. Die nichts ahnende Olga nahm gerade einen Schluck Tee, als Fredi wankend zu ihr lief und mit einem furchtbaren Krachen seinen Papierknüppel auf ihren Kopf niedersausen ließ. Olga schrie auf und schüttete sich den Tee über die Knie.

»Alissa! Deine verdammte Missgeburt geht mir langsam wirklich auf den ...!«

»Mein Süßer, mein Allerliebster, komm zu Mama«, zwitscherte Alissa.

Aber der Affe rannte quer durch das Esszimmer, eifrig hinter seinem Opfer her, das ihm wieder entwischt war.

»Fredi!«, schrien alle gleichzeitig.

Der Affe hüpfte zur Tür, bei der genau in diesem Moment, mit dem Hintern voran und ein Tablett balancierend, Irka hereinkam. Fredi holte zu einem Schlag aus, Irka drehte sich um, schrie auf, stolperte über den Affen und stürzte zusammen mit dem Tablett zu Boden.

Die Teller zersprangen, der Haferbrei lief über den Boden. Sofort ließ der Affe seine Waffe fallen, setzte sich auf den Hintern und begann, unser Abendessen aufzuschlecken.

»Was ist passiert?«, rief Manja vom Flur her.

»Bleib, wo du bist!«, schrie ich.

Aber da sprintete Manja schon ins Zimmer. Rennen ist ihre normale Fortbewegungsart, und dabei schaut sie nur selten vor sich auf den Boden. So auch jetzt. Sie trat mit ihren Pantoffeln in die rutschige Masse, ruderte mit den Armen und landete direkt auf Irka.

»Das ist doch nicht zu fassen!«, schrie Häschen, als sie sah, wie ihre Schwägerin im Brei herumzappelte. »Wie oft haben wir dir schon gesagt, du sollst schauen, wo du hintrittst!«

Wieder setzte sich die Fliege auf Olgas Haare. Fredi angelte sich die mit Haferflocken beschmierte Zeitschrift und ließ sie auf die sorgsam gesteckte Frisur des Fernsehstars niederfahren. Klebrige Spritzer flogen in alle Richtungen.

»Du verdammter Affenarsch!«, schrie Häschen.

Fredi hob ungerührt den getöteten Feind vom Boden auf und warf sich das Insekt mit triumphaler Miene in den Rachen.

»Das Leben in diesem Haus wird langsam unerträglich!«, schimpfte Olga, während sie sich klebrige Klumpen aus den Haaren zog.

»Fredi, Schätzchen«, rief Alissa, »nun hast du es doch geschafft, die Fliege zu erwischen. Braver Affe!«

»Komische Sache«, protestierte Manja, als sie sich aus dem Brei kämpfte, »ich krieg immer ganz schön was ab, wenn ich ›Arsch‹ sage, aber Olga darf das Wort einfach ungestraft benutzen ...«

»Warum denn nicht?«, fragte Alissa erstaunt und sah wachsam zu, wie Olga die Spuren des Überfalls beseitigte.

Manja knurrte beleidigt und lief ins Bad. Fredi sprang zum Tisch und griff nach einer Pirogge.

»Guten Appetit, du Räuber«, lachte Filja.

Ich seufzte. Wann würde Max seiner Exfrau endlich eine Wohnung kaufen, die ihr genehm wäre?

In der Nacht gelang es mir partout nicht einzuschlafen. Zuerst schaute ich mir lange das Foto der kleinen Verotschka an. Wessen Tochter war sie denn nun eigentlich? Aber egal, wer die Mutter war, in der Sekte durfte man sie auf keinen Fall lassen. Ich musste das Mädchen so schnell wie möglich finden und der Großmutter zurückbringen. Aber wo sollte ich suchen? Sollte ich einfach die Moskauer Provinz abfahren und in jedem Dorf anhalten? Aber dazu war selbst ich nicht in der Lage ...

Während ich am offenen Fenster rauchte und versuchte, den Rauch auf die Straße zu pusten, las ich noch einmal den Brief, den Ljuda vor ihrem Tod geschrieben hatte. Wieso hatte sie ihn ohne Umschlag in die Tasche gesteckt? Wie sollte er so in die Hände des Adressaten gelangen? Obwohl ...

Ich drehte das Blatt hin und her. Warum hatte ich das nicht gleich bemerkt? Es war seltsam der Länge nach zusammengefaltet und hatte ungeschickt eingeknickte Ränder. Das passiert nur, wenn man versucht, unser russisches Briefpapier in Briefumschläge mit dem länglichen westeuropäischem Format zu stecken. Das war es also! Es hatte natürlich einen Umschlag gegeben, und ich wusste auch, wo er war.

Ich konnte es kaum bis zum Morgen erwarten, um mich zum Bahnhof aufzumachen. Aber in der Bude der Weichenwärterin saß eine Fremde.

»Wo ist Ljusja?«

»Sie hat gekündigt«, sagte die Frau, »ihr ist der Geduldsfaden gerissen. Sie hat ihre trinkende Mutter verlassen und ist mit den Kindern sonst wohin verschwunden.«

»Hat sie keine Adresse hinterlassen?«

»Woher soll ich das wissen?«, gab die Frau zurück. »Frag ihre Mutter, die wohnt in dem schiefen Häuschen hinter dem Geschäft dort. Aber nimm gleich eine Flasche mit, ohne die wird Klawka nichts sagen.«

Im Hof lag still ein Hund. Ich hatte schon lange keinen so dürren Schäferhund mehr gesehen, ein von schwarzem Fell umspanntes Skelett. Ich klopfte an die Tür.

»Wer zum Teufel ist da?«, kam von drinnen eine freundliche Stimme.

»Ich suche nach Ljusja, sagen Sie mir ihre Adresse.«

»Deine Ljusja ist abgehauen«, erklärte die heruntergekommene Frau, als sie auf die schiefe Vortreppe heraustrat. »Sie hat irgendwo Kohle aufgetrieben – und weg war sie. Lässt die eigene Mutter und den eigenen Ehemann im Stich, der vor lauter Kummer trinkt und sich gar nicht beruhigen kann.«

Ich sah der Frau in das aufgedunsene, ungesund bleiche Gesicht. Sie hatte ein blaugelbes Veilchen unter dem rechten Auge, das solide Handarbeit sein musste.

»Ich gebe Ihnen zwanzig Dollar, wenn Sie mir die Adresse Ihrer Tochter verraten!«

»Sie hat sie mir nicht gesagt, dieses Aas«, rief sie wütend, »sie ist einfach abgehauen, als alle schliefen, hat sich die Kinder und eine Tasche geschnappt. Weiß ich, wo sie hin ist, dieses undankbare Luder. Ich hab sie ernährt, sie mit Kleidern und Schuhen versorgt. Und was ist der Dank? Sie lässt mich arme kranke, hilflose Frau mittellos im Stich.«

Die betrunkene Mama begann laut zu heulen. Dann wischte sie sich die Tränen von den Wangen und fragte hoffnungsvoll:

»Aber vielleicht gibst du mir das Geld trotzdem, sozusagen als humanitäre Hilfe?«

»Niemals«, sagte ich fest, »nur wenn ich die Adresse kriege.«

»Dann hau doch ab, du blöde Ziege!«, keifte mein liebenswürdiges Gegenüber und schlug mir die Tür vor der Nase zu.

Nach diesen Worten hing auf der Vortreppe eine dichte Wolke von Schnapsgeruch. Niesend lief ich nach vorn zum Tor. Ich hatte schon wieder eine Niete gezogen.

»Tante«, hörte ich hinter mir eine Stimme durch die wieder halb geöffnete Tür. »Geben Sie wirklich zwanzig Grüne?«

Ich drehte mich um. Auf der Vortreppe stand ein Junge undefinierbaren Alters. Von der Größe her wirkte er wie sieben, aber der Blick war der eines erfahrenen Mannes und das Lächeln sehr erwachsen. In der rechten Hand hielt das seltsame Wesen eine Zigarette, die überhaupt nicht zu der dunkelblauen Kinderhose passte. Die Hosentaschen waren mit Aufnähern versehen: die rechte mit einer schönen Frau, die linke mit einem Ungeheuer.

»Also, wie sieht's aus«, fragte er noch mal, »geben Sie das Geld?«

Er zog an der Zigarette und blies den Rauch in Ringen wieder aus der Lunge. Ich hatte das seinerzeit auch mal probiert, aber ohne Erfolg.

»Nur wenn ich die Adresse dafür kriege.«

»Schreiben Sie«, sagte der Junge geschäftig. »Sewernoje Butowo, Akademik-Komow-Straße Nummer achtzehn.«

»Woher weißt du das?«

»Das ist Firmengeheimnis«, wich mein Informant aus. »Los, her mit den Kröten!«

»Na warte«, drohte ich, »wenn ich herauskriege, dass du mich beschissen hast, komm ich her, und es setzt eine Riesenohrfeige. Und schmeiß sofort diese Zigarette weg, in deinem Alter ist Rauchen mehr als schädlich!«

Das unbegreifliche Wesen antwortete nachsichtig:

»Ich mach das ja nur ganz selten, nur wenn ich einen Kater habe. Gestern hat Mama ein widerliches Zeug mitgebracht, es heißt *Korostyljowskaja.* Wenn Sie das sehen, trinken Sie es bloß nicht, davon kann man glatt draufgehen, Papa hätte fast den Löffel abgegeben, er hat die ganze Nacht vor dem Eimer gesessen.«

Er nahm mir gewandt die Scheine aus der Hand und verschwand in der stinkenden Hütte. Ich seufzte und lief zum Wagen.

KAPITEL 22

Bis Sewernoje Butowo brauchte ich genau eine Stunde. Als ich endlich am Friedhof, am Wald und an irgendwelchen Gebäuden vorbei in der tristen Schlafstadt angekommen war, wurde mir etwas unheimlich zumute. Auf den Straßen war kein Mensch zu sehen. Noch nicht einmal Mütter mit Kinderwagen, obwohl das Wetter die Menschen hätte hinauslocken müssen: Es war ein warmer Frühlingstag.

Ich schlug meinen Plan auf und suchte nach der Akademik-Komow-Straße. Hier stand es schwarz auf weiß: Die Magistrale begann hinter dem Wischnjakow-Prospekt. Aber wo ich auch hinfuhr, die gesuchte Straße fand ich nirgends. Schließlich gestand ich mir meine Ratlosigkeit ein, stieg vor einem Geschäft aus und fragte die gelangweilte Verkäuferin:

»Wie fahre ich am besten zur Akademik-Komow-Straße Nummer achtzehn?«

Sie kaute fleißig weiter an ihrem Kaugummi und verkündete:

»Fahren? Das geht überhaupt nicht!«

»Was soll das heißen?«, fragte ich verdattert. »Gibt es diese Straße etwa gar nicht?«

»Wer sagt das? Natürlich gibt es die.«

»Und wo ist sie?«, bellte ich aggressiv zurück.

»Gleich hier«, erklärte sie und gähnte herzhaft, »direkt um die Ecke, nach unten in die Senke.«

Direkt um die Ecke, nach unten in die Senke führte eine Eisentreppe. Ich lief zurück zu dem Laden mit der Aufschrift

Supermarkt und erkundigte mich noch einmal bei der vor sich hindösenden jungen Frau:

»Und wie komme ich mit dem Auto hin?«

»Gar nicht«, antwortete sie gleichgültig, »zur Komow-Straße kann man nicht durchfahren, man kommt nur zu Fuß hin. Wozu auch fahren? Das wäre ja geradezu lächerlich, bei dem einen Haus.«

»Sind Sie ganz sicher?«, fragte ich erstaunt. »Ich muss zur Nummer achtzehn.«

»Das ist es doch«, bekräftigte sie, »dort unten, in der Senke, es ist das einzige weit und breit.«

»Und wo sind die anderen siebzehn?«, fragte ich etwas verwirrt.

»Das weiß der Teufel, wahrscheinlich hat man vergessen, sie zu bauen. Die Komow-Straße ist die Treppe zu dem einen Haus.«

Die junge Frau kämpfte ganz offenkundig mit dem Schlaf, denn sie klappte ihre Lider so langsam auf und zu wie eine Schildkröte.

»Himmel«, sagte ich immer noch ganz erstaunt, »wieso sind denn hier keine Leute auf der Straße?«

»Es ist mitten am Tag, die Leute sind alle in Moskau zum Arbeiten«, erklärte sie mir.

Fluchend stieg ich die Treppe hinab. Ganz unten stand in einem Haufen von Müll ein dreistöckiges Plattenhaus, kaum größer als unser Haus in Loschkino. Ringsum schauten ein paar missgestaltete Bäume und irgendwelches Gestrüpp, das die winterlichen Unwetter zerstört haben mussten, aus der Unordnung hervor. An einer Ecke des Hauses hing ein Schild mit einer Achtzehn. Erstaunlich, wer mochte sich ausgedacht haben, ausgerechnet hier ein Haus hinzustellen und ihm auch noch diese Nummer zu verpassen? Ringsum sah es aus wie auf einem Schrottplatz, überall lagen verrostete Eisenteile, leere Tonnen und kaputte Ziegel herum.

An der Tür gab es erstaunlicherweise sogar eine Sprechanlage, allerdings keine Namensschildchen. Ich drückte aufs Geratewohl verschiedene Klingelknöpfe und hörte eine vertraute Frauenstimme:

»Wer ist da?«

»Machen Sie auf, Ljusja, hier ist Darja Iwanowna Wassiljewa aus Loschkino.«

Das Schloss schnappte auf, an einer Wohnungstür im Erdgeschoss drehte sich der Schlüssel im Schlüsselloch. Ljusja stand mit zerzausten Haaren auf der Schwelle, sie hatte einen flauschigen Morgenrock an. Ein etwa einjähriges Kind hielt sich auf schiefen Beinchen an ihrem Rockzipfel fest.

»Na, so was!«, sagte ich überrascht. »Ich dachte immer, Ihre Kinder wären im Schulalter.«

»Darja Iwanowna«, murmelte die Weichenwärterin. »Woher wissen Sie meine Adresse?«

Ohne auf ihre Frage zu antworten, ging ich in die Diele und forderte sie auf:

»Führen Sie mich ins Zimmer, wir müssen miteinander reden.«

Ljusja machte mir die Tür weit auf. Das Zimmer war erstaunlich groß, eine weitere Tür führte von hier aus zu einem zweiten, kleineren Raum. Die Möbel waren einfach, aber alle neu. An den Fenstern hingen offensichtlich erst vor kurzem gekaufte Vorhänge, auf dem Boden lag ein Synthetikteppich.

»Eine schöne Wohnung«, sagte ich freundlich. »Ist die Küche groß?«

»Zwölf Quadratmeter«, gab sie mir bereitwillig Auskunft. »Schauen Sie!«

Der gemütliche quadratische Raum glänzte mit seinen sauberen Schränken. In einer Ecke stand ein schneeweißer Kühlschrank vom Typ SIL. Über die arme Weichenwärterin schien ein plötzlicher Reichtum gekommen zu sein, dessen Herkunft ich ahnte.

»Eine wunderbare Wohnung und warm im Gegensatz zu der Hütte, wo wir den ganzen Winter über wie verrückt froren!«

»Warum haben Sie nicht geheizt?«

»Weil meine verdammte Familie das Geld fürs Holz versoffen hat«, sagte Ljusja, »aber jetzt ist es aus mit ihrem Glück. Allein mit den Kindern werde ich endlich wie ein Mensch leben, irgendwie werden wir schon durchkommen. Aber woher haben Sie denn nun meine Adresse?«

»Ljusjalein, Sie hatten gesagt, Sie suchen eine Arbeit?«

»Ja?«, sagte sie vorsichtig.

»Ich habe meiner Hausangestellten gekündigt. Ich würde Sie einstellen.«

In dem Glauben, ich sei mit der konkreten Absicht gekommen, ihr das vorzuschlagen, ließ sie ihre Vorsicht fahren und sagte seufzend:

»Hätten Sie mir das vor einem Monat vorgeschlagen, hätte ich sofort Ja gesagt, aber jetzt ...«

»Was ist jetzt anders?«

»Jetzt wohne ich in Sewernoje Butowo. Von hier braucht man mindestens zwei Stunden bis Loschkino. Außerdem habe ich die Kinder, die ich nicht allein lassen kann. Und ich habe inzwischen eine neue Arbeit gefunden.«

»Was für eine?«

Ljusja hob das Kind hoch, das angestrengt vor sich hin schnaufte.

»Ich kriege jetzt drei Kinder für den ganzen Tag, während die Mütter bei der Arbeit sind. Das ist hervorragend für mich, so kann ich mich um meine eigenen Kinder kümmern. Nicht so wie früher, wo ich mich Tag und Nacht am Bahnübergang aufhalten musste und dazu noch die ganze Verantwortung trug – selbst für den letzten Vollidioten!«

»Die Wohnung ist doch bestimmt teuer.«

»Ach was!«, winkte Ljusja ab. »Als ich zu der Agentur ging, sagte ich: ›Hören Sie, ich bin eine arme Frau, geben Sie mir die billigste Wohnung, die Sie haben. Sie darf nur ein paar Kopeken kosten.‹ Da hat sich die Maklerin alle Mühe gegeben. Die Wohnung ist praktisch umsonst. Wir sind hier weit vom Schuss, das Haus ist kein Prestigeobjekt, es steht ja auch sehr ungünstig, so dass man kaum rankommt. Aber mir ist das wurscht, Hauptsache, ich bin weit weg von diesen Ungeheuern und kann ungestört mit meinen Kindern leben.«

»Haben Sie dreißigtausend dafür bezahlt?«

Die Weichenwärterin schlug die Hände über dem Kopf zusammen.

»Aber nein, nur zwölf! Glück muss der Mensch haben!«

Ohne auf das niesende Kind Rücksicht zu nehmen, zog ich frech meine Zigaretten heraus und überschlug laut:

»Zwölf für die Wohnung, fünf bis sechs für die Möbel, dann noch zweitausend für das eine oder andere ... Wie viel Geld lag in dem Umschlag?«

Ljusja wurde weiß im Gesicht. Sogar die Lippen wurden zu farblosen Strichen.

»Sie ... wissen Bescheid?«

»Natürlich«, beruhigte ich sie.

Sie fiel auf die Knie, streckte die zitternden Hände aus, die noch nie eine echte Maniküre erlebt hatten, und heulte los:

»Lassen Sie mich am Leben, bitte, stürzen Sie mich nicht ins Verderben!«

Ich schlug angeekelt die Beine übereinander und forderte:

»Hören Sie auf mit dem Theater, und erzählen Sie mir jetzt alles der Reihe nach!«

Aber Ljusja war schon voll in Gang. Sie schlug den Kopf mit den schlecht gefärbten Haaren gegen den Boden und schrie wie eine Verrückte:

»Oh nein, oh weh! Ich wollte doch nichts Unrechtes tun ...«

Das Kind verzog das Gesicht, sperrte den Mund auf und begann zu plärren. Rotz lief ihm aus der kleinen Nase, das Gesicht wurde rot. Mir war die ganze Szene nur unangenehm und eklig. Wie lange sie es wohl durchhalten würden zu heulen?

»Bei meiner Seele, ich bitte Sie, ich war immer ein rechtschaffener Mensch ...«

Der Kleine gab als Erster auf. Als er begriff, dass sich keiner um ihn kümmern würde, schluchzte er noch einmal auf und kroch dann auf allen vieren in das andere Zimmer hinüber. Ljusja dagegen heulte weiter. Allerdings war ihr das Knien wohl zu anstrengend geworden: Sie saß inzwischen auf dem Boden und schaukelte mit dem Oberkörper hin und her.

»Oh weh, oh weh, Sie werden mich doch nicht ins Zuchthaus bringen ...«

Wie gut ihre Lungen sein mussten, dass sie dieses Theater eine geschlagene halbe Stunde durchhielten ...

Nach einem letzten Crescendo verstummte sie endlich.

»Ljusja«, sagte ich streng, »Sie können wählen. Entweder gehe ich jetzt sofort zur Miliz und melde den Diebstahl, oder Sie sagen mir die Wahrheit, und wir lassen alles, wie es ist.«

Sie wischte sich die Nase am Rockschoß ab und fragte hoffnungsvoll nach:

»Was soll das heißen: Wir lassen alles?«

»Wir tun einfach so, als wüssten wir nicht, wie Sie an Ihr Geld gekommen sind, und Sie leben weiter wie bisher ...«

Sie stürzte auf mich zu:

»Darja Iwanowna! Meine Liebste!«

Wenn ich etwas nur schwer ertragen kann, sind es Umarmungen von fremden Leuten. Ich machte mich unwirsch frei und wiederholte streng:

»Berichten Sie!«

Ljusja setzte sich auf einen Hocker und begann mit ihrem Geständnis.

Die Tasche hatte sie auf ihrem Heimweg bemerkt. Seltsam, dass vor ihr keiner sie gesehen hatte. Sie lief den Abhang hinunter, um sie mitzunehmen. Eine innere Stimme sagte ihr, dass sie einen Schatz in den Händen hielt.

Versteckt in der Toilette, machte sie das Täschchen auf und fand darin einen dicken Briefumschlag. Mit zitternden Händen öffnete sie ihn und war fassungslos: Lauter Hundertdollarnoten segelten ihr in den Schoß. Außerdem steckten in dem Kuvert zwei Briefe. Der eine war an Kolja gerichtet und voller Drohungen, der andere war für Marja Sergejewna Balabanowa in Nagorje bestimmt und zärtlich und liebevoll. Das Geld war ihr zugedacht.

Ljusja rang mit ihrem Gewissen. Dann erinnerte sie sich plötzlich an den hübschen Nerzmantel, den die Selbstmörderin getragen hatte, und sie beruhigte sich. Es war bestimmt nicht ihr letztes Geld gewesen, sie musste noch mehr davon haben.

Nachdem sie ihre Entscheidung getroffen hatte, riss Ljusja den Umschlag und den Brief für die Balabanowa in kleine Stücke und warf diese in die Toilette. Das Geld versteckte sie unter ihrer Kleidung, die Handtasche mit dem verbleibenden Blatt Papier gab sie mir.

»Aber wieso?«, fragte ich erstaunt. »Wieso hast du sie nicht weggeworfen?«

Ljusja seufzte.

»Ich hatte mir das so überlegt: Bestimmt würden die Verwandten kommen, ihr Mann oder ihre Mutter, und sagen, sie habe doch aber eine Handtasche gehabt. Dann würde man anfangen zu suchen und sofort denken, ich hätte sie genommen! Deshalb beschloss ich, sie Ihnen zu geben.«

»Aber Ljusja! Und wenn nun die Verwandten nach dem Geld gefragt hätten?«

»Dann hätte ich alles abgestritten«, erklärte sie, »die Handtasche haben schließlich Sie zur Miliz gebracht, Sie sind dafür verantwortlich!«

Angesichts dieser Frechheit hätte es mir fast die Stimme verschlagen.

»Haben Sie wirklich gedacht, ich würde nicht sagen, von wem ich die Tasche erhalten hatte?«

Jetzt war Ljusja wieder ganz beieinander und ging zum Angriff über:

»Ich hätte gesagt, dass Sie lügen, dass Sie selber scharf auf das Geld waren. Reiche können schließlich nie genug kriegen!«

»Warum haben Sie den Brief an Kolja dringelassen?«

»Selbstmörder hinterlassen immer irgendwelche Briefe. Außerdem hätte es ja sein können, dass keiner von dem Geld wusste. Die Bullen brauchen nicht viel, vielleicht hätte es ihnen gereicht, den Zettel zu lesen …«

Schweigend sah ich ihr in das einfache Gesicht mit der roten Nase. Erstaunlich – die reinste Bauernschläue in holder Eintracht mit kompletter Prinzipienlosigkeit und grober Dummheit. Sie wollte alle übertrumpfen, und es wäre ihr fast geglückt: Dem Hauptmann Nikolaj Wassiljewitsch war es gar nicht eingefallen sich zu fragen, warum der Brief keinen Umschlag hatte. Er war der Überzeugung, dass die Schabanowa verrückt war, und interessierte sich nicht weiter für sie. Und ich selbst hatte auch ganz schön lang gebraucht, bis mir klar geworden war, was mit dem Kuvert passiert sein musste.

»Wie viel Geld ist es gewesen?«

»Das habe ich vergessen«, log Ljusja ungeniert.

»Na schön. Aber stand da irgendwo Koljas Adresse?«

Die Weichenwärterin schüttelte den Kopf.

»Ljusja«, sagte ich streng, »wenn du lügst, gehe ich zur Miliz.«

Aber sie war inzwischen sicher, dass von mir keine Gefahr ausging, und hatte sich beruhigt. Ihre Wangen und Lippen waren wieder rot, ihre Augen glänzten.

»Na und?«, zischte sie. »Gehen Sie doch zum Teufel!«

»Ich gehe zum Bezirksrevier«, versicherte ich ihr, »und zur Finanzpolizei, da wirst du schon sehen. Wenn du die Wohnung mit ehrlich erworbenem Geld gekauft hast, heißt das, dass du auch Steuern zahlst. Wenn nicht, wo hast du es dann her?«

Wieder veränderte sich Ljusjas Gesichtsfarbe. Da ich fürchtete, sie könnte noch einen hysterischen Anfall bekommen, fügte ich schnell hinzu:

»Aber eigentlich ist mir das Geld vollkommen egal, wenn du dich ein bisschen anstrengst und mir Koljas Adresse sagst.«

Ljusja zog die Nase hoch und sagte aufrichtig:

»Die war da nicht. Beide Briefe lagen mit den Dollars in dem einen Briefumschlag. Außerdem war da noch ein richtiges Testament mit Siegeln.«

»Was stand darin?«

»Na ja, so was wie: ›Meinen gesamten Besitz und mein Geld hinterlasse ich Balabanowa ...‹«

»Wo ist es?«

»Ich habe es weggeschmissen.«

»Das war alles, was in dem Umschlag lag? Das Geld, das Testament und die zwei Briefe?«

In diesem Augenblick schnappte das Schloss, und zwei Kinder traten zur Tür herein. Es waren ein Junge und ein Mädchen. Beide trugen Schulranzen, die bis oben voll gestopft waren. Das Mädchen musste in Manjas Alter sein, war aber einen Kopf kleiner, nur halb so dick, hatte kaum Haare auf dem Kopf und schlechte Zähne. Der Junge hatte eine niedrige Stirn, kleine Schlitzaugen und merkwürdig aufgedunsene Backen.

Als sie die Fremde sahen, blieben die Kinder schüchtern auf der Schwelle stehen.

»Guten Tag«, flüsterte das Mädchen.

»Guten Tag, Tante«, fügte der Junge hinzu.

»Geht die Hände waschen«, befahl die Mutter, »und dann kommt essen!«

Die Kinder verschwanden im Nu. Schwermütig sah Ljusja in meine Richtung. In meinem Herzen tobten die widersprüchlichsten Gefühle. Natürlich war sie eine Diebin, die rücksichtslos fremdes Geld an sich gerissen hatte. Auf der anderen Seite gab es diese ganz offensichtlich unglücklichen, kranken Kinder.

Mein Blick fiel auf die roten, schwieligen Hände der Weichenwärterin. Die schwere Arbeit hatte sie verunstaltet, die knotigen Gelenke zeugten von Arthritis.

Plötzlich brach ein Lichtstrahl in die Küche. Er huschte verspielt über die billigen Plastiktassen und die emaillierte Teekanne. Ich seufzte. Was sollte ich tun? Den Diebstahl bei der Miliz melden? Was dann passieren würde, war klar: Ljusja käme in Untersuchungshaft, die Kinder ins Internat oder, was noch schlimmer wäre, unter die Obhut der Großmutter und des Vaters, die immer betrunken waren … Und dabei hatte ich Verotschka noch immer nicht gefunden.

Ljusja bemerkte, wie ich innerlich schwankte, und schlug mir leise vor:

»Wenn Sie möchten, komme ich zu Ihnen putzen. Einfach so, ohne Geld.«

Da kamen wieder die Kinder in die Küche. Das Mädchen hielt einen kleinen Welpen im Arm, höchstens sechs Wochen alt, der sein Maul mit den kleinen Milchzähnen aufsperrte und plötzlich lospinkelte.

»Was ist das nun wieder?«, fragte Ljusja erstaunt und vergaß mich für einen Moment.

»Der saß hier in der Senke«, sagte die Tochter leise, »wahrscheinlich hat ihn jemand ausgesetzt. Lass ihn uns nehmen, er stirbt doch sonst, er ist ja noch so klein.«

»Bitte«, fügte der Sohn hinzu.

»Na schön, zum Teufel damit«, gab die Mutter nach, »soll er leben. Wo drei sind, kommen auch vier durch. Aber waschen müsst ihr ihn, damit er bloß keine Flöhe anschleppt. Da, gebt ihm Milch!«

Die zum Reißen gespannte Saite in meinem Herzen gab plötzlich nach.

»Also dann, Ljusja, ich muss los. Ich freue mich, dass Sie hier ein neues Leben beginnen.«

Wieder traten ihr die Tränen aus den Augen, aber diesmal wurde sie nicht hysterisch, sondern antwortete ruhig:

»Schütze Sie Gott für Ihre Güte! Ich werde nie mehr in meinem ganzen Leben …«

Ich nickte und ging. Keuchend kraxelte ich die unbequemen Eisenstufen hinauf und schaute, als ich endlich auf der Straße angelangt war, noch einmal von oben auf die Müllgrube, in der das Haus Nummer achtzehn stand. Offenbar war es möglich, überall glücklich zu sein, sogar an einem solchen Ort …

Was hätte ich wohl an Stelle der Weichenwärterin gemacht? Hätte ich das Geld zur Miliz gebracht? Nachdenklich stieg ich in den Volvo. Hätte mir ein Fremder diese Frage gestellt, hätte ich sofort empört geantwortet: »Natürlich!« Aber vor mir selber musste ich ehrlich sein: wahrscheinlich nicht.

KAPITEL 23

Als ich wieder zu Hause war, ging ich als Erstes zu Alissa ins Zimmer. Obwohl es gerade erst vier Uhr nachmittags war, lag sie im Bett und hatte sich die Decke über den Kopf gezogen.

»Geht es dir nicht gut?«, fragte ich von der Türschwelle aus.

Sie antwortete nicht.

»Alissa!«

Keine Antwort. Ich ging zum Bett und zog an der Decke. Auf dem Kissen lag ganz verrunzelt Fredi. Sein Gesicht war über und über mit Eiterbeulen bedeckt, er atmete pfeifend – offensichtlich ging es ihm sehr schlecht.

Ich rannte zum Telefon, dann in Manjas Zimmer, um das Nachschlagebuch über Infektionskrankheiten zu holen. Über Affen stand hier nicht viel, es ging mehr um Katzen, Hunde und Papageien.

Als der Tierarzt kam, kratzte er sich den Schädel.

»So was sehe ich zum ersten Mal …«

»Haben Sie schon mal einen Affen behandelt?«

Der Arzt reagierte beleidigt:

»Wieso haben Sie mich gerufen, wenn Sie mir nicht trauen?«

»Aber nicht doch«, rechtfertigte ich mich, »ich fragte nur so. Wissen Sie, wir hatten die Windpocken im Haus.«

»Danach sieht es aber gar nicht aus.«

»Wenn es aber doch so wäre?«

Der Tierarzt schlug verärgert seine Tasche auf und schrieb ein Rezept aus.

»Wahrscheinlich hat er einfach zu viele Sachen gefressen, die ihm nicht bekommen. Womit wird er ernährt?«

Ich zuckte mit den Achseln:

»Mit allem. Das Letzte, was ich gesehen habe, war, wie er eine Pirogge mit Fleisch fraß.«

»Na ja, was erwarten Sie denn dann?«, lachte der Mann, als er mir das Rezept reichte. »Ein Affe ist zwar dem Menschen ähnlich, aber er ist schließlich kein Mensch! Übrigens ist auch für uns Fleisch nicht gerade die beste Diät ... Hier, verabreichen Sie ihm eine Woche lang dieses Medikament – und keine Koteletts, keine Makkaroni und Piroggen, sondern nur gesunde Nahrung: mit Wasser gekochten Brei ohne Salz und ohne Zucker, Gemüse, am besten roh, Obst ...«

Ich machte mich auf, das Arzneimittel zu besorgen. In der einen Apotheke gab es zwar das Gesuchte, aber nicht in der richtigen Dosierung, in der nächsten gab es gar nichts, in der dritten gab es zwar die Medizin, aber nicht in Tabletten-, sondern nur in gelöster Form. Da ich des Herumfahrens leid war, kaufte ich die Ampullen. Was sollte das schon für einen Unterschied machen?

Zu Hause goss ich den Inhalt auf einen Teelöffel, setzte mich ans Bett und fing an zu gurren, wie Alissa das immer tat:

»Fredilein, mach dein Mäulchen auf.«

Aber das widerliche Tier presste die Lippen nur noch fester zusammen.

»Schau mal, Fredilein, eine Fliege!«

Der Affe lebte auf, öffnete seinen Rachen und verfolgte aufmerksam das summende schwarze Etwas mit den Augen.

Ohne zu zögern, goss ich ihm die farblose Flüssigkeit auf die rosa Zunge. Der Affe erstarrte, dann stieß er plötzlich einen gellenden Schrei aus: ein langes, barbarisches U-U-U-U ...

Bevor ich mich auch nur erschrecken konnte, sprang Fredi, der bisher kraftlos dagelegen hatte, mit einem Mal zum offenen Fenster, schwang sich auf die Terrasse hinaus, riss dort ein paar Korbstühle um und floh in den Garten.

»Was für ein wirkungsvolles Medikament«, dachte ich, als ich sah, wie der Affe über den gerade erst sprießenden Rasen tobte. Gerade noch schien er im Sterben zu liegen, jetzt war er plötzlich wieder fröhlich und spielte.

»Oh Gott!«, schrie da Alissa, die – wer weiß, von wo – aufgetaucht war. »Was ist mit dir? Was hast du gefressen? Hilfe!«

Auf den Schrei kam Manja herbei. Zu zweit fingen sie den tobenden Affen ein. Ich trat schüchtern dazu und schaute meinem Patienten ins Gesicht. Anscheinend hatte ich mich doch geirrt mit der Annahme, die Arznei hätte geholfen. Fredi hatte Schaum vor dem Maul, die Augen waren ganz rot, aus der Nase lief ihm der Rotz, und die Eiterbeulen sahen noch eitriger aus.

»Mein Süßer, mein Allerliebster«, jammerte Alissa und streichelte ihm über den zottigen Schädel, »nun sag Mama, was du gefressen hast, du Dummer!«

Der Affe schnaubte beleidigt, streckte einen haarigen Arm aus und zeigte auf mich:

»U-U-U!«

»Du hast meinen Süßen vergiftet!«, schrie die Ballerina.

Ich begann wirr von dem Tierarzt und dem Medikament zu erzählen.

Manja rannte ins Haus und kam mit der Ampulle in der Hand wieder zurück.

»Mami«, fragte sie, »wieso hast du denn diese Ampullen gekauft? Schau, auf dem Rezept steht doch ausdrücklich, dass es Tabletten sein sollten.«

»Was macht das schon für einen Unterschied?«, sagte ich achselzuckend. »Tabletten gab es nicht, also dachte ich, lieber so als gar nicht. Der Arzt wird doch kein Gift verschrieben haben.«

»Aber nein«, lachte Manja, »die Medizin an sich ist schon gut, aber tu mir den Gefallen und leck mal am Ampullenrand.«

Ich gehorchte. Sofort füllte sich mein Mund mit Speichel, von der unerträglichen Bitterkeit stiegen mir die Tränen in die Augen.

»Jetzt sieh nur«, bemerkte Manja zufrieden, als sie sah, wie ich meine Zunge herausstreckte und durch den Mund atmete, »wie schon das Bisschen wirkt, das du probiert hast. Stell dir bloß mal Fredis Qualen vor, er hat einen ganzen Löffel von dem Zeug abbekommen!«

»Wie kann man denn so einen Mist auf den Markt bringen?«, brachte ich mit Müh und Not hervor.

»Das ist zum Spritzen gedacht«, erklärte Manja, »die Tabletten haben extra einen Überzug aus Zucker. Kauf bloß nie wieder Ampullen, wenn das Medikament zur Einnahme verschrieben ist.«

»Komm, mein Mäuschen, Mama gibt dir eine Pirogge«, zwitscherte Alissa und umarmte den Affen.

Gefügig ließ sich Fredi forttragen. Ich rannte ihnen hinterher. Das arme Tier, wie musste es sich erschrocken haben.

Auch diese Nacht verbrachte ich schlaflos. Nun war auch der letzte Faden gerissen, der mich zu des Rätsels Lösung hätte führen können. Wie sollte ich Verotschka jemals finden?

Aus dem Nachttisch nahm ich ein Stück Schokolade. Kaum hatte ich es in den Mund gesteckt, durchfuhr mich ein scharfer Schmerz. Die weitere Nacht verbrachte ich damit, mir wahllos mit allem, was mir unter die Finger kam, den Mund zu spülen, aber gegen drei am Morgen wusste ich: Hier konnte nur noch der Zahnarzt helfen. Und um diese Uhrzeit hieß das: Ab ins Ambulatorium in der Krassnossjelskaja-Straße.

In dem riesigen Wartesaal saßen mit hängenden Köpfen lauter Leidensgefährten. Das ewige Kreischen der Bohrer in den Behandlungszimmern ging allen an die Substanz. Man sagt, ein französischer Baron habe sich, als er im Leiterwagen vor der Guillotine darauf wartete, an die Reihe zu kommen, vor den Henker geworfen und diejenigen, die vor ihm dran waren, beiseite gestoßen. »Lasst mich durch!«, schrie er. »Das Warten auf den Tod ist schlimmer als das Sterben selbst!« Jetzt verstand ich den Aristokraten sehr gut: Am liebsten hätte ich mich gleich auf den Zahnarztstuhl gesetzt.

Endlich ging die Tür auf und eine junge Arzthelferin sagte: »Der Nächste, bitte.«

Auf weichen Knien wankte ich zu dem Stuhl, setzte mich auf die Lederpolster, öffnete ergeben den Mund und schloss die Augen, es blieb mir ja nun keine andere Wahl mehr.

»Das ist aber ein Zufall!«, hörte ich eine Stimme

Vorsichtig öffnete ich die Augen und sah Liana Sundukjan vor mir.

»Was ist passiert?«, fragte sie erstaunt, dann untersuchte sie meine Zähne und sagte: »Es wird nicht wehtun. Lena, bereite das Nötige vor, ich kenne diese Frau.«

Etwa eine halbe Stunde später saßen wir im Hinterzimmer und tranken Kaffee. Oder besser gesagt: Liana trank Kaffee, ich dagegen freute mich über mein Glück, denn Liana hatte goldene Hände. Sie hatte mir tatsächlich überhaupt nicht wehgetan.

»Kommen Sie nie wieder nachts hierher«, riet sie mir. »Es ist immer besser, irgendwie bis zum Morgen durchzuhalten und zum eigenen Zahnarzt zu gehen. Hier werden Fremde leider nicht immer ordentlich behandelt.«

Durchhalten – sie hatte gut reden. Wahrscheinlich sollte sich jeder Arzt wenigstens einmal in der Lage des Patienten befinden: ein Chirurg auf dem Operationstisch, ein Zahnarzt auf dem Zahnarztstuhl, ein Onkologe in der Chemotherapie. Womöglich könnten sie sich dann leichter in den Kranken hineinversetzen.

»Wie geht es Nina?«, fragte ich. »Hat sie ihre ›Beerdigung‹ verdaut?«

Liana seufzte:

»Nina ist wirklich ein komischer Vogel, sie schwebt irgendwo in den Wolken. Manchmal macht sie Sachen, da fragt man sich wirklich, was man davon halten soll.«

»Zum Beispiel?«

»Stellen Sie sich vor, letzten Sonntag wollte mich eine Freundin besuchen. Der Zug sollte um sechs Uhr morgens ankommen, und ich wartete auf dem Bahnsteig, als ich plötzlich

Nina sah. Vor Überraschung wäre ich fast vom Bahnsteig gefallen, denn normalerweise steht sie nie vor zwölf Uhr mittags auf. Und stellen Sie sich bloß vor, wie sie aussah: Sie trug einen Rock, der ihr bis zu den Fersen reichte, und ein Käppchen auf dem Kopf. Außerdem hatte sie einen Mann bei sich. Ich konnte mich nicht zurückhalten und rief: ›Ninalein, komm, stell mich deinem Kavalier vor!‹ Worauf sie sehr unmutig murmelte: ›Das, Sergej, ist meine Cousine Liana.‹ Sergej gab mir die Hand: ›Sehr erfreut. Wissen Sie, Nina und ich sind auf dem Weg zum Gottesdienst ...‹ Nina stieß ihn an, woraufhin er den Mund hielt. Jetzt stellen Sie sich bloß vor: Nina und Gottesdienst!«

Ich saß da wie vom Donner gerührt. Da lag die Lösung meines Problems. Zuerst war Nina Ljudas Patientin gewesen, dann freundeten sie sich an ... Die Sundukjan war also ein Sektenmitglied. Das passte zu ihrer Persönlichkeit. Sie war romantisch veranlagt, führte ein unsicheres Leben, noch dazu gehörten ihr zwei Wohnungen.

»Sagen Sie, Liana, wo sind eigentlich Ninas Gedichte erschienen?«

»Wozu brauchen Sie die?«, fragte die Ärztin lachend. »Das Zeug kann doch kein Mensch lesen.«

»Egal.«

»Die letzten wurden in der Zeitschrift *Literaturka* abgedruckt.«

Ich konnte es kaum erwarten, bis die Uhr zehn schlug, um mich zur Lykow-Gasse aufzumachen, wo sich die Redaktion der Zeitschrift befand. Dort würde es ja wohl auch ein Archiv geben.

Der Chefredakteur, ein imposanter Mann um die fünfzig, der aussah wie ein Playboy und Bonvivant, betrachtete meinen französischen Pass von allen Seiten an und flötete liebenswürdig:

»Was hat eine so schöne Dame an diesen bescheidenen Ort geführt?«

»Es geht nur um eine langweilige Verlagsangelegenheit«, antwortete ich in entsprechendem Tonfall und erzählte ihm eine Variation der Geschichte, die ich vor gut zwei Wochen für die Schriftstellerin Tatjana Kossolapowa als Köder verwendet hatte: Ich würde für einen Pariser Verlag, Les Éditions du Pingouin, arbeiten, und wir wollten einen Sammelband russischer zeitgenössischer Lyrik herausgeben, möglichst nur von Frauen, ob er nicht vielleicht …

»Aber natürlich, natürlich«, unterbrach er mich eifrig und rief: »Xenia Lwowna, führen Sie unseren Gast ins Archiv!«

Eine Stunde später saß ich mit einer Hand voll Fotokopien bei McDonald's, vor mir einen Big Mäc, einen Kaffee und einen Muffin, und vertiefte mich in die Lektüre. Eines der Gedichte lautete:

Die Laterne schenkt Licht,
Dich gibt es nicht,
Die Züge sind schon lange fort,
Ins Nichts ging die Fahrt, dort,
Doch der Laterne ewiges Licht,
Ich sehe es nicht.

Als Einleitung gab es einen kurzen Artikel, in dem Ninel als »begabte Dichterin mit großer Individualität« bezeichnet wurde. Wie auch immer … Von Lyrik verstehe ich ja nichts, aber das hier schien mir ein ziemlicher Unsinn zu sein.

Ich griff nach dem Telefon und ließ mich von der Poetin einladen.

Ninel führte mich in ihre kleine, verdreckte Küche und fragte freundlich:

»Möchten Sie einen Kaffee?«

»Ja, gern.«

Sie goss mir eine nicht besonders saubere Tasse voll. Ich probierte den Kaffee und war erstaunt: Er war ungewöhnlich lecker, so dass ich jetzt sogar das zweifelhafte Geschirr gerne in Kauf nahm.

»Was führt Sie zu mir?«

Ich zog ein Heft aus meiner Tasche, setzte eine feierliche Miene auf und zwitscherte:

»Verzeihen Sie, wenn ich Sie störe, Ninalein, aber ich schreibe auch Gedichte und habe niemanden, mit dem ich mich beraten könnte ... Nachdem ich Sie letzte Woche kennen lernen durfte, habe ich einige Ihrer Gedichte gelesen, und ich muss sagen: Ich bin total begeistert. Ihre Ausdruckskraft, Ihr Sprachgefühl, Ihre Fantasie, Ihr Wissen um Rhythmik – einmalig.«

Ninel zerfloss förmlich in einem selbstzufriedenen Lächeln.

»Haben Sie Ihre Verse mitgebracht?«, fragte sie. »Lassen Sie mich doch mal sehen.«

Ich gab ihr das Heft in die Hand.

»Dann wollen wir mal«, murmelte sie und deklamierte gefühlvoll:

»›Unterm Pont Mirabeau fließt die Seine
Was Liebe hieß,
muss ich es immer wieder sehn?
Muss immer der Schmerz vor der Freude stehn?
...
Nacht komm herbei, Stunde schlag!
Ich bleibe, fort geht Tag um Tag.‹«

Sie nahm einen Bleistift zur Hand und erklärte mir der Reihe nach alle meine Fehler. Ich konnte mich nur wundern angesichts der Leichtigkeit, mit der sie das Werk des berühmten französischen Dichters Apollinaire in einer guten Übersetzung auseinander nahm. Hätte sie gewusst, aus welcher Feder die Zeilen stammten, hätte sie bestimmt sofort die Augen verdreht und seufzend gehaucht: »Großartig!«

Aber so war das Bild verschwommen, die Metaphern nicht originell, der Lesefluss fehlte, und die Gefühle uferten aus.

Während ich dieser vernichtenden Beurteilung lauschte, schweiften meine Gedanken unwillkürlich ab ...

Ende der achtziger Jahre brachte uns ein Bekannter eine Flasche Wodka mit der Aufschrift *Smirnoff* aus London mit. Unsere Gäste tranken den Schnaps hellauf begeistert und wiederholten immerzu. »Ja, ja, so was gibt es bei uns nicht, bei uns gibt es nur allen möglichen Mist!« Als die schöne und für die damalige Zeit seltene Flasche leer war, füllten wir sie mit stinknormalem Stolichnaya-Wodka wieder auf. Gleichwohl tranken unsere Bekannten begeistert und mit vielen Ahs und Ohs.

Dasselbe haben wir seither auch in zahlreichen anderen Fällen getan. Das Shampoo *Malysch* wurde, umgefüllt in die Flasche eines deutschen Haarwaschmittels, als großartig empfunden, das Parfüm *Landysch* hatte in einem mit *Diorissimo* bedruckten Flacon plötzlich einen wunderbar feinen Duft, löslicher Kaffee aus Leningrad erhielt, sobald er sich in einer Dose mit der roten Aufschrift *Nescafé* befand, einen unvergleichlichen Geschmack. Und sowjetische Schmerzmittel, die in einer Schachtel *made in USA* aufbewahrt wurden, brachten in Sekundenschnelle Linderung.

Nachdem Ninel Guillaume Apollinaire in Grund und Boden kritisiert hatte, seufzte sie befriedigt und fragte interessiert:

»Ist Ihnen jetzt schwer zumute?«

»Wie haben Sie das nur erraten«, sagte ich dankbar.

Sie wühlte in ihrer Tasche, die so groß war wie ein Koffer, zog Zigaretten heraus und wollte sich eine mit einem billigen Feuerzeug anzünden. Aber trotz mehrmaliger Versuche brachte sie keine Flamme zu Stande, so dass ich ihr mein goldenes Cartier-Feuerzeug hinhielt.

»Danke«, sagte sie lächelnd und murmelte nach einem Blick darauf:

»Ein teures Stück! Ich traue mich nicht, mir so eines anzuschaffen, ständig verliere ich alles – die Handschuhe, die Zigaretten, die Uhr … Ich muss mich mit billigem Kram begnügen.«

Ich steckte mein Feuerzeug in die Tasche zurück und seufzte tief:

»Reich bin ich schon, aber an Glück fehlt es mir.«

»Was meinen Sie damit?«, fragte Ninel mit aufrichtiger Anteilnahme.

»Ach, meine Liebe«, holte ich aus, »Sie werden mich wohl kaum verstehen. Außerdem lebe ich allein und bin es nicht gewöhnt, Fremden von meinen Problemen zu erzählen. Dabei wäre es eigentlich so schön, wenn man sich jemandem anvertrauen könnte.«

»Ihre Verse haben mir schon viel verraten«, verkündete Ninel gefühlvoll, »mir scheint, wir sind verwandte Seelen: einsam, unverstanden, feinsinnig ...«

Ich griff nach dem Rand des Wachstuches und tischte ihr voller Inbrunst eine haarsträubende Geschichte auf.

Demnach lebte ich mit einer Haushälterin und lauter Tieren in einem riesigen Haus außerhalb von Moskau. Aber Hunde konnten natürlich die Kinder nicht ersetzen, die der liebe Gott mir nicht vergönnt hatte. Ich hatte zwar mehrfach geheiratet und die letzte Ehe mit einem alten, reichen Franzosen geschlossen, von dem nun der märchenhafte Besitz stammte. In der ersten Zeit hatte mir das Geld auch wirklich Freude gemacht. Es war angenehm, einen schicken Volvo zu fahren und nicht die überfüllte Metro benutzen zu müssen, frische und gute Lebensmittel zu essen und nicht um sieben aufzustehen, um rechtzeitig zur Arbeit zu kommen. Aber bald wurde mir klar: Glück und Liebe lassen sich nicht kaufen. Ich bekam es mit allen möglichen Krankheiten zu tun: Migräne quälte mich, das Herz tat mir häufig weh ... Da beschloss ich, auf eigene Kosten ein Gedichtbändchen herauszugeben, aber die Verlage spielten nicht mit. Nun wusste ich vor Kummer nicht, wohin mit mir. Ein paar Monate lang ging ich in die Kirche, aber dort wurde ich bitter enttäuscht. Die Gottesdienste waren mir viel zu inszeniert, der Priester hatte es immer eilig, hörte nie zu, seine Frau war unfreundlich ... Nur an den Spenden waren sie interessiert. Kurz: Desillusioniert hatte ich mich in die Einsamkeit zurückgezogen, weinte still in mein Kissen und versuchte, vor anderen Leuten zu tun, als sei alles in bester Ordnung ...

»Meine Liebe«, flüsterte mir Ninel zu, »meine Liebe, Sie wissen ja gar nicht, wie ich Sie verstehen kann. Ich bin zwar nicht reich, aber alles andere ...«

Sie starrte mich aus ihren schwarzen, unergründlichen Augen an. Wieder staunte ich über ihre Ähnlichkeit mit der verstorbenen Ljudmila Schabanowa. Sie hatte denselben dunklen Teint, dieselben wunderbaren pechschwarzen Locken, dieselbe feine Nase mit den nervösen Nasenflügeln.

»Manchmal komme ich auf schreckliche Gedanken«, legte ich noch einmal nach. »Ich könnte mir in der Apotheke einfach eine größere Menge von Schlafmitteln kaufen – und das war's. Es ist mir nur schade um die Millionen, die dann der Staat in die Hände kriegt, denn ich habe weder Verwandte noch enge Freundinnen.«

Ninel schlug die Hände über dem Kopf zusammen:

»Das wäre eine schreckliche Sünde! Sie dürfen an Selbstmord gar nicht denken. Man darf nur an Positives denken, denn unsere Gedanken materialisieren sich!«

»Das versuche ich ja, aber es gelingt mir nicht«, sagte ich und kratzte mir die Nase, dann ließ ich den Kopf auf den Tisch sinken und zuckte mit den Schultern, als wäre ich am äußersten Rande der Verzweiflung und würde schrecklich weinen.

Ninel strich mir tröstend über den Kopf.

»Na, na, es gibt immer einen Ausweg.«

»Nein«, flüsterte ich traurig, »nicht immer.«

»Das dachte ich auch«, seufzte Ninel, »bis ich den ›Bruder‹ traf, der mein Lehrer wurde.«

»Wen?«

»Einen Menschen, der mein Schicksal gewendet hat«, verkündete Ninel inbrünstig, »einen wahren Freund. Jetzt habe ich eine Familie, und mein Herz ist erfüllt von segensreicher Liebe.«

»Ach!«, schrie ich auf. »Erzählen Sie! Womöglich kann auch ich ...«

»Aber natürlich«, bekräftigte Ninel und nickte energisch. »Hören Sie nur, wie es mir ergangen ist.«

Seit ihrer Kindheit hatte sich Ninel fremd in ihrer Familie gefühlt. Der Vater war Ingenieur, die Mutter Ökonomin, die Tante Mathematikerin, der Onkel Physiker, ihre Cousine Liana hatte es leicht in der Schule … Wo konnte in einer solchen Umgebung ein Mädchen wie Ninel herkommen, das nichts als Gedichte im Sinn hatte? Immerzu kreisten Rhythmen und Strophen in ihrem Kopf, so dass sie gar nicht ordentlich denken konnte.

Nach dem Tod der Eltern, des Onkels, der Tante und der Großmutter war von ihrer Familie nur noch Liana übrig geblieben. Sie arbeitete als Zahnärztin, verdiente gut, war absolut seelenlos und nur an materiellem Wohlstand interessiert. Worüber sollte Nina mit so einer reden? Über den Preis von Hähnchenkeulen? Über den Kauf eines Fernsehers? Das interessierte sie alles nicht. Zum Glück hatte ihr die geliebte Großmutter eine große Wohnung vererbt. Sie vermietete sie und konnte von der Miete leben. Ohne diese Wohnung hätte sie sich eine Arbeit suchen müssen und gäbe sich jetzt mit ungehobelten Leuten ab, die noch nie von Balmont oder Brjussow gehört hatten, oder sie müsste die Befehle eines Vorgesetzten ausführen, der sich den Hintern breitsaß und noch nie einen Pasternak in der Hand gehalten hatte …

Ninel heiratete nicht. Sie war zwar auch keine alte Jungfer, ab und zu hatte sie einen Geliebten, mitunter hatte sie auch mit einem Mann zusammengelebt. Aber nach einer Woche Familienleben zeigten die Männer ihre primitive Natur. Sie wollten warmes Essen auf den Tisch, saubere Hemden und gescheuerte Fußböden. Mit der Romantik hatte es schnell ein Ende, das Deklamieren von Gedichten nervte die Männer … Die Beziehung zerbrach, bevor sie überhaupt richtig begonnen hatte. Nachdem sie sich ein für alle Mal davon überzeugt hatte, dass Männer Tiere sind, wohnte Ninel allein und hatte nur ab und zu eine Affäre für das sexuelle Vergnügen, denn der liebe Herrgott hatte sie mit einem leidenschaftlichen Temperament gesegnet – das mussten die Gene der heißblütigen armenischen Vorfahren sein.

Ninels Leben änderte sich schlagartig, als sie Ljudmila Schabanowa kennen lernte. Zuerst ließ sie sich nur die Zähne behandeln, dabei erzählte sie hin und wieder von ihrem schweren Schicksal … Sie freundeten sich an, gingen zusammen ins Theater, zu Lyrikabenden ins Haus der Literaten …

Als Ninel wieder einmal über ihr Leben klagte, schlug Ljuda ihr vor, sie zu ihren Verwandten zu begleiten.

»Ich mache dich mit meinem Bruder und seiner Familie bekannt, sie werden dir gefallen.«

Ninel sagte freudig zu, so dass die Freundinnen am Freitag in den Vorortzug stiegen und aufs Dorf fuhren.

Es gefiel Ninel dort sehr, den stärksten Eindruck aber hinterließ Kolja bei ihr, den die anderen alle »heiliger Bruder« nannten. Sie blieb zum Gottesdienst, trank von »Gottes Blut« und erhielt eine private Audienz bei dem Seelsorger.

Das Herz lief ihr über, als sie nach Moskau zurückkehrte. Sie sehnte sich zurück nach dem Gottesdienst und der Gemeinschaft. Dort hatte sie weitaus stärkere Gefühle empfunden als je zuvor.

Ein paar Monate später ließ sie sich taufen. Jetzt lebte sie von Gottesdienst zu Gottesdienst in sehnlicher Erwartung der Treffen mit dem verehrten »Bruder«.

»Wir gehören unverbrüchlich zusammen«, sagte Ninel leidenschaftlich, »unsichtbare Fäden verbinden uns. Jetzt bin ich nicht mehr allein in dieser erbarmungslosen Welt und trage meine Gedichte auf unseren Versammlungen vor. Seit ich den wahren Glauben angenommen habe, spüre ich einen unglaublichen Schaffensdrang und schreibe mehr und besser. Das merken übrigens auch andere Leute. Schauen Sie nur.«

Stolz legte sie ein Blatt Papier vor mir auf den Tisch. Einen Verlagsvertrag. Irgendein Verlag, Koro, wollte ein Büchlein von ihr mit dem Titel *Hinter dem blauen Dunst* herausgeben.

»Oh, oh, oh!«, stöhnte ich. »Meine Liebe, ich möchte den ›Bruder‹ kennen lernen. Auch ich will den Sinn des Lebens verstehen.«

»Nichts einfacher als das«, sagte Ninel fröhlich, »wollen Sie übermorgen mit mir hinfahren?«

Ich nickte energisch. Na klar, es gab nichts, was ich lieber getan hätte.

KAPITEL 24

Endlich würde ich Kolja sehen. Er musste über hervorragende übersinnliche Fähigkeiten verfügen. Er würde sicher auch mich zu hypnotisieren versuchen. Wie konnte man wohl gegen einen solchen Menschen ankommen? Ich wusste nichts über Trance und Hypnose.

Ich beschloss, zur psychologischen Fakultät der Uni zu fahren. Dort arbeitete dieser Melnitschenko, der im Bereich der alternativen Medizin ein Star sein sollte.

Die psychologische Fakultät befindet sich im Hinterhof des Inturist-Hotels. Das gelbe Gebäude steht so da, dass die Fenster der Lehrräume zum Hof hinausgehen und die hungrigen Studenten sehen können, wie sich in den riesigen Hotelküchen geschickte Köche und Köchinnen mit Fleisch, Gemüse und Obst befassen und daraus für die ausländischen Gäste leckeres, kalorienreiches Essen zubereiten. Ich hätte bei einer solchen Aussicht gewaltige Mühe, mich auf die Wissenschaft zu konzentrieren.

Den Professor fand ich im ersten Stock. Ich fasste eine vorbeihuschende Studentin an ihrem viel zu weiten, bis zu den Knien reichenden Pullover und fragte streng:

»Wo ist das Zimmer von Professor Melnitschenko?«

»Die Dozenten haben kein Zimmer, aber dort steht er ja.«

Ich folgte ihrem mit Tinte beschmierten Finger mit den Augen und sah am Fenster eine Gruppe junger Leute in Jeans. Auf den ersten Blick war nicht zu erkennen, welcher davon der Dozent sein sollte.

»Andrej Nikolajewitsch«, rief das Mädchen, »hier sucht Sie jemand.«

Ein schmaler Bursche in einem roten Hemd und schäbigen Jeans drehte sich um:

»Sie wollen zu mir?«

Eine Sekunde lang war ich sprachlos. Mit seinem langen, schmalen Gesicht, seiner feinen Nase, den braunen Haaren und dem dichten Bart sah er aus wie Jesus persönlich. Allerdings steht bei einem der Evangelisten geschrieben, dass der Messias blaue Augen hatte. Der Professor schaute aus unglaublich dunklen Rabenaugen in die Welt.

»Also, Sie wollten zu mir?«, wiederholte er geduldig und trat dicht an mich heran.

Aus der Nähe sah man, dass der jugendliche Eindruck trog: Er ging bestimmt schon auf die fünfzig zu.

»Womit kann ich dienen?«

»Ich bin von der Zeitschrift *Welt der Novitäten*«, stellte ich mich vor.

»Ich bin ganz Ohr«, lächelte Melnitschenko ergeben.

»Wo können wir sprechen?«

Melnitschenko sah sich um.

»Im Institut sind überall Leute, in den Hörsälen findet Unterricht statt. Folgen Sie mir, bitte.«

Wir gingen in ein unansehnliches Zimmerchen voll mit schäbigen Möbeln: gelben, zerkratzten Tischen, Stühlen in allen möglichen Farben und ein paar hinfälligen Schränken, deren Türen nicht mehr zugingen. Mir wurde traurig zumute. An der Pariser Sorbonne ist alles ganz anders, dort muss man sich nicht schämen, Gäste zu empfangen. Dabei sehen die Studenten ganz gleich aus, auch sie tragen Pulli und Jeans, und auch die Professoren tragen keine Anzüge. Aber das geschieht nicht aus Armut, sondern weil es nicht angesagt ist, so bürgerlich zu tun. Jackett, weißes Hemd und Krawatte sind den Beamten und Rechtsanwälten vorbehalten.

»Unsere Leser«, begann ich, »interessieren sich sehr für das Thema Hypnose.«

Melnitschenko wirkte leicht genervt.

»Die *Welt der Novitäten* ist leichte Kost ohne große Ansprüche. Sie müssten die Dinge also in einfachen Worten erklären ...«, fügte ich hinzu.

Andrej Nikolajewitsch breitete ergeben die Arme aus:

»Also gut. Stellen Sie Ihre Fragen.«

»Die Leserin Newsorowa möchte wissen, ob man einen Menschen ohne sein Einverständnis hypnotisieren kann.«

Melnitschenko sah mich aus seinen schwarzen Augen an. Es schien keine Pupillen darin zu geben, die Iris und der schwarze Punkt verschwammen untrennbar ineinander, was den Eindruck eines unwahrscheinlich schleppenden Blickes machte. Zum ersten Mal in meinem Leben begriff ich, was es hieß, in den Augen von jemandem zu ertrinken. Tatsächlich fiel ich in ihre glänzende Tiefe und verschwand ... Ich warf den Kopf hoch, versuchte, die Sinnestäuschung zu verjagen, und fasste schnell den Entschluss, ihm auf die Nasenwurzel oder auf die Stirn – egal, wohin –, aber jedenfalls nicht mehr in die Augen zu schauen.

Er zog eine Zigarette aus der Hosentasche und fragte unvermittelt:

»Wissen Sie etwas über Trancezustände?«

Ich schüttelte den Kopf. Der Psychologe tat einen tiefen Zug an seiner Zigarette und begann zu erzählen:

»Ende der fünfziger Jahre gab es in Deutschland eine ganze Reihe von Bankrauben. Die Diebe handelten nach klassischer Manier: Sie trugen schwarze Masken, Waffen und schrien drohend: ›Hände hoch!‹ Ihre Beute war nicht unerheblich. Die Polizei stellte sich buchstäblich auf den Kopf, aber ohne jeden Erfolg. Auch die Informanten hoben ratlos die Hände. Unter den Profidieben waren diese Verbrecher unbekannt. Schließlich half der Zufall. Während eines Überfalls schaffte es der Kassierer, unter dem Tisch den Alarmknopf zu drücken. Im Nu stand ein Bus mit einer Einsatztruppe der Polizei vor der Tür. Aber die Beamten wunderten sich nicht nur, sie waren direkt erschüttert von dem Verhalten der Verbrecher. Als sie die bis an die Zähne bewaffneten Polizisten sahen, schossen sie nicht etwa auf sie, sondern versuchten sofort, sich das Leben zu nehmen, und zwar alle sechs. Zwei von ihnen konnten gerettet werden. Die Leichen der anderen vier wurden im Fernsehen gezeigt. Dabei kam etwas Erstaunliches heraus: Alle Verstorbenen waren ehrenhafte Mitglieder der Gesellschaft, anständige Bürger mit stabilem Einkommen und glücklichen Familien: ein Besitzer eines Bauwarengeschäfts mit riesiger Klientel, ein bekannter, sehr erfolgreicher Arzt, ein Modejournalist und ein Besitzer eines Taxiparks. Was hatte sie zu diesen Bankrauben getrieben? Für noch mehr Verwirrung sorgten die beiden überlebenden Bankräuber Hans Schröder und Max Fischer, die sich, als sie wieder zu sich kamen, an nichts erinnerten. Hans, der eine Kunstgalerie besaß, und Max, ein Englischlehrer, behaupteten, dass sie sich nicht kannten und dass sie nie an den Bankrauben teilgenommen hatten. Sie seien nur plötzlich bei der Arbeit eingeschlafen und jetzt im Krankenhaus am Tropf wieder zu sich gekommen. Eine Überprüfung am Lügendetektor zeigte, dass sie die Wahrheit sagten. Die Mitarbeiter der Kriminalpolizei wussten nicht mehr ein noch aus. Sie unternahmen gewaltige Anstrengungen, verhörten dutzende von Leuten, aber es gelang nicht, irgendwelche Verbindungen zwischen den einzelnen Tätern nachzuweisen, sie schienen sich noch nie gesehen zu haben. Das konnte doch einfach nicht sein! Es gab nur Zeugen, die behaupteten, Hans, Max und die anderen seien manchmal in einen seltsam starren Zustand geraten, als würden sie mit offenen Augen schlafen. Der Arzt erschreckte zum Beispiel einmal einen Patienten damit, dass er plötzlich alles um sich herum vergaß und mit konzentriertem Blick die Praxis verließ. Der Journalist war einmal während einer Redaktionssitzung eingeschlafen und hatte im Schlaf zotige Vierzeiler vor sich hin gesungen, während der Besitzer des Taxiparks sich irgendwann einmal nachts, ohne zu wissen, wie er dorthin gekommen war, in einer anderen Stadt wiederfand … Dieses seltsame, unsinnige Verhalten wurde auch bei den anderen beobachtet. Es schien, als wären sie alle mondsüchtig gewesen. Aber die deutsche Kriminalpolizei wollte doch nicht so recht daran glauben, dass eine Bande von Mondsüchtigen die Bankraube organisiert hätte. Schließlich und endlich kam einer der Ermittlungsführer auf die glorreiche Idee, in der Vergangenheit der Bankräuber zu graben, und fand ein erstaunliches Detail heraus: Sie waren alle Häftlinge im Todeslager Dachau gewesen und dort zu unterschiedlichen Zeitpunkten dem Arzt Rauschenbach in die Hände gefallen, der sie für seine Experimente benutzte. Es ist ja kein Geheimnis, dass die deutschen Ärzte in den Konzentrationslagern aktiv medizinische Forschung betrieben. Hier wurden neue Medikamente und neue, riskante Operationsmethoden ausprobiert und die Wirkung verschiedener chemischer Substanzen und Gifte auf den lebenden Organismus studiert. Das tun die Gelehrten in der ganzen Welt. Als Versuchsobjekte benutzen sie normalerweise Mäuse, Ratten, Hunde und Affen. Die nationalsozialistischen Spezialisten dagegen benutzten Menschen dazu, die gegen das Regime von Adolf Hitler Widerstand geleistet hatten. Sie amputierten den Unglücklichen ohne Narkose die Extremitäten oder gaben ihnen riesige Dosen von Hormonen. Übrigens wissen die wenigsten Frauen auf der Welt, dass die Kontrazeptiva, die sie einnehmen, von deutschen Gynäkologen anhand der in Auschwitz internierten Polinnen getestet wurden. Aber Doktor Rauschenbach quälte seine Mündel nicht physisch. Im Gegenteil, sie erhielten gutes Essen und lebten unter besseren Haftbedingungen als die anderen Lagerinsassen ... Fritz Rauschenbach untersuchte die Möglichkeiten der Hypnose. Er pflanzte den Patienten einen bestimmten Gedanken ein: Auf ein bestimmtes Signal hin sollten sie beispielsweise eine Maske aufsetzen und eine Pistole in die Hand nehmen.«

»Wie konnte er ihnen das Signal geben?«, unterbrach ich den Professor neugierig.

Er zuckte mit den Schultern:

»Das konnte irgendetwas sein. Zum Beispiel ein Telefonanruf und ein Satz wie: ›Katrin lässt grüßen.‹ Eine Mitteilung, die für einen Außenstehenden keinerlei Bedeutung hatte, konnte bei dem Hypnotisierten einen bestimmten Mechanismus auslösen.«

»Ich habe gehört, dass man einen Menschen auch in Trance nicht zu etwas zwingen kann, wozu er von sich aus nicht in der Lage wäre, wie zum Beispiel dazu, einen Mord zu begehen.«

Der Professor nickte:

»Das stimmt. Wenn man in einer Sitzung dem Kranken befiehlt, jemanden mit einem Messer zu erstechen, wird er es wahrscheinlich wegwerfen. Wenn man ihm befiehlt, er soll eine Kröte essen, wird er nur zusammenzucken.«

»Sehen Sie«, jubelte ich, »das heißt, es ist nicht möglich, Verbrechen im Trancezustand auszuführen!«

Melnitschenko lächelte:

»Stellen Sie sich vor, Sie sind eine Mutter, die sieht, wie ein Bösewicht Ihre Tochter vergewaltigt. Die einzige Möglichkeit, ihn zu stoppen, ist, ihm eine Kugel in die Stirn zu jagen. Was würden Sie tun?«

»Ich nehme die Pistole und schieße.«

»Also gut. Jetzt werden Sie in Gedanken zu einem todkranken Menschen. Keine Medizin hat geholfen, Operationen auch nicht, vor Ihnen liegt ein langsamer, quälender Tod. Plötzlich erscheint jemand, der Ihnen die totale, vorbehaltlose Heilung verspricht. Mit absoluter Garantie. Sie müssen nur eine Kröte dafür essen. Na?«

»Ich denke, das ist nicht schlimmer als diese Therapie, bei der man seinen eigenen Urin trinken muss. Natürlich esse ich die Kröte samt Eingeweiden.«

»Jetzt verstehen Sie, wie ein hoch qualifizierter Fachmann seinen Patienten dazu bringen kann, alles zu tun.«

»Wirklich alles?«

»Praktisch schon.«

»Ich kann es kaum glauben.«

Melnitschenko zog wieder seine Zigaretten hervor.

»Oh, diese Journalisten! Egal, mit wem ich spreche, immer

zweifeln sie an allem. Aber Sie werden bald sehen, dass ich Recht habe.«

»Kann man denn wirklich jeden Menschen hypnotisieren?«

»Theoretisch soll es Leute geben, die nicht anfällig dafür sind, aber ich habe noch nie so jemanden getroffen«, seufzte er. »Allerdings kommen natürlich nur Leute zu mir, die wissen, dass sie in einen Trancezustand fallen werden, das heißt, sie erwarten nichts anderes. Wenn ich öffentliche Vorführungen gebe, wo viele Menschen hinkommen, stecken sich die Leute gegenseitig an. Eine Menschenansammlung wird sowieso leicht hysterisch. Wenn einer schreit: ›Feuer!‹, rennen alle los. Es gibt sogar spezielle Studien über das Verhalten einer Menschenmenge.«

»Das heißt also, man kann sich nicht gegen die Wirkung wehren?«

»Wie kommen Sie denn darauf?«, widersprach der Professor. »Es gibt ganz konkrete Daten von verschiedenen Ermittlungen auf der ganzen Welt. In Verhören, bei denen Hypnosetechniken angewandt wurden, ist es durchaus Leuten gelungen, einen klaren Kopf zu behalten. Es gibt sogar spezielle Methoden, die einem dabei helfen.«

»Welche?«

Melnitschenko lachte:

»Meine Liebe, dafür gibt es einen ganzen Kurs an der Uni, und Sie wollen alles in einer Viertelstunde wissen.«

»Nur ein bisschen was, ein paar Beispiele ...«

»Es kommt ganz darauf an, wie man in die Trance hineingeführt wird. Zum Beispiel sollte man nicht auf gleichmäßig schaukelnde, glänzende, flimmernde Gegenstände schauen und sich nicht auf die Worte konzentrieren, die der Mensch sagt, der einen hypnotisieren will. Man kann sich das Einmaleins aufsagen oder Verben konjugieren, am besten in einer Fremdsprache. Aber das sind alles zu primitive Methoden, die wirksameren kann ich Ihnen nur nicht so schnell erklären. Wenn irgendwelche Narkotika angewendet werden, helfen im Übrigen auch die ausgefeiltesten Methoden nicht mehr, obwohl es selbst da Menschen gibt, die resistent bleiben. Sie müssen nur entscheidende Gründe für diese Abwehr haben.«

»Was meinen Sie damit?«, fragte ich verständnislos.

»Nehmen wir an, Sie haben irgendwo Ihr Kind in Sicherheit gebracht, und Ihre Feinde versuchen, das Versteck herauszubekommen, um das Kind zu töten. Natürlich werden Sie sich bis zum Äußersten halten.«

»Wer lässt sich am leichtesten hypnotisieren?«

»Dafür gibt es keine klaren Kriterien. Ob Kinder, alte Menschen, Leute mit Grundschulbildung oder Akademiker – man kann jeden hypnotisieren. Es kommt eigentlich nur darauf an, wer es tut und warum.«

»Was ist mit Gläubigen?«

»Sie gehören sicherlich zur Risikogruppe. Überlegen Sie nur selber, wie es in der Kirche im Gottesdienst zugeht. Es ist ja im Grunde nichts anderes als eine psychotherapeutische Sitzung mit Elementen der Trance. Das Melancholische, die Musik, das Singen, der Duft nach Weihrauch, die flimmernden Flammen der Kerzen. Viele der Sekten, die in der letzten Zeit Erfolg haben, setzen die Hypnose bewusst ein.«

»Man muss bestimmt ein besonderes Talent haben, um Hypnotiseur zu werden, oder?«

»Aber nein«, sagte der Professor achselzuckend, »im Grunde kann es jeder lernen. Wir bringen es auch erfolgreich den künftigen Psychologen hier an der Fakultät bei.«

»Ich habe gehört, Frauen seien nicht in der Lage, so etwas zu tun. Außerdem heißt es, die Fähigkeit hätte auch mit der Augenfarbe zu tun.«

»Blödsinn«, winkte der Professor ab, »diese Faktoren spielen überhaupt keine Rolle, wenn man es lernen will ... Aber bitte beachten Sie eines: In vielen Zeitungen gibt es heutzutage Anzeigen wie *dreiwöchiger Hypnosekurs mit Abschlusszeugnis.* Das ist reiner Betrug. So schnell kann keiner das lernen. Ein solcher Lehrer wird mit Sicherheit nur Böses anrichten. Schützen Sie die Leute vor solchen Scharlatanen, Kurpfuschern und Hochstaplern! Nur ein echter Fachmann kann helfen, die Ausbildung dauert viele Jahre, dafür braucht es großen Einsatz und regelmäßige Praxis.«

»Gibt es auch Leute, denen diese Fähigkeit angeboren ist?«

»Nur sehr selten«, sagte Melnitschenko kühl, »man sagt, Wolfgang Messing habe diese Fähigkeit gehabt. Ich habe nur einmal in meinem Leben so jemanden getroffen ...«

Er brach plötzlich ab und sah aus dem Fenster.

»Wo?«, traute ich mich zu fragen.

»Im traurig berühmten Potma-Straflager.«

»Sie haben gesessen? Weswegen?«, fragte ich zutiefst überrascht.

»Wegen antikommunistischer Propaganda und Besitzes verbotener Literatur«, erklärte er. »Einer meiner Bekannten verriet dem KGB, dass ich Solschenizyn und andere Bücher wie *Roter Nebel* und *Russland in der Finsternis* bei mir zu Hause zu stehen hatte. Fünf Jahre hab ich gekriegt. Zum Glück konnte ich Abtreibungen für die Ehefrauen und Geliebten der Lagerleiter vornehmen, das hat mir das Leben erleichtert.«

»Kennen Sie sich etwa auch mit Gynäkologie aus?«

»Nein, natürlich nicht, aber ich leitete in Hypnosesitzungen bei der jeweiligen Frau die monatliche Blutung ein.«

»Abtreibung durch ein Gespräch?«

»Wieso wundern Sie sich so?«, winkte der Professor ab. »Das ist eine alte, bewährte Methode, einfach und sicher, mit fast hundertprozentigem Erfolg. Aber darum geht es nicht. Im Lager traf ich einen alten Mann von einer Sekte. Er war wirklich einzigartig und saß wegen seines Glaubens. Ein totaler Fanatiker mit brennendem Blick und unerschütterlichen Prinzipien. Die Wachposten und die Gefangenen hatten alle gleichermaßen Angst vor ihm. Er hatte diese Gabe tatsächlich von Geburt an. Wir freundeten uns ein bisschen an, und Iwan erzählte mir lachend, wie er Menschen durchschauen, ihre Gedanken lesen und ihre Krankheiten erspüren konnte. Er konnte Schmerzen aus dem Rücken entfernen, einen Herzinfarkt, einen Schnupfen, eine Nierenkolik auffangen ... Allerdings wusste er selber gar nicht, wie er es eigentlich anstellte. Wenn er irgendwelche Beschwörungen und Gebete murmelte, fielen die Leute in Trance. Er war unglaublich kraftvoll, aber vollkommen unbewusst und noch dazu voll von religiösem Wahnwitz. Immerzu versuchte er alle zu seinem Glauben zu bekehren. Einmal stoppte er mit seinem Blick einen Rottweiler, der sich auf einen Lagerkommandanten gestürzt hatte. Er erzählte, schon sein Vater und sein Großvater hätten diese Gabe gehabt, und jetzt hätte er einen Enkel, der mit den Menschen machen könne, was er wolle. Ich bin übrigens sicher, dass wir, wenn die Inquisition seinerzeit nicht die meisten Frauen in Europa auf den Scheiterhaufen geworfen hätte, jetzt in einer Welt von telepathischen Menschen leben würden.«

»Verzeihen Sie«, fragte ich leise, »können Sie sich zufällig noch an den Namen dieses Bekannten aus dem Lager erinnern?«

»Aber natürlich erinnere ich mich«, antwortete Melnitschenko. »Er hieß Schabanow, Iwan Schabanow.«

Ich fuhr nach Hause. Auf dem Weg kaufte ich zwanzig Stück Kuchen und eine Menge Konfekt. Heute wollte ich gemeinsam mit den anderen Tee trinken, jetzt, da ich in meinen Ermittlungen den toten Punkt endlich überwunden hatte und Verotschka bald finden würde. Wenn es so weit war, würde mir schon einfallen, wie ich sie befreien konnte. Überhaupt fand ich plötzlich, dass ich eine liebe und nette Familie hatte und dass auch Alissa eigentlich gar nicht so schlimm war, sollte sie nur ihre Schimpfworte hinausposaunen, wenn sie es nicht lassen konnte und ihr davon leichter zumute wurde. Filja schien mir auch gar kein so schlechter Arzt zu sein. Seine Tropfen gegen die Migräne hatten auf wundersame Weise gewirkt, mein Kopf hatte sofort aufgehört zu schmerzen. Manchmal roch ich einfach nur an dem Fläschchen, und sofort ging jeder Anflug von Kopfschmerz vorüber. Sogar Fredi war auf seine Weise ja ganz nett …

Ich lief förmlich über vor Glück, als ich die Tür ins Wohnzimmer öffnete und Alissa mit einer Zeitung auf dem Sofa vorfand. Olga saß vor dem Fernseher. Sie schien zu einem echten Narziss zu werden, da sie schon wieder eine Videoaufzeichnung der *Welt des Sports* ansah.

»Na, wie ist es?«, fragte ich.

Häschen drehte den Kopf und erklärte unzufrieden:

»Widerlich. Unter den Augen habe ich Schatten, die Nase ist zu lang, die Haare sehen aus wie Bast, das kann man sich ja gar nicht ansehen.«

»Ich finde, du bist ein bisschen zu selbstkritisch«, lachte Alissa, ohne den Blick von ihrem Zeitungsartikel zu heben. »Auf dem Bildschirm siehst du toll aus, viel besser als in Wirklichkeit!«

»Willst du sagen, ich sehe eigentlich noch schlimmer aus als hier?«, sagte Olga und zeigte mit dem Finger zum Fernseher.

»Natürlich«, antwortete die Ballerina, »in Wirklichkeit siehst du stinknormal aus, im Rampenlicht dagegen wird eine Schönheit aus dir. Bei den meisten Leuten passiert übrigens genau das Gegenteil. Da kommt eine an, die sieht aus wie Marilyn Monroe, und wenn du sie vom Zuschauersaal aus auf der Bühne siehst, denkst du nur: ›Was für ein Besen!‹«

Häschen japste vor Empörung nach Luft.

»Ich bin kein Besen!«

»Nein«, bestätigte Alissa ruhig und ließ die Zeitung sinken, »du siehst eher wie ein kleiner Sack aus.«

Aber ich achtete nicht weiter auf ihren Schlagabtausch. Mein Blick war an Alissas Gesicht hängen geblieben. Wo war ihre wunderbar glatte, porzellanartige Haut hin? Die Wangen, die Stirn, das Kinn und sogar der Hals waren von widerlichen roten Eiterbeulen bedeckt.

»Alissa!«, brach es aus mir heraus.

»Was ist?«, fragte sie ganz ruhig.

In diesem Augenblick erschien Fredi im Zimmer. Sein Gesicht war über und über grün. Offenbar hatten sie den armen Affen mit einem ganzen Liter Desinfektionsmittel eingeschmiert.

»Mein süßer Kleiner«, gurrte Alissa, »komm her, gib Mami einen Kuss.«

Der Affe folgte dem Ruf gehorsam.

»Alissa!«, schrie Häschen. »Alissa!«

»Ich heiße schon seit fünfundzwanzig Jahren Alissa«, gab sie zurück.

Ich überhörte ihre Tiefstapelei und fragte:

»Was ist mit dir?«

»Nichts«, sagte sie schulterzuckend, »was soll denn mit mir sein? Wieso starrt ihr mich überhaupt so an, als wüchsen mir Pilze auf dem Kopf?«

»Hast du vor kurzem mal in einen Spiegel geschaut?«, fragten Häschen und ich im Chor.

Alissa gähnte faul.

»Himmel, in diesem Haus wird man aber auch nie in Ruhe gelassen. Jetzt hab ich mich gerade erst hingelegt und mir die Zeitung vorgenommen ... Aber nein, sie stürzen sich auf mich wie wild gewordene Kormorane ...«

Olga hielt ihr ihr Puderdöschen vor die Nase. Unwillkürlich schaute Alissa in den kleinen Spiegel und schrie los:

»Hilfe! Was habt ihr mit mir gemacht?!«

»Nichts haben wir mit dir gemacht«, erwiderte Olga und schaltete schleunigst den Fernseher aus.

»Oh Gott, wie schrecklich!«, schrie die Ballerina weiter, während sie mit zitternden Fingern ihre Eiterbeulen betastete.

»Schmus nur weiter mit deinem Fredi herum«, fuhr Olga sie an und verließ hastig das Zimmer. »Ich komme jedenfalls nicht mehr hier herunter, bis du wieder gesund bist. Es hätte mir gerade noch gefehlt, mir diese widerlichen Windpocken einzufangen oder diese Allergie oder was das ist.«

»Eine Allergie ist nicht ansteckend«, erklärte Manja, die gerade auf der Türschwelle erschien.

»Du bist schuld«, herrschte Olga sie an, »du hast dir die Windpocken gewünscht. Und an uns hast du gar nicht gedacht dabei, was? Wie sollte ich wohl mit so einer Fresse auftreten?«

»Grässlich! Grauenhaft!«, schrie Alissa und riss ihre Bluse auf.

Auch die Brust und die Schultern waren mit Pickeln übersät.

»Du denkst nur an dich, du Egoistin!«, griff Manja Häschen an. »Wo andere Leute ihr Herz haben, ist bei dir eine Bildröhre eingebaut!«

»Und du hast statt einem Kopf eine Konservenbüchse«, gab Olga zurück.

»Ruft sofort einen Arzt, ich sterbe ... Reanimation, eine Bahre, ins Krankenhaus, sofort!«, schrie die Ballerina und stampfte mit den Füßen. »Morgen muss ich in *Schwanensee* tanzen! Könnt ihr euch etwa einen mit Furunkeln übersäten Schwan vorstellen?!«

»Du stehst sowieso so weit hinten, dass keiner dein Gesicht sieht«, lästerte Olga, »ich dagegen flimmere täglich zwanzig Minuten lang in Großaufnahme durch den Äther im ganzen Land.«

»Ho, ho, der Fernsehstar, du Hintern auf dünnen Beinchen«, zischte Alissa, »du beschäftigst dich mit reinem Blödsinn und rotzt den Text vom Blatt runter, während ich Kunst schaffe!«

»Jetzt reicht's aber!«, fuhr ich dazwischen. »Schämt ihr euch eigentlich nicht?! Mit deinem Gesicht ist alles in Ordnung, Olga. Und Alissa hat wohl eine Allergie. Keiner ist schuld daran. Die Windpocken sind eine Kinderkrankheit. Es ist höchst unwahrscheinlich, dass ihr euch angesteckt habt, außerdem habt ihr sie hoffentlich als Kinder selber gehabt.«

»Und wieso hat sich Kescha angesteckt?«, mischte sich Manja ein.

Ich zuckte die Achseln.

»Als Kind ist er verschont geblieben, jetzt hat es ihn eben erwischt.«

»Das ist alles nur wegen dir passiert«, griff Häschen wieder Manja an.

»Hört zu«, versuchte ich, die erhitzten Gemüter zu beruhigen, »das ist einfach nur lächerlich. Ihr wollt doch nicht im Ernst behaupten, die Jamba hätte hier eine entscheidende Rolle gespielt?«

»Aber und wie!«, schrie Häschen auf.

»Natürlich!«, bekräftigte Manja und lief zu den Kuchenstücken. »Jeder hat sich gewünscht, was er wollte, und Filja hat garantiert, dass es in Erfüllung geht.«

»Filja«, heulte Alissa auf, »immer wenn man ihn braucht, ist er nicht da!«

Leise verließ ich das Wohnzimmer. Mochten sie doch alleine klarkommen. Wie sollte man auch mit Leuten reden, die ernsthaft an Zauberei, Magie und Schamanismus glaubten?

In der Nacht konnte ich wieder nicht schlafen. Die anderen waren inzwischen längst nach ausgiebigen Streitereien und Versöhnungen in ihren Betten gelandet. Die Hunde hatten es sich auf den Sofas bequem gemacht, Chutsch lag auf dem Rücken, streckte sein rundes Bäuchlein in die Luft und schnarchte friedlich. In der Küche war das Licht aus, bei Irka im Zimmer brannte gemütlich das Nachtlämpchen. Allen ging es gut, nur ich stand rastlos am Fenster und bekam meine Gedanken nicht in den Griff.

KAPITEL 25

Am nächsten Morgen fand ich nur Filja im Esszimmer vor. Er kostete gerade ein duftendes Getränk. Es handelte sich offenkundig nicht um Kaffee, aber ich wusste nicht, was es war.

»Es ist Kakao«, erklärte er, »etwas ganz Gesundes, ich würde ihn dreimal pro Tag trinken, er stärkt das Wohlgefühl.«

»Haben Sie Alissa gesehen?«, fragte ich und setzte mich zu ihm.

Filja lächelte ein wenig.

»Es ist nichts Schlimmes, eine ganz einfache Verhexung. Ich habe ihr schon oft gesagt, sie soll sich einfacher kleiden und nicht immer so viele Brillanten tragen, damit sie den Leuten mit ihrem Reichtum nicht so ein Dorn im Auge ist. Da haben wir es nun: Bloß weil sie irgendjemand beneidet, hat sie jetzt Pickel im Gesicht.«

»Wer wohl Fredi beneidet hat«, dachte ich bei mir, während ich die lauwarme Teekanne anfasste.

»Er hat sich einfach nur an Konfekt überfressen«, erklärte der Schamane. »Er hat eine ganze Schachtel davon geklaut und leer gefressen.«

Vorsichtig sah ich ihn an. Es war nicht das erste Mal, dass er auf eine Frage antwortete, die ich nicht laut gestellt hatte. War er etwa telepathisch veranlagt oder was?

»Fredi wird eine ganze Weile auf Diät gesetzt werden müssen«, fuhr er fort, »während Alissa ...«

»Was klatscht ihr da über mich?«, hörten wir ihre Stimme hinter uns.

Ich drehte mich um. Alissa stand fröhlich lachend mit blitzenden Smaragdohrringen in den Ohren auf der Schwelle. Von Pickeln weit und breit keine Spur.

»Unglaublich«, sagte ich unwillkürlich.

»Das war nur eine Kleinigkeit«, lachte Filja, »mit einem Ei habe ich sie aus der Verhexung befreit.«

»Mit einem Ei?«

»Irka!«, schrie Alissa plötzlich los. »Nein, ich bringe sie um! Dieses faule Stück! Sie hat uns schon wieder ein lauwarmes Gesöff hingestellt anstelle von was ordentlich Heißem!«

Ich seufzte bloß, während ich zusah, wie sie der Haushälterin den Kopf wusch. Die überstandene Verhexung hatte jedenfalls keine Wirkung auf ihren Charakter gehabt.

Ich verbrachte einen ziemlich ruhigen Samstag zu Hause, und da ich mit Nina verabredet hatte, sie am Sonntag um acht Uhr morgens abzuholen, beschloss ich, früh schlafen zu gehen, und wartete nicht bis zu den Nachrichten. Aber um Mitternacht war ich noch immer wach, der Schlaf wollte wie so oft einfach nicht zu mir kommen. Ich nahm mir also noch ein Buch vor.

Gegen halb eins klopfte es an meiner Tür. Ich wunderte mich, rief aber:

»Herein, ich schlafe nicht!«

Die Tür ging einen Spalt auf, und Filja trat auf leisen Sohlen herein. In der linken Hand hielt er ein silbernes Kettchen mit einem seltsam geformten Anhänger.

»Ich bitte Sie, tragen Sie diese Rora.«

»Was ist das?«

»Ein Talisman, der dazu dient, jemanden vor Unannehmlichkeiten und einem vorzeitigen Tod zu schützen.«

»Aber ich habe keine Unannehmlichkeiten«, hielt ich dagegen.

»Sie werden sie haben«, gab Filja zurück und rollte die Kette auf.

Die Nachttischlampe warf ihr Licht auf einen halb durchsichtigen, rosafarbenen, geschliffenen Stein, der es vielfach zurückwarf, so dass ich wie gebannt den Lichtstrahlen hinterhersah, die durch das Schlafzimmer sprangen.

Der Schamane schloss die Faust um den Talisman und ließ sich langsam in den Sessel sinken.

»Der gute Geist Jumo hat mich über Ihre bevorstehende Fahrt informiert und darüber, dass Sie einer Gefahr begegnen werden. Da habe ich schleunigst diesen Talisman hergestellt.«

Ich versuchte, ernst zu bleiben. Mein Gott, was für ein Leben! Da kam mitten in der Nacht ein verrückter Gast in mein Zimmer und erzählte mir etwas über irgendwelche Geister!

»Daschalein«, sagte Filja unvermutet liebevoll, »bitte hören Sie auf mich, tragen Sie ihn!«

Seufzend hielt ich ihm den Kopf hin. Die Kette umschlang meinen Hals. Der rosafarbene Stein fühlte sich angenehm warm an. Ich strich wieder und wieder über die glatt geschliffenen Flächen und lächelte unwillkürlich.

»Ich hatte Recht«, sagte Filja begeistert. »Ich schwankte, aus was ich den Talisman machen sollte, und entschied mich dann für einen Rosenquarz. Ein echter Schutz muss bei seinem Besitzer freudige Gefühle und den Wunsch hervorrufen, ihn zu berühren. Es passt nun aber nicht jeder Stein zu jedem Menschen ...«

Während er weitermurmelte, wurden meine Lider schwer, mein Kopf sank wie von selbst auf das Kissen, seine Stimme lullte mich in den Schlaf.

Als ich am nächsten Morgen um sieben ins Esszimmer trat, kaute Filja schon mit großem Appetit seinen Toast.

»Verzeihen Sie meine Unhöflichkeit«, sagte ich offen. »Ich bin heute Nacht einfach eingeschlafen.«

»Keine Ursache«, antwortete Alissas Liebhaber, »aber stecken Sie den Talisman unter Ihren Pullover, er soll direkt Ihre Haut berühren und nicht der Zierde dienen. Je weniger Fremde ihn sehen, desto besser. Außerdem müssen Sie beachten …«

Ich versuchte abzuschalten. Was hatte ich doch die Nase voll von all diesen Magiern, Hypnotiseuren, Schamanen und Geistheilern. Ihre Lehren taugten doch sowieso nichts, sie waren die reinste Verhohnepipelung. Die Geister Jumo, Mumo und Lumo, Zauberstäbe und Steine, Zaubertränke, die alle Wünsche wahr machten, Tarnkappen und fliegende Teppiche – Filja meinte doch nicht im Ernst, dass ich an all den Unsinn glaubte?

»Dascha, haben Sie alles verstanden?«, drang seine Stimme wieder an mein Ohr.

»Ja, danke«, sagte ich.

Irka kam mit einer dampfenden Kanne zur Tür herein.

»Möchten Sie einen Kaffee?«

Ich konnte nicht antworten. Eine unerklärliche Kraft trieb mich in die Mitte des Raumes. Meine Hände stemmten sich in die Seiten, das rechte Bein hob sich ohne mein Dazutun, und aus meinem Mund kam der idiotische Satz:

»Kuckuck, wau, wau, miau, miau! Journalisten, die nicht an die Möglichkeiten der Hypnose glauben, geraten oft in eine idiotische Lage! Kuckuck, wau, wau, miau, miau!«

»Darja Iwanowna«, sagte Irka erstaunt und wich zurück in den Flur. »Was ist mit Ihnen?«

»Nichts weiter«, bellte ich und stellte mein Bein wieder auf den Boden, »siehst du nicht, ich mache Gymnastikübungen.«

Irka stellte die Kanne polternd auf den Tisch und zog sich zurück. Ich starrte böse in meine leere Tasse, in der Professor Melnitschenkos Gesicht erschien. Er sah mich aus seinen bodenlosen Augen an und sagte langsam:

»Ach, diese Journalisten. Mit wem ich auch spreche, keiner glaubt mir. Aber Sie werden sich noch von der Richtigkeit dessen, was ich Ihnen sage, überzeugen. Möchten Sie einen Kaffee?«

Mit Schwung goss ich mir die braune Flüssigkeit in die Tasse. Das lächelnde Gesicht des Hypnotiseurs verschwand. Was hatte er da mit mir gemacht? Und was sollte das heißen: Würde ich jetzt jedes Mal, wenn man mir einen Kaffee anbot, bellen und miauen und auf einem Bein stehen?

»Wer ins Feuer geht, verbrennt sich«, sagte Filja rau. »Es gibt Dinge, von denen sollte man die Finger lassen und sie einem Fachmann anvertrauen. Wie heißt es so schön: Schuster, bleib bei deinen Leisten!«

Ich gab mir Mühe, ruhig zu bleiben, trank in großen Schlucken meine Tasse leer, ohne auch nur das Geringste vom Geschmack wahrzunehmen, und schaute ängstlich hinein. Aber am Boden der Tasse schwamm nur der Kaffeesatz, Melnitschenkos Gesicht blieb verschwunden.

»Besinnen Sie sich, solange es noch nicht zu spät ist! Lassen Sie die Finger von diesem Unterfangen!«, fing Filja wieder an. »Ich sehe, dass nichts Gutes dabei herauskommt. Da ist Blut ringsum ... das ganze Haus ist voller Blut ...«

Unter diesem fröhlichem Geleit schlüpfte ich zur Tür hinaus und lief zu meinem Volvo. Es fehlte nicht mehr viel, und ich würde allen mitteilen, dass ich es mit Außerirdischen zu tun hatte und dass meine Großmutter die Königin Viktoria war. Wie sollte man bloß in unserem Haus seine psychische Gesundheit behalten?!

Ninel stand schon auf der Straße neben einem Tabakkiosk. Ich bremste:

»Verzeihen Sie, ich bin spät dran!«

»Aber nicht doch«, beruhigte sie mich, als sie einstieg, »ich bin nur immer gern zu früh da bei Verabredungen. Ich kann es nicht leiden, zu spät zu kommen.«

Ich schaltete in den ersten Gang, und der Volvo rollte los.

»Wohin fahren wir denn eigentlich?«

»Kennen Sie die Noworischskoje-Chaussee?«

»Natürlich.«

»Dann fahren Sie dorthin, von dort weise ich den Weg.«

Nina zog ein Päckchen Zigaretten aus der Tasche und rauchte. Ich musste sofort husten.

»Erlaubt denn der ›Bruder‹ den Gebrauch von Tabak?«

»Nein«, lachte Ninel, »und Alkohol auch nicht. Aber ich kann mir das einfach nicht abgewöhnen. Natürlich verstecke ich die Zigaretten im Auto.«

Ich musste lachen ...

Am Institut hatte ich zusammen mit einem Burschen aus Syrien studiert, einem gläubigen Moslem mit dem Namen Hafis. Er war ein echter Genießer und wog, obwohl er nicht groß war, hundertundfünfzig Kilo. Der Ramadan war für ihn eine schwere Prüfung. Einen ganzen Monat lang dürfen die Gläubigen von Sonnenaufgang bis zu dem Moment, wo der erste Stern am Himmel erscheint, nichts essen. Der Anfang des Ramadans liegt wie unser Ostern jedes Jahr ein bisschen anders. In Damaskus sind Oktober und November warme, sonnenreiche Monate, das Thermometer zeigt stabil um die fünfundzwanzig Grad, und man hat tagsüber auch kein großes Bedürfnis, etwas zu sich zu nehmen. In Moskau ist es dagegen schon Spätherbst, eine nasse, kalte Jahreszeit, in der manchmal sogar schon Schnee fällt. Bei diesem Wetter will man immerzu essen, den Organismus verlangt es nach warmer Nahrung. Hafis litt furchtbar, zitterte vor Kälte und vor Hunger. Einmal beobachtete ich ihn dabei, wie er in unserer Kantine saß und ein Omelett mit Würstchen hinunterschlang.

»So, so«, sagte ich schadenfroh, nachdem ich mich leise an seinen Tisch geschlichen hatte. »Und was ist mit dem Ramadan? Du wirst wohl kaum ins muslimische Paradies kommen nach deinem Tod. Du wirst keine Datteln, Feigen und keine nackten Mädchen kriegen, sondern nur heiße Pfannen, die du mit der Zunge ablecken musst!«

Hafis sah mich aus seinen riesigen braunen Augen an und bat:

»Lass mich in Ruhe, Dascha.«

Aber wir waren damals überzeugte Atheisten, die Frömmigkeit des Arabers reizte uns dazu, ihn zu ärgern.

»Oh nein«, erklärte ich und setzte mich zu ihm an den wackeligen Tisch, »du isst Wurst, in der Schweinefleisch enthalten ist, das gehört sich nicht.«

»In diesem kunstvollen Exemplar aus der Wurstherstellung ist Toilettenpapier enthalten«, seufzte er gutmütig, »und was meine Höllenqualen angeht, täuschst du dich. Nach meinem Tod werde ich ganz sicher im Paradies landen.«

»Allah wird dir die Würste nicht verzeihen, die du während des Ramadans verschlungen hast!«, machte ich mich weiter lustig.

»Aber er sieht mich ja gar nicht!«, antwortete Hafis ungerührt.

Ich war verwirrt:

»Wie meinst du das?«

»Ganz einfach. Ich sitze schließlich mit dem Rücken zum Osten, Allah kann gar nicht sehen, womit ich hier beschäftigt bin.«

Nina hatte offensichtlich dieselbe Einstellung. Ich sah sie von der Seite an. Sie erlaubte sich zwar die Zigaretten, ihre Kleidung aber hatte sie für das heutige Treffen sehr sorgfältig ausgewählt. Sie trug einen langen, dunklen Rock, der fast bis zu den Fersen reichte, eine langweilige Bluse mit hochgeschlossenem Kragen und einfache, praktische Schuhe ohne Absatz. Die schönen schwarzen Haare hatte sie unter einer seltsamen, bunten Mütze verborgen, die sie sich bis über die Ohren gezogen hatte. Ich bemerkte, dass sie keinerlei Schmuck trug, noch nicht einmal einen Ring hatte sie am Finger.

Hätte ich heute vielleicht auch auf meine Hose, meine Smaragdohrringe und den Ring am Finger verzichten sollen? Aber wieso eigentlich? Ich wollte ja kein Gelübde und keinen Eid ablegen. In eine orthodoxe Kirche würde ich natürlich nie mit Jeans und ohne Kopfbedeckung gehen. Aber hier war ich schließlich zu einem Gauner unterwegs, ich brauchte wirklich keine Komplexe zu haben.

Die Reifen rollten gleichmäßig über den glatten Asphalt. Wir sprachen in aller Ruhe über die Lyrik der Symbolisten, dann trug Ninel ein eigenes Poem vor. Durch ihren rhythmischen Vortrag wäre ich fast am Steuer eingeschlafen. Ich war so ungewöhnlich früh aufgestanden, dass mir einfach die Lider zufielen. Normalerweise würde ich in so einem Fall das Radio einschalten, aber das war heute natürlich nicht möglich.

Nach zwei Stunden Fahrt fragte ich aber dann doch:

»Ist es noch weit?«

»In der nächsten Kurve fahren wir nach rechts«, antwortete meine Reisegefährtin ruhig.

Der Volvo bog gehorsam nach rechts ab, und jetzt hüpften wir über Schlaglöcher und Radspuren. »Hoffentlich muss ich nicht die Stoßdämpfer auswechseln«, dachte ich unwillkürlich.

Nach einer weiteren halben Stunde sagte Nina plötzlich:

»Stopp!«

Ich trat auf die Bremse und erkundigte mich:

»Wo ist denn nun das Dorf?«

Wir standen am Rande eines Waldes, vor uns ragten riesige, dunkle Bäume in die Höhe.

»Wir müssen zu Fuß weiter«, seufzte Nina, »mit dem Auto kommt man nicht hin.«

»Wo soll ich denn das Auto stehen lassen?«

»Na hier«, sagte sie ruhig. »Es gibt ringsum keine Dörfer und keine Datschen – bis zur nächsten Bahnstation sind es fast dreißig Kilometer.«

In Moskau war der Schnee schon lange geschmolzen, das erste Gras und sogar Blumen waren hier und da schon zu sehen. Hier dagegen lag noch überall Schnee.

Eine Viertelstunde stapften wir im Schneckentempo zwischen den Fichten dahin, wir sanken fast bis zu den Knien im Schnee ein. Ich war müde, nass und hatte furchtbaren Durst. Endlich stieg Nina auf einen kleinen Hügel und zeigte mit der Hand nach unten.

»Schauen Sie mal, wir sind da!«

Ächzend kletterte ich ihr hinterher und blieb mit offenem Mund stehen.

Was ich sah, erinnerte an die Kulissen eines Films über »das russische Dorf im achtzehnten Jahrhundert«. Eine Palisade aus kaum behauenen Baumstämmen, die nach oben drohend zugespitzt waren, verdeckte das Dorf fast gänzlich. Man erkannte nur die Dächer einiger Häuser und ein Gebäude, das aus der Ferne wie ein Wachturm aussah.

Wir schleppten uns zum Tor. Nina griff nach einem Hammer, der an einem Hanfseil hing, und haute zweimal heftig dagegen.

»Wer da?«, kam sofort die Frage von innen.

»Im Namen unseres Herrn folge ich dem rechten Weg«, antwortete Nina.

»Herzlich willkommen, liebe Schwester«, klang es von drinnen, und eine schmale Pforte wurde geöffnet.

Wir gingen hinein. Neben dem Tor stand ein kräftiger Mann. Er trug ein langes Hemd, das fast bis zu den Knien ging, darüber ein Seil um die Taille, seine weite Hose reichte bis zu den schmutzigen, nackten Füßen. Wegen des üppigen Vollbartes wirkte er auf mich wie ein alter Mann.

»Der Herr schütze dich, Feofan«, zwitscherte Nina und verneigte sich tief. »Es ist gut, zu Hause zu sein, so anders als in diesem furchtbaren Moskau ...«

»Ich wünsche Gesundheit, gute Frau«, sagte Feofan und verneigte sich seinerseits. »Ich verstehe nicht, wie ihr in diesem verruchten Götzenpfuhl leben könnt. Aber so hat jeder sein Kreuz zu tragen. Hier bei uns herrscht dagegen eitel Freude. Gestern haben wir den letzten Nagel in das Bethaus geschlagen, jetzt ist es fertig. Unser ›heiliger Bruder‹ hat die ganze Nacht nicht geruht und selbst die Möbel getragen. Wir haben ihn ausgeschimpft deshalb, aber er war nicht zu bremsen!«

»Großartig«, lobte Nina. »Wir haben einen Gast. Darf ich vorstellen: Darja ist ihr Name.«

»Das klingt aber hübsch«, lächelte Feofan und zeigte seine gleichmäßigen, guten Zähne, die verrieten, dass er in Wahrheit kaum über dreißig sein konnte. Fürsorglich sagte er:

»Geht in die Hütte, und ruht euch aus, bestimmt tun euch die Füße weh nach dem Weg.«

Wir liefen einen kleinen Pfad entlang.

»Da, schauen Sie!«, sagte Nina. »Die zwei Hütten dort sind für die Männer, die danach für die Frauen. Und sehen Sie das rote Dach neben dem Brunnen?«

Ich nickte.

»Dort sind die Kinder untergebracht, allerdings sind es nur wenige. Die Häuser dort links sind das Bethaus und das Haus des ›heiligen Bruders‹. Aber dort dürfen Sie noch nicht hinein.«

»Wie, muss ich denn draußen bleiben?«

»Aber nein, natürlich nicht«, zwitscherte Nina liebevoll, »kommen Sie ins Frauenhaus.«

Sie lief schnell zu der großen Hütte und stieß die Tür auf. Der warme Vorraum war erstaunlich ordentlich. An den Wänden standen kleine Regale, darüber waren Nägel in die Wand gehauen. Nina zog schnell die Schuhe aus und stellte sie ins Regal. Dann hängte sie die Jacke an einen Nagel und sagte:

»Ziehen Sie Ihre Schuhe aus, in der Hütte gehen wir immer barfuß. Manche tun das übrigens auch im Freien.«

Ich zog meine Stiefel aus und fühlte, wie die eisige Kälte durch meine dünnen Strumpfhosen hochkroch. Nina zog den sackleinenen Vorhang beiseite, der den Eingang zu einem etwa fünfzig Quadratmeter großen Raum verdeckte.

In der Mitte stand ein langer Tisch mit einfachen Bänken drum herum. An den Seiten befanden sich Pritschen, auf denen bunte Flickendecken lagen.

Am Tisch saß mit Nadel und Faden in der Hand eine alterslose Frau.

»Habt ihr euch schon begießen lassen?«, fragte sie.

»Nein, Katja.« Nina schüttelte den Kopf. »Wir sind ja gerade erst gekommen.«

»Dann zieht euch aus. Ich kann es gleich für euch tun.«

Nina ging zu den Pritschen und hatte sich im Nu völlig entkleidet.

»Und du, worauf wartest du?«, drängte mich Katja.

»Sie ist zum ersten Mal bei uns«, erklärte ihr Nina.

»Zieh dich schnell aus, Schwester«, lächelte Katja mich an, »gleich bekommst du neue Kraft, neuen Mut und neue Gesundheit.«

Ohne die leiseste Ahnung zu haben, worum es ging, zog auch ich alle Kleider aus und bekam sofort eine Gänsehaut.

»Macht nichts«, sprach mir Katja Mut zu, »gleich wird dir warm werden.«

Wir liefen ins Freie und blieben wie zwei Statuen neben der Tür stehen.

»Wer kommt zuerst dran?«, fragte Katja.

»Dascha natürlich«, bestimmte Nina.

»Ist gut«, sagte Katja und forderte mich auf: »Kneif die Augen zu!«

Gehorsam machte ich die Augen zu und wäre im nächsten Augenblick fast in Ohnmacht gefallen. Direkt auf meinen Scheitel ergoss sich ein Strahl eiskalten Wassers. Vor Schreck schrie ich laut und riss die Augen auf. Katja lachte zufrieden, sie hatte einen leeren Eimer in der Hand.

»Schrei, schrei nur, das ist der Teufel, der dich verlässt. Na, ist dir jetzt warm?«

Merkwürdigerweise war es tatsächlich so. Trotz des kalten Wassers, das mir über die Haut lief, war mir ganz warm geworden.

»Ich hab's doch gesagt«, bemerkte Katja und goss Nina ebenfalls eiskaltes Wasser über den Kopf. »Wasser ist das Erste, was man gegen ein Missgeschick braucht. Nun kommt in die Hütte, und zieht euch wieder an.«

Nina schlüpfte schnell in ihren Rock und reichte mir eine bunte Mütze herüber.

»Setzen Sie die für den Gottesdienst auf.«

»Wozu?«

Sie zuckte mit den Achseln:

»Das ist Vorschrift.«

Da war nichts zu machen, ich musste die Mütze aufsetzen.

»Na los, los«, drängte Katja, »beeilt euch, es fängt gleich an!«

Sie ging zur Tür.

»Nehmt ihr immer so eine Dusche?«, fragte ich.

»Ja«, antwortete Nina und stopfte sich ihre dichten Locken sorgfältig unter die Mütze. »Mindestens zweimal am Tag, morgens und abends. Das macht gute Laune.«

»Und im Winter?«

»Was soll da anders sein?«

»Wird denn keiner krank, auch die Kinder nicht?«

»Nein«, erklärte mir die Dichterin ruhig, »sogar Schnupfen kriegt hier keiner.«

Eine Gruppe von Leuten hatte sich still vor dem Bethaus versammelt. Am Eingang stand auf einem Hocker ein riesiger Kochtopf. Schweigend gingen die Frauen und Männer, die alle dieselben Mützen auf dem Kopf trugen, der Reihe nach daran vorbei. Eine Frau schöpfte aus dem Topf mit einer Holzkelle eine scharf riechende Masse, die wie Mehlbrei aussah, und führte sie zum Mund der Sektenmitglieder:

»Nimm von dem Trank des Glaubens zur Reinigung deiner Seele.«

Nachdem sie Nina davon gegeben hatte, sah sie mich aus ihren großen, durchsichtig blauen Augen an und fragte leise:

»Wer ist das?«

»Ein Gast«, antwortete Nina und ging ins Bethaus.

Ich stand als Letzte in der Reihe, alle anderen waren schon in der Hütte, aus der nun ein leises und gleichmäßiges Murmeln drang. Die Frau sah mich forschend an und fragte plötzlich flüsternd:

»Hast du den ›heiligen Bruder‹ schon gesehen?«

Ich schüttelte den Kopf.

»Bist du wohlhabend?«

»Wie bitte?«, fragte ich verwirrt.

»Hast du eine Wohnung, ein Auto, eine Datscha, aber keine Verwandten?«

»Genau«, bekräftigte ich.

Sie rührte mit dem Löffel im Topf und flüsterte mir plötzlich leidenschaftlich zu:

»Halt dir die Ohren zu, schließ die Augen, höre nicht hin, und schau nicht zur Kugel. Und dann lauf weg von hier, solange du noch heil bist!«

»Brauchst du noch lange, Sweta?«, fragte eine alte Frau, die zur Tür herausschaute.

»Gleich, Marja Iwanowna, ich gebe nur noch unserem Gast zu trinken«, sagte Sweta und hielt mir den leeren Löffel hin.

Ich tat, als würde ich mit Wonne trinken. Marja Iwanowna verschwand nach drinnen.

»Ich komme heute Nacht zu dir«, flüsterte Sweta, »so gegen drei.«

Ohne zu verstehen, was sie damit sagen wollte, trat ich über die Schwelle und fand mich in vollständiger Finsternis wieder. Es dauerte eine Weile, bis sich die Augen an die Dunkelheit gewöhnt hatten und ich erkennen konnte, wo ich mich befand.

Es war ein riesiger, warmer und stickiger Raum ohne Fenster, in dem Holzbänke standen. Vorn gab es einen Tisch, auf dem irgendwelche seltsamen Gegenstände lagen. Die Leute schwiegen. Sie sahen alle gleich aus: Die Frauen trugen lange Röcke, die Männer weite Hemden, die Mehrheit war barfuß. Die Kinder, die abgehärmt aussahen, standen in einer Gruppe an der Tür zusammen, aber Verotschka war offenkundig nicht dabei, denn das jüngste Mädchen musste schon mindestens sieben sein. Ein Junge hustete wie verrückt, sogar im Halbdunkel war zu erkennen, wie die Augen fiebrig glänzten.

»Wieso haben sie das kranke Kind hergebracht?«, fragte ich Nina. »Es sollte lieber im Bett liegen.«

»Er hat nichts weiter«, winkte sie ab, »nachher wird er mit kaltem Wasser abgeduscht, und bis zum Morgen ist das Fieber vorbei.«

»Wie bitte?«, fragte ich erstaunt. »Ein Kind, das Fieber und einen schlimmen Husten hat, wird mit eiskaltem Wasser abgeduscht?«

»Natürlich«, bestätigte Nina ruhig, »das machen wir immer

so, wir gehen nicht zum Arzt. Und wo sollte man hier auch einen hernehmen? Die nächste Ansiedlung liegt dreißig Kilometer entfernt und ist nur zu Fuß durch den Wald zu erreichen.«

»Und wenn einer eine Blinddarmentzündung bekommt?«, ließ ich nicht locker. »Was dann? Muss er dann sterben?«

»Der Herr gibt, der Herr nimmt«, seufzte Nina. »Es ist eine Sünde, gegen seinen Willen zu handeln. Wenn der Herr beschließt, dass der Weg zu Ende geht, dann soll man das demütig annehmen und nicht gegen seinen Willen das Leben verlängern wollen. Aber jetzt sehen Sie lieber hin, es geht los!«

KAPITEL 26

In einer Ecke ging eine kleine, kaum bemerkbare Tür auf, und ein groß gewachsener Mann trat an den Tisch. Unter seinem einfachen Leinenhemd zeichneten sich stählerne Muskeln ab. Die schwarzen Haare trug er streng nach hinten gekämmt, er hatte eine hohe, erhabene Stirn und eine schmale Hakennase, die mich an einen Raubvogel erinnerte. Der Mund war von einem ordentlich geschnittenen Vollbart halb verdeckt. Seine großen schwarzen Augen bohrten sich wie glühende Nägel in die versammelte Menge.

»Sei gesegnet, liebe Gemeinde«, verkündete er mit einer unvermutet zärtlichen, warmen Stimme.

»Der Herr sei mit dir, ›heiliger Bruder‹«, antwortete die Menge im Chor.

Mir wurde plötzlich ganz warm, Schauer liefen mir die Beine hoch.

Nina legte ihre Hand auf die meine und flüsterte mir kaum hörbar zu:

»Spüren Sie es? Die Seligkeit hat begonnen.«

Erschrocken begann ich meine Zehen zu bewegen. Also, wie war das noch? Ich darf ihm nicht ins Gesicht schauen, und dann konjugiere ich die Verben, aber nicht die französischen, die kann ich zu gut, sondern die unregelmäßigen englischen. So: freeze, froze, frozen, swim, swam, swum …

Währenddessen schwenkte der Mann seinen Arm, auf dem Tisch funkelte eine runde, vielfach geschliffene Kristallkugel. In der fast vollständigen Dunkelheit zog einen das grelle, sich gleichmäßig bewegende Licht in seinen Bann, und gegen meinen Willen starrte ich die Kugel mit weit aufgerissenen Augen an. Offenkundig taten die anderen dasselbe, denn im Saal herrschte vollkommene Stille.

»Unser Gebet steige empor zum Herrn«, begann der »heilige Bruder« eintönig zu singen, »in der einzigen wahren Sprache – umo, noru san, komu len oron …

»Oron«, antworteten die Anwesenden ebenso gleichmäßig im Takt, »oron, moli golu nan …«

»A-a-a-a!«, sangen weibliche Stimmen. »A-a-a-a!«

Die Luft war von einem mir unbekannten, süßlichen Geruch erfüllt. Es wurde noch stickiger und heißer. Der Schweiß lief mir den Rücken hinunter, mein Kopf hämmerte, das grelle Licht blendete mich.

»O-o-o-o«, sangen die Männer im Bass.

Ich nahm eine Sicherheitsnadel aus der Tasche und stach mir damit in den Fuß. Hauptsache, ich verlor jetzt nicht das Bewusstsein. Der Schmerz brachte mich wieder etwas zu mir, und aus den Augenwinkeln konnte ich beobachten, was um mich herum geschah.

Unvorstellbares tat sich im Saal. Die Mehrheit der Leute war von den Stühlen aufgesprungen und hatte sich die Blusen und Hemden vom Leib gerissen. Dann kamen bei den Männern die Hosen, bei den Frauen die Röcke dran. Die nackten Menschen schaukelten sich von einer Seite auf die andere und schüttelten die Köpfe. Ihre Augen sahen aus wie Knöpfe: Sie waren rund und stumpf. Die Kinder knieten in einer Ecke und heulten. Ein paar Leute lagen rücklings auf dem Boden und zuckten gleichmäßig mit den Armen und Beinen, der eine oder andere raufte sich die Haare.

Um nicht aufzufallen, ließ auch ich mich auf den Boden fallen. Da sprang eine alte, nackte Frau in die Mitte des Raums und rannte schreiend von einer Seite zur anderen.

»Da ist er, der göttliche Geist, kommt, und nehmt ihn euch!«

Sofort warfen sich einige nackte Männer auf sie. Die anderen griffen nach ihren Nachbarinnen.

Entsetzt rettete ich mich unter eine Bank und schaute von dort der Orgie zu. Es gab weniger Männer im Saal als Frauen, und die, die keinen Mann abgekriegt hatten, heulten wie Sirenen. Sie mussten alle vollkommen verrückt geworden sein. Ein strenger Geruch nach Schweiß hing in der Luft. Als ich mir sicher war, dass niemand mich vergewaltigen wollte, schaute ich aus meinem Versteck heraus. Der »heilige Bruder‹ war nirgends zu sehen. Der Boden war mit zuckenden Menschen bedeckt, von denen sich ein paar auf den Bänken eingerichtet hatten. Die Kinder wälzten sich in der Nähe der Tür herum und rissen sich büschelweise die Haare aus. Von der dicken Luft und dem unbegreiflichen, Übelkeit erregenden süßen Geruch drehte sich mir plötzlich der Kopf. Die Wände der Hütte wankten, der Boden neigte sich. Ich legte mich unter einen Stuhl und konnte gerade noch denken: »Jetzt schlaf ich ein Stündchen, ich bin ja so müde.«

Irgendwo weit, weit weg meinte ich das Tuten einer Dampflok zu hören. Meine Lider öffneten sich, mein Blick richtete sich zur Decke. Ich war ganz sicher nicht zu Hause. In der Mitte des eintönigen weißen Quaders hing kein bläulich-durchsichtiger, venezianischer Leuchter, sondern eine nackte Glühbirne. Das grelle, durch nichts abgedeckte Licht blendete mich, und ich nieste.

»Bist du aufgewacht, meine Liebe?«, hörte ich eine freundliche Stimme.

Ich drehte den Kopf und sah Katja am Tisch sitzen und irgendwelche Wurzeln auslegen.

»Was ist mit mir passiert?«, murmelte ich und versuchte mich aufzusetzen.

Mein Körper gehorchte mir nicht, der Rücken verspannte sich, die Arme und Beine schienen aus Gummi, ich hatte einen widerlich sauren Geschmack im Mund. Es fühlte sich so an, als hätte ich einen Kater.

Katja kam schweigend zu meiner Pritsche, zog den Vorhang zurück und eine Flasche mit der Aufschrift *Stolichnaya* heraus. Sie goss ein wenig von der farblosen Flüssigkeit in ein Glas und reichte es mir.

»Trink.«

»Ja, was denn«, versuchte ich mich zu wehren, »ich vertrage keinen Alkohol.«

»Das ist kein Wodka«, erklärte mir Katja ruhig, »trink, danach geht's dir besser.«

Gehorsam schluckte ich die Flüssigkeit hinunter. Ein paar Sekunden später wurde mir der Kopf klar, und die Wirbelsäule kehrte in den Rücken zurück.

»Sweta muss dir einen vollen Löffel von dem Trank gegeben haben«, klagte Katja. »Wie oft hat ihr der ›Bruder‹ nicht schon gesagt, sie soll den Neuen nur ein bisschen davon geben. Sie vergisst es immer wieder.«

Ich setzte mich auf und betastete meine Füße, denn sie fühlten sich an, als wären sie amputiert. Aber sie schienen an Ort und Stelle zu sein.

»Keine Angst«, lachte Katja, »gleich wirst du wieder laufen können.«

In der Hütte war es kühl, ich spürte ein leichtes, ernüchterndes Frösteln. Gut, dass mir Sweta den Löffel leer gereicht hatte. Ich hatte ihn nur abgeleckt, und allein dic paar Tropfen hatten gereicht, um mich völlig umzuhauen. Was wäre wohl mit mir passiert, wenn ich die ganze Dosis zu mir genommen hätte?

»Wo ist Nina?«

»Sie bekommt den Segen des ›heiligen Bruders‹«, gab mir Katja bereitwillig Auskunft, »während ich dich hier bewache. Du solltest beim Aufwachen keinen Schreck kriegen. Gleich kannst du aufstehen, zum Abendessen gehen wir ins Refektorium.«

Ich bewegte meine langsam warm werdenden Beine und fragte:

»Wie lange dauert ein Gottesdienst?«

»Das kommt drauf an, mal zwei, mal drei Stunden. Die Zeit vergeht wie im Fluge, ehe man sich's versieht, ist sie schon herum. Und danach ist einem so leicht zumute, die Seele ist übervoll von Glück, man will nur noch singen. Warte nur, du wirst es auch noch erleben. Mir ist es allerdings gleich beim ersten Mal so ergangen.«

»Betet ihr jeden Tag?«

»Natürlich. Und einmal in der Woche versammeln wir uns alle so wie heute zu einem richtigen Fest.«

»Wer ist alle?«

Katja lächelte wieder:

»Im Dorf wohnen nur die Allerglücklichsten, die Erleuchteten, die der Welt den Rücken gekehrt haben. Wir haben nichts in der Welt zurückgelassen. Aber dann gibt es noch die Armen, die in der Stadt leben müssen, sie kommen nur einmal die Woche. Sie tun mir unendlich Leid, aber jeder hat sein Kreuz zu tragen.«

»Könnte ich, wenn ich wollte, auch im Dorf wohnen?«

»Der ›heilige Bruder‹ entscheidet, wem welches Schicksal bestimmt ist. Er ist unser Hirte, wir sind seine Herde«, sagte Katja leidenschaftlich, »alles Glück kommt von ihm. Überleg doch nur: Das ganze Leben lang habe ich meine querschnittgelähmte Mutter gepflegt und bei einem Bäcker Brote verkauft. Als die Mama tot war, hätte ich mir den Hals fast in die Schlinge gesteckt. Wir hatten eine große Wohnung, drei Zimmer, ich lief durch die leeren Räume und heulte nur herum: ›Lieber Gott, bitte nimm mich zu dir, ich bin so allein und keiner braucht mich!‹«

»Und die Familie?«

Katja schüttelte den Kopf:

»Ich hatte nie Zeit, um zu Tanzabenden zu gehen, die Mutter war krank, und nach ihrem Tod war ich schon zu alt, ich war schon achtunddreißig. Ich bin Jungfrau, meine Liebe, die Männer hab ich nie probiert. Dafür hat mir Gott das reine Glück geschenkt: Ich lebe im Kreis meiner neuen Familie und werde auch hier sterben.«

»Und die Wohnung?«, fragte ich dumm.

»Wir haben keinen Besitz«, verkündete Katja und umriss

mit einer Hand den Raum, »alles gehört allen, die Kleidung, das Geschirr. Und wozu sollte man auch Eigentum brauchen? Schließlich kommen wir nackt auf die Welt, und nackt verlassen wir sie wieder. Wenn es dir jetzt besser geht, können wir essen gehen.«

Folgsam schleppte ich mich hinter ihr her zum anderen Ende des Dorfes. Das Refektorium sah aus wie die Hütte, aus der wir gekommen waren: Es war ein großer Raum mit einem langen Tisch, an dem dicht an dicht auf Bänken die Leute saßen. Eine füllige Frau gab mir eine Schüssel und einen Becher. Als ich mich an eine Ecke des Tisches gesetzt hatte, schaute ich mir mein Essen an: etwa drei Esslöffel gekochte Erbsen ohne Butter und eine dunkle Flüssigkeit, die scharf nach Medizin roch. Nein, da blieb ich doch lieber hungrig, als das zu probieren – bestimmt war hier auch irgendeine Droge beigemischt.

Die Leute, die eben noch herumgetobt waren wie die Wilden, aßen jetzt andachtsvoll ihr Gottesmahl. Konnte es sein, dass sich keiner von ihnen an die Orgie erinnerte? Die Gesichter der Anwesenden waren friedlich, die Frauen versteckten ihre Körper keusch unter langen Röcken und unförmigen Blusen, während sich die Männer leise unterhielten. Die Kinder waren nicht zu sehen.

Am Kopf des Tisches thronte Kolja. Ich befand mich am gegenüberliegenden Ende und betrachtete den »heiligen Bruder« von hier aus verstohlen. Er hatte ein offenes, schönes, beinahe edles Gesicht. In der schmalen Hand hielt er mit langen, dünnen Fingern elegant den Löffel. Es war nichts Böses, Heimtückisches oder sonst irgendwie Lasterhaftes an ihm zu bemerken.

Langsam begannen die Leute den Saal zu verlassen. Bevor sie gingen, näherten sie sich ihm und knieten vor ihm nieder. Kolja legte ihnen seine weißen Hände auf den Kopf, nannte jeden beim Namen und sagte zart und fürsorglich:

»Einen gesegneten Schlaf, Schwester Elena.«

Oder:

»Erhole dich von der Arbeit, Bruder Wladimir.«

Rechts von ihm saß Nina. Als sie mich sah, flüsterte sie ihm etwas zu. Er richtete seinen tiefgründigen Blick aus den kohlenschwarzen Augen auf mich und sagte eindringlich:

»Komm her, Darja!«

Unwillkürlich lächelte ich und ging zu ihm hin. Er fasste mich an der Hand und sagte klangvoll:

»Ich möchte dich kennen lernen, Kind Gottes.«

Als ich direkt vor ihm stand, begriff ich, was ein Kaninchen verspüren muss, wenn es in die Augen einer Klapperschlange blickt.

Von der Hand des Schurken ging eine gleichmäßige Wärme aus, die direkt in meinen Körper floss. Ohne mich loszulassen, führte mich Kolja in einen nebenan liegenden, etwas abgedunkelten Raum. Er stieß mich vorwärts und befahl streng:

»Setz dich!«

Folgsam ließ ich mich fallen und fand mich unvermittelt in einem tiefen, weichen Sessel wieder. Die bequemen Kissen schmiegten sich um meinen Körper, durch die Nase nahm ich einen seltsam süßen Geruch wahr. Eine unendliche Ruhe erfasste mich. Meine Hände und mein ganzer Körper wurden angenehm warm. Schon lange hatte ich keine solche Seligkeit mehr empfunden. Immerzu war ich in Eile, rannte ich von hier nach da, wie schön war es doch, zur Ruhe zu kommen und ein wenig zu schlafen …

»Wie heißt du?«, hörte ich eine donnernde Stimme.

Vor mir erschien der Schuldirektor meiner Kinderzeit, drohend und streng, aber gerecht. Im Nu war ich wieder die kleine, verschüchterte Erstklässlerin und stotterte:

»Darja Wassiljewa.«

»Wo wohnst du?«

»In Loschkino, ich habe ein eigenes Haus.«

»Wer wohnt dort mit dir?«

Die Namen aller meiner Lieben lagen mir schon auf der Zunge, als ich an der Brust ein Brennen spürte, wie wenn mir eine unsichtbare Hand eine glühende Kohle aufgelegt hätte.

Die Betäubung fiel ab von mir, ich konnte wieder denken. Mein Gott, er versuchte mich zu hypnotisieren!

Während ich spürte, wie die glühende Kohle direkt in mein Herz ausstrahlte, antwortete ich:

»Ich bin ganz allein in meinen vier Wänden ...«

Das Verhör dauerte lange. Kolja interessierte sich für alles, vor allem aber für meine materielle Lage. Er fragte in allen Einzelheiten nach dem Bankkonto, dem Sparbuch und sonstigen Wertgegenständen. Ein paar Mal noch drohte ich in dem warmen Sumpf zu versinken, aber sofort bohrte sich mir die Kohle brennend in die Brust, und mein Verstand funktionierte wieder.

Endlich war die Séance zu Ende. Kolja lächelte und befahl:

»Steh jetzt auf, Dascha. Sobald du an der Tür bist, vergisst du, worüber wir gesprochen haben. Alles, was du behältst, ist ein Gefühl von Freude und Glück, und du weißt, dass du dergleichen ohne mich nie mehr erleben wirst.«

Eine unerklärliche Kraft stieß mich stolpernd zum Ausgang. Als ich die Türklinke berührte, bekam ich einen Schlag – jemand hatte sie unter Strom gesetzt.

Ich zog fassungslos die Hand zurück und blieb stehen.

»Was ist, meine Liebe? Geh!«, forderte mich Kolja auf.

Ich ging in den Gemeinschaftsraum, wo ich Nina fand.

»Na, wie fühlen Sie sich?«, fragte sie fürsorglich. »Worüber haben Sie mit dem ›heiligen Bruder‹ gesprochen?«

Ich schaute ihr in das ruhige, friedliche Gesicht und die freundlich dreinblickenden Augen und log begeistert:

»Sie werden es nicht glauben: Ich empfinde große Freude und reines Glück. Mehr weiß ich nicht!«

»Na, sehen Sie«, freute sich Nina, »nun haben auch Sie die Seligkeit erlangt. Das wird jetzt immer so sein, wenn Sie den ›heiligen Bruder‹ treffen.«

Auf dem ganzen Weg zur Hütte sang Nina ein Loblied auf Kolja.

In dem mir nun schon vertrauten Raum war es fast dunkel. Man hörte das gleichmäßige Atmen der tief schlafenden Leute. Nina schob mich zu einer freien Pritsche und flüsterte mir zu:

»Legen Sie sich nieder.«

Ich begann mich auszuziehen, während sie wieder zum Ausgang ging.

»Wo wollen Sie hin?«, rief ich ihr flüsternd hinterher.

»Ich schlafe woanders, hier ist kein Platz mehr«, erklärte mir Nina ebenfalls im Flüsterton und verschwand.

Ich entdeckte ein paar Nägel an der Wand und hängte die Hose, den Pullover und die Jacke daran. Unter dem dünnen Lappen, der als Bettlaken diente, gab es keine Matratze. Anstelle eines Kissens lag nur ein Bezug da, der anscheinend mit Heu vom letzten Jahr gefüllt war.

Nachdem ich ein paar Minuten dagelegen hatte, zitterte ich vor Kälte und zog mich schnell wieder an. Es war unmöglich, so zu schlafen, aber die Frauen um mich herum schien nichts zu stören. Das Mondlicht, das durch das Fenster ins Zimmer fiel, zeigte sie in den verschiedensten Haltungen. Ein paar der Frauen hatten sich sogar von ihren Flickendecken freigestrampelt.

Das Pendel der vorsintflutlichen Uhr an der Wand schlug regelmäßig hin und her, die Zeiger zählten die Minuten. Gegen drei bewegte sich der sackleinene Vorhang. Im Raum erschien eine dunkle Gestalt. Sie kam zu mir und flüsterte:

»Komm in den Hof.«

Ich kletterte von der Pritsche.

Draußen war es furchtbar kalt. Aus dem unermesslich großen Himmel blickte, umrahmt von hellen Sternen, der Vollmond. Ein erhabenes Bild.

Die Gestalt drehte sich um, und ich erkannte Sweta. Sie hielt ihren rechten Zeigefinger vor die Lippen und winkte mir mit der anderen Hand. Schweigend liefen wir um die Hütte herum zu einem einzelnen Haus, das direkt an der Palisade stand.

»Komm herein«, sagte sie und drückte die Tür auf.

Drinnen war es ganz warm. Als Sweta auf den Lichtschalter drückte, stöhnte ich unwillkürlich auf.

Das kleine Zimmer sah unglaublich gemütlich aus. Es gab ein weiches Sofa und zwei Sessel mit hübschen Überwürfen, einen Teppich von hervorragender Qualität, einen Fernseher und eine Stereoanlage. Auf dem runden Esstisch standen ein Tefal-Wasserkocher und eine Metalldose mit Nescafé.

»Willst du?«, fragte Sweta.

Eigentlich trinke ich keine löslichen Heißgetränke, aber jetzt war ich mit allem einverstanden, was wärmte.

»Wer wohnt in diesem Luxus?«, brach es aus mir heraus.

Sie lächelte traurig.

»Die ›Mutter Gottes‹.«

»Wer?«

»Ich«, erklärte Sweta, »und dort wohnt der ›heilige Bruder‹.«

Sie stand auf und machte die Tür zum Nachbarraum auf. Ich wich unwillkürlich zurück.

»Keine Angst«, beruhigte sie mich, als sie meinen Schrecken bemerkte, »Kolja ist mit Nina vor einer Stunde weggefahren. Er kommt erst übermorgen zurück.«

Meine Augen durchmaßen den geöffneten Raum. Was für ein schönes Eckchen! Ein riesiges Bett voll mit Kissen in seidenen Bezügen, ein riesiger Bildschirm von Sony, der zum Kopfende des Bettes gerichtet war. Wunderbare Schränke und überall weiche Bären- und Schaffelle. Auf dem Nachttisch neben dem Bett stand eine ölige, dunkelbraune Flüssigkeit in einer kristallenen Karaffe. Es musste ein Kognak erster Güte sein.

Sweta schloss die Tür und begann Kaffee zu kochen. Aus dem Kühlschrank holte sie gegrilltes Hähnchen, Käse und Butter. Ich schlug gleich meine Zähne in das duftende weiße Fleisch, denn ich hatte unglaublichen Hunger.

»Hast du das widerliche Zeug nach dem Abendessen nicht getrunken?«, fragte Sweta.

Ich schüttelte den Kopf.

»Sehr gut«, lobte sie mich, »da sind jede Menge Drogen drin.«

»Und der Glaubenstrank?«

»Der ist halluzinogen«, erklärte sie mir, »was genau drin ist, weiß ich nicht. Ich bin nicht dabei, wenn er ihn zubereitet.«

»Hör mal«, sagte ich erstaunt, »was bringt dich dazu, mir das alles anzuvertrauen?«

»Ich will weg von hier und schaffe es nicht allein. Ich habe nicht die Kraft, dreißig Kilometer durch den Wald bis zum Bahnhof zu laufen. Aber du hast ein Auto.«

»Woher weißt du das?«

Sweta lachte:

»Nina und Kolja haben heute Nacht überlegt, was besser ist: dich hier zu behalten oder dich wieder in die Stadt zu lassen. Sie haben sich darauf geeignet, dass du hier bleiben sollst, damit ihnen das Geld nicht durch die Lappen geht. Wenn ich dich nicht gewarnt hätte, würdest du jetzt immer noch völlig benebelt in der Hütte liegen. Morgen wird dann wieder so ein Gebräu gereicht, wenn auch die Dosierung geringer ist. Von dem abendlichen Trank schläft man sofort ein, das, was man tagsüber kriegt, macht einen vollkommen willenlos. Die Leute laufen herum wie Automaten ... Nina ist Koljas rechte Hand, seine Vertraute und Freundin. Ich verstehe nur nicht so recht, was sie eigentlich verbindet. Manchmal höre ich sie im Nebenzimmer sprechen.«

»Und wie bist du hier gelandet?«

»Ich war einfach naiv«, sagte Sweta und seufzte tief. »Ich war jung und dumm. Meine Eltern sind schon lange tot, meine Großmutter hat mich großgezogen.«

Sie strich sich traurig das Haar zurück.

»Die meisten Sektenmitglieder sind schon über vierzig, Junge gibt es nur ein paar ... Feofan, Lena Oschegowa – aber die ist nicht ganz normal und noch dazu missgebildet.«

»Erzähl bitte der Reihe nach!«

Sweta schaute auf die große Uhr:

»Wir haben noch Zeit, die anderen schlafen bis sieben. Also dann, hör zu!«

KAPITEL 27

Einige Jahre lang lebte Sweta in Moskau, um zu studieren. Eines Tages traf sie auf den »heiligen Bruder«, trat bald darauf seiner Sekte bei und zog einige Zeit später auch ins Dorf. Vor etwa einem Jahr rief er sie plötzlich zu sich ins Haus. Eine solche Ehre wurde normalerweise keinem der Sektenmitglieder zuteil. Hier umarmte er sie und überbrachte ihr die unerhörte Nachricht: Gott habe sie, Sweta, unter tausenden und abertausenden von Frauen auserwählt, um den Messias zur Welt zu bringen. Sie sollte Kolja einen Sohn gebären, den Erben und Stammhalter der Sippe.

Verwirrt und berauscht ließ sich Sweta natürlich darauf ein.

Sofort hörte Kolja auf, ihr die ganzen Präparate zu geben, sie bekam keine Eisduschen mehr, er befahl ihr, sich gut zu ernähren, lange zu schlafen und keine Hausarbeit mehr zu tun. Die verrückte Sinaida machte in den Räumen sauber und sang dabei unermüdlich Gotteslieder. Das erste halbe Jahr lang machte Kolja überhaupt keine Anstalten, sich Sweta zu nähern. Erst vor drei Monaten hatte der »Prozess zur Schaffung des heiligen Kindes« begonnen.

Nur eines hatte Kolja nicht bedacht. Als Sweta, die ehrlich an die »Sache der Auserwählten« geglaubt hatte, den Drogen und Hypnosen nicht mehr ausgesetzt wurde, erkannte sie, in was für einer schrecklichen Lage sie war.

Sie wusste natürlich, dass die Strafe auf dem Fuße folgen würde, falls Kolja erriet, was sich in ihrem Inneren tat. Daher spielte sie mit besonderer Inbrunst die Rolle der Fanatikerin, während sie von einem einzigen Wunsch beseelt war: Sie wollte fliehen. Aber wie?

Und jetzt war ich aufgetaucht, und sie zählte darauf, dass ich sie nach Moskau bringen würde. Der Zeitpunkt war günstig: Kolja und Nina waren weggefahren, und ich hatte ein Auto in der Nähe.

Aber erst einmal ging ich gar nicht darauf ein.

»Wieso hat Kolja denn ausgerechnet dich ausgewählt und in seine Geheimnisse eingeweiht?«

Sweta sah mich an.

»Wahrscheinlich wegen meines Alters. Die anderen Frauen sind schon zu alt und krank, um noch Kinder zu bekommen. Trotz all der Orgien wird hier keine schwanger. Stell dir vor, sie ahnen noch nicht einmal, was sie tun, sie sind überzeugt, dass sie beten! Und dass er mich in seine Geheimnisse eingeweiht hat … Wo könnte ich schon hingehen? Ich komme ja noch nicht mal aus dem Dorf heraus, die Wache lässt einen nicht durch.«

»Und wie stellst du dir die Flucht vor?«

Sweta lachte:

»Kolja ist schlau, aber ich bin auch nicht von gestern. Weißt du, was er macht? Er sagt: ›Ich ziehe mich für eine Woche in die Zelle zurück, um zu fasten und zu beten.‹ Zuerst hab ich es ja noch geglaubt. Er geht tatsächlich in den Keller hinunter und taucht erst nach sieben Tagen wieder auf. Irgendwann habe ich aber festgestellt, dass es aus dem Keller einen geheimen Ausgang nach draußen gibt. Ich habe mir den Schlüssel besorgt und mich in Koljas Abwesenheit umgeschaut. Wenn du also am Leben bleiben willst, lass uns fliehen – und zwar schnell. Bis er wiederkommt, werden sie uns nicht suchen.«

»Wohin willst du gehen?«

»Ich habe eine Großmutter, die in Nagorje lebt, keiner weiß von ihr. Sie wird mich verstecken.«

Ich sperrte vor Überraschung den Mund auf.

»Dann bist du Sweta Balabanowa, Marja Sergejewnas Enkelin? Wie kann das sein? Ljuda hat deiner Großmutter erzählt, du seist tot. Sie hat ihr sogar ein Foto von dir gezeigt, auf dem du in einem Sarg liegst.«

»Himmel!«, stieß Sweta aus und fasste sich an den Kopf. »Natürlich, sie wusste von meiner Oma. Das Foto stammt von meiner Initiation. Da wird ein Ritual abgehalten: Man legt sich in einen Sarg, und die anderen lesen die Totenmesse, sozusagen zum Abschied von der Welt. Dann bekommst du das Mal in die Achselhöhle gebrannt – und das war's. Jetzt gibt es keinen Weg mehr zurück.«

Ich schüttelte mich:

»Das tut doch bestimmt weh!«

Sweta seufzte:

»Nein, gar nicht. Man spürt nichts. Kolja ist ein Meister, was Mixturen aller Art angeht. Man hatte mir ein Schälchen gereicht, und schon spürte ich nichts mehr. Ich war tatsächlich wie tot. Mit Ljuda habe ich zusammen studiert, sie hat mich in die Sekte eingeführt, dieses Monster. Sie war immer mit Kolja und Nina zusammen, aber jetzt ist sie verschwunden.«

»Ljuda ist tot, sie hat sich das Leben genommen!«

»Großer Gott!«, ächzte Sweta. »Komm, lass uns so schnell wie möglich fliehen!«

»Warte«, stoppte ich sie, »ich muss ein kleines Mädchen mitnehmen, sie ist erst zwei und heißt Verotschka. Sie muss hier irgendwo versteckt sein.«

»Ich weiß«, antwortete Sweta, »das ist Nadjas Nichte, sie schläft in der Hütte. Kolja hat sie vor kurzem aus der Stadt geholt, nachdem Nadja ihn darum gebeten hatte. Was willst du von ihr?«

»Führe mich in die Hütte der Kinder«, forderte ich sie auf.

Wir gingen in den Hof und waren im Nu dort. Die Kinder waren die reinsten Skelette. Keines von ihnen rührte sich, als ich unter einem schmutzigen Lumpen das schlafende Mädchen hervorzog, das laut Sweta Verotschka war.

Ihr Kopf schaukelte auf dem dünnen Hals hin und her, die herunterhängenden Arme schlenkerten im Takt meiner

Schritte mit. Wir gingen zurück in Koljas gemütliche, warme Hütte, wo ich mir das Kind genauer ansah.

Es hatte ein winziges, kaum faustgroßes Gesicht. Unter den geschlossenen Augen waren blaue, beinahe schwarze Schatten, die Backenknochen standen scharf hervor, die spärlichen Haare waren zerzaust, die nackten Füßchen mit einer Kruste von Schmutz bedeckt, die Ärmchen, die so aussahen wie kleine Zweige, waren mit blauen Flecken übersät.

»Was ist das, wird sie geschlagen?«, fragte ich Sweta entsetzt.

»Keine Ahnung«, antwortete sie gleichgültig. »Was willst du mit der Kleinen?«

»Das erklär ich dir später«, winkte ich ab, nahm die große Tischdecke vom Tisch herunter und wickelte Verotschka hinein. »Zeig mir den Geheimgang.«

Sweta ging weiter in die Hütte hinein, und ich folgte ihr mit Verotschka auf dem Arm. Das Kind war so gut wie schwerelos, unser Mops Chutsch war da viel schwerer. Außerdem beunruhigte mich der seltsame, ganz offensichtlich unnatürlich tiefe Schlaf des Kindes. Ich hatte sie aus ihrem Bett geholt, in die kalte Luft und von da in die warme Hütte getragen, an ihr herumgezupft, sie eingewickelt ... Jedes normale Kleinkind hätte seine Umgebung längst mit ohrenbetäubendem Geschrei erfüllt. Verotschka dagegen schlief oder, besser gesagt, sie blieb bewusstlos. Ihre kleine Stirn war schweißbedeckt, die Beine baumelten hilflos in der Luft.

Wir gingen durch mehrere Zimmer, bis wir in die große, geräumige Küche gelangten. Sweta öffnete eine kleine Kammer und hob den Rand des Linoleums hoch, unter dem sich eine Luke befand. Sie hob mit aller Kraft die schwere Klappe hoch. Sofort ging darunter das Licht an, so dass ich die Eisentreppe sehen konnte, die nach unten führte.

»Komm mir nach«, sagte sie und verschwand.

Mit dem rechten Arm drückte ich Verotschka an mich und folgte ihr.

Der Weg führte von der Treppe durch einen langen Flur.

Sweta schloss die Klappe, aber das Licht blieb an. Der Lehmboden war gut festgestampft, die Wände sahen ordentlich verputzt aus. Für die Herstellung dieses Einstiegs musste ein Haufen Geld ausgegeben worden sein.

Am Ende des Tunnels lag wieder eine Treppe. Sweta stieg leichtfüßig nach oben und öffnete die Luke. Sofort ging das elektrische Licht wieder aus, und die dünnen Strahlen der Frühlingssonne, die in der Zwischenzeit aufgegangen war, schienen in die runde Öffnung.

Ächzend verschloss Sweta die Luke. Sie war unter einem Haufen Reisig versteckt. Ich gab dem Haufen einen Tritt, aber kein Zweig rührte sich. Das Reisig war offensichtlich festgeklebt.

»Wo ist das Auto?«, fragte Sweta.

Ich erschrak. Ja, wo war es?

»Ich weiß nicht, wir sind ziemlich lange durch den Wald gelaufen …«

»Wahrscheinlich seid ihr an diesem Hang da herausgekommen«, sagte Sweta und zeigte auf die Anhöhe, von der aus ich gestern das Dorf entdeckt hatte.

»Genau.«

»Dann gehen wir dorthin, es gibt von hier ohnehin nur zwei Wege.«

»Woher weißt du das?«

Sweta lachte laut auf.

»Ich bin oft hier gewesen. Sobald sich Kolja verdrückte, bin ich losgegangen, um nach einer Fluchtmöglichkeit zu suchen. Aber ohne Auto ist es unmöglich. Deshalb habe ich mich an dich gewandt. Ich bin schwanger, schon fast im dritten Monat. Ich habe Angst, dass ich eine Missgeburt zur Welt bringe, und will unbedingt abtreiben. Deshalb bin ich hier viel herumgelaufen in der Hoffnung, es käme jemand vorbei. Aber weit gefehlt! Hier gibt es kilometerweit keine Menschenseele, nur verlassene Dörfer liegen ringsum. Ich müsste eine Woche lang laufen, aber schau dir meine Füße an.«

Als sie den Rock hob, zuckte ich unwillkürlich zurück. Ihre

Knöchel waren über und über mit eiternden trophischen Geschwüren bedeckt.

»Was ist das?«

Sweta zuckte die Schultern:

»Weiß der Teufel. Zuerst war es nur eine kleine Stelle, dann hat sie sich infiziert und angefangen zu eitern. Ein trophisches Geschwür ist eine heikle Angelegenheit, das weiß ich als Ärztin.«

In diesem Moment begannen hinter der Palisade die Glocken gleichmäßig zu läuten. Vor Schreck hätte ich fast das Kind fallen lassen.

»Keine Angst«, beruhigte sie mich, »sie läuten jetzt zum Aufstehen, bald fängt die Arbeit an.«

»Werden sie nicht unsere Abwesenheit bemerken?«

»Nein, wer denn auch? Kolja und Nina sind weg, und den anderen ist es, glaube ich, egal. Außerdem haben sie jetzt einen Haufen zu tun.«

Schnellen Schrittes machten wir uns auf den Weg in den Wald und liefen bald zwischen den jahrhundertealten Bäumen hindurch. Plötzlich kam mir ein dummer Gedanke: Was, wenn Kolja und Nina den Volvo genommen hatten? Sie dachten doch nur an Geld, und schließlich war dieser Wagen einige tausend Dollar wert.

Aber anscheinend hatte der »heilige Bruder« doch noch nicht Hand an mein teures Gefährt gelegt, denn es stand noch friedlich auf der Lichtung. Ich legte das Kind auf den Rücksitz und ließ den Motor an.

Auf dem Weg erzählte mir Sweta alles, was sie über Ljuda wusste. Sie wunderte sich sehr über ihren Tod.

»Du sagst, sie ist Koljas Schwester? Das hätte ich nie gedacht, auch wenn sie sich irgendwie ähnlich sahen. Ehrlich gesagt, glaubte ich, sie sei seine Exliebhaberin, obwohl ...«

»Was?«

»Als Kolja mich zu sich übersiedeln ließ, hat er der Gemeinde erklärt, ich sei seine Assistentin. Ich teile den Glaubenstrank aus, ich bereite den Saal für den Gottesdienst vor. Die

Leute sind überzeugt, dass er ein keuscher Junggeselle ist, keiner hegt einen Verdacht. Vor mir war Irina Awerkijewa die Assistentin. Sie hat etwa ein Jahr bei ihm gelebt, dann ist sie nach Palästina gefahren.«

»Wohin?«, fragte ich erstaunt. »Nach Palästina?«

»Genau«, bekräftigte Sweta, »das hat er jedenfalls verkündet. Irina hatte angeblich eine Erleuchtung, so dass er sie in ein anderes Dorf von ›Auserwählten‹ ins Ausland schickte. Später sollten dann alle dorthin gehen. Ich glaube aber eher, dass er Irina umgebracht hat.«

»Warum?«

»Weißt du«, begann Sweta, während sie mit offenkundigem Genuss ihre Beine ausstreckte, »irgendwann hat er mal nicht aufgepasst und mir richtig viel erzählt. Sein Großvater hatte offenbar dieselbe Gabe wie er selber. Er konnte rasende Hunde mit seinem Blick besänftigen und alle Leute um sich herum um den kleinen Finger wickeln. Sein Vater hatte die Gabe nicht, während Kolja sie in vollem Maße geerbt hat ... In seiner Familie hat es immer viele Mädchen gegeben, auch er war der einzige Sohn. Er sagte, in ihm sei ein Programm gespeichert. Er habe die Aufgabe, einen Sohn zur Welt zu bringen, damit die Sippe nicht ausstirbt. Eine Frau, die nicht zur Sekte gehört, könnte er nie heiraten. Es wäre schwierig, eine normale Frau zu gewinnen, sie würde ihn sofort ausfragen, wo er denn das Geld her habe und wo er arbeite. Er sucht sich seine Frauen unter den Sektenmitgliedern aus. Dabei geht es ihm nicht um die Frau, denn er bumst, als würde er eine Arbeit verrichten ... Das Dorf kann er auch nicht länger als eine Woche verlassen. Er muss die Sektenmitglieder kontinuierlich durch die Hypnoseséancen kontrollieren, denn die Drogen allein reichen nicht: Die Leute fangen an zu leiden, und der Kopf tut ihnen weh. Du hast ja keine Ahnung, wie es mich umgehauen hat, als ich an den Séancen nicht mehr teilnahm und aufhörte, die Drogen zu mir zu nehmen! Aber Kolja hatte ein Gegenmittel, innerhalb von zehn Tagen brachte er mich wieder auf die Beine. Bestimmt hat Irina ihm ein Mädchen geboren ... Er wird sie irgendwo im Wald verscharrt haben ... Mich erwartet dasselbe Los! Seit ich schwanger bin, habe ich schreckliche Angst. Wenn's ein Mädchen wird, dauert die Galgenfrist noch bis zur Geburt. Wenn's ein Junge wird, dann vielleicht zwei Jahre länger. Sobald ich ihn abgestillt habe, ist es aus mit mir. Ich weiß einfach zu viel.«

»Wozu braucht er denn unbedingt ein Kind?«

»Weiß ich nicht«, seufzte Sweta. »Er sagt, er braucht es. Aber wieso interessiert dich das?«

Um neun Uhr morgens erreichten wir Nagorje. Marja Sergejewna fiel fast in Ohnmacht, als sie Sweta und Verotschka sah, aber ich holte sie streng zurück in die Wirklichkeit:

»Packen Sie schleunigst das Notwendigste zusammen – Kleider, Dokumente, Geld. Wir müssen los!«

»Wohin?«, fragten Sweta und die alte Frau einstimmig.

»Zu mir nach Loschkino, dort findet euch Kolja nicht. Erstens kennt er die Adresse nicht, und zweitens ist das Gebiet bestens bewacht.«

»Aber was wird Ihre Familie dazu sagen?«, fragte Marja Sergejewna stotternd.

»Nichts«, antwortete ich und drängte sie beide zur Tür, »keiner wird was sagen, sie sind daran gewöhnt, dass Fremde kommen.«

Auf dem Weg nach Loschkino dachten wir uns aus, dass Marja Sergejewna eine entfernte Verwandte meiner ersten, schon verstorbenen Schwiegermutter Eleonora Jakowlewna war und Sweta und Verotschka natürlich die Enkelin und die Urenkelin.

Als die alte Frau erfuhr, dass das Kind in Wirklichkeit nicht mit ihr verwandt war, sagte sie unumstößlich:

»Davon will ich gar nichts hören, ich liebe das Kind von ganzem Herzen und werde es erziehen, als wäre es mein eigenes. Außerdem habe ich schließlich Geld für sie erhalten.«

Ich musste an die Weichenwärterin Ljusja denken.

»Ich besitze eine gute Wohnung in Werm«, begann ich,

während ich in den Rückspiegel schaute. »Das liegt in Sibirien, der Flug dauert etwas mehr als vier Stunden. Dort habe ich auch eine gute Bekannte, ich bin sogar verwandt mit ihr. Bis ihr dorthin fliegt, bleibt ihr ein paar Tage bei mir. Zahnärzte werden überall gebraucht, Absolventen der Moskauer Hochschulen genießen ein hohes Ansehen. Sweta wird eine Arbeitsstelle finden, ihr werdet euch einleben. In der Zwischenzeit verkaufe ich das Haus in Nagorje und schicke euch dann das Geld. Die Wohnung in Werm lasse ich auf Sweta umschreiben.«

Die Frauen schwiegen. Dann sagte Sweta leise:

»Ich habe meine Qualifikation verloren, es ist ewig her, dass ich gearbeitet habe.«

»Das macht nichts«, beruhigte ich sie, »du musst nur wieder anfangen, dann wirst du dich schnell erinnern.«

Wir kamen gegen zwölf in Loschkino an. Nachdem ich die Neuankömmlinge untergebracht hatte, ging ich zum Stadttor und trug den Wachposten strengstens auf, keine Fremden aufs Territorium zu lassen. Besondere Strenge sollten sie bei Leuten beiderlei Geschlechts walten lassen, die schwarze Augen und schwarze Haare hatten.

Die Männer nickten schweigend. Beruhigt kehrte ich nach Hause zurück. Am Stadttor an der Einfahrt nach Loschkino sind Burschen stationiert, die in Tschetschenien gekämpft haben. Sie sehen finster aus, aber sie sind absolut verlässlich. Sie gehören zu denen, die gleich schießen und sich erst dann für die Personalien interessieren. Außerdem waren Snap und Bandy riesige, kräftige Hunde. Die meisten Leute haben Angst vor einem Pitbull, der sich in voller Geschwindigkeit auf sie stürzt. Ihm steht schließlich nicht auf der Stirn geschrieben, dass er nur seine Liebe und Zärtlichkeit unter Beweis stellen will.

Noch dazu waren jede Menge Leute im Haus. Nein, hier gab es keine Gefahr. Und schließlich hatten weder Nina noch Kolja die genaue Adresse. Man konnte sie zwar ohne weiteres über die Moskauer Auskunft erfragen ... Aber Marja Sergejewna, Sweta und Verotschka würden ja schon in zwei Tagen nach Werm abreisen.

»Dascha«, sprach mich die alte Frau leise an, sie war zu mir ins Schlafzimmer gekommen. »Ich weiß gar nicht, was ich davon halten soll. Verotschka schläft und schläft. Sie atmet zwar gleichmäßig, aber sie kommt gar nicht mehr zu sich. Dabei habe ich jetzt schon so oft an ihr gezupft ... Ob wir vielleicht einen Arzt rufen sollten?«

Sweta, Häschen und die Kinderfrau Serafima Iwanowna standen auch schon im Gästezimmer. Verotschka lag schmal und klein und mit einem unnatürlich verrenkten rechten Arm auf dem großen Bett. Sie schien einfach nur zu schlafen.

»Mir scheint, wir brauchen uns keine Sorgen zu machen«, erklärte Serafima Iwanowna fachmännisch, »das Mädchen ist noch klein, sie ist einfach müde von der Fahrt. Es kommt schon mal vor, dass Kinder so tief schlafen.«

Sweta wiegte zweifelnd den Kopf hin und her:

»Gestern um sieben gab es Abendbrot, sie hat wahrscheinlich noch früher, so gegen halb sieben, gegessen. Danach wird sie gleich eingeschlafen sein, und jetzt ist es bald zwei Uhr nachmittags. Das sind mehr als neunzehn Stunden!«

Häschen beugte sich erstaunt über das Mädchen, während Serafima Iwanowna sagte:

»Wir rufen doch besser einen Arzt, womöglich hat sie eine Gehirnverletzung. Ist sie gefallen?«

Marja Sergejewna strich ihrem Enkelkind hilflos über den Kopf. Sweta zuckte mit den Achseln:

»Ich weiß es nicht.«

»Sie sind mir ja eine gute Mutter!«, stieß Häschen hervor.

»Ich bin nicht ...«, begann Sweta, verstummte aber, als ich ihr verstohlen einen Fußtritt gab.

Häschen nahm ihr Handy und rief die Erste Hilfe an.

Marja Sergejewna legte sorgsam das verdrehte Ärmchen in die richtige Position und deckte das Kind mit einem Plaid zu.

Der Arzt war sofort zur Stelle, trat in die Diele, wedelte mit seinem Metallkoffer und fragte gleich:

»Wo ist die Kranke?«

Häschen und ich führten ihn zu Verotschka. Als er im Zimmer war, befahl er:

»Alle raus, außer der Mutter.«

»Aber ...«, begann Häschen.

»Alle raus!«

Als wir im Flur waren, begann Marja Sergejewna plötzlich zu zittern.

»Bring sie ins Wohnzimmer, und gib ihr Tee mit Kognak«, trug ich Olga auf.

Sie zog die alte Frau, die ihr willig folgte, durch den Flur. Da ging die Tür auf, und der Arzt fragte:

»Haben Sie einen Hammer?«

Verdutzt rannte ich zur Kammer und holte das Gewünschte. Eine Minute später forderte er:

»Und jetzt bitte eine Zange und eine Feile oder besser noch eine Ahle.«

»Was machen Sie mit dem armen Kind?«, schrie ich und flog ins Zimmer.

»Nichts weiter«, antwortete der Arzt ruhig, »das Kofferschloss ist verhakt, ich krieg es nicht auf.«

Als er das Schloss endlich geöffnet hatte, nahm er eine Ampulle heraus, schnitt sie auf, füllte den Inhalt in eine Spritze und stach mit der Nadel in den kleinen Po. Unwillkürlich zuckte ich zusammen, aber Verotschka rührte sich nicht.

»Seltsam, seltsam«, murmelte der Kinderarzt, während er dem Kind den Puls fühlte, »sie scheint gesund zu sein, aber sie reagiert nicht. Fast so, als wäre sie verzaubert wie Dornröschen.«

Wieder klopfte er mit dem Finger gegen eine Ampulle.

»Lassen Sie«, sagte ich leise, »ich glaube, ich weiß, was mit ihr los ist.«

Hier konnte nur Professor Melnitschenko helfen. Ich fuhr direkt zur psychologischen Fakultät.

Der Professor hielt gerade einen Vortrag, so dass ich notgedrungen anderthalb Stunden auf dem Fenstersims im Flur verbrachte, um auf ihn zu warten. Erst um halb fünf war er frei. Dafür kam er, ohne zu zögern und ohne nach dem Honorar zu fragen, sofort mit.

Auf dem Weg informierte ich ihn, so gut ich konnte. Er zog die Brauen hoch, hörte aber, ohne mich zu unterbrechen oder sich aufzuregen, sehr aufmerksam zu.

Natürlich gerieten wir mitten in den Berufsverkehr, so dass wir erst gegen halb sieben in Loschkino ankamen.

Marja Sergejewna rannte uns gleich entgegen. Verotschka schlief noch immer. Sie atmete gleichmäßig und ohne jede Anstrengung, wachte aber einfach nicht auf.

Melnitschenko betrachtete die Patientin und sagte:

»Das wird eine ganze Weile in Anspruch nehmen. Jetzt muss ich erst mal eine Zigarette rauchen und mich auf die Sitzung einstimmen.«

Die Einstimmung dauerte eine halbe Stunde. Um sieben machte sich der Professor an die Arbeit und setzte uns vor die Tür.

Wir versammelten uns alle im Wohnzimmer. Während sie ein süßes Brötchen verdrückte, murmelte Alissa vor sich hin:

»Nein, nein, es ist doch gut, dass ich keine Kinder habe. Sie machen einem nur Ärger.«

»Quatsch!«, mischte sich Manja ein. »Kinder sind die Blumen des Lebens!«

»Auf dem Grab ihrer Eltern«, parierte Alissa sofort, »und sie saugen ihnen auch dort noch den letzten Saft aus den Knochen.«

»Du denkst nur egoistisch«, ließ Manja nicht locker. »Jede Frau sollte die Freuden der Mutterschaft erleben. Mir persönlich tun die, die das nicht erfahren, nur Leid.«

Ich war so müde, dass ich mich schweigend auf dem Sofa ausstreckte, ohne mich in ihren Schlagabtausch einzumischen. Fredi kletterte schnaufend hinter der Rückenlehne hervor und ließ sich neben mir nieder. Von ihm ging ein feiner und ein wenig bitterer Duft aus, der mir irgendwie bekannt vorkam.

Als Alissa sah, wie ich an ihm schnupperte, lachte sie los:

»Er hat den ganzen Flakon von Chanel über sich gegossen.«

»Wo hat er ihn hergenommen?«

Sie antwortete fröhlich:

»Er ist in dein Badezimmer gelaufen und hat sich von oben bis unten besprüht.«

Ich seufzte nur. Angesichts der jüngsten Unannehmlichkeiten kam mir der Verlust meines Lieblingsparfüms vollkommen nebensächlich vor. Trotzdem fragte ich mich wie schon so oft, wann uns Alissa und der Affe wohl endlich verlassen würden. Ich hatte reichlich genug von ihnen! Und Filja hing mir auch zum Hals heraus.

»Wo ist der Magier?«, fragte ich schwach.

»Mach dich nicht lustig«, brauste Alissa auf, »er kommt heute spät nach Hause.«

Bestimmt gönnte er sich einfach mal einen freien Tag, dachte ich schon im Einschlafen.

»Dascha«, hörte ich eine Stimme an meinem Ohr, »Dascha.«

Automatisch setzte ich mich auf, mein Blick fiel auf Melnitschenkos Gesicht. Nur die Stehlampe im Zimmer brannte, aber sogar in diesem schwachen Licht war deutlich zu sehen, wie müde der Professor war.

»Wie spät ist es?«, fragte ich noch im Halbschlaf.

»Drei Uhr nachts oder in der Früh, ganz wie Sie wollen«, antwortete er lächelnd.

»Was ist mit dem Kind?«

»Es schläft.«

Betrübt rief ich aus:

»War es etwa nicht möglich, sie aufzuwecken?«

»Aber nein«, beruhigte mich der Professor, »das haben Sie falsch verstanden. Verotschka ist aufgewacht, ich habe sie aus der Trance geholt. Dann hat sie zu Abend gegessen, und jetzt schläft sie wieder. Aber ich wollte Sie fragen, ob ich mich bis zum Morgen irgendwo hinlegen dürfte. Es ist zu weit bis zu mir nach Hause.«

»Leider kann ich Ihnen kein eigenes Zimmer mehr zur Verfügung stellen, aber dieses Sofa hier im Wohnzimmer ist sehr bequem. Ich werde es Ihnen beziehen.«

»Ich brauche keine Laken«, murmelte Melnitschenko und ließ sich auf das Lager plumpsen. »Ich werde mich einfach mit dem Plaid zudecken. Bitte verzeihen Sie, wenn ich Ihnen Umstände mache.«

Schwankend ging ich nach oben. Ob ein Gast mehr oder weniger da ist, spielt in diesem Haus keine Rolle.

Im Schlafzimmer zog ich endlich meine völlig verdreckten Kleider aus. Jetzt musste ich mich erst einmal ordentlich waschen, ich sah ja schon aus wie eine Obdachlose. Ich bückte mich über das Waschbecken, so dass der magische Anhänger, der um meinen Hals hing, klirrend an seinen Rand stieß. Den hatte ich ja ganz vergessen! Wie hatte Filja ihn genannt? Roro? ... Raro? ... Rora?

Der Stein störte mich bei meiner Katzenwäsche, und ich nahm ihn ab. Vorgestern war der Talisman noch wunderbar rosa gewesen, und ich hätte ihn am liebsten die ganze Zeit gestreichelt. Jetzt war er schwarz und hatte seine klaren Konturen verloren. Er war richtig hässlich geworden.

Erstaunt sah ich ihn von allen Seiten an. War er etwa verbrannt? Ich warf das seltsame Teil in den Mülleimer, trat näher an den Spiegel heran und richtete den Lichtstrahl der Lampe auf meine Brust. Tatsächlich. Dort, wo der Stein meine Haut berührt hatte, waren deutlich Verbrennungsspuren zu sehen, als hätte mir jemand direkt unterhalb meiner Schlüsselbeine eine brennende Zigarette in die Haut gedrückt. Plötzlich fiel mir das unangenehme Brennen unter meinem Pullover ein, das begonnen hatte, als Kolja mich nach meinen Mitbewohnern ausfragte. Es hatte mich ernüchtert und davor bewahrt, ganz und gar in seine Gewalt zu geraten. Und der merkwürdige elektrische Schlag, als ich die Klinke berührte. Kolja hatte mir eindringlich nachgeworfen: »Sobald du an der Tür bist, vergisst du, worüber wir gesprochen haben.« Nach diesen Worten war ich zur Tür gegangen und vor Schmerz fast umgefallen. Aber ich hatte nichts vergessen. Im Gegenteil, ich erinnerte mich noch sehr genau, wie mich der gemeine Kerl nach dem Bankkonto, dem Haus und dem Auto ausgefragt hatte …

Plötzlich klingelte das Telefon. Erstaunt, dass um diese Uhrzeit noch jemand anrief, sagte ich:

»Hallo?«

Die Antwort war Schweigen.

»Sprechen Sie, ich kann Sie nicht verstehen!«

Wieder war kein Laut zu hören, dann kam das Besetztzeichen.

Ich holte die Reste des Talismans wieder aus dem Mülleimer hervor. Mein Verstand wollte es zwar nicht glauben, aber anscheinend hatte dieser Stein auf unbegreifliche Weise geglüht und mich dadurch, dass er mir die Haut verbrannte, vor einem großen Unglück bewahrt. Wäre er nicht gewesen, läge ich jetzt auf einer Pritsche, ohne dass meine Familie je erfahren würde, wo ich abgeblieben war.

Ich legte den Talisman im Zimmer auf den Tisch, kroch unter die Daunendecke und streckte genüsslich die Beine aus. Das war ein Abenteuer! Was für ein Glück, dass ich noch am Leben war. Und der Stein? Nein, das musste Zufall sein: Ich hatte schon gehört, dass sich Gegenstände manchmal einfach von selbst entzünden. Schließlich hätte ich, wenn ich der Magie und dem Talisman bei den jüngsten Ereignissen eine rettende Funktion zugestanden hätte, auch zugeben müssen, dass die stinkende Jamba wirkte.

KAPITEL 28

Ich versuchte einzuschlafen, aber meine müden Beine pochten, und mein Rücken schmerzte. Nachdem ich mich eine Weile in dem vergeblichen Versuch hin und her gewälzt hatte, eine bequeme Lage zu finden, schlüpfte ich in meine Pantoffeln und schlurfte los. In der Küche hing ein Arzneischränkchen, ein Radedorm oder ein Valocordin würde mir jetzt helfen. Im Haus herrschte nächtliche Stille. Die Hunde schliefen friedlich im ersten Stock, nur der treue Chutsch hatte beschlossen, mich nach unten zu begleiten, und folgte mir auf seinen krummen Beinchen.

Im Flur im Erdgeschoss war das Licht aus. Normalerweise brennt zwischen der Küche und Katjas Zimmer immer ein schwaches Lämpchen. Wir hatten es eingerichtet, nachdem sich einer der Gäste einmal bei dem Versuch, im Dunkeln die Küche zu finden, in der Tür geirrt hatte und bei der zu Tode erschrockenen Katja gelandet war.

Beim Gehen tastete ich mich vorsichtig an der Wand entlang. Es war stockfinster. Plötzlich jaulte Chutsch auf. Was war bloß los mit ihm? Meine Finger ertasteten den Schalter des Lämpchens, so dass ein Teil des Flurs in ein mattes Licht getaucht wurde.

Direkt vor meiner Nase stand auf Armlänge entfernt Nina Sundukjan. Der winselnde Mops befand sich vor ihren Füßen. Sie musste in der Dunkelheit auf das Tier getreten sein.

»Was machen Sie hier?«, fragte ich aus irgendeinem Grund flüsternd und schaute sie an.

Ich erkannte, dass sie Wollsocken über ihre Schuhe gezogen hatte.

»Was machen Sie hier?«, wiederholte ich und wich zurück.

»Pst, pst«, murmelte Nina und streckte die Arme aus, »Sie brauchen sich nicht zu beunruhigen. Ich wollte nur wissen, warum Sie das Dorf verlassen haben. Ich habe mir Sorgen gemacht, ob womöglich etwas passiert ist!«

Um vier Uhr morgens?

»Kommen Sie ins Zimmer«, beredete sie mich.

»Hören Sie«, explodierte ich, »was geht hier eigentlich vor? Verlassen Sie sofort mein Haus! Und sagen Sie Ihrem Betrüger Kolja, dass ich nicht die Absicht habe, an Orgien und Hypnosesitzungen teilzunehmen! Soll er übers Ohr hauen, wen er will, aber mich soll er in Ruhe lassen. Und jetzt verschwinden Sie!«

»Sagen Sie doch nicht so etwas, Dascha«, erklang da eine satte, einlullende Stimme.

Aus der tiefen Dunkelheit des Flurs trat Kolja in den schmalen Lichtstrahl der Nachtlampe. Er hatte Verotschka auf dem Arm. Sie schlief, ihr Kopf hing nach hinten und schaukelte an dem schmalen Hälschen hin und her.

Eine Sekunde lang war ich verblüfft. Kolja sah mich an und fragte:

»Spüren Sie, wie warm es heute ist?«

Sofort kroch mir eine tückische Hitze durch die Adern. Da mir klar war, dass ich gleich einschlafen würde, schrie ich aus voller Kehle:

»Hilfe! Zu Hilfe! Haltet den Dieb!«

In Ninas Augen spiegelte sich eine leichte Überraschung, dann sagte sie zu Kolja:

»Sie blufft, Kolja, sie wohnt allein!«

»Ich weiß«, winkte Kolja ab und erkundigte sich einschmeichelnd bei mir: »Wollen die Beine schon nachgeben?«

Sofort knickten mir die Knie weg, und ich setzte mich auf den Boden, meine Kräfte verließen mich mit ungeheurer Geschwindigkeit. Mit letzter Atemkraft schrie ich:

»Hierher, man bringt mich um!«

Trappelnde Pfoten und Gebell durchdrangen die Stille, Snap und Bandy kamen in die Küche gelaufen. Als Kolja die hereinjagenden Hunde sah, ließ er Verotschka sofort los. Die Kleine fiel auf den Teppich und blieb dort liegen, sie schnaufte im Schlaf. Der »heilige Bruder« streckte die Arme aus und befahl:

»Still gestanden!«

Die Hunde liefen gegen eine unsichtbare Barriere. Einen Moment lang zuckten sie verdattert mit den Köpfen, dann ließen sie sich auf die Hinterbeine nieder und begannen kläglich zu winseln.

»Sitz!«, befahl Kolja noch einmal, »Platz!«

Inzwischen drangen von der Treppe her aufgeregte Stimmen. Meine Lieben kamen in unterschiedlichem Maße gekleidet ins Erdgeschoss gerannt. Häschen hatte ein schwarzes Spitzennachthemd an. Kescha, der erst gestern aus dem Krankenhaus nach Hause gekommen war, hatte sich einen Morgenrock übergezogen. Alissa trug ein elegantes Negligé, während Manja einen bequemen Flanellpyjama anhatte.

Kolja sah verwirrt aus.

»Was geht hier vor?«, fragte Kescha verärgert. »Wieso lässt du uns nicht in Ruhe schlafen? Wo sind hier Diebe?«

Meine Zunge klebte am Kehlkopf, die Arme hingen hilflos an mir herunter.

»Mutter!«, fuhr mein Sohn mich aufgebracht an, als sein Blick auf Nina und Kolja fiel.

Sofort langte er mit der Hand nach links zur Wand, wo ein kleines Telefon hängt. Aber Kolja war schon wieder zu sich gekommen und sagte freundlich:

»Bitte bleiben Sie ganz ruhig. Wir sind von der Epidemiestation gekommen, um die Ratten zu vernichten.«

»Was für Ratten?«, zischte Alissa. »Der will uns verscheißern, hier hat es noch nie irgendwelche Ratten gegeben! Kescha, ruf schnell die Miliz an!«

»Aber da sind sie doch, eine ganze Meute«, sagte Kolja und zeigte mit dem Finger auf den Teppichläufer.

Für einen Augenblick schauten alle dümmlich auf den Fußboden, dann schrie Häschen mit unmenschlicher Stimme auf und rannte zur Haustür. Manja warf sich ihr schreiend vor Grauen hinterher, Kescha und Alissa folgten merkwürdig hüpfend, als wollten sie sich die langschwänzigen Tiere direkt von den Beinen abschütteln.

Ich saß weiter am Boden und begriff gar nichts.

»Lauft hinaus in den Garten«, sagte Kolja zu den Hunden.

Snap und Bandy streunten einträchtig hinaus.

»Ei, ei, ei, lügen ist aber gar nicht fein«, rügte mich Kolja. »Wer mich betrügt, bekommt furchtbare Kopfschmerzen.«

Sofort hämmerte es in meinen Schläfen, und schwarze Punkte flimmerten vor meinen Augen.

»Nina«, befahl er, während er mich vom Boden aufhob, »nimm das Kind, und lauf schnell zum Wagen.«

Sie wollte sich gerade zu Verotschka herunterbücken, als sie plötzlich hastig etwas abschüttelte und panisch aufschrie:

»Weg, weg, weg!«

»Nina«, sagte Kolja streng, »da ist nichts!«

»Mir scheint aber doch, dass da was ist!«, war plötzlich eine drohende Stimme zu hören. »Lauf schnell weg, gleich beißen sie dich!«

Nina schrie wieder laut auf und stürmte in den Hof hinaus.

»Schau hierher!«, sagte dieselbe Stimme.

Melnitschenko war aus dem Wohnzimmer in den Flur getreten. In vollkommener Stille bohrten sich die Blicke der beiden Männer ineinander. Sie sahen aus wie zwei riesige Hunde, die ihre Kräfte messen, um die Rangordnung festzulegen.

Auf Melnitschenkos Stirn bildete sich Schweiß. Mein Kopfschmerz wurde unerträglich, meine Ohren sausten.

Plötzlich wankte der Professor.

»Ja!«, rief Kolja heiser.

Melnitschenko hob eine zitternde Hand an seine Stirn, als Filja wie der Schatten von Hamlets Vater aus seinem Zimmer kam. In den Händen hielt der Magier eine seltsam glitzernde Scheibe vor sich, die an einer Kette hing.

»Geist Jumo!«, rief er. »Schwäche die dunkle Macht!«

Melnitschenko ließ die Hände sinken und fixierte Kolja erneut. Filja schwenkte die Scheibe hin und her. Kolja spannte sich immer mehr an, während die anderen beiden in Schweiß ausbrachen. Ich saß gekrümmt vor Schmerz auf dem Boden.

Plötzlich kam surrend eine Fliege in den Flur geflogen und setzte sich, ohne dass er es merkte, auf Koljas Kopf. Da ertönte ein lautes Patsch! – und er fiel wie ein Sack zu Boden. Über ihm stand kreischend vor Vergnügen Fredi, in der rechten Pfote hielt er eine zu einem Rohr zusammengerollte Zeitschrift.

Filja brachte seine Pendelscheibe zum Stillstand. Melnitschenko lehnte sich vor Erschöpfung an die Wand.

»Man muss es schon zugeben«, murmelte er und atmete tief durch. »Wir hätten locker den Kürzeren ziehen können, wenn die Vorsehung uns nicht den Affen geschickt hätte.«

»Niemals«, erklärte Filja zuversichtlich. »Er war schon dabei, seine Kräfte zu verlieren. Aber dennoch: Fredi, du Taugenichts, komm her, damit ich dir einen Kuss geben kann!«

Das waren die letzten Worte, die ich hörte. Der unerträgliche Schmerz erfasste meinen ganzen Körper, so dass ich das Bewusstsein verlor.

»Dascha«, drang eine Stimme an mein Ohr, »mach die Augen auf!«

Ich saß auf dem Sofa und schaute mich um. In dem großen Wohnzimmer war die ganze Familie versammelt, in der Zwischenzeit hatte sich jeder einen Morgenrock übergezogen.

»Tut der Kopf noch weh?«, fragte der Professor.

Ich horchte vorsichtig nach innen.

»Nein.«

»Na, wunderbar«, bemerkte er zufrieden.

Kolja saß mit erhobenen Armen in einem Sessel, der in die Mitte des Raumes geschoben worden war. Sein Gesicht drückte eine feierliche Ruhe aus.

Ich erschrak.

»So fesselt ihn doch!«

»Nicht nötig«, sagte Melnitschenko ruhig, »er ist in einem tiefen Trancezustand.«

»Der Geist Ko hält ihn«, erklärte Filja. »Solange ich nichts sage, lässt er ihn nicht frei.«

Ein schwerer Seufzer entrang sich meiner Brust.

»Warum sitzt er so komisch da?«

»Er spürt gar nicht, dass er die Arme hochhält«, antwortete der Professor, »für ihn ist es bequem und warm so. Und jetzt wollen wir ihn fragen, warum er ins Haus eingedrungen ist. Sag, wie …«

»Halt!«, unterbrach ich ihn. »Wo steckt Nina?«

»Sie schläft«, erklärte mir Filja, »ich hatte Sie doch gewarnt, Dascha. Sie sollten den Talisman tragen, um sich zu schützen.«

»Der Stein hat mir die Brust verbrannt und ist ganz schwarz geworden!«

Der Magier machte große Augen.

»Das heißt, die Gefahr war so groß, dass er sich, um Sie zu retten, selbst vernichtet hat!«

»Ich verstehe kein Wort«, mischte sich Kescha ein.

»Das ist auch nicht notwendig«, verkündete Häschen. »Dascha hat mal wieder auf eigene Faust ermittelt, und das Ergebnis ist wie immer katastrophal!«

»Kennst du diese Leute?«, kreischte Alissa auf. »Kennst du etwa diese Schweine? Du hast ja keine Ahnung, wie viele Ratten hier waren – ich wäre fast gestorben!«

»Die Ratten waren bloß eine Halluzination«, nahm ich ihr den Wind aus den Segeln.

»Trotzdem war es schrecklich«, seufzte Manja, »es war eine ganze Herde, sie rannten überall herum und schnappten nach unseren Füßen …«

»Jetzt pass mal gut auf«, gab Alissa mit steinerner Stimme von sich, »du erzählst uns jetzt sofort, was du weißt, und dann verhören wir diese Verbrecher. Unter Hypnose werden sie uns die Wahrheit schon sagen.«

»Wir müssen sie der Miliz übergeben«, sagte Kescha. »Wir

haben kein Recht, sie auszufragen. Das verstößt gegen das Gesetz.«

»Aber sie haben das Recht, nachts durch unser Haus zu laufen und Leute mit Ratten zu erschrecken?«, schäumte Alissa. »Sei lieber still, du Winkeladvokat!«

»Genau«, piepste Manja, »natürlich verhören wir sie.«

»Na gut«, unterbrach Filja den Streit, »aber zuerst soll uns Dascha die ganze Wahrheit erzählen. Aber passen Sie ja auf: Ich merke es sofort, wenn Sie uns ein Märchen auftischen!«

»Ja genau, wag es bloß nicht zu lügen!«, riefen alle anderen.

Marja Sergejewna und Sweta rückten näher zusammen. Irka und Katja, die sich vor Alissa fürchteten, blieben schüchtern an der Tür stehen. Zum Glück war wenigstens Serafima Iwanowna nicht heruntergekommen, aber sie kümmerte sich ohnehin nur um die Zwillinge, alles andere war der alten Frau egal.

Unter den bösen Blicken meiner Familie ging ich zum Büfett und holte meine Zigaretten heraus.

»Was fällt dir ein?!«, explodierte Häschen.

»Lass sie ruhig rauchen«, sagte Kescha gnädig, »los, Mutter, rück raus mit der Sprache!«

Ich erzählte ihnen alles, was ich wusste. Als ich fertig war, begann Melnitschenko, Kolja zu verhören:

»Wie ist Ihr Name?«

»Schabanow«, lautete die gleichmütige Antwort.

Wir waren alle ganz Ohr.

KAPITEL 29

Koljas Großvater und Urgroßvater konnten andere Leute beeinflussen und ihnen ihren Willen aufzwingen. Sie galten auch als Wunderdoktoren, da sie Menschen von ihren Krankheiten heilen konnten. Dieses ungewöhnliche Talent wurde in der Familie nur über die männliche Linie weitergegeben. Die Mädchen erbten es nicht. Die zahlreichen Töchter der Familie brachten nur Mädchen zur Welt, und auch die Söhne schafften es immer nur, einen einzigen Jungen, sozusagen den Stammhalter, zu zeugen. Dabei wurde nicht jedem die Gabe zuteil, Koljas Vater zum Beispiel hatte sie nicht geerbt, während sein Sohn Kolja sie wiederum besaß.

Dabei können alle Fähigkeiten zum Guten wie zum Bösen verwendet werden. Ein Mensch muss selbst entscheiden, welchen Weg er einschlagen will. Koljas Ururgroßvater Emeljan war altgläubig, sein Urgroßvater Michail ein orthodoxer Priester. Beide lebten ein frommes Leben und wurden von ihren Gemeindemitgliedern wie Heilige verehrt, denn sie heilten die Leidenden. Koljas Großvater Iwan dagegen war ein religiöser Fanatiker, der seine Karriere als einfacher Kirchendiener begonnen hatte und mit dreißig eine eigene Sekte gründete.

Er kontrollierte seine Schäfchen auf Schritt und Tritt und wertete jede ihrer eigenständigen Bewegungen als Fluchtversuche. Aber er tat dies in guter Absicht, denn er war gläubig und gehörte zu denen, die meinen, sie müssen die anderen zum Gebet zwingen, um ihnen Gutes zu tun.

Kolja war ein ganz besonderer Junge. Als er drei Jahre alt war, nahm ihn der Großvater beiseite, um ihn in sein Wissen einzuweisen. Schon mit sieben hatte der Junge gewisse Fähigkeiten und wusste sie einzusetzen. Zum Beispiel brachte er andere Kinder dazu, ihm aus der Küche den Zucker zu bringen. Die Diebe wurden gefunden und ausgepeitscht, aber wenn sie erklärten, Kolja habe sie mit seinen Augen zu dieser Tat gebracht, lachte der Großvater nur.

Im Alter von zwölf wusste Kolja schon, dass es für ihn ein Leichtes war, andere zu lenken. Der Großvater brachte ihm immer mehr bei und gab ihm die alten Bücher zu lesen, die in der Familie von Generation zu Generation weitergegeben wurden. Er nahm ihn oft mit in das Dorf, in dem einst Michail gearbeitet hatte. Von der großen Siedlung war so gut wie nichts übrig geblieben, nur das Haus des Priesters stand noch. Tagelang schleifte der alte Mann den Jungen dort im Wald hinter sich her und erklärte ihm, welche Kräuter er suchen musste und wozu sie dienten.

Kolja verfügte nicht nur über außerordentliche Fähigkeiten, sondern auch über einen klaren Verstand. Der Junge war sehr gut in der Schule, außerdem schaffte er es, ab der zweiten Klasse nicht mehr an die Tafel gerufen zu werden.

Trotzdem konnte man Koljas Kindheit nicht als glücklich bezeichnen. Er erfuhr nie Liebe und Zärtlichkeit von seinen Eltern. Sein Vater, der von seinem eigenen Vater völlig abhängig war, wagte es nicht, seinem Sohn auch nur ein einziges warmes Wort zu sagen, seine Mutter dagegen hasste das Kind insgeheim. Nie bekam er einen Kuss, nie gab es ein Gutenachtlied, ganz zu schweigen von lustigen Kindergeburtstagen. Die Tage vergingen eintönig: frühes Aufstehen, eine Dusche mit eiskaltem Wasser, Schule und schließlich Unterricht beim Großvater.

Das Essen war dürftig, es gab wässrige Grützen und Brot. Die Kinder waren ärmlich gekleidet und schliefen auf harten Betten, es gab weder Radio noch Fernsehen …

Das ganze Leben war darauf ausgerichtet, sie zu Asketen zu

erziehen. Bei Kolja bewirkte diese Erziehung jedoch genau das Gegenteil.

Er ging auf eine normale Schule und schaute voller Neid auf die neuen Schultaschen seiner Klassenkameraden, während er eine Tasche über der Schulter trug, die seine Mutter aus Leinen genäht hatte. In der großen Pause liefen die anderen Kinder in die Kantine, während Kolja in der Klasse blieb. Der Großvater hatte verboten, Würstchen zu essen, und es wäre unmöglich gewesen, dieses Verbot heimlich zu hintergehen. Denn an den Samstagen nahm Iwan den Enkel auf den Schoß, sah ihn durchdringend an und sagte streng:

»Beichte!«

Dann folgten regelmäßig Prügel zur Einschüchterung. Trotzdem verehrte der Junge seinen Großvater. Nur nachts schlich sich manchmal der Gedanke in das kindliche Gehirn, wie schön es wäre, wenn der Großvater stürbe. Dann könnte er die Leitung der Sekte übernehmen und so leben, wie es ihm gefiele. Er würde die Leute arbeiten lassen und selber in Saus und Braus leben.

Da geschah plötzlich das Unvorhersehbare: der Tod des Vaters, die Zerschlagung der Sekte und Koljas Unterbringung in einem Kinderheim.

Kolja war dadurch keineswegs verängstigt. Sein Zimmergenosse war der stille Schora Rostschin. An ihm testete Kolja, inwieweit er einen anderen seinem Willen unterwerfen konnte. Das Experiment glückte zu hundert Prozent.

Schora nahm ihm gefügig seine Hausaufgaben ab, er machte ihm das Bett und überließ ihm seinen Kuchen. Aber als ihn Kolja spaßeshalber auch die Hamster, die Katze und den armen Hofhund töten ließ, war der Bogen überspannt.

Vor Gericht blieb Kolja ganz ruhig, ihm war klar, dass er es nicht mit einem ganzen Saal voller Menschen aufnehmen konnte. Diese Zeiten standen noch aus. Er lachte nur, als er mitbekam, wie die Schöffen sich anstrengten, ihn zu zehn Jahren Strafkolonie zu verdonnern. Etwas in ihm wusste, dass die gestrenge Richterin auf seiner Seite war.

Und so war es auch: Er bekam das Mindeststrafmaß. In der Strafanstalt für Minderjährige hatte er es nicht sehr schwer. Der dortige Arzt, der zutiefst erstaunt war darüber, wie Kolja mit einem bloßen Blick jede beliebige Krankheit heilen konnte, nahm den seltsamen Jungen im Krankenhaus unter seine Fittiche und versorgte ihn mit medizinischen Lehrbüchern. Kolja studierte die Bücher sorgfältig und legte mit Unterstützung des gutherzigen Doktors als Externer die Prüfungen für die medizinische Fachschule ab.

»Geh, sobald du wieder frei bist, ins Institut«, versuchte ihn sein Ratgeber zu überzeugen.

Aber Schabanow überlegte es sich anders. Wozu brauchte er eine Ausbildung? Schon in der Kindheit hatte er beschlossen, dass er eine Sekte gründen und die Leute für sich arbeiten lassen würde.

Als er wieder in der Freiheit war, suchte er als Erstes nach seinen Verwandten. Der Großvater war im Lager gestorben, bevor er seine Strafe abgesessen hatte, die Mutter hatte sich vom Sohn losgesagt, nur die Schwestern waren ihm noch geblieben. Ljuda fand er sofort, mit Tanja war es da schon schwieriger. Man hatte das Mädchen in eine Pflegefamilie gegeben, sie selbst war so klein gewesen, dass sie sich an ihre wirklichen Eltern nicht mehr erinnern konnte.

Kolja war nachtragend und hatte unverrückbare Prinzipien. Nach seiner Freilassung war er von einer fixen Idee beherrscht: Er wollte sich an all denen rächen, die ihn hinter Gitter gebracht hatten, und sich bei der einzigen Person bedanken, die ihm geholfen hatte, der Richterin Anna Perfiljewna.

Es war ganz einfach, an ihre Adresse zu kommen. Kolja ging in die Gerichtskanzlei, wo er die Inspektorin sofort dazu brachte, ihm das Gewünschte zu geben. Außerdem konnte er sich dank seiner außergewöhnlichen Fähigkeiten die Namen und Adressen der damaligen Schöffen, des Generals Ryklin und der Ärztin Kalerija Lwowna, von ihr beschaffen.

Den größten Erfolg in der Beeinflussung anderer verzeichnete er allerdings bei seiner eigenen Schwester.

Er suchte sie im Studentenwohnheim auf, als sie schon im fünften Studienjahr war. Zwar hatte er schon lange gewusst, wo seine Schwester lebte und studierte, hatte aber zunächst zu viel anderes zu tun gehabt: Er hatte in dem verlassenen Dorf, in dem sein Urgroßvater einstmals das Pfarramt innegehabt hatte, begonnen, die Wohnstätte für seine Sekte einzurichten.

Als er zu predigen anfing, wunderte er sich bloß über die Blödheit und Vertrauensseligkeit der Menschen. Dutzende von Leuten folgten dem »heiligen Bruder«. Die Sache kam ins Laufen, die »Auserwählten« vermachten Schabanow ihr Hab und Gut und siedelten sich im Dorf an. Andere schufteten in ihren Berufen und brachten ein ordentliches Einkommen in die Sekte.

Inzwischen hatte Kolja bereits beschlossen, so viel Besitz wie möglich anzusammeln und sich dann aus Russland abzusetzen. Eine Million Dollar würde ihm fürs Erste genügen, bis er auch im Ausland genügend Hysteriker oder unglückliche Menschen gefunden hätte, die sich ausbeuten ließen.

Rein zufällig erfuhr er, dass mit Ljuda im selben Studienjahr auch Tamara, die Tochter des Generals Ryklin studierte. Erstaunt über die Ironie des Schicksals, fing Kolja an zu überlegen, wie er sich diese Tatsache zu Nutze machen konnte. Tamara machte in Ruhe ihre Abschlussprüfung, verliebte sich, heiratete und wurde schwanger. Und plötzlich wusste Schabanow, wie er den General am härtesten treffen konnte.

Er befahl Ljuda, Leonid zu verführen. Da sie total abhängig von ihrem Bruder war, tat sie sofort, was er von ihr verlangte.

Nur selten wird ein junger Mann widerstehen, wenn sich ihm eine interessante Frau an den Hals wirft. Leonid war da keine Ausnahme, außerdem dachte er wahrscheinlich, die Sache würde eine leichte und unbeschwerte Affäre bleiben. Aber es kam anders.

An seinem Todestag klingelte es bei ihm zu Hause an der Tür. Als er durch den Spion schaute, dachte er zunächst, es sei Ljuda, und öffnete die Tür. Aber es stand niemand auf der

Schwelle. Erstaunt sah er ins Treppenhaus hinunter, aber die Person war verschwunden.

Als er wieder hineinging, vergaß er, die Tür richtig zu schließen. Er lief in die Küche und setzte den Wasserkocher auf, dann kehrte er ins Zimmer zurück und erschrak. Ljuda saß ganz in Weiß gekleidet und mit einem Schleier vor dem Gesicht in einem Sessel.

»Wie bist du hier hereingekommen?«, fragte er sie und fügte hinzu: »Bist du verrückt geworden?«

Sie ging schweigend zum Fenster und öffnete es weit.

»Komm«, sagte sie, »hier draußen ist es schön!«

Leonid erschrak ein wenig, meinte aber wirklich, sie sei einfach verrückt geworden. Da klingelte es erneut an der Tür, es war ein Mann, den er nicht kannte.

»Verzeihen Sie«, murmelte er. »Ist Ljuda zufällig bei Ihnen? Sie ist ein bisschen durcheinander. Ich bin ihr Bruder.«

Erfreut ließ Leonid Kolja herein, der nur zehn Minuten brauchte, um Leonid dazu zu bringen, ein Abschiedsschreiben zu verfassen und aus dem Fenster zu springen. Der arme Mann rannte zum Fensterbrett, als hätte er eine Feuersbrunst in seinem Rücken. Kolja hatte dem Unglücklichen eingeflüstert, in der Wohnung brenne es und unter den Fenstern stünde die Feuerwehr mit einer gespannten Zeltplane.

Danach lief alles so, wie Kolja es sich vorgestellt hatte. Die romantisch veranlagte, ein bisschen exaltierte Tamara wurde krank. Irgendwann rief Ljuda sie an und gab vor, sie habe einen zwanzig Seiten langen Abschiedsbrief von Leonid, der an seine Frau adressiert sei. Damit war es ein Leichtes, Tamara aus dem Haus in die Wohnung ihres Mannes zu locken. Sie ging in Begleitung ihrer Mutter hin, schickte diese aber für eine Besorgung weg. Ljuda und Kolja, die im Treppenhaus gewartet hatten, kamen in die Wohnung: Wenige Worte reichten, und schon folgte Tamara mit ausgestreckten Armen ihrem Mann, im Gesicht ein seliges Lächeln. Kolja hatte ihr eingeredet, Lenja komme gerade von der Arbeit nach Hause und sie solle ihm vom Fenster aus zuwinken.

»Weiter, weiter!«, sagte er. »Du musst dich weiter hinauslehnen, sonst kann er dich nicht sehen!«

Niemand schöpfte auch nur den leisesten Verdacht. Die Miliz, die Eltern und die Freunde glaubten alle an einen Selbstmord. Dass die Generalsfrau zu allem Überfluss auch noch verrückt werden würde, hätte Kolja nie im Leben vermutet.

Als Nächste kam Kalerija Lwowna an die Reihe. Hier half ungemein der Umstand, dass Ljuda Zahnärztin war. Sie ließ sich in der Klinik anstellen, in der Kalerija Lwowna die Direktorin war, und bekam von Kolja die Aufgabe, deren Sohn Kostja zu verführen.

Zugleich begann auch schon die Geschichte mit Schora, um den sie sich eigentlich hatte nach Kostjas Tod kümmern sollen. Aber Kolja hatte erfahren, dass er inzwischen zusammen mit seiner jüdischen Frau Lilja bei der israelischen Botschaft den Antrag auf Auswanderung gestellt hatte.

Inzwischen war Ljuda von einem der beiden schwanger, was Kolja umgehend nutzte, um von den beiden Männern Geld und Waren einzutreiben. Schließlich ließ sich Ljuda, die auch ihre Schwangerschaft hatte vor der Öffentlichkeit verbergen sollen, unter dem Namen einer der anderen Frauen der Sekte in die Klinik einweisen und brachte Verotschka zur Welt. Nachdem sie zuerst Kalerija Lwowna und Kostja, dann auch Schora und Lilja hintergangen hatten – die Rolle des Portiers im Motel hatte natürlich vorübergehend Kolja übernommen –, sollte Ljuda mit dem Kind nach Hause fahren.

Um Kostja kümmerte er sich noch am selben Abend. Als seine Mutter bereits schlief, rief Ljuda ihren Exliebhaber auf seinem Handy an, das immer auf seinem Nachttisch lag. Heftig schluchzend teilte sie ihm mit, dass sie ihm das Mädchen übergeben wolle, aber nur ihm persönlich, ohne dass es Kalerija Lwowna erfuhr. Ihr Bruder werde ihm das Kind in einer halben Stunde bringen.

Kolja erschien also mit dem friedlich schlafenden Mädchen in seinen Armen vor Kostjas Tür. Nachdem dieser ihm geöffnet hatte, bat er ihn, in den Hausflur zu kommen, um niemanden in der Wohnung aufzuwecken. Es geschah, was geschehen musste: Kolja brachte Kostja dazu, aus einem Fenster im Treppenhaus zu springen. Das Einzige, was Kolja nicht vorhergesehen hatte und was ihn ärgerte, war die Tatsache, dass Kalerija Lwowna einen Schlaganfall erlitt, so dass ihr der Verlust ihres Sohnes gar nicht mehr bewusst war.

Nach demselben Muster trieb Kolja als Letzten Schora in den Tod.

Die Experten waren sich in allen vier Fällen einig: Es gab keinerlei Spuren von Gewalteinwirkung oder Notwehr, der unglückliche Mensch war also freiwillig in den Abgrund gesprungen.

Nachdem er sich an seinem letzten Feind gerächt hatte, befahl Kolja Ljuda, das Kind in die Sekte zu bringen und selbst wieder als Zahnärztin in der Stadt zu arbeiten.

Aber nun geschah etwas vollkommen Unvorhersehbares. Ljuda, die bislang ihrem Bruder absolut untergeben war, begann sich zu wehren. Eine Schwangerschaft ist ein enormer Stress für eine Frau, die Geburt eines Kindes weckt bei den meisten ungeahnte Gefühle. Ljuda beschloss, ihr Neugeborenes, koste es, was es wolle, zu retten. Sie wusste genau, dass sich im Dorf keiner um das Kind kümmern und dass es sterben würde. Zudem war es nicht registriert und existierte offiziell sozusagen gar nicht.

Schon in der Entbindungsstation hatte Ljuda hin und her überlegt, wie sie ihre Tochter retten könnte: Sie wollte eine Kinderfrau engagieren und ihr das Kind übergeben oder sich von der Tochter lossagen, sie in eine Pflegefamilie geben und selber in eine andere Stadt fliehen. Aber das war alles nicht das Richtige. Schließlich fand sie einen Ausweg. Freundinnen hatte sie keine, ihre Bekanntschaften beschränkten sich auf den Kreis der Sekte. Darunter war auch Sweta Balabanowa, eine frühere Studentin des medizinischen Instituts. Vor langer Zeit waren die beiden Frauen einmal so etwas wie Freundinnen gewesen. Ljuda wusste, dass Swetas Großmutter, die bereit war, alles für ihre Enkelin zu tun, in Nagorje wohnte. Sweta war inzwischen in das Sektendorf gezogen und hatte den Fuß nie wieder vor das Dorftor gesetzt.

Ljuda kam also am Sonntag wie immer zum Gottesdienst ins Dorf. Das Wichtigste war jetzt für sie, dass sie ihre Pläne nicht verriet, sie trank also den Glaubenstrank nicht, gab aber vor, betäubt zu sein. Koljas unmäßige Selbstüberschätzung tat ein Übriges. Er war so sehr von seiner grenzenlosen Macht über die »Auserwählten« überzeugt, dass er einen Verrat gar nicht für möglich hielt. Das Einzige, was ihm missfiel, war die Tatsache, dass sie ihr Kind nicht mitgebracht hatte. Aber sie redete sich damit heraus, es habe sich durch das viele Hin und Her schwer erkältet, sie habe es bei einer vorübergehend eingestellten Kinderfrau in der Stadt lassen müssen. Kolja verzieh ihr den Verstoß gegen seine Befehle, legte ihr aber nahe, seine Nichte in der Woche darauf unbedingt mitzubringen.

Ljuda kehrte überaus glücklich in die Stadt zurück, denn sie hatte es geschafft, ein Foto zu entwenden, das Sweta beim Initiationsritual in einem Sarg zeigte. Mithilfe dieses Bildes würde sie Marja Sergejewna überzeugen können, sich ihres Kindes anzunehmen.

Sie brachte Verotschka zur Balabanowa, trug der alten Frau strengstens auf, keine Fremden einzulassen, und teilte Kolja mit: »Verotschka ist an einer Lungenentzündung gestorben.« Er unterzog sie einem strengen Verhör, aber erstaunlicherweise widerstand sie unter dem starken Drang, ihr Kind zu retten, seiner hypnotischen Einwirkung. Sie wiederholte nur immer wieder stumpfsinnig: »Verotschka ist gestorben, ihr kleiner Körper liegt in der Stadt auf einer Müllgrube.«

Die Nachricht vom Tod seiner Nichte berührte Kolja nicht weiter. Das Kind hatte die vorgesehene Rolle erfüllt und war nun überflüssig. Er hatte weder Mitleid mit Verotschka noch mit seiner Schwester. Ljuda bekam die Aufgabe zugeteilt, neue Mitglieder, vor allem Männer, zu werben. Gehorsam tat sie, wie ihr befohlen wurde, aber jetzt betrog sie den Bruder oft, indem sie Geld unterschlug. Zweimal bändelte sie mit reichen Ausländern an und erzählte Kolja nichts davon. Der erste schenkte ihr ein teures Collier, der zweite eine kleine Einzimmerwohnung. Aus dem Verkauf dieser Dinge stammte das Geld, das die Weichenwärterin Ljusja schließlich stahl.

Kolja besuchte seine Schwester nie in der Stadt, er telefonierte nur ab und zu mit ihr, so dass Ljuda so unvorsichtig war, ein Foto von dem Kind auf ihrem Nachttisch stehen zu lassen. Letzten Endes war dieses Bild der Grund für ihren Tod.

Obwohl er an Verotschkas Tod glaubte, kamen Kolja leise Zweifel an der Ehrlichkeit seiner Schwester. Er setzte Tanja, das jüngste von Raissas Kindern, auf Ljuda an.

Tanja war erst acht Monate alt gewesen, als Raissa verhaftet wurde. Nachdem sich die Mutter sozusagen direkt nach ihrer Festnahme von den Kindern losgesagt hatte, wurde sie in eine kinderlose, wohlhabende Familie gegeben.

Tanja war ruhig und schweigsam, dabei hart, egoistisch, selbstherrlich und äußerst nachtragend. Die Mädchen aus der Familie Schabanow verfügten über keine besonderen Gaben, aber irgendetwas hatte Tanja doch geerbt. Jedenfalls war sie, da sie kategorisch jede Ausbildung für sich verweigerte, sehr geschickt darin, den sie umgebenden Menschen das Geld aus der Tasche zu ziehen, indem sie sich als permanent krank und unglücklich ausgab.

Tanja wurde zu Koljas Assistentin, zu seiner rechten Hand. Er zwang seine kleine Schwester noch nicht einmal dazu, an den Gottesdiensten teilzunehmen, denn er wusste genau, dass sie absolut verlässlich war. Sie hatte ein gutes Gespür für einsame, wohlhabende und etwas verrückte Leute, die sie mit gespielter Freundlichkeit und geheucheltem Mitgefühl in die Sekte locken konnte. Sie wusste sehr gut, wer Ljuda war, aber der absoluten Egoistin war das Schicksal der eigenen Schwester vollkommen egal. Ljuda dagegen ahnte nichts von der verwandtschaftlichen Verbindung.

Tanja erzählte also allen Bekannten von der hervorragenden Zahnärztin, die ja auch tatsächlich goldene Hände hatte. Nach und nach gewann sie ihr Vertrauen, zwischen den beiden entstand so etwas wie eine Freundschaft. Zuerst gingen sie nur zusammen ins Theater, dann lud Ljuda eines Tages Tanja zu sich nach Hause ein, wo diese das verräterische Foto auf dem Nachttisch entdeckte.

Als Tanja Kolja davon berichtete, wurde er fuchsteufelswild, weil Ljuda ihn angelogen hatte. Dieser Ungehorsam musste bestraft werden. Aber bevor er sich an ihr rächen würde, sollte sie noch einen reichen, einsamen Mann namens Sergej Semin in den Selbstmord treiben. Kolja verlangte von Ljuda, eine leidenschaftliche Affäre mit Semin zu beginnen, ihn zu heiraten und dann seelisch zu zermürben. Der Geschäftsmann verfügte über reichhaltigen Besitz, nach seinem Tod hätte die Witwe alles geerbt.

Ljuda wollte sich an keinem weiteren Mord beteiligen. Sie versuchte zwar, sich im Haus der Schriftsteller zu verstecken, und lebte dort auch einige Zeit in völliger Einsamkeit, aber ihr Lebenswille war gebrochen, ihre Existenz erschien ihr nur noch wie eine sinnlose Kette von Morden. Der einzige Ausweg, den sie für sich sah, war der Selbstmord.

An ihrem letzten Tag schrieb Ljuda die Abschiedsbriefe an Kolja und Marja Sergejewna und steckte beide zusammen mit ihrem Testament und dem Geld in ein Kuvert. Sie wollte zur Post gehen und die Briefe absenden. Aber dazu kam sie nicht mehr: Als sie nach dem Mittagessen die Datscha verließ, versperrte ihr Kolja mit einem gemeinen Lächeln auf den Lippen den Weg. Er zerrte seine Schwester zum Wagen. Ljuda stieg ein, aber nach einem Kilometer schaffte sie es, an einer Kreuzung zu fliehen. Kolja verfolgte sie nicht, sondern schickte ihr den hypnotischen Befehl hinterher, sich umgehend vor einen Zug zu werfen. Aber das hatte Ljuda ja ohnehin vorgehabt: Schnurstracks rannte sie auf die Bahngleise zu. Als Kolja in der Ferne das Tuten eines Zuges hörte, warf er ihre Reisetasche in den Schnee und fuhr davon.

Was getan werden musste, war getan, die ungehorsame Schwester würde gleich sterben. Den Geschäftsmann Semin dagegen würde er Tanja überlassen, auch sie war eine interessante Frau, die durchaus in der Lage war, Männer für ihre Zwecke zu benutzen.

Da Tanja während Ljudas Abwesenheit deren Wohnung durchsucht und die Adresse der Balabanowa gefunden hatte, führte Koljas nächster Weg nach Nagorje. Es ging ihm nicht um seine Nichte, sondern um Ljudas Wohnung, die nicht dem Staat in die Hände fallen sollte. Sie hatten die Absicht, mit dem Hinweis auf die Blutsverwandtschaft die Vormundschaft für das Kind zu übernehmen. Beim Durchsuchen von Marja Sergejewnas Hütte stellte Kolja dann fest, dass er dem Kind neue Papiere besorgen musste, da die Geburtsurkunde auf den Namen Verotschka Iwanowna Balabanowa ausgestellt war. Er nahm seine Nichte mit in die Sekte.

Hier endete Koljas Bericht.

Mit weit aufgerissenen Augen starrten wir den Bösewicht an. Er hatte mit einer so ruhigen und distanzierten Stimme von seinen Taten berichtet, als würde er im Fernsehen die Lottozahlen verlesen.

»Schrecklich«, murmelte Häschen. »Aber wird er denn bei einem Verhör, wenn er bei Bewusstsein ist, dasselbe erzählen?«

Melnitschenko dachte kurz nach:

»Wohl kaum.«

»Kann man ihn im Trancezustand verhören?«, fragte ich.

»Ich weiß nicht«, erwiderte der Professor, »ich glaube nicht, dass das legal ist.«

Wir wandten uns Kescha zu. Ratlos zuckte er mit den Achseln:

»Mit so was hab ich noch nie zu tun gehabt ...«

»Ich habe auf jeden Fall einen Mitschnitt gemacht«, verkündete Filja und zeigte auf ein Diktiergerät.

Ich sah ihn respektvoll an. Der Magier war gar nicht so dumm: In ernsten Dingen verließ er sich anscheinend eher auf die Technik als auf die Magie.

»Und was machen wir jetzt?«, kreischte Alissa.

»Wir rufen die Miliz«, antwortete Kescha ruhig.

»Und aus welchem Anlass?«, fragte Alissa weiter.

»Na ja, der Anlass ist ja wohl gut genug«, lachte Melnitschenko, »zwei Leute sind mit offenkundig verbrecherischen Absichten in ein reiches Haus eingestiegen. Außerdem erzählen wir der Miliz von der Sekte.«

»Kannst du dir die Reaktion vorstellen?«, schnaubte Häschen. »Ich sehe schon, wie die Gesichter lang werden, wenn sie Worte hören wie ›Hypnose‹, ›Sekte‹, ›Blutrache‹ ... Sie werden uns für verrückt erklären und in eine Anstalt einweisen.«

»Wir geben ihnen die Aufzeichnung mit«, unterbrach Filja sie.

»Ich kann das Verhör auch noch einmal in ihrer Anwesenheit wiederholen«, fügte der Professor hinzu. »Jedenfalls dürfen sie nicht einfach so davonkommen. Und schließlich müssen wir an die Mitglieder der Sekte denken: Was soll aus ihnen werden? Das sind Fragen, die die zuständigen Organe klären müssen.«

»Wartet«, sagte ich langsam, »etwas ist mir persönlich immer noch unklar. Wo sollen wir eigentlich nach Tanja suchen? Koljas Bericht zufolge ist sie mindestens genauso gefährlich wie er selber!«

Melnitschenko sah mich erstaunt an:

»Ja, wie, haben Sie das etwa nicht begriffen?«

»Was?«, riefen fast alle wie aus einem Munde.

Filja sagte:

»Ich hab es gleich erraten. Tanja ist ...«

»Ninel Waganowna Sundukjan«, beendete der Professor ruhig seinen Satz.

Fast hätte ich mich neben das Sofa gesetzt. Anscheinend verstand ich doch nur wenig von dem, was passiert war. Ich fragte:

»Wieso hat sie mir denn dann gesagt, sie habe den Aufenthalt im Haus der Schriftsteller für Ljuda Schabanowa organisiert?«

Melnitschenko erklärte es mir:

»Jeder Mensch macht Fehler. Wahrscheinlich dachte sie, Sie würden es der Miliz berichten, die daraufhin die Akte schnell schließen und ins Archiv geben würde. Sie hatte Angst, dass die Sicherheitsorgane sich zu sehr für die Personalien der Selbstmörderin interessieren und auf die Sekte stoßen könnten. Ihr schien es sicherer, die Wahrheit zu erzählen, erst recht Ihnen ... Verzeiht, liebe Kinder, aber eure Mutter macht in der ganzen Geschichte wahrhaftig keine besonders gute Figur.«

»Sie ist der Stadttrottel«, bestätigte Häschen.

Ich schwieg niedergeschlagen. Machte ich wirklich einen so blöden Eindruck?

EPILOG

Inzwischen waren einige Wochen vergangen. Wir hatten die Verbrecher der Justiz übergeben. Häschen hatte Recht behalten: Man glaubte uns nicht, und Kolja und Nina stritten natürlich alles ab. Schabanow übte seinen Einfluss auf die Ermittler aus und hatte Erfolg, denn der Milizionär entließ ihn mit einer schriftlichen Verpflichtung, seinen Wohnort nicht zu verlassen. Später gab der unglückliche Hauptmann zu, er habe die Papiere wie im Schlaf ausgefüllt und – als hätte er unter Drogen gestanden – den Verbrecher selbst auf die Straße geführt. Erst nach diesem Ereignis schenkte man unseren Worten Glauben und zog Professor Melnitschenko und Filja als Spezialisten heran. Allerdings hatte es die Miliz schließlich doch eilig, den Schamanen wieder loszuwerden, denn er machte einfach einen zu merkwürdigen Eindruck.

Nina blieb in den Händen der Ordnungskräfte. Als sie begriff, dass die ganze Sache an ihr hängen zu bleiben drohte, packte sie aus und wälzte die Hauptschuld auf ihren Bruder ab.

Die Sundukjans hatten sie adoptiert, da der Vater nicht zeugungsfähig war. Sie verschwiegen selbst vor den eigenen Verwandten, dass Nina nicht das eigene Kind war. Weder die Mutter noch der Bruder oder seine Frau – geschweige denn deren Tochter – wussten etwas. Auch Nina erfuhr erst durch Kolja die Wahrheit.

Die arme Ljuda, die sich auf Anraten von Nina im Haus der Schriftsteller verbarg, hatte keine Ahnung, dass gerade sie es war, die Kolja das Versteck verriet.

Sweta zeigte der Miliz den Weg zu dem Dorf der Sekte. Die Mitglieder wurden auf verschiedene Krankenhäuser verteilt, den Behörden rauchten die Köpfe, wenn sie darüber nachdachten, was weiter mit ihnen geschehen sollte. Die meisten der Wohnungen, die Kolja überschrieben worden waren, hatte er längst verkauft. Es lebten Leute darin, die ehrliches Geld dafür bezahlt hatten.

Verotschka blieb bei Marja Sergejewna, die Ermittler drückten ein Auge zu, als Sweta vor ihnen bekannte, sie sei nicht die Mutter des armen Kindes.

Die Balabanows zogen tatsächlich nach Werm. Ich verkaufte ihr Haus in Nagorje, und Häschen brachte das Geld nach Sibirien, von wo sie sehr zufrieden zurückkehrte. Sweta hatte einen Arbeitsplatz in einer Poliklinik gefunden, während Marja Sergejewna sich zu Hause um das Kind kümmerte. Verotschka war inzwischen gesund und munter und erinnerte sich an nichts.

An einem klaren Maiabend saßen wir alle zusammen auf der Veranda. Alissa hatte endlich bekommen, was sie wollte: eine Dreizimmerwohnung im Krylatskij-Viertel. Die Sachen waren schon gepackt, morgen würde der Umzugswagen kommen.

»Mir tut direkt das Herz weh«, seufzte Filja, »wenn ich daran denke, dass ich euch hier alleine lasse. Bitte passt auf eure Mutter auf, damit sie nicht wieder in so eine Klemme gerät!«

»Oh je«, seufzte Häschen. »Was für ein Glück, dass ihr jemand wie Sweta begegnet ist, sonst würden ihre Knochen jetzt unter einer Tanne liegen. Mich überkommt ja schon das große Zittern, wenn ich nur an das denke, was uns dieses Monster Kolja alles erzählt hat.«

Mich fröstelte. Nina hatte schließlich mit nichts mehr hinter dem Berg gehalten und Koljas Plan gebeichtet: Ich hätte meinen gesamten Besitz auf Kolja umschreiben und dann ins Dorf ziehen und somit von der Bildfläche verschwinden sollen. Die Schabanows waren davon ausgegangen, dass ich keine Verwandten besaß. Es war mir ja immerhin geglückt, nichts über die Kinder zu erzählen, während ich die Adresse offenbar doch verraten hatte, ohne es zu merken. Als Kolja feststellte, dass Sweta, Verotschka und ich weggelaufen waren, wusste er sofort, wo er uns finden konnte. Zusammen mit Nina machte er sich noch in derselben Nacht nach Loschkino auf. Zuerst wollten sie das kleine Mädchen ins Auto tragen und sich dann um mich kümmern. Sie wollten nicht einmal bis zum Morgen warten, denn sie hatten Angst, ich könnte mich womöglich an die Miliz wenden.

»Welch ein Glück, dass ausgerechnet in dieser Nacht der Professor bei uns schlief«, wiederholte Olga immer wieder.

»Und Filja«, fügte Manja hinzu.

Der Magier lächelte:

»Vor allem Fredi müssen wir dankbar sein, er hat Kolja genau im richtigen Moment eins auf den Kopf gegeben. Erstens hatte er keinen Überfall erwartet, und zweitens war er zu sehr damit beschäftigt, mit uns fertig zu werden, so dass ein einfacher Schlag auf den Kopf reichte, um ihn bewusstlos zu machen. Aber, Gott sei Dank, sind wir jetzt alle Sorgen los.«

Mich fröstelte es wieder. So ganz stimmte das nicht ... Nina war zwar in Untersuchungshaft, aber Kolja hatte man bislang nicht gefunden. Er hatte sich buchstäblich in Luft aufgelöst. Man hatte zwar eine Fahndung eingeleitet, aber bislang war sie ohne Erfolg geblieben. Jedenfalls bemühten wir uns jetzt, keinerlei Fremde ins Haus zu lassen.

Beim Abschied meinte Filja gefühlvoll:

»Ich hoffe, wir werden Freunde bleiben.«

Fredi kreischte fröhlich. Der Schamane grinste und sagte:

»Ich habe euch ein Geschenk vorbereitet ... und für alle eine Jamba gekocht.«

Auf dem Tisch erschien eine Schüssel mit der widerlich stinkenden gelben Masse.

»Überlegt euch gut, was für einen Wunsch ihr habt«, forderte uns Filja auf, während er einen Holzlöffel in die Flüssigkeit tauchte.

Häschen stürzte als Erste zu der Schüssel hin. Natürlich, sie wollte bestimmt noch berühmter werden. Dann leckte Manja den Löffel ab, hoffentlich ging es diesmal ohne Infektionskrankheiten ab. Als Nächster trat zu meinem großen Erstaunen Kescha an den Tisch. Was er sich wohl wünschte? Bei Alissa war ja alles klar. Erst gestern hatte sie lauthals von einem Brillantdiadem geschwärmt.

Nachdem er die Reste des widerlichen Breis umgerührt hatte, schaute der Magier mit einem Lächeln in meine Richtung:

»Und Sie wollen natürlich nichts davon?«

Plötzlich zogen vor meinem inneren Auge all die seltsamen Zufälle vorüber: Manjas Windpocken, Häschens erstaunliche Karriere im Fernsehen, der schwarz gewordene Talisman ... Wenn Kolja doch – egal, wo er gerade war – hinfiele und sich den Hals bräche!

»Also, wie steht's?«, fragte Filja und grinste schlau. »Sie werden schon sehen, das geht in Erfüllung. Er wird stolpern und sich ganz zufällig verletzen ...«

Wieder einmal erstaunt über seine Fähigkeit, Gedanken zu lesen, sagte ich kurz entschlossen:

»Ist ja gut, nun geben Sie schon her!«